Don Both
Maria O'Hara

RUN,
Baby,
RUN

A.P.P.
Romance

Run, Baby, Run
Von Don Both und Maria O'Hara
Deutsche Erstausgabe Mai 2019
© Don Both
Kontakt: https://www.facebook.com/DonBothMariaOHara/
Trailer zum Buch: https://youtu.be/jhUPEuo6Ou0
Mit besonderem Dank an Kerstin Patze und Nicole Zdroiek
Cover: Marie Grasshoff
Presseanfragen: akreimendahl-a.p.p.verlag@freenet.de
Erschienen im A.P.P.-Verlag
Peter Neuhäußer
Niederlassung Deutschland:
Gemeindegässle 05
89150 Laichingen
Mobi: 978-3-96115-497-5
E-Pub: 978-3-96115-498-2
Print: 978-3-96115-499-9

Für alle, die schon einmal an so einem dunklen Ort waren, dass sie dachten, sie würden nie wieder das Licht sehen.

Kurzbeschreibung

Du bist ein verlorenes Mädchen und schon längst in den Abgrund gefallen.

Aber ich bin nicht hier, um dich wieder rauszuziehen, Emilia.

Ich bin hier, um dich einzufangen, solltest du jemals flüchten wollen.

Lauf!

1. Vorwort

VORSICHT!

Wenn du auf einen von euch so oftmals angeschmachteten Bad Boy wartest, wirst du vergeblich warten. Ich bin weder Bad noch ein Boy.

Ich bin die Dunkelheit.

Ich tue nichts, was ein guter Mann tun sollte.

Ich bin kein guter Mann.

Ich bin seelenlos.

Und wenn du mit dem harten Scheiß nicht klarkommst, leg das Buch weg. Sofort!

Ansonsten: Du denkst, du wirst mich hier kennenlernen, mich durchschauen, mich einschätzen und vorhersehen können, was ich als Nächstes tue?

Da muss ich dich enttäuschen, Baby.

An mir ist nichts greifbar, berechenbar oder bekannt.

Ich bin Mason Rush.

Und ich bin ein Monster.
Sag nicht, ich hätte dich nicht gewarnt.
Mason K. Rush

2. PROLOG

Mason

Du bist ein verlorenes Mädchen und schon längst in den Abgrund gefallen.

Vielleicht habe ich dich hineingeschubst. Vielleicht habe ich dich dort auch nur gefunden.

Aber ich bin nicht hier, um dich wieder rauszuziehen, Emilia.

Ich bin hier, um dich einzufangen, solltest du jemals flüchten wollen.

Du fühlst dich angezogen von der Dunkelheit.

Ich *bin* die Dunkelheit, Baby.

Lauf!

3. Ich hasse Überraschungen, Emilia

Mason

Du trägst Louboutin Schuhe oder wie die Dinger heißen. Mom hat sie auch. Und ich wüsste zu gern, mit welchem Geld du sie gekauft hast. Mit seinem? Das würde zu dir passen.

Gestern hast du noch meinen Schwanz gelutscht, du kleine Schlampe. Wie kannst du es wagen, hier mit uns an diesem Tisch zu sitzen und auf heile Welt zu machen? Ich weiß ganz genau: Ein Blick von mir und du kuschst. Das ist die einzige Beruhigung, die ich habe, denn er hat seine Hand auf deinem Knie, Emilia.

Was soll diese Hand da? Habe ich mich gestern nicht klar ausgedrückt? Eine Woche solltest du nicht mehr mit ihm vögeln, aber so, wie es aussieht, wirst du noch heute

Abend die Beine für ihn breit machen.

Ich hasse ihn.

»Will noch jemand Kartoffeln?«, fragt meine Mutter und ich schaue gelangweilt zu ihr rüber.

»Oh Mom, keiner will deine Kartoffeln. Sie sind nie durch, nur mein Vater schafft es, sie zu essen, ohne eine Miene zu verziehen, und das nur, weil er deinen Zorn nicht heraufbeschwören will.«

»Stopp mal!«, schaltet sich mein Vater ein. »Ich liebe den Zorn deiner Mutter!« Sie lächelt und gibt ihm noch drei Kartoffeln. Er ist ein Profi und verzieht tatsächlich keine Miene, das muss man ihm lassen.

Wir sitzen am Esstisch und *Riley* ist zu Besuch, Emilia. Warum kommst du jedes Mal mit? *Willst* du, dass ich dich mit ihm sehe? Oder willst du mich sehen und wie beim letzten Mal mit mir in meinem Keller ficken, während er mit unseren Eltern redet?

Du bist so eine kleine Schlampe, Emilia, aber das habe ich ja schon oft genug gesagt, während ich dir auf den Arsch gehauen habe, und du hast es geliebt. Ich weiß genau, was mein Bruder für einer ist. Der perfekte Riley Rush. Einser-Schüler mit Auszeichnung, Anwalt für Naturschutz, Studium mit Bravour bestanden, dreißig Jahre alt und schon so weit, wie mein Vater mit fünfunddreißig war – wir haben es alle verstanden –, und ich weiß auch, wie er fickt, Emilia. Er macht das Licht aus, legt sich auf dich und macht es genau so lange, bis er kommt. Wegen seiner Prothese ist er ein Wunderkind. Das war er schon mit sieben – wir haben es alle verstanden. Er ist *so* besonders, wie meine Mutter so gern sagt, und auch mein Vater vergöttert ihn, obwohl er nicht mal aus seinen Eiern kommt, sondern von irgendeinem Loser. Dad hat ihn damals adoptiert.

Du sitzt mir gegenüber, warum sitzt du mir eigentlich *immer* gegenüber?

Und du siehst mich an – ich habe dir befohlen, mich immer anzusehen –, denn du weißt genau, was passiert, wenn du nicht tust, was ich dir sage, Emilia.

Deine hüftlangen schwarzen Haare, die ich so gern um meine Faust wickele, liegen leicht gelockt über deinen Schultern. Es ist deine Schwiegertochter-Frisur. Ich kenne sie schon. Damit willst du meinen Eltern imponieren, vor allem meinem eiskalten Vater. Das ist nicht so leicht, Emilia. Es haben schon einige versucht und sind daran gescheitert. Irgendwie kommst du nach zwölf Monaten immer noch nicht an ihn ran, und ich weiß auch wieso. Er sieht genau wie ich, wer du wirklich bist. Er traut dir nicht und vielleicht weiß er auch, dass du *mir* gehörst. Deine vollen Lippen, die du heute nicht nuttenrot geschminkt hast wie sonst, schließen sich um die Gabel, und ich muss daran denken, wie sie sich erst vor Kurzem um meinen Schwanz schlossen.

Hmmm, ich liebe es, wenn du mir einen bläst, Emilia.

Du starrst mich aus deinen türkisblauen Augen an, und ich frage mich schon wieder, wie mein großer Bruder Riley so blind sein kann. Du fickst mich hier ja halb mit Blicken.

Du kannst es nicht erwarten, mit mir allein zu sein.

Du bist so eine Schlampe und ich steh so drauf.

Skrupel habe ich schon längst verloren. Ich weiß nicht, ob ich jemals welche hatte, wenn ich ehrlich bin. Aber das hast du ja schon gemerkt, Emilia.

Dein schmales, reines Gesicht ist kaum geschminkt, bis auf deine großen dunklen Augen, die mich immer so unschuldig ansehen, wenn du vor mir kniest. Du trägst ein rotes luftiges Sommerkleid und ausnahmsweise einen BH – aber kein Höschen. Genauso, wie du hier immer auftauchen musst, damit ich stets Zugang habe zu dem, was mir gehört.

»Mason!«, blafft mein Vater mich an. Nur er schafft es, mich zusammenzucken zu lassen – sonst niemand. Mein Kopf schnellt herum, mein Blickkontakt zu dir wird gelöst und ich sehe in die immer so wissenden Augen, die meinen eins zu eins gleichen. Meine Mom sagt immer, es ist erschreckend, wie ähnlich wir uns sind, und zwar nicht nur äußerlich.

»Ja?«, frage ich gelangweilt. Wieso stört der Penner mich jetzt? Ich war gerade dabei, mir zu überlegen, was ich später alles mit dir tun würde. Und wie! Arsch, Mund, Pussy oder deine großen Titten, das ist hier die Frage.

»Deine Mutter hat dich gefragt, wie du das Praktikum bei mir findest.« Er sieht mich durchdringend an, und Emilia, ich glaube, er checkt irgendwas. Ich konnte noch nie etwas vor ihm verheimlichen, nicht mal meine erste Wichsvorlage.

Ich halte seinem Blick stand. Mittlerweile bin ich dreiundzwanzig und nicht mehr der vierzehnjährige kleine Scheißer. Er soll damit aufhören, Emilia. Schließlich kann er mich ohnehin nicht einschüchtern. Nicht mehr. Dad ist nicht immer freundlich und ganz sicher nicht mitfühlend. Das war er vielleicht bei Riley, aber bei mir hat er die härteren Bandagen angezogen. Er musste es tun, denn ich war nie leicht. Ja, ich gebe es zu, Emilia, aber davon kannst du ein Lied singen, was erzähle ich dir hier.

Ich wende mich an meine Mutter: »Super!«, und esse weiter.

Sie seufzt und sagt: »Mason, willst du wenigstens mal deine Jacke ausziehen? Wir sitzen am Esstisch und du siehst aus, als würdest du jeden Moment aufspringen und davonstürmen.«

Ich stöhne genervt. »Ich kriege gleich noch Besuch und muss demnächst los.«

»Aber wir sind doch gerade erst gekommen«, sagt mein Bruder, als würde ich ihn nicht jeden Tag sehen. Er sieht so sauber aus, gar nicht wie ich, mit meiner eingerissenen Jeans. Sein blondes Haar liegt perfekt nach hinten gekämmt, seine kackbraunen Augen sind immer klar, nie so stoned wie meine. Und sein Gesicht ist glattrasiert, nicht voller Stoppeln wie meines. Ich weiß, dass unsere Eltern, egal was sie behaupten, uns immer miteinander vergleichen, und mir ist klar, dass Riley mit dreiundzwanzig ganz woanders war als ich. Er nervt mich, selbst wenn er hier nur sitzt.

Ich war froh, als er ausgezogen ist, aber ich wusste nicht, dass das Muttersöhnchen alle zwei Tage herkommt, um zu essen. Nervt dich das nicht, Emilia?

»Warte, bevor du gehst, wir haben noch etwas zu verkünden!«, sagt Riley und greift auf dem Esstisch nach deiner Hand, Emilia. Was soll ich jetzt mit euch beiden machen und was soll ich davon halten und wie soll ich dich dafür bestrafen? Kein Körperkontakt! Ich dachte, ich hätte mich klar ausgedrückt. Du senkst sofort den Blick, als du siehst, wie ich deine Hand in seiner anstarre.

»*Neeein!*«, ruft Mom ganz aufgeregt. »*Wirklich*?« Sie setzt sich kerzengerade auf. Ihre grünen Augen funkeln erwartungsvoll. Aber ich habe kein gutes Gefühl bei dieser Sache, Emilia. Ich schaue meinen Vater an, weil ich wissen will, wie er das findet. Er ist angespannt, Emilia, er mag dich nicht.

Riley ist das bis jetzt jedoch völlig entgangen; er ist so ein gutgläubiger, dummer Mensch, egal was er studiert hat. Sonst wäre er auch nicht mit dir zusammen. Er strahlt über das ganze Gesicht und hat dabei diese Sunnyboy-Grübchen. Sie pissen mich an.

»Wir werden nach New York ziehen und heiraten!«, verkündet er und mir fällt alles aus dem Gesicht, Emilia. Ich kann es nicht aufhalten, beim besten Willen nicht. Du kleine Bitch, echt jetzt? Du willst nach New York ziehen? Ich dachte, du hasst New York! Und du hast nicht einmal den Mund aufbekommen – nicht, um zu reden. Muss ich das jetzt wirklich *so* erfahren?

Macht dir das Spaß?

Willst du mich reizen?

Mit dem Feuer spielen?

Ernsthaft?

Meine Mom gibt freudige Scheiße von sich und umarmt euch beide, aber deine Augen liegen nur auf mir, und du bist so versteift.

Mein Vater steht wortlos auf – kein gutes Zeichen, Emilia.

Und mir verlangt es alles ab, nicht über die Tischplatte zu greifen und Rileys Gesicht dagegen zu rammen, immer und immer wieder.

In diesem Moment klingelt es. Das rettet den kleinen Bastard.

»Das muss Jenny sein!«, verkünde ich und stehe auf, ohne dich nochmal anzusehen, aber ich spüre deinen Blick auf mir. »Ach ja, herzlichen Glückwunsch euch beiden!«, sage ich gelangweilt und schlendere davon.

»Mason!«, zischt meine Mutter, aber ich gehe einfach weiter und öffne die Haustür. Vor mir steht Jenny. Blond, blauäugig, null acht fünfzehn, aber immer gut, um dich zum Brodeln zu bringen. Ich werde sie heute extra laut schreien lassen, Emilia, und die Kellertür wird offen stehen, während du hier oben sitzt und isst. Ich hoffe, dir wird kotzübel. Denn ich weiß, das zwischen uns ist mehr für dich als nur das, weswegen ich dich in der Hand habe. Du liebst es, dich mir zu unterwerfen; du liebst es, dich bei mir gehen zu lassen; du liebst es, bei mir nicht die perfekte

Verlobte sein zu müssen; du liebst es, dass du bei mir *du* sein kannst. Du wärst am liebsten meine Einzige. Nun, das wird nicht passieren, aber ich werde *dein* Einziger sein.

Ich habe es satt, mit meinem Schlappschwanz-Bruder zu teilen, Emilia.

Es wird sich ab jetzt alles ändern, denn ich lasse dich niemals gehen.

Und das weißt du.

4. Ich kann nicht atmen, wenn du so was tust, Mason

Emilia

Du bist der Einzige, Mason Rush, der es schafft, mich innerhalb weniger Sekunden so sehr zu verunsichern, dass ich mein ganzes Leben in Frage stelle.

Eben bist du gegangen. Irgendeine arme Kuh ist bei dir in deinem ausgebauten Superkeller, und ich fühle mich wie eine miese Verräterin. Aber du liebst es, mich so fühlen zu lassen, oder?

Meine Hand, die immer noch in Rileys festem Griff liegt, zittert. Ausnahmsweise bin ich froh, dass er sie hält. Ich hasse es, herzukommen. Jedes Mal ist es das Gleiche, jedes Mal bestrafst du mich in einer Tour. Du denkst dir immer wieder neue Gemeinheiten aus, wie du mich leiden lassen kannst. Denn du bist der Teufel in Person. Und ich wünschte, ich hätte dich nie getroffen.

Deine Mom beginnt strahlend, die Teller aufeinanderzustapeln. Sie ist so ein lieber Mensch, genau wie Riley. Wie kann sie so einen Dämon wie dich nur auf die Welt gebracht haben? Manchmal glaube ich, du bist adoptiert worden und gehörst gar nicht zu dieser Familie, dabei ist Riley es, der zwar von deiner Mom stammt, aber von deinem Vater angenommen wurde.

»Und? Habt ihr schon darüber gesprochen, *wann* ihr heiraten wollt?«, fragt sie, als ich mich schnell erhebe, um ihr zu helfen. Ich weiß, wie wichtig Riley eure Mom ist. Sie ist *alles* für ihn, weswegen er es mag, wenn ich mich als gute Schwiegertochter präsentiere. Ich fühle mich ihm manchmal unterlegen, aber nicht auf die Weise, wie ich dir unterlegen bin. Neben ihm fühle ich mich mit unserem Altersunterschied manchmal wie ein kleines dummes Mädchen, das noch so viel lernen muss.

Er lacht. Riley lacht so oft, Mason. Er ist so ein Sonnenschein, und du bist wie ein Sturm, ein Donnergroll in einer dunklen Winternacht.

»Ach, so weit haben wir noch nicht gedacht, vielleicht im Mai nächstes Jahr«, sagt er und ich sehe die Liebe deiner Mutter in ihren Augen. Sie hat den Gestern-hab-ich-dich-noch-gewickelt-Blick, und ich wünschte, ich hätte so eine Mutter. Allein wegen ihr will ich Riley heiraten und zu dieser Familie gehören. Ich fühle mich hier so geborgen, auch wenn dein Vater komisch ist und ein bisschen gruselig, so wie du. Aber irgendwoher musst du das ja haben. Du siehst deinem Dad erschreckend ähnlich. Ja, du bist unsagbar attraktiv mit deinen undefinierbaren Augen, diesen markanten Gesichtskonturen und diesem alles durchdringenden Blick. Aber du schaffst es auch, einem Menschen das Gefühl zu geben, wertlos zu sein, sodass er sich schnell mal wünscht, er wäre nie geboren worden.

Ich wünsche auf jeden Fall, ich wäre nie in deinen dunklen Keller gestolpert.

»Wie hat er dich gefragt?«, will sie neugierig von mir wissen, sobald wir in der Küche sind. Riley folgt uns, gibt mir einen Kuss und sagt zu seiner Mom, dass er mal lieber nach Mr. Rush schauen geht.

Ich spüle die Teller ab, damit ich sie dann in die Maschine stellen kann. Bei euch ist alles so modern, so was kenne ich gar nicht, und am Anfang hatte ich Probleme, mein Staunen zu verbergen. Für Riley ist das alles nichts Besonderes, sondern normal. Er ist einfach nur lebensfroh, trotz der Tatsache, dass er mit einem Handicap leben muss. Ich hab ihn immer bewundert, das tun alle, wie du ja sicher weißt, Mason. Nur du nicht. *Du* hasst ihn, verabscheust ihn regelrecht, genau wie mich. Rileys sonniges Gemüt hat mich damals, als ich in New York in der U-Bahn-Station auf ihn aufmerksam geworden bin, direkt in seine starken Arme getrieben. Ich konnte mich ihm nicht verwehren. Ihm und seiner positiven, strahlenden Aura. Er ist der perfekte Mann aus dem Bilderbuch. Mit ihm fühle ich mich sicher und weiß, dass es mir nie an etwas mangeln wird.

»Wir waren am Wochenende in New York, wieder einmal. Du weißt ja, wie sehr Riley New York liebt.«

»Ja, er hat dort sein Herz verloren, als er erst sieben war. Er ist schon immer so reif und intelligent gewesen. Damals wusste er schon, dass er eines Tages dort leben will. Und du weißt ja, wie er ist. Wenn er sich was in den Kopf setzt, tut er es einfach.« Aber auf eine ganze andere Art als du, Mason.

»Ich weiß.« Ich lächele bemüht und fühle mich scheiße. Wie immer, wenn du in der Nähe bist. Du hast diese Gabe, mich fertigzumachen, nur mit deinen Blicken, die wütend über den Esstisch in meine Richtung schießen wie Pfeile. Du hasst mich, ich weiß es, und du liebst es, mich das spüren zu lassen.

Und ich hasse mich selbst, weil ich nicht von dir lassen kann. Weil wir hier die Gefühle eines Menschen, der eine so reine Seele hat, verletzen.

Gott, er darf das niemals erfahren, dafür werde ich mit allen Mitteln sorgen.

Und das weißt du.

»Und dann?«, hakt deine Mutter nach. Sie ist so aufgeregt, als hätte sie einen zweiten Antrag von deinem Dad gekriegt. Ich frage mich, wie er das gemacht hat. Sicher nicht so süß wie Riley. Dein Dad ist nicht süß. Er ist attraktiv und creepy, aber nicht süß. Niemals.

»Er hat mir auf der Fähre einen Antrag gemacht. Vor allen Leuten. Es war so süß.« Die Wahrheit ist, Mason, ich hasse Aufmerksamkeit und ich hatte gar keine andere

Wahl, als *Ja* zu sagen. Ich hasse es, im Mittelpunkt zu stehen, es sei denn, es ist *dein* Mittelpunkt.

»Das klingt so romantisch«, säuselt Olivia Rush und macht die Spülmaschine an.

»Ich wusste gar nicht, dass Sie auf romantisch stehen, Mrs. Rush. Ich meine ...« Es rutscht mir raus, bevor ich mich bremsen kann. Eine Eigenschaft, die ich bei dir so selten wie möglich zeige, weil du sie nicht ausstehen kannst. Zweifelnd schaue ich Richtung Wohnzimmer, wo Riley nun mit seinem Dad sitzt. »Romantisch wäre nicht das erste Wort, was mir bei Ihrem Mann einfällt.«

Verdammt, Mason. Wieso tue ich das nur immer?

Sie starrt mich an, als hätte ich sie nicht mehr alle und als wollte sie mir ins Gesicht brüllen, dass ihr Mann der romantischste auf der Welt ist.

»Oh mein Gott, das tut mir so leid, Mrs. Rush, ich hab gerade gar nicht nachgedacht. Das Ding mit mir und meiner Zunge ist, dass ich sie nicht immer kontrollieren kann, so, wie ich eigentlich nichts kontrollieren kann in meinem Leben«, stammle ich nervös drauf los.

Und auf einmal – und deshalb liebe ich deine Familie – fängt deine Mutter so herzhaft an zu lachen, dass sie sich den Bauch halten muss und ihr die goldblonden Haare ins Gesicht fallen. Sie lacht so sehr, dass die Fältchen um ihre strahlend grünen Augen sich vertiefen, als sie diese zusammenkneift. Gott sei Dank ist mir das bei *ihr* rausgerutscht und nicht bei deinem Vater. *Teufel noch eins!*

Als sie sich beruhigt, schüttelt sie den Kopf und setzt

einen Kaffee auf. Den macht sie für deinen Dad. Das tut sie immer nach dem Essen. Sie ist die Art Frau, wie du sie auch bevorzugst, Mason: Sie kuscht für ihren Mann und sie kämpft für ihren Mann. Sie hat Feuer und Selbstbewusstsein und ist verdammt beeindruckend. Ich kann mir vorstellen, was sie dir vorgelebt hat, oder eher, was dein Dad dir vorgelebt hat, und wieso du so bist, wie du bist ... Aber wieso ist Riley nicht so?

»Ach«, seufzt sie. »Du bist genau wie ich in deinem Alter. Nur, dass ich da schon einen dreijährigen Sohn hatte. Das hat mich stark gemacht und mit einem Schlag erwachsen werden lassen.« Sie schaut mit einem flüchtigen Lächeln rüber zu Riley, der sie nicht bemerkt, weil er leise mit seinem Vater diskutiert. Ihr habt euch ein schönes, offenes und modernes Haus gebaut, Mason. Deine Eltern haben Geschmack. Während wir in der Küche sind, lässt dein Vater nie den Blick von deiner Mutter. Es ist ein bisschen so, wie du mich ansiehst – es geht mir unter die Haut. So was hab ich noch nie gefühlt und ich will es auch eigentlich gar nicht ... Aber es *ist* so.

»Ohhhh fuck, Mason«, schallt mit einem Mal ein langgezogener Schrei durch das Haus – wie von einem sterbenden Schwein. Er kommt direkt von unten, aus deinem ausgebauten *Superkeller*.

Alle, außer deinem Vater, dessen Rücken ich von hier aus sehen kann, zucken zusammen.

»Oh nein«, schimpft Olivia. »Nicht schon wieder! Wieso hat dieser Junge keine Manieren?«

Riley schüttelt den Kopf und dreht sich zu mir um. »Sorry, Baby, dass du das ständig hören musst. Es ist so peinlich. Ich glaube, er macht das extra.« Ich glaube auch, dass du das extra machst, Mason, ich weiß es sogar mit Sicherheit.

Der Einzige, der überhaupt nicht reagiert, ist dein Vater.

»Ich geh mal an die frische Luft«, sage ich schnell, weil ich hier raus muss. Ich kann nicht atmen, wenn du so was tust, Mason. Wieso tust du so was? Mein Magen zieht sich zusammen und mein Herz rast.

»Soll ich mitkommen?«, fragt Riley beinahe mitleidig, weil er denkt, dass es mir einfach nur unangenehm ist, dass du da unten Sex hast. *Laut.*

»Nein, schon gut. Ich muss eh noch Claire anrufen.« Claire ist eine Freundin von mir, aber solche Details aus meinem Leben interessieren dich nicht, Mason. Du fragst nicht danach. Nichts interessiert dich, außer wo du ihn als Nächstes platzieren kannst.

Mit nackten Füßen laufe ich über den kühlen schwarzen Marmor, der im ganzen Haus ausgelegt ist, vorbei an Hochzeitsbildern und Fotos von dir, als du noch süß warst – und unschuldig. Gemeinsam mit Riley oder allein, mit einem kleinen rothaarigen Mädchen. Ich weiß aus Erzählungen, dass sie die Tochter von Amber, einer sehr engen Familienfreundin und Geschäftspartnerin deiner Eltern, ist. Obwohl ich finde, dass du schon einen komischen Blick für einen kleinen Jungen draufhattest. Wahrscheinlich ist bei dir von Anfang an irgendwas schiefgelaufen.

Ich öffne die schwere Haustür und betrete die liebevoll hergerichtete Veranda. Überall sind fliederfarbene Blumen in Kübeln gepflanzt. Eine Hollywoodschaukel wippt vor und zurück, auf der ich mich niederlasse, und eine riesige Trauerweide steht vor eurem Haus im Vorgarten und spendet Schatten. Ihr lebt in einem perfekten Vorort der Windy City. Das Einzige, was bei euch *nicht* perfekt ist, bist du. Du bist der Schandfleck der Familie und es scheint dich nicht zu interessieren. Du bist der Rebell, der generell gegen alles ist. Du bist der, dem die Schüler zu Highschool-Zeiten lieber aus dem Weg gegangen sind. Du bist der, mit dem sich keiner in einer Bar anlegt, selbst wenn du ihm die Freundin ausspannst. Du bist der Typ, der mit dreiundzwanzig Jahren im Keller seiner Eltern lebt, nur um zu provozieren, und nicht etwa, weil du dir nichts Eigenes leisten könntest oder ein Muttersöhnchen wärst. Du bist dieser Typ, der Kriminalistik studiert und ein Praktikum bei seinem Dad beim FBI macht, aber selbst so viel Dreck am Stecken hat, dass es fast ironisch ist. Du bist der Typ, der in einen Raum reinkommt und alles und jeden mit seiner Aura verschlingt.

Ich schließe die Augen, als eine leichte Brise über mein Gesicht weht. Ich liebe den Sommer, ich liebe die Wärme. Und ich hasse die Kälte, die du bist.

Nach New York zu ziehen, erscheint mir richtig. Dann bin ich endlich frei von dir und kann mit Riley von vorn anfangen. Er hat es verdient, jemanden an seiner Seite zu haben, der ihm zu hundert Prozent treu ist. Auch wenn ich die Stadt hasse, weil sie rattenverseucht ist – ich rede aus Erfahrung, denn von dort komme ich –, will ich das für ihn tun. Und für mich. Für uns.

Ich spüre, dass ein Schatten auf mich fällt, und öffne langsam die Augen. Dein Geruch zieht in meine Nase und ich starre auf deine schwarzen Sneaker. Ich will es nicht, ich will nicht mit dir konfrontiert werden. Außerdem kann man uns vom Wohnzimmer aus sehen. Wieso spielst du immer mit dem Feuer, Mason?

Und wieso liebe ich es, wenn du mich verbrennst?

5. *Du riechst nach Sex, Mason*

Emilia

Langsam gleitet mein Blick weiter nach oben, über deine schwarzen, an den Knien eingerissenen Jeans, über den Gürtel, den du dabei bist zu schließen, und dann über das V, das in deine Leisten führt. Du trägst natürlich kein Shirt, Mason, wieso solltest du auch? Du weißt, wie du aussiehst, und du willst, dass jeder sofort bemerkt, was du gerade getan hast. Vor allem ich. Du bist immer gebräunt, egal zu welcher Jahreszeit. Das ist nicht fair. Ich kenne dich jetzt schon eine Weile, auch wenn ich deinen Körper erst vor ein paar Monaten richtig kennengelernt habe. Dein Bauch ist flach mit dem Ansatz eines Sixpacks. Deine Brust ist trainiert und klar definiert. Man merkt, dass du viel Kampfsport machst. Deine Schlüsselbeinknochen stechen hervor und deine Arme sind ein Frauentraum. Muskulös, breit, genau wie deine Schultern. Du kannst mich ohne

Probleme hochheben und stundenlang an einer Wand vögeln. Deine Unterarme sind sehnig, und von deiner linken Brust aus erstreckt sich eine schwarze Tätowierung über deinen linken Arm bis zu deinem Handgelenk. Mein Gott, du bist wie der Teufel in einem Engelskostüm. *Oh ja.*

Ich wage es kaum, kann aber auch nicht verhindern, dass ich nach oben schaue – in dein Gesicht. Dein vollkommenes Gesicht. Denn wenn man denkt, dein Körper wäre das Beste an dir, hat man sich geschnitten.

Du trägst eigentlich immer einen Dreitagebart, nur bei der Beerdigung deiner Grandma hab ich dich rasiert gesehen. Das war auch der Tag, an dem ich dich das erste Mal getroffen habe. Gefühle sind nicht so dein Ding – normalerweise. Deine Lippen, deine Augen und deine Nase sind die deines Vaters. Perfekt symmetrisch, perfekt geschwungen, perfekt im Gesicht sitzend, als wärst du gemalt. Dein dunkles Haar schimmert in der knallenden Sonne. Es ist wie immer an den Seiten kürzer gehalten und oben länger, sodass es dir regelmäßig in die Stirn fällt und ich mich darin festkrallen kann. Du hast es perfektioniert, deinen Look gekonnt lässig aussehen zu lassen, aber ich weiß, dass du, was deine Haare betrifft, sehr eitel bist.

Du siehst nicht glücklich aus, aber das tust du nie. Ich glaube, du bist schon mit einem angepissten Gesichtsausdruck auf die Welt gekommen. Immer gelangweilt, immer abfällig, immer genervt oder überheblich. Du lachst einfach nie, Mason. Das kann nicht gesund sein!

Mit verschränkten Armen lehnst du dich an das weißgestrichene Geländer. »New York? Ernsthaft, Emilia?«, fragst du trocken.

Ich versuche, deinem Blick standzuhalten, schaffe es aber nicht. »Ja, Mason. New York.« Wow, ich bin immer so stolz auf mich, wenn ich es schaffe, in deiner Gegenwart ein paar Worte, ohne zu stottern, rauszubringen. Diese Wirkung hast du auf alles und jeden. Ich verfluche dich, Mason K. Rush.

»Vergiss New York gleich mal wieder, Emilia«, sagst du. Ich bin direkt auf Augenhöhe mit deinem Bauchnabel und dem, was darunter liegt, was du gerade in Jenny hattest. »Du kennst den Deal.« Mason, ich frage mich, ob du den Deal meinst, der besagt, dass du knallen kannst, wen du willst, ich aber meinen Verlobten eine Woche nicht anfassen darf?

Ich antworte nicht und du fasst grob nach meinem Kinn und zwingst mich, dich anzusehen. Du weißt so gut wie ich, dass in meinem Rücken das Fenster zum Wohnzimmer ist, aber du hast alles im Blick – wie immer. Leider. Manchmal wirkst du wie ein Stalker. Als würdest du meine düstersten Geheimnisse kennen, von denen ich nicht einmal selbst weiß, um sie gegen mich zu verwenden.

Ernst starrst du mich an. Du bist sauer. Ich spüre es an deinem festen Griff. »Hast du ihn gefickt?«, knurrst du mir entgegen. In meinem Magen zieht sich alles zusammen.

Mit zusammengepressten Lippen schüttele ich den Kopf. Du hast es mir verboten, und ich habe alles getan, um nicht mit Riley schlafen zu müssen. Die ganze letzte Woche. Stattdessen bin ich mit ihm in fast jedes Restaurant der Stadt und zu diesem dämlichen Footballspiel gegangen. Ich war sogar jeden Tag stundenlang mit ihm spazieren, nur damit er zu müde ist, um mich zu berühren.

Er war nicht zu müde, Mason. Deswegen musste ich ihm vorspielen, Migräne zu haben. Und weißt du was? Eigentlich hätte ich es tun und dich anlügen können. Aber das ist es, was ich meine. Du hast diese einschüchternde Art und ich traue mich nicht, dich zu belügen oder mich gegen dich durchzusetzen.

Erstmal starrst du mir prüfend in die Augen, um rauszufinden, *ob* ich lüge. Das tust du immer irgendwie. Als du dir sicher bist, dass es die Wahrheit ist, streichst du mir kurz mit dem Daumen über die Unterlippe. Eine kleine Belohnung für das, was du soeben erfahren hast.

Gerade machst du den Mund auf und willst was sagen, als die Tür hinter mir mit einem Ruck aufgeht. Du lässt mich los, als hättest du dich an mir verbrannt.

Dein Vater kommt raus und starrt dich an. Er ist wirklich mindestens so furchteinflößend wie du, sich zwischen euch zu befinden ist, als würde man vor einem ausbrechenden Vulkan sitzen.

»Was machst du hier?«, fragt er dich. Er hat immer den gleichen Tonfall wie du. Gelangweilt, herablassend und fast permanent genervt.

»Ich rauche eine, ist das verboten?«, fragst du und ziehst eine zerknitterte Schachtel aus deiner Arschtasche. Dann steckst du dir eine Kippe in den Mundwinkel und lässt dich neben mich auf die Schaukel sinken. Du riechst nach Sex, Mason.

Nachdem du die Zigarette angemacht hast, zieht der Rauch in meine Richtung – wie immer –, und als würde das nicht reichen, legst du die Arme auf die Rückenlehne direkt hinter mir und streckst deine Beine aus, überkreuzt sie an den Knöcheln und bist die Provokation in Person. Das bist du immer, du kannst gar nicht anders.

Total entspannt wippst du uns vor und zurück. Ich glaube, ich muss gleich kotzen. *Du riechst nach Sex, verdammt nochmal, Mason!*

»Deine Mutter will mit dir reden, Mason«, sagt er mit Nachdruck und schaut dich warnend an. Ich mache mich ganz klein unter seinem Blick, obwohl er nicht mal mir gilt. Doch du bist unbekümmert wie eh und je.

»Meine Mutter kann warten, Dad! Ich hab hier was zu besprechen.« Nur du kannst deinem Vater so locker Widerworte geben. Du bist ja auch lebensmüde, Mason.

Ich versuche aufzustehen, weil ich einfach nur schnell aus dieser Situation raus will. Mit so was kann ich nicht umgehen, es macht mich nervös und ich kriege Panik.

»Ich sollte …«, beginne ich und deute vage mit dem Daumen zum Eingang, wo dein Vater aber wie ein Löwe vor seiner Höhle steht. Himmel, was ist das hier, Mason?

Mit einem Mal spüre ich deinen festen Griff um meinen Oberarm. Er ist eisern und ich kann mir ein »Au!« nicht verkneifen. Du ziehst mich zurück auf meinen Hintern und knurrst mir nicht einmal leise zu: »Du gehst, wenn ich es sage!« Dann schaust du über meinen Kopf hinweg herausfordernd deinen Vater an.

Seine Miene bleibt unbewegt. »In fünf Minuten bist du in meinem Arbeitszimmer!« Damit geht er rein.

»Kannst du mich bitte loslassen?«, frage ich mit einer Spur Ungeduld in der Stimme.

Du legst den Kopf schief und musterst mich, bläst mir den Rauch der Zigarette total respektlos ins Gesicht, sodass ich die Augen zusammenkneife.

»Tu ich dir weh?«, fragst du rau.

Ich denke mir: *Ja, unentwegt,* sage es aber nicht.

»Mason, ist dir klar, dass dein Vater irgendwas weiß?«, frage ich und kriege selbst Herzrasen, wenn ich mir das vorstelle. Oh Gott, ich werde sterben, er wird uns töten.

»Natürlich, mein Vater weiß alles«, sagst du leichthin und lockerst den Griff um meinen Arm, fährst nun langsam und hauchzart mit den Fingerspitzen über meine Haut.

»Du wirst heute Nacht zu mir kommen, Punkt zwei, wie immer.«

Ich seufze und ziehe meinen Arm schwach zurück. Du berührst mich immer noch und das lenkt mich ganz schrecklich ab. »Mason, ich kann nicht«, versuche ich auszuweichen. »Riley merkt es, wenn ich ständig verschwinde, er hat einen leichten Schlaf.«

Du bleibst unbeeindruckt. »Bis jetzt hast du es doch auch geschafft.«

»Ich will ihm aber nicht immer wieder wehtun.«

Du verdrehst die Augen. »Was er nicht weiß …«, beginnst du. »Oder willst du, dass er es erfährt, Emilia? Nichts leichter als das!«

Sofort durchflutet mich Panik und ich reiße die Lider auf. »Mason, bitte, hör auf, mich zu erpressen.«

»Gott, wie oft hatten wir das Gespräch schon? Emilia, das langweilt mich. Und was sollst du niemals?«

Ich starre auf den Holzboden und antworte fast automatisch: »Dich langweilen.« Du hast mir diese Regeln förmlich eingefickt. *Wortwörtlich.* Du liebst es, Regeln aufzustellen, Mason, und du liebst es, wenn ich sie breche, weil du mich dann bestrafen kannst. Aber die Genugtuung gebe ich dir nicht. Ich halte mich an deine Regeln, denn du bist viel zu unberechenbar mit deinen Strafen.

»Braves Mädchen«, sagst du. Ich kann nichts dagegen tun, mir wird ganz warm. Wieso will ich diesen Mund küssen, der so dreckige Dinge zu mir sagt? Wieso stößt dein Geruch mich nach allem nicht ab? Wieso hab ich Herzflattern, nur weil ich neben dir sitze? Wieso mache ich das alles immer noch mit? Seit diesem einen Silvester, als du mich geküsst hast.

Und wird das jemals aufhören?

6. Dreh dich um und beug dich über die Waschmaschine, Emilia

Mason

Mein Vater hinter seinem massiven Schreibtisch kann schon wirklich leicht bedrohlich wirken, besonders, wenn er die Fingerspitzen aneinandergelegt hat und mich darüber hinweg mustert. Er mustert mich mit starrem Blick, den ich schon kenne, weil er den immer aufsetzt, wenn ich Scheiße gebaut habe, und ich habe schon oft Scheiße gebaut, Emilia.

»Egal was du auch tust, hör sofort auf damit«, fällt er gleich mit der Tür ins Haus, denn mein Vater führt keinen Smalltalk. Er redet nicht um den heißen Brei herum und es gibt auch keine falschen Höflichkeiten. Mein Vater geht die Dinge direkt an.

Ich sitze ihm gegenüber, lege meine Beine auf seinen Tisch, der total steril wirkt – keine Bilder, kein Schnickschnack, nichts. Er hasst es, wenn ich mich derart hinfläze, deshalb tue ich es ja. »Ich weiß nicht, was du meinst, Dad.«

Er starrt auf meine Beine und ich nehme sie wieder runter. Er ist der Einzige, vor dem ich kusche.

»Ich meine, dass du die Verlobte deines Bruders vögelst.« Ich wusste schon, dass er es weiß, Emilia, deswegen schockt mich das jetzt nicht. Mein Vater steht auf harte Ausdrucksweisen, wie du wahrscheinlich gemerkt hast, Emilia. Er redet nichts schön.

»Wieso sollte ich?«, frage ich mit dem gleichen gelangweilten Gesichtsausdruck, wie er mir entgegenbringt. Sogar unsere Köpfe sind im gleichen Winkel schief gelegt. Ich lasse meine Finger knacken und seufze. So eine Zeitverschwendung, ich werde ja sowieso nicht damit aufhören.

»Weil ich dich sonst rausschmeiße«, sagt er ruhig. Okay, damit habe ich jetzt nicht gerechnet. Mein Vater ist eben immer wieder für eine Überraschung gut. Bei all der Scheiße, die ich bis jetzt gebaut habe, hat er mir damit noch nie gedroht. Oh Gott, er muss Riley *wirklich so* lieben. Das tun sie alle, du ganz besonders, Emilia, nicht wahr?

Ich weiß, mein Vater macht keine leeren Versprechungen, und mir geht ein bisschen der Arsch auf Grundeis, weil es hier so gemütlich ist. Warum regt er sich auf? Er ist doch sowieso die meiste Zeit nicht da. Ich sehe überwiegend nur meine Mom, die wirklich cool ist, weil sie meine Wäsche wäscht, mir Essen kocht und mir ein wirklich angenehmes Leben beschert. Du solltest was von ihr lernen, und zwar nicht für diesen Schwachmaten, sondern für mich.

»Oh«, seufze ich. »Wird der kleine, süße Riley sonst weinen? Musst du ihn davor retten, *Daddy*?«

»Mach nur weiter deine Scherze, Mason. Aber wenn ich dich noch einmal dabei erwische, wie du sie berührst, sitzt dein kleiner Arsch auf der Straße. *Raus*.« Er wendet sich bereits seinem Computer zu. Ich bin entlassen. Hat ja auch lange genug gedauert. Riley ist der Sohn meiner Mutter und ich von ihnen beiden. Ihn fasst er mit Samthandschuhen an und bei mir ist das Gegenteil der Fall.

Emilia, ich denke ja nicht mal daran, dich nicht mehr zu vögeln. Das ist momentan das Einzige, was mich bei Verstand hält. Ich werde einfach nur mehr aufpassen und nicht mehr ganz so offensichtlich vorgehen, wie gerade eben auf der Veranda. Ich war sauer. Gott sei Dank habe ich die Schlampe von Jennifer gleich nach dem Sex durch den Kellereingang weggeschickt. Ich kann es nicht leiden, wenn die Weiber zu lange bleiben, Emilia, und noch auf die Idee kommen, irgendwie zu kuscheln. Sie werden zu Kletten, wenn du sie nicht sofort rausschmeißt. Außer du, du kannst gar nicht schnell genug laufen. Aber ich bin schneller als du, Baby.

Ich gehe runter. Mein Vater hat sein Büro auf dem Dachboden im dritten Stock. Er arbeitet hier nur ab und zu, meistens schaut er sich bestimmt Pornos an. Denn er ist genauso ein notgeiler Bastard wie ich. Das sind wir alle, wir Rushs. Und ich habe genug mit angehört, in diesem Haus mit diesen Eltern, als ich mein Zimmer noch hier oben hatte. Ich bin so froh, dass ich den Keller zu einer Wohnung ausbauen konnte und alles schalldicht isoliert habe.

Du bist immer noch da, Emilia. Und dein rotes Kleid schmiegt sich um deine Kurven. Ich muss daran denken, wie ich vorgestern deinen Arsch gespankt habe, und frage mich, ob man noch Abdrücke davon sieht und wie du sie erklärst. Am liebsten würde ich es einfach hochziehen und nachsehen.

Du sitzt mit meiner Mutter und Riley im Wohnzimmer. Ihr trinkt Kaffee und es ist, wie meine Mom immer sagt, das Bild einer perfekten *Zuckerwattefamilie*. Meine Mom liebt das. Familienidylle. Sonntagsspaziergänge. Spieleabende. Familienausflüge. All diese quälenden, grauenhaften Aktivitäten, die mein Vater alle absolut stoisch mitmacht. Er muss Mom wirklich lieben.

Aber das ist nichts für dich, Emilia. Die anderen denken, du bist die kleine, perfekte Schwiegertochter, das denkst du ja wahrscheinlich auch, aber ich sehe, wie unwohl du dich fühlst. Weißt du, wann du dich wohlfühlst, Emilia? Wenn mein Schwanz in dir steckt. Wenn du stöhnst und der Lust freien Lauf lässt. Wenn du dich unter meinen Händen in ein anderes Wesen verwandelst. Wenn ich dich küsse und spüre, wie dein Atem stockt, und wenn du vor mir stehst und ich dir befehle, für mich zu strippen. Wenn du die Lust in meinen Augen siehst und es dich so anmacht, Baby.

Scheiße, ich will dich.

Jetzt.

Mein Vater hat mir gerade erst ein Ultimatum gestellt, was das Ganze noch reizvoller macht. *Sorry, Daddy*. Ich stehe im Flur. Von hier aus kannst nur du mich sehen, weil du auf dem Sessel Platz genommen hast. Riley und Mom thronen auf der Couch. Riley sitzt immer neben Mom, schon als wir noch jünger waren. Er hatte immer Angst, dass er sie verlieren könnte.

Du siehst mich sofort, wie immer. Deine Sinne sind auf mich fixiert. *Permanent*. Ich habe dich konditioniert. Erfolgreich.

Mit einem Kopfnicken deute ich dir, mir zu folgen. Verunsichert siehst du zu Riley, dann schüttelst du unauffällig den Kopf in meine Richtung.

Ich hebe meine Brauen. Das gibt mindestens zehn Schläge, Emilia.

Unbeeindruckt bleibe ich stehen und sehe dich an. Ich weiß, dass du meinem Blick nicht standhalten kannst.

»Was reden diese Männer nur wieder da oben in Keatons Bunker?«, fragt Mom gerade an Riley gewandt. »Es ist immer das Gleiche mit dieser Geheimnistuerei in diesem Haus.«

Dieser Trottel lacht. Ich hasse es, wenn er lacht, Emilia.

Ich drehe mich um und gehe zu der hinteren Toilette im Erdgeschoss, denn ich weiß, dass du mir folgen wirst.

Das Badezimmer ist groß genug, um uns auszutoben. Ich lehne mich an eines der zwei Waschbecken und überkreuze die Knöchel. Innerlich zähle ich von zehn runter, und immerhin, Baby, du kommst bei zwei. Das ist okay.

Hinter dir schließt du die Tür ab und drehst dich dann zu mir um.

»Das geht so nicht, Mason«, sagst du ehrlich entrüstet und wirfst deine nackten, schlanken Arme in die Luft.

»Dreh dich um und beug dich über die Waschmaschine«, antworte ich emotionslos.

Das Blut verlässt langsam dein Gesicht und dir stockt der Atem. Du überlegst, ob du dich auflehnen und im Endeffekt noch mehr Strafe kassieren sollst. Die letzten Monate waren sehr lehrreich für dich.

Mit zaghaften Schritten gehst du zur Waschmaschine, beugst dich darüber, stützt die Hände auf und drehst mir dein Gesicht zu. Ich will immer dein Gesicht sehen, Baby.

»Zieh dein Kleid hoch.«

Du folgst und du hast kein Höschen an, genau, wie ich es von dir wollte. Dein Glück, mein Pech. Erstmal trete ich von hinten an dich ran und presse meinen harten Schwanz an dich. Ich packe mit einer Faust deine langen Haaren und ziehe deinen Kopf hoch, sodass ich dir ins Ohr knurren kann: »Du hast dich mir verwehrt, deswegen kriegst du jetzt zehn Schläge. Zähl mit.«

Du atmest tief ein und wartest. Braves Mädchen. Dein Atem geht schon jetzt schneller, und als ich einen Schritt zurückmache, sehe ich, wie feucht du bist. Du kleines verdorbenes Miststück, das liebe ich so an dir.

Ich drehe den Wasserhahn am Waschbecken auf, damit man die Schläge und deine eventuellen Schreie nicht hört, auch wenn ich es lieber anders hätte.

»Wenn sie dich schreien hören, kriegst du nochmal zehn.«

Du schluckst und nickst.

»Wie heißt es richtig?«, frage ich genervt. Dass ich dir das immer wieder sagen muss. Andere wissen das schon beim zweiten Mal. Mein Name wird immer genannt, damit sie wissen, mit wem sie es zu tun haben.

»Ja, Mason.« Ich mache ein mittelgroßes Handtuch nass, drehe es fest zusammen. Deine Augen werden riesig. Du bist kurz davor, zu flüchten, als ich damit auf dich zugehe.

»Baby, das könnte jetzt wehtun«, sage ich, hole aus und lasse den ersten Schlag mit voller Wucht auf deinen Hintern sausen. Und ja, die Abdrücke von vorgestern *sind* noch da.

Du beißt dir in den Handrücken, um nicht zu schreien. Deine feine Haut ist schon von Zahnabdrücken gezeichnet, weil du so oft hineinbeißt. Aber du bist hart im Nehmen, muss ich sagen, du gibst keinen Ton von dir, außer einem gedämpften: »*Eins.*« Du wirst nie wieder vergessen, zu zählen, dafür habe ich gesorgt.

Ich schlage immer auf verschiedene Stellen, bis dein ganzer Hintern in einem wunderschönen Rot erstrahlt und Tränen in deinen Augen stehen. Aber du weinst nicht, das macht mich stolz. Du bist viel stärker, als du denkst, Baby, und ich bin kurz vorm Kommen. Dein Stöhnen und das Zucken deines Körpers, wie du immer feuchter wirst, die Nässe deine Innenschenkel benetzt, und wie du mit dir kämpfst. Du willst das nicht. Du hasst, dass du es liebst. Und du hasst genauso, dass du nichts dagegen tun kannst. Ich habe dich in der Hand. Völlig.

Dabei wäre es für dich so leicht, das alles zu beenden. Aber dann würdest du ihn verlieren und mich. Um wen geht es dir? Manchmal würde ich so gern in deinen Kopf reinschauen, Emilia.

Ich öffne meine Hose, sobald du den zehnten Schlag gezählt hast, und drehe den Wasserhahn ab. Der Nervenkitzel, dass sie uns hören könnten, ist zu genial.

Mit einem Ruck versinke ich in dir. Du gibst immer noch keinen Ton von dir, aber deine Muskeln umfangen mich fest. Wir passen perfekt zusammen, wie immer, Emilia. Spürst du das denn nicht?

Ich ficke dich langsam und tief, und jedes Mal, wenn mein Becken deinen Hintern berührt, zischst du. Ich könnte dich kommen lassen, ich kann jede Frau kommen lassen, aber das werde ich jetzt nicht tun. Dafür bin ich *zu* sauer.

Deshalb ficke ich dich, bis ich selbst explodiere, und ziehe mich dann zurück. Schwer atmend hängst du immer noch auf der Waschmaschine, aber deine Wangen sind mittlerweile gerötet vor Lust und deine Augen betteln nach mehr. Doch das würdest du niemals laut tun, deswegen bist du so faszinierend.

Wie zuvor schließe ich meinen Gürtel und würdige dich keines weiteren Blickes. »Heute Nacht um zwei«, erinnere ich dich und gehe.

Ich schließe die Tür hinter mir, damit du dich in Ruhe frischmachen kannst, drehe mich um und renne frontal in die Brust meines Vaters.

Fuck.

Ich schaue meinem Vater in die Augen. »Ist was?«

Er sagt: »Ich wollte nur auf die Toilette gehen. Darf ich?«

»Nein!«, antworte ich staubtrocken und lehne mich mit einem ausgestreckten Arm, die andere Hand in die Hüfte gestützt, in den Rahmen. Du bist da drin, halbnackt und etwas unpässlich. So soll dich kein anderer Mann sehen, nicht einmal mein Vater. Eigentlich nicht einmal Riley.

Mein Vater schmunzelt schon fast. Ich sehe in seinen Augen etwas, was ich kaum glauben kann. Es sieht fast aus, als wäre er stolz auf mich – auf eine kranke Art und Weise.

»Du kannst es deiner Mutter beibringen, wenn es so weit ist«, meint er. »Das ist die schlimmere Strafe, als dich rauszuschmeißen, habe ich beschlossen. Ich hoffe, das ist sie wert.«

Die Tür in meinem Rücken fliegt auf und jetzt rennst du in mich hinein. Von hinten.

Ist heute der große Reinrenntag im Hause Rush oder was?

Ich trete beiseite. Ausnahmsweise. Damit du vorbeikannst. Ausnahmsweise. Zu ihm. Passt mir gar nicht.

Aber ich bin in dir gekommen und er wird das nicht. Allein schon, weil er deinen Hintern nicht sehen darf. Du wirst mindestens zwei Tage nicht sitzen können, dafür habe ich gesorgt. Außerdem sehe ich dich in neun Stunden sowieso wieder.

»Oh … äh … Mr. Rush, Sir«, stammelst du. Wieso hast du nur so viel Angst vor ihm, Emilia? Ich bin doch hier. Glaubst du, ich lasse zu, dass dir was passiert? Wenn, dann tue *ich* dir was an und kein anderer. »Ich … äh … wollte nur kurz auf die Toilette«, stammelst du weiter und fliehst schließlich. Ich sehe, dass du Schmerzen hast beim Gehen. Selbst, wenn das Kleid leicht über deine Haut streicht, tut es schon weh.

Und man mag es kaum glauben, ich kriege schon wieder einen Ständer.

7. *Lauf, bevor ich dich umbringe, Emilia*

Mason

Es ist 01:58 Uhr und ich warte auf dich, Emilia.

Mein Vater hat mir zugestanden, den Keller nach meinen Wünschen auszubauen, dafür hat meine Mutter einen Extraraum bekommen, für alles, was sie hier drin so gebunkert hatte. Ich will gar nicht über die seltsamen Dinge reden, die mir damals beim Ausmisten ins Auge gestochen sind, deshalb nur so viel: Ich bin nicht ohne Grund so abgefuckt.

Der Keller ist wie eine normale Wohnung aufgeteilt. Ich habe ein Badezimmer mit Dusche, eine Küche, die ich kaum benutze, außer, um mein Gras dort zu bunkern, wie meine Mom normalerweise Gewürze aufbewahren würde. Darin befindet sich ein kleiner Esstisch mit zwei Stühlen.

Außerdem habe ich noch ein Schlaf- und Wohnzimmer. Auch Fenster und Lichtschächte wurden nachträglich eingebaut, damit Tageslicht hereinscheinen kann. Zusätzlich verfüge ich über eine eigene Eingangstür, was bei meinem Frauenverschleiß auch dringend notwendig ist, wenn ich mir nicht dauernd eine Standpauke von meiner Mutter anhören will. Sie möchte, dass ich alle Frauen mit *Respekt* behandle. Wenn sie nur wüsste.

In meinem Wohnzimmer stehen eine große Couch, ein Tisch aus Paletten und ein Fernseher, der an meiner Wand befestigt ist. Außerdem eine Playstation und jede andere Konsole, die jemals auf dieser Welt erfunden wurde. Ich liebe es, zu zocken, während du mir einen bläst, Emilia. Das Bett, auf dem ich liege, thront auf einem Podest mitten im Raum. Ich habe es selbst gebaut, ebenfalls aus Paletten, mit zwei dicken Matratzen darauf. Drei mal drei Meter Fickfläche. Ein Traum in Schwarz. An der anderen Wand befindet sich mein Kleiderschrank, der komplett verspiegelt ist, ebenfalls in Schwarz. An der gegenüberliegenden Wand ist noch ein kleinerer Fernseher befestigt, der im Moment leise läuft. Und dann habe ich in einer kleinen Kammer hinter meinem Bett noch ein paar Dinge versteckt, die meine Mutter besser nicht sehen sollte, wenn sie hier durchsaugt wie verrückt. Ich habe ihr tausendmal gesagt, sie soll das nicht tun. Entgegen allem, was man von mir denken mag, wenn man mich das erste Mal sieht, bin ich extrem penibel, was meine Sachen angeht. Ich hasse es, wenn man darin wühlt, und ich brauche alles dort, wo es hingehört – zumindest das Wichtige. Zum Beispiel dich in meinem Bett, Emilia. Mein Dad ist eher klinisch rein. Mom nicht. Er ist der Ordnungsfanatiker, sie ist das Chaos. Ich bin irgendwas zwischendrin.

Wenn Dad für eine Woche geschäftlich wegmuss, läuft sie zu Hause in den schlabbrigsten Schlabbersachen rum und fasst den Staubsauger nicht einmal an. Wir ernähren uns dann von Pizza und Nudeln. Ich liebe es, wenn mein Vater nicht da ist, und wir große Gammelwochen veranstalten. Wir zelebrieren das geradezu, meine Mom und ich.

Ich hasse Frauen, Emilia. Sie sind hinterhältige Biester. Aber ich liebe meine Mutter. Und ich schäme mich nicht dafür, es zu sagen.

Es ist genau 2:00 Uhr, als du reinkommst. Braves Baby. Ich habe dir, wie immer, die Tür offen gelassen und höre, wie du dich erschrickst, obwohl du es besser wissen müsstest. Missy sitzt wie immer wie ein kleiner Soldat an der Tür. Natürlich hat sie gehört, wie du angefahren kamst. Sie mag dich nicht besonders. Du bist Konkurrenz für sie und das lässt sie dich spüren.

»Hallo Baby, hier ist ein Leckerli«, sagst du mit zittriger Stimme. Dann höre ich, wie du losrennst und quietschend die Tür hinter dir zuschlägst. Ich muss ein bisschen grinsen, es ist jedes Mal dasselbe. Du hast eigentlich keine Angst vor Hunden, aber so ein riesiger schwarzer Schäferhund, der einen anknurrt, wenn man den Raum betritt, würde sogar meinem Vater Angst machen. Wenn er sie nicht abgerichtet hätte und sie aufs Wort hören würde. Zumindest auf uns – und Mom, weil Missy Mom liebt.

Du weißt, dass ich im Schlafzimmer warte, weil ich dort immer auf dich warte. Wie jedes Mal seit acht fucking Monaten.

Du siehst so fertig aus, so müde.

Dein sexy rotes Kleid hast du gegen ein weißes T-Shirt-Kleid eingetauscht, das so luftig ist, dass es deinen Hintern nicht berührt. Deine endlos langen schwarzen Haare sind zu einem hohen Zopf gerafft und du bist ungeschminkt.

Ich liege auf dem Rücken, einen Arm hinter dem Kopf angewinkelt, die Beine an den Knöcheln überkreuzt. Mit einem Finger winke ich dich heran.

Du kommst, weil du immer kommst. Ich deute auf meinen Bauch und dirigiere dich seitlich über mich, sodass dein Arsch etwas in die Luft ragt, ich dein Kleid hochschieben und deinen Hintern begutachten kann.

Das sieht übel aus, Emilia. Ich war wirklich sauer.

Direkt neben dem Bett im Nachttisch habe ich ein Arsenal an Dingen, die ich brauche, wenn du kommst. Ich nehme die Arnikasalbe und öffne die Tube. Vorsichtig, soweit ich das hinbekomme, verteile ich die Creme auf deiner geröteten Haut und du zischst auf. Du wiegst nichts, Emilia, ich spüre dein Gewicht nicht einmal ansatzweise auf mir.

Sanft massiere ich die Salbe in deine Haut und du wimmerst. Baby, es macht mich an, wenn du das tust. Ich lasse mir Zeit, versuche, nicht zu hart zuzupacken, und rufe mir in Erinnerung, dass ich dich nur verarzten will. Es ist ein seltener Moment. Ich tue so was sonst nicht. Mich um andere kümmern. Sanft sein. Auf diese Art über dich nachdenken, wie ich es tue, seit ich erfahren habe, dass du weggehen willst.

Der Fernseher flackert und sendet weißblaues Licht über deine straffe, gebräunte Haut. Ich liebe deinen Körper. Du hast die richtigen Kurven an den richtigen Stellen und so weiche Haut wie ein Babyarsch.

Als ich fertig bin, lasse ich dich, wie du bist, über mir hängen und gebe dir einen festen Klaps auf deinen soeben verarzteten Arsch.

Du heulst auf. »Mason!«

»Was?«, blaffe ich dich an, weil ich immer noch *so* sauer bin, doch du antwortest nicht, weil du weißt, dass ich es eigentlich nicht wissen will. Wie kannst du es wagen, auch nur darüber *nachzudenken,* wegzugehen? Ich darf alles mit dir tun, Emilia, und das lasse ich dich immer wieder spüren. »Nicht bewegen!«, sage ich und schubse dich grob von mir runter, dann gehe ich zum Fenster und zünde mir einen Joint an.

Mit dem Arsch lehne ich mich an eine Kommode, ziehe genüsslich und beobachte, wie du daliegst. Auf dem Bauch, auf meinem Bett, das Kleid ist hochgezogen, man sieht deinen roten Arsch. Du bist *so heiß.*

»Mach deine Haare auf, Emilia!«, fordere ich. Du folgst, ziehst den Gummi raus, und deine langen schwarzen Wellen verteilen sich auf deinem Rücken. Ich wünschte,

Riley könnte sehen, was für eine kleine Nutte du bist, wo du dich gerade befindest und was ich gleich mit dir tun werde. Eine Weile betrachte ich dich, während ich rauche. Du versuchst, ruhig zu bleiben und dich nicht zu sehr verunsichern zu lassen. Der dichte Rauch meines Joints strömt in dein Gesicht. Du hustest. Es ist mir egal.

Ich habe dich auch schon gezwungen, zu rauchen.

Du bist dann immer so witzig, Baby.

Ich liebe es, dich stundenlang anzuschauen, nicht etwa, weil ich deine Schönheit bewundern will wie andere Schwuchteln, sondern weil du dann *so* unsicher wirst wie ein kleines Reh. Du weißt nicht, was du sagen sollst, ob du dich bewegen darfst oder du Ärger kriegst. Du weißt nicht, ob ich gut gelaunt bin oder schlecht gelaunt, und du weißt nicht, wie niedrig meine Grenze heute wieder ist, bevor ich ausflippe und dich für irgendwas bestrafe. Mir fällt schon was ein. Ich liebe es, dich zu bestrafen. Im Moment schaust du durch deine dichten langen Wimpern zu mir auf. Es erstaunt mich doch etwas, wie lange du es schaffst, meinem Blick standzuhalten. Direkt in meine Augen zu sehen. Das gelingt dir sonst nicht, Baby, du machst Fortschritte.

Am liebsten würde ich dich jetzt küssen, bis du keine Luft mehr bekommst; deine volle Unterlippe zwischen meine Zähne nehmen und hineinbeißen, bis du dich vor Schmerz zurückziehen willst; deinen Kopf festhalten, damit du das nicht kannst, und dir dann das Blut von der Lippe lecken.

Deine ozeanblauen Augen sind heute ungewohnt entschlossen. Mir gefällt es nicht, wenn du denkst, du könntest deinen Willen durchsetzen, Baby. Ich mag dich viel lieber, wenn du voller Verlegenheit zu Boden schaust und tust, was ich sage.

Du versuchst, dich umzudrehen.

»Nicht bewegen«, knurre ich und asche einfach auf den Boden. Der Rauch zieht dir wieder ins Gesicht. Ich weiß genau, dass du keine Drogen magst, weil *Riley* keine Drogen mag. Er ist so ein Loser.

»Mason …«

»Ruhe!«

»Aber ich muss mit dir …«

»Ruhe!« Mein Gott, Emilia, nach all der Zeit hast du es immer noch nicht begriffen. Ich gebe dir einen kleinen Schlag auf den Arsch und du stöhnst auf. Ich liebe es, wenn du stöhnst, Emilia. Aus welchen Gründen auch immer.

»Du gehst nicht nach New York!« Ich schnipse den Rest vom Joint aus dem Fenster in den Garten. Meine Mutter wird sich darüber wieder aufregen und ich werde es wie immer ignorieren. »Dreh dich auf deinen Arsch«, fordere ich. Deine Augen werden groß.

»Bitte nicht, es tut so weh«, wimmerst du. Weißt du denn immer noch nicht, dass gerade das mich anturnt?

»Dreh. Dich. Auf. Den. Arsch. Emilia!«, artikuliere ich sehr genau. Du atmest tief durch, presst die Lider zusammen und tust es.

»Spreiz die Beine«, fordere ich und schlendere auf dich zu, setze mich auf die Bettkante und umkreise langsam mit meinem Zeigefinger deine Klitoris. »Du gehst nicht, Emilia!«, sage ich erneut und schiebe zwei Finger mit einem Ruck in dich. Du stöhnst und versteifst dich zugleich. Ja, du bist höchstwahrscheinlich wund. Du und Riley wart die letzten Tage viel hier, und ich war *sehr sauer*. Das bin ich eigentlich immer, wenn ich euch sehe. Ich biege meine Finger in dir. »*Was* wirst du nicht tun, Emilia?«

»Mhmmmm«, murmelst du unverständlich. Ich öffne meine Hose, beuge mich über dich und drücke dein Knie nach oben, als ich in dich eindringe.

Fuck, das fühlt sich so gut an.

»Was. Wirst. Du. Nicht. Tun?« Bei jedem Wort stoße ich in dich. Du wirfst den Kopf nach hinten, sodass er über den Bettrand hängt und ich deine freigelegte Kehle mit einer Hand packe. Du keuchst. Langsam ziehe ich mich zurück, und als ich mich wieder in dich drücke, tue ich es hart, bis zum Anschlag.

»Oh verdammt!«, flüsterst du, gefolgt von einem »Ich hasse dich so sehr!« Und ich lache leise. Ich schiebe meinen Daumen zwischen deine Lippen und du beißt darauf. Weil du eine kleine Bitch bist, die genau das hier braucht.

»Also, *was* wirst du nicht tun?« Die Lust ist nicht in meiner Stimme zu hören, aber sie wird härter, genau wie ich in dir.

»Ich gehe nach New York, Mason, und es gibt nichts, was du dagegen tun kannst!«, explodierst du. Obwohl ich gerade kurz davor war, zu kommen, ziehe ich mich ruckartig zurück.

»Was?« Ich packe meinen Schwanz wieder ein. Denn das brauche ich nicht, Emilia. Mir geht es um den Kick, nicht um den Orgasmus.

Du stützt dich schweratmend auf die Ellbogen und deine Haare kleben auf deinen nackten Armen.

»Ich werde gehen, Mason«, sagst du ernst. Ich hasse es, wie entschlossen du mich dabei ansiehst. Als hättest du die Freiheit, einfach zu entscheiden, was du tust. Was glaubst du eigentlich, wer du bist, Emilia, dich mir so zu widersetzen?

Aber du bist noch nicht fertig. Du sprichst weiter, und das gefällt mir noch weniger. »Ich muss gehen, für Riley, für seine Gefühle, für mich. Du tust mir nicht gut. Ich brauche Luft zum Atmen.« Ich bin drauf und dran, Emilia, dir jegliche Luft zum Atmen zu nehmen. Du kannst nur aufschreien, als ich einen Satz auf dich zumache, mich mit gespreizten Beinen auf deinen Bauch setze und eine Hand um deine Kehle schließe.

Fuck!

»Du weißt genau, du sollst mich nie aggressiv machen, Emilia. Ich kann mich nicht kontrollieren, auch das weißt du! Du weckst gerade das Monster in mir. Nicht ich. Wieso tust du das? Hast du denn noch immer nichts gelernt?«

Mit riesigen Augen starrst du mich an und rührst dich

nicht, deine Kehle so zerbrechlich unter meiner Handfläche. Du atmest hektisch, und es wäre so leicht, dich gar nicht mehr atmen zu lassen.

»Mason ... du tust mir ... weh«, keuchst du abgehackt.

»Was du nicht sagst. Wie kommst du dazu, diese Entscheidung zu treffen, ohne mich vorher zu fragen?« Ich weiß, was du in meinen Augen siehst, Emilia. Es ist der blanke Wahnsinn. Ich weiß, dass ich gerade mehr Schatten als Licht bin, und dass meine Stimme nicht wie meine eigene klingt. Ich weiß, dass mein Griff zu hart ist, und ich weiß, dass dir klar ist, dass ich gerade mein unbeherrschteste Ich bin und dass du jetzt ganz vorsichtig sein musst.

Aber du kennst mich, Emilia, nicht wahr?

Deshalb hebst du zittrig deine Hände und legst sie an meine Wangen. Du starrst in meine Augen.

»Mason, bitte ...«, flüsterst du brüchig und eine Träne rollt über deine Wange. Ich atme tief durch die Nase. »Bitte beruhig dich!« Und schließe die Lider. »Ich bin's. Immer noch.« Ich konzentriere mich nur auf deine Stimme. Gott, du hasst mich. »Lass mich los!« Deine Hände sinken von meinem Gesicht, als mein Griff sich lockert.

»Lauf, Emilia, bevor ich dich umbringe!«, stoße ich gepresst hervor, ehe ich von dir runtersteige und dich gehen lasse. Aber ich weiß nicht, ob es für immer ist.

8. *Fick dich, Emilia*

Mason

Du bist so in Eile, dass du nicht einmal die Tür schließt.

Sobald du meine Wohnung verlassen hast, brülle ich: *»Du brauchst Luft zum Atmen? Ich tu dir nicht gut? Fick dich, Emilia!«* Ich greife nach dem Baseballschläger, der unter meinem Bett liegt, und schmettere ihn gegen meinen Fernseher, der laut krachend runterfällt. Missy, die gerade zu mir kommen wollte, verkrümelt sich mit einem Aufheulen nach oben. Sogar sie weiß, wann man mich nicht stressen sollte, Emilia. Als Nächstes ramme ich den Schläger ins Fenster und es zerbricht in tausend klirrende Scherben. Ich bin so wütend und gleichzeitig so froh, dass du gegangen bist.

Ich werde ihn umbringen, Emilia.

Mir reicht es.

Du gehörst mir.

Du hast mir vom ersten Tag an gehört.

Ich teile nicht, schon gar nicht mit diesem kleinen *Bastard*!

Mit dem Baseballschläger in der Hand schlüpfe ich schnell in meine Sneaker und verpisse mich.

Ich mag es nicht, wenn du dich mir entziehst. Wenn du ihn mir vorziehst. Du hast es einmal zu oft getan, Emilia!

Ich stampfe nach oben und hinaus in den Garten. Gerade will ich nach vorn zu meinem Auto, als ich von den Beinen gerissen werde.

»Egal was du auch vorhast, du wirst es nicht tun, Mason!« Mein Gesicht wird in die Erde gedrückt, ich schmecke sie auf meiner Zunge, und fühle das harte Knie meines Vaters in meinem Rücken.

Nicht schon wieder.

Der Baseballschläger fällt mir aus der Hand.

»Lass mich los!«, knurre ich. Ich bin gerade so auf Adrenalin, dass ich auch ihn umbringen würde, weil er sich mir in den Weg stellt. Anstatt also ruhig zu bleiben, versuche ich, ihn von meinem Rücken zu bekommen.

»Du bist unkontrolliert«, sagt er. »Und so wirst du auch sie niemals kontrollieren können!« Das lässt mich ruckartig erstarren und ich höre ihm zu, während er mich immer noch in seiner Gewalt hat. Das hat er schon so oft getan, weil ich diese Ausbrüche, seitdem ich klein bin, regelmäßig habe.

»Du. Musst. Lernen. Dich. Zu. Kontrollieren! Sonst wird es dich verschlingen! Und alles, was mit dir in Berührung kommt. Willst du sie zerstören, Mason?«

»Im Moment schon, lass mich los! Ich brauche keine Scheißkontrolle, ich bin nicht *du*!«

»Nein, du bist viel schlimmer, und das hat was zu bedeuten.« Ich stutze, weil ich nicht weiß, was mein Vater meint. Der hat doch die Oberfluffi-Beziehung mit meiner Mutter und wird nie laut. Außerdem würde er sie nie anfassen, wenn sie es nicht will. Dafür hat er viel zu kleine Eier.

»Reiß dich jetzt zusammen!« Er zerrt mich nach oben auf die Beine und starrt mir in die Augen. Ich starre vehement zurück.

»Du bist immer noch nicht ruhig, oder?«, fragt er genervt.

»Ich bin wütend und ich bringe ihn jetzt um!« Erneut will ich losziehen, doch mein Vater ist schneller. Mit seinem Unterarm an meinem Hals presst er mich mit so einer Wucht an die Hauswand, dass ich keuche. Jetzt weiß ich, wie du dich vorhin gefühlt hast, Emilia. Es ist nicht schön, gewürgt zu werden.

»Sollte ich rausfinden, dass du ihm auch *nur ein Haar* gekrümmt hast, dann bringe ich *dich* um. Und glaub mir: Ich kann und ich werde! Und glaub mir noch was anderes: Ich finde es raus, noch bevor du es gemacht hast!« Ruckartig lässt er von mir ab und tritt zwei Schritte zurück.

»*Fuck*!«, brülle ich und mache einen Abgang – eine Hand in meine Haare gekrallt. Scheiße, ich bin so angepisst.

***

Keaton

Ich weiß, dass du alles vom Fenster aus beobachtet hast, Olivia. Aber dir ist klar, dass es schon immer besser war, nicht dazwischenzugehen, wenn wir aneinandergeraten. Wir sind dann wie zwei Hunde, die sich ineinander festbeißen ...

Ich schaue Mason hinterher, der zu seinem alten Mustang geht. Er knallt die Tür zu und sein Auspuff rattert, als er aufs Gas drückt und viel zu schnell um die Ecke düst.

Ich lasse ihn ziehen, es ist besser so.

Wenigstens wird jetzt sein erster Gang nicht zu Riley führen, sondern dahin, wo er wieder wirklich runterkommt, obwohl du es hasst, dass er das tut, Olivia.

Als wir ihn vor dreiundzwanzig Jahren gekriegt haben, wusste ich schon, dass er kein normaler, guter Junge wie Riley werden würde. Er hat meine Gene, mein Blut, meine Verbissenheit, wenn ich etwas will. Ich musste auch erst lernen, das zu kontrollieren, aber es ist mir nie so schwergefallen wie ihm. Er ist der impulsivste Mensch, den ich kenne, Olivia. Sogar noch vor dir. Eine Eigenschaft, die er dir zu verdanken hat. Wir beide geben eine wirklich explosive Mischung ab. Ich schaue nach oben zum Fenster und sehe deine Silhouette. Du schiebst es nach oben und du siehst so schön aus, Baby. Immer noch, nach all den Jahren.

»Ist alles okay?«, fragst du. Eigentlich weißt du, dass es nie okay ist, egal was du versuchst, den Nachbarn vorzuspielen. Sie kriegen mit, wie Mason regelmäßig ausrastet und die gesamte Gegend terrorisiert. Wir haben es nur meinem Stand beim FBI zu verdanken, dass uns alle in Ruhe lassen.

»Leg dich wieder ins Bett, ich komme gleich!«, sage ich, und du gehorchst. Das tust du immer. Nicht aus Angst, sondern weil du mir blind vertraust. Mason braucht so was auch, aber wie könnte man ihm vertrauen? Du bist die Einzige, die das tut, weil gute Mütter nun mal so sind, egal was schlechte Söhne auch immer machen.

Er war sowieso immer schwierig, aber seit dem Tod seiner Grandma ist er eine tickende Zeitbombe. Sie war für ihn heilig. Er war ihr Liebling, noch vor Riley. Egal was er angestellt hat, sie hat in allem etwas Gutes gefunden. Sie hat ihn ja auch nur alle zwei Wochen gesehen und die ganzen Debakel nicht ausbügeln müssen, so wie ich.

Oh Olivia, als ich damals erfahren habe, dass du schwanger bist, noch vor dir, habe ich mich zwar gefreut, aber ich wusste von Anfang an, dass es problematisch werden wird. Du und ich in einen Topf geworfen und kräftig umgerührt?

Ich gehe durch die Hintertür ins Haus.

Ich weiß alles, was Mason tut. Nach wie vor habe ich überall meine hübschen kleinen Kameras platziert, wovon du nichts weißt, weil du mich dann kastrieren würdest. Mein bester Porno ist, dich beim Duschen zu beobachten. Außerdem muss ich wissen, was die Menschen, die ich liebe, tun. Ich muss wissen, was meine Jungs tun, und ob es ihnen gut geht. Sie sollten sich geehrt fühlen.

Missy hat sich vor der Haustür breitgemacht, weil sie hier auf Mason wartet wie jede Nacht. Ich tätschle ihren Kopf, bevor ich weitergehe. Er ist nicht böse, Olivia. Er ist nur ein Kontrollfreak und hat ein paar komische Neigungen, über die ich, weil er mein Sohn ist, nicht so genau nachdenken will. Davon abgesehen ist er ein sehr emotionaler Mensch, der nicht weiß, mit seiner Wut umzugehen. Er ist wütend auf Riley, und mir ist klar, dass er denkt, schon immer das schwarze Schaf gewesen zu sein. Das ist er auch, Olivia. Ganz eindeutig.

Ich gehe ins Schlafzimmer und du sitzt in deinem blauen Schäfchenpyjama von *H&M* aufrecht im Bett. Du bist immer noch so du, Olivia. Und das vergöttere ich. Nach all den Jahren, nachdem du kleine Fältchen gekriegt hast, bist du immer noch die schönste Frau auf Erden für mich.

Besorgt siehst du mich an. »Wo ist er?«

Ich schließe leise die Tür hinter mir, setze mich auf die Bettkante, mit dem Rücken zu dir, stütze meine Ellbogen auf die Oberschenkel und falte meine Hände, als würde ich beten. Meinen Kopf halte ich gesenkt. Manchmal fühle ich mich so verdammt müde.

»Ich weiß nicht«, sage ich, obwohl ich es natürlich genau weiß, aber ich will nicht, dass du dir noch mehr Sorgen machst.

»Was ist passiert?« Du versuchst, gefasst zu wirken, aber ich weiß, er ist dein kleiner Liebling, auch wenn er das selbst nicht weiß. Er denkt, dass Riley dein kleiner Wunderknabe ist. Du liebst sie natürlich beide, aber du neigst nun mal zur Dunkelheit. Mason fasziniert dich. Außerdem machst du dir vierundzwanzig Stunden am Tag Sorgen um ihn, was bei Riley schlichtweg unnötig ist.

»Das Übliche.« Ich drehe mich leicht zu dir. »Olivia, wir müssen reden.«

»Ich hasse es, wenn du das sagst, Keaton.«

Ich grinse. »Ich weiß«, antworte ich lässig und nehme deine kleine Hand. Ich küsse deine Handfläche, weil ich nicht anders kann, und den Finger, an dem dein Ehering steckt, ehe ich sage: »Ich weiß auch, was du dir für eine Zukunft für Mason wünschst. Es ist eine schöne Vorstellung, dass er seine Uni fertig macht und beim FBI, genau wie ich, eine hohe Position einnimmt, aber ich muss dich enttäuschen, Olivia. Das ist nichts für ihn. Ich merke es jeden Tag. Ich war immer von der Dunkelheit angezogen, aber er ist die Dunkelheit.« Du versuchst, deine Hand zurückzuziehen, aber ich packe sie nur fester. Ich mag es nicht, wenn du dich mir entziehst, Olivia. Das hat mein Sohn wahrscheinlich von mir.

»Was willst du mir damit sagen, Keaton?«

»Ich werde ihn in meine Clubs involvieren.« Deine Augen werden groß und dein Mund klappt auf. »Er ist nicht mehr der kleine süße Junge, dem du den Arsch geküsst hast. Er ist jetzt ein waschechter Mann und er weiß, was Sex ist.«

»Ich möchte eigentlich, dass er eine saubere Zukunft hat, nicht so wie wir. Wir sind so …« Du verstummst.

»Wie sind wir?«, bohre ich amüsiert nach.

»*Unnormal.*«

»Und ist das schlecht? Muss ich dir das immer noch beibringen, dass es etwas Gutes ist, nicht normal zu sein? Ich sehe Potenzial in ihm. Schau nur, wie er sich unten die Wohnung eingerichtet hat; er kann gut mit Frauen – also auf seine Art –, und er macht illegale Scheiße. Für ihn gibt's keinen anderen Weg.«

»Was soll das heißen, er macht illegale Scheiße?«, horchst du sofort auf und ich bin genervt.

»Olivia. Ich wollte dich nur informieren, dass ich es tun beziehungsweise dass du es tun wirst, immerhin leitest du diverse Clubs.«

Du bist so angeekelt. Ich liebe es. »Igitt, Keaton, ich soll mit meinem eigenen Sohn in einen meiner Sexclubs gehen?«

»Nicht in deine. Er kriegt seinen eigenen. Testen wir ihn, Olivia, denn wenn das auch nichts für ihn ist, sehe ich ihn als Nächstes im Knast.«

Du siehst auf die Bettdecke und ich hebe dein Kinn mit einer Hand.

»Vertrau mir einfach. Ich weiß, was ich tue.« Sanft streiche ich mit dem Daumen über dein Kinn. Ich liebe es, wenn du mich so ansiehst, wie du es jetzt tust, Baby. Das wird sich nie ändern. Aber jetzt tritt eine neue Entschlossenheit in deine Augen, und ich weiß genau, was sie zu bedeuten hat. Du wirst wieder zur Löwenmutter.

»Nein!«, sagst du fest und ich hebe eine Braue.

»Was?«

»Er ist auch mein Sohn. Da kannst und wirst du nicht einfach alles selber entscheiden! Ich glaube an Mason, auch wenn er schwierig ist. Er wird seinen Weg finden, und zwar ohne ganz in die Dunkelheit abzurutschen!«

Ich seufze tief; ich kann dir nicht böse sein, Baby, denn ich liebe es, dass du niemals aufhörst, zu glauben und aufrichtig zu lieben. Ich liebe dein Herz, Olivia, und ich beschließe, dir zu vertrauen. Weil es das ist, was wir tun. Wir vertrauen uns gegenseitig. Hundert Prozent. Auch nach so vielen Jahren noch.

»Okay«, sage ich. Dann reden wir eine sehr lange Zeit nicht mehr, weil ich mich vorbeuge und dich küsse.

9. Ich war verloren und ich bin es immer noch, Mason

Emilia

Riley neben mir schläft tief und fest. Seine Atemzüge haben mich früher einmal beruhigt. Wenn ich nicht schlafen konnte, habe ich mich einfach immer seinem Atem angepasst. Früher einmal. Aber jetzt ist alles anders.

Ich kenne dich schon länger, Mason. Riley hat mich drei Monate, nachdem wir uns zum ersten Mal getroffen hatten, mit zu euch nach Hause genommen. Dabei hat er es extra lange hinausgezögert, weil er nicht wollte, dass ich dich treffe, obwohl er sich meiner damals schon sicher war. Er sagte, du wärst *anders* und ich sollte mich vor dir bloß in Acht nehmen. Er sagte, du wärst *gefährlich*. Ich habe es belächelt, doch jetzt weiß ich sehr gut, was er meinte. Wie gefährlich kann schon ein Mann sein, der in einer wohlbehüteten Familie in einer hübschen Vorstadt aufgewachsen ist? Doch irgendwann wollte Riley mich eurer Mutter vorstellen. Ich weiß es noch bis heute. Es war ein schwüler, grauer Sommertag und es herrschte drückende Hitze. Man konnte weder stehen noch sitzen. Als er mich in euer klimatisiertes Haus gebracht hat, war er *so* erleichtert, dass du nicht da warst. Wir saßen auf der Terrasse unter eurem riesigen gelben Schirm, haben Kuchen gegessen und Eistee getrunken.

Ich lachte gerade über einen Witz, den deine Mutter gemacht hat. Gott, sie ist so lustig, so unvoreingenommen und lieb. Gar keine Zicke, so wie viele andere.

Und dann kamst du.

Du hast tiefsitzende Badeshorts getragen, dein Tattoo hat in der Sonne geschimmert, wie deine gebräunte Haut. Du weißt genau, was du an dir hast, Mason. Obwohl du an jedem Arm eine Frau hattest, starrtest du mich an. Ich bin unter deinem Blick erfroren, denn du hast die kältesten Augen, die ich je gesehen habe. Sofort habe ich meinen Rücken gestrafft.

Vielleicht bist du der größte oder auch der beste Fehler, den ich je gemacht habe. Aber auf jeden Fall war er unausweichlich, schon allein, weil du nicht damit hinter dem Berg gehalten hast, dass du die Freundin deines Bruders heiß findest. Ich wurde knallrot unter deinem sinnlichen, abcheckenden Blick. Dieser geballten Anziehungskraft, die von dir ausging, konnte ich mich von Anfang an nicht entziehen. Gott, du bist wie ein schwarzes

Loch. Deine Mom hat dich und deine zwei Mädchen weggeschickt, doch selbst, als dein Blick schon lange nicht mehr auf mir lag, habe ich ihn noch gespürt.

Mein gesamter Körper hat gebrannt, genau wie meine Wangen – obwohl du kein einziges Wort zu mir gesagt hattest!

Ich ging dir aus dem Weg, so gut ich konnte, wenn ich da war, aber du hast es immer darauf angelegt, mit mir in einem Raum zu sein, oder dich so eng an meinem Körper vorbeizudrängen, als befänden wir uns in einem winzigen Schrank. Ständig hast du mich berührt, so ungeniert, ohne jegliche Scham. Du hast kein Geheimnis daraus gemacht, was du von mir wolltest. Deine ersten Worte an mich waren: »Ich werde dich ficken, Emilia.« Und ich wusste gar nicht, was ich damit anfangen sollte, als du mir das eines schönen Nachmittags auf der Terrasse plötzlich von hinten ins Ohr geraunt hast.

So oft hast du mich spüren lassen, dass du mich willst, zum Beispiel als ich im Herbst bei euch war und deinem Vater einen Kaffee machen sollte. Während ich an dir vorbeiging, hast du mir fest in den Hintern gekniffen und ich musste aufpassen, dass ich nicht aufschreie und es jeder merkt.

Dann, es war Winter, habe ich mich mit Riley gestritten und bin nur kurz zum Luftschnappen auf die Terrasse gegangen. Da saßt du, in all deiner verheerenden Pracht, mit einem Joint zwischen den Fingern und unbedecktem Oberkörper, als wäre dir niemals kalt, weil du selbst aus Eis bestehst. Du hast sofort gesehen, wie es mir ging. Das kannst du erschreckend gut, Mason: in mich hineinsehen. Du hast mir die Tüte gegeben und gesagt: »Rauch!«, und ich habe einfach Folge geleistet, weil es bei dir nicht anders geht.

Du hattest mich schon von der ersten Sekunde an unter Kontrolle, und ich weiß nicht, wieso und weshalb. Aber so ist es.

Ich lag viele Nächte wach und habe heimlich an dich und deine undefinierbaren Augen gedacht. Immer wenn ich mich für eine Farbe entschieden hatte, schienen sie im nächsten Moment andersfarbig zu schimmern. Manchmal braun, manchmal grün, manchmal regelrecht schwarz – wie die Abgründe, in die du mich ziehst. Ich musste an deine Stimme denken und an die Art, wie du mich ansiehst. Es war ein furchtbarer Kampf, Mason. Es war, als hättest du in mich hineingeschaut und gewusst, was ich bin, was ich brauche, was ich erlebt habe und was ich noch erleben *will*.

Du kannst das Schönste aus mir herausholen, aber auch das Hässlichste. Du machst mir Angst, Mason Keaton Rush.

Unser erster Kuss war an Silvester. Deine Eltern haben uns auf eine Veranstaltung mitgenommen, die deinem Vater sehr wichtig war. Du bist nach Mitternacht irgendwann auch eingetrudelt, und zwar stockbesoffen, und hast deinen Vater total blamiert. Riley war das furchtbar peinlich. Ihr habt euch gestritten und es fielen sehr hässliche Worte auf beiden Seiten. Dann ist Riley wütend davongestürmt, und gerade, als ich ihm hinterhergehen wollte, habe ich deine Finger an meinem Arm gespürt. Du hast mich mit einem Ruck in die Garderobe gezogen, wo wir zwischen tausend Jacken versanken.

»Es ist mir scheißegal, was es für Konsequenzen haben wird!« Mit diesen Worten hast du mein Gesicht in die Hände genommen und mich geküsst.

Ich wusste, ich hätte mich wehren sollen, aber in dem Moment, als ich deine Lippen auf meinen gespürt habe, war ich in einer anderen Welt. Es war, als wäre ich hineingezogen worden in Dunkelheit, Schmerz, Leidenschaft, Verlangen, Wut und Hass.

Es war, als hätte ich dich nie gesucht und doch gefunden.

Und trotzdem, Mason.

Ich hasse dich.

Ich hasse es, was du mit mir machst.

Es war mein Fehler, dass ich mich jemals auf dich eingelassen habe.

Ich hasse es, was du in mir auslöst.

Ich kann mit deinem dunklen Ich nicht umgehen, Mason. Du verschlingst mich, du tust mir weh – körperlich und emotional. Es ist, als würdest du es immer drauf anlegen, dass es mir schlecht geht. Du willst, dass ich leide, und ich leide – unentwegt.

Ich weiß nicht, ob du mich nur willst, weil du den Kick liebst, oder weil du deinen Bruder hasst. Aber mir ist klar, dass ich eigentlich keine Bedeutung für dich habe und du mich auch ganz sicher nicht unsterblich liebst. Ich weiß, dass du nicht dazu fähig bist, jemanden zu lieben – nicht einmal dich selbst.

Gott, ich hasse dich so sehr. Wie oft habe ich versucht, mich von dir fernzuhalten, und wie sehr hast du mich trotzdem angezogen? Immer wieder.

Das erste Mal, das gebe ich zu, war mein eigener Fehler. Es war im Februar, am Valentinstag, als Riley mir sagte, wir müssten zu einer Beerdigung fahren. Deine Oma wäre gestorben. Deine gesamte Familie war schon da, als wir ankamen, nur du nicht, Mason. Deine Großmutter muss eine wunderbare Frau gewesen sein, genau wie deine Mutter, und alle haben so furchtbar getrauert. Nur du nicht, Mason. Es regnete in Strömen, als wir auf dem Friedhof standen, und du warst immer noch nicht da. Neben Riley habe ich mich nicht dazugehörig gefühlt. Es war fast, als wäre ich eine Fremde, die sich unerlaubt in einen Familienmoment gedrängt hat, insbesondere weil Riley so vertieft darin war, eure Mutter zu trösten. Dein Vater hat mir nicht einmal einen Blick geschenkt, aber er ist sowieso kein Fan von mir. Um den Trauernden genug Raum einzugestehen, habe ich mich ein bisschen distanziert und dich dann etwas weiter weg hinter einer Trauerweide gefunden.

Ich bin fast über deine Beine gestolpert, die du weit von dir gestreckt hattest. Du warst komplett schwarz gekleidet, und hattest eine Flasche *Sherry* in der Hand. Sie war fast leer, was man dir ansah. Dein Haar war pitschnass. Es hing dir zerzaust in die Stirn, deine Haltung so gebrochen, deine Augen gerötet. Ich weiß, wie schwer es ist, jemanden gehen zu lassen, den man liebt, Mason. Und ich konnte dich in diesem Moment nicht allein lassen. Ohne nachzudenken, habe ich mich einfach in meinem schwarzen Wollkleid neben dich auf den nassen Boden gesetzt. Durch die Blätter der Trauerweide haben sich immer noch ein paar Regentropfen gekämpft. Sie sind von deinen Wimpern getropft. Du hast wirklich lange Wimpern, Mason, und so schöne Augen, obwohl sie so böse gucken können.

»Was willst du?«, hast du mich total betrunken gefragt und ich habe deine Hand genommen. Es war meine Schuld, Mason, was auch immer danach passiert ist. Du hast sie mir entzogen und gesagt: »Du solltest zurück zu deinem Sunnyboy gehen.« Aber ich bin nicht gegangen, sondern einfach neben dir sitzen geblieben.

»Ich meine es ernst, Emilia!« Deine Stimme wurde härter. »Ich bin gerade zu sehr ich selbst, und ich weiß nicht, wozu ich fähig bin. Geh. Lieber. Weg.«

Du hast mich gewarnt, Mason, du hast mich von dir gestoßen. Ich hätte mich wegstoßen lassen sollen, aber ich konnte nicht. Du sahst zum ersten Mal nicht wie der arrogante Bastard aus, der du bist, sondern wie ein verlorener Junge. Es hat mir das Herz gebrochen, dich so zu sehen, und ich weiß bis heute nicht, wieso es mir so viel ausmachte.

»Emilia!«, hast du mich angeblafft und ich habe hoch in deine Augen geschaut. Sie waren so dunkel. »Wenn du jetzt nicht gehst, tu ich etwas, was du bereuen wirst!« Ich glaube nicht, dass du einer Frau gegenüber jemals so viele Warnungen ausgesprochen hast, und ich kann nicht glauben, dass ich sie alle völlig ignoriert habe!

Was ist nur in mich gefahren, Mason?

Du bist es.

»Ich werde nicht gehen!«, habe ich dir beteuert. Oh mein Gott, damit habe ich ein Versprechen gegeben, von dem mir noch nicht klar war, wie ernst du es nehmen würdest. Aber ich weiß selbst, wie es ist, in so einem Moment allein zu sein. Das wünsche ich nicht mal meinem größten Feind. Und auch nicht dem Mann, vor dem ich so große Angst hatte, wie auch schon damals vor dir.

»Sherry hat sie auch immer getrunken!«, hast du gelallt und etwas davon auf den Boden geschüttet. Als Ehrung für deine Grandma. »Manchmal, wenn ich als Teenager bei ihr war, hat sie mir davon etwas in ein kleines Glas geschüttet und mir das Versprechen abgenommen, nichts davon meinem Vater zu sagen.« Ich musste lachen, dabei hast du mich noch nie zum Lachen gebracht. Du sahst mich an und dein Blick war anders. Schlagartig wurde ich ernst, weil zwischen uns etwas entstand, was ich nicht einordnen konnte und was so mächtig war.

Du hast meine Lippen angeschaut, Mason, und mir stockte der Atem.

Was tat ich hier überhaupt?

Mit einer so zarten Berührung, wie ich sie von dir niemals erwartet hätte, und danach auch nie wieder bekommen habe, hast du deinen Daumen auf meine Unterlippe gelegt und langsam einen Regentropfen sowie meinen Lippenstift weggewischt.

Und im nächsten Moment fuhren deine Finger in mein Haar. Du hast mich gepackt, an dich gezogen und hart geküsst.

Ich war verloren.

Und bin es immer noch.

Ich weiß nicht, wie es geschehen ist, aber im nächsten Moment saß ich im strömenden Regen auf einem Friedhof auf dir. Meine Lippen auf deinen, meine Finger in dein Haar gekrallt, meine Strumpfhose war zerrissen und du warst in mir.

So tief.

Mason, ich hätte nicht gedacht, dass ich dich danach nie wieder aus meinem Kopf rauskriegen würde.

10. Halte deine Schlampe unter Kontrolle, Riley

Mason

Du fickst mit mir, Emilia, selbst, wenn du nicht da bist. Und für mich gibt es keinen anderen Ausweg. Als meine Lippe aufplatzt, weil er einen harten Schlag versenkt hat, fühle ich mich selbst wieder. Diesen einen Schlag habe ich ihm zugestanden. Ich wische mit dem Handrücken das Blut aus meinem Mundwinkel, grinse ihn an und stürze mich auf ihn. Meine Knöchel platzen auf, als unter ihnen Knochen brechen und Knorpel knacken. Meine Brust ist bereits nach kurzer Zeit schon mit dem Blut eines anderen Mannes bespritzt. Warm fließt es an mir herab. Ich bin kaum außer Atem, als er schon zu Boden geht.

Das ist fast so gut wie unser Sex, Emilia. Doch es befriedigt mich schon seit Längerem nicht mehr wirklich.

Sie haben keine Raffinesse, keine Stärke, sie sind keine Herausforderung für mich, und mögen sie davor eine noch so große Klappe haben und mich verhöhnen, weil ich nie etwas sage, sondern einfach nur in den Ring in dieser dreckigen Garage steige und mein Monster freilasse.

Niemand kann mich lieben, wenn ich so bin, Emilia. Wenn ich in mir selbst gefangen bin und von diesem dunklen Etwas in mir überwältigt werde.

Ich zünde mir eine Zigarette an, nehme das Geld, was ich verdient habe von Franky, dem fetten, schmierigen Typen, der diese Undergroundkämpfe organisiert, spucke noch einmal neben den auf dem Boden liegenden Kerl und schlendere rauchend mit einer Hand in der Hosentasche nach draußen.

Zwei hübsche Blondinen drängen sich durch die Menge und himmeln mich an. Ich hab jetzt keine Lust auf sie, Emilia, und lasse sie abblitzen. Ihre Titten waren sowieso fake, genau wie das Lächeln auf ihren aufgespritzten Lippen.

Ich mag keine Fakes, Emilia. Und fast die ganze Menschheit ist ein verdammter, riesiger, einziger Fake.

Mein Gesicht ist völlig zerschlagen. Ich hoffe, dass ich meinem Vater nicht über den Weg laufe, wie so oft. Oder auch meiner Mutter, was noch viel schlimmer wäre. Meine Mutter ist die einzige Frau, die es schafft, dass ich mich schäme. Sie muss meinen Ausraster vorhin schon gehört haben. Immer sorgt sie sich um mich, trotzdem komme ich stets mit zerschlagenem Gesicht und aufgeplatzten

Knöcheln nach Hause. Und das Schlimme ist, sie macht mir nie Vorwürfe.

Ich will mir noch etwas Eis aus dem Kühlschrank holen, als Missy mir schwanzwedelnd entgegenkommt und meine blutigen Knöchel leckt. Leise flüsternd, damit sie ruhig bleibt, streichle ich sie. Dann hole ich mir schnell das Eis aus der Tiefkühltruhe und gehe dann mit ihr zusammen runter in meine Wohnung.

Mit allem hätte ich gerechnet, Emilia, aber nicht damit, dass du im Schneidersitz auf meinem Bett sitzt. Missy knurrt dich an und ich schicke sie mit einem Fingerzeig in ihr Körbchen.

Du sitzt im Dunkeln und der Mond scheint auf dein langes Haar. Es ist 5:30 Uhr am Morgen, was bedeutet, dass du höchstens eineinhalb Stunden hast, bis Riley aufsteht.

Mit dem Eisbeutel in meiner Hand stehe ich in der Tür und wir starren uns an. Ich weiß nicht, was dich hierher treibt, immer wieder, Emilia. Egal was ich dir auch antue. Du beißt auf deine Unterlippe, als ich vom Schatten ins Mondlicht trete. Deine Augen fahren über mein Gesicht, meine Nase, die ein bisschen blutet, und über meine aufgeplatzte Augenbraue, über meine Brust, die mit Blut verschmiert ist. Ich schmeiße den Eisbeutel auf den Nachttisch.

»Du hättest den anderen sehen sollen«, sage ich trocken.

Du schluckst und stehst auf. Das weite Shirt, was du trägst, gehört nicht mir. Du kommst in *seinen* Klamotten zu mir, Emilia, und ich bin wie erstarrt. Deine Haare fallen wallend über deine Schultern und du gehst zu mir rüber. Langsam, beinahe, als hättest du Angst vor mir. Und die hast du auch, nicht wahr? Es ist gut, Angst vor mir zu haben, es ist gesund.

Trotzdem hebst du die Hand und legst sie einfach an meine Wange, als wäre ich kein Vulkan kurz vor dem Ausbruch. So fühle ich mich nämlich zu neunundneunzig Prozent der Zeit. Nur, wenn ich in dir bin, erfüllt mich für kurze Zeit Ruhe und Frieden.

Ich bleibe unbewegt, als du über meine Wunden streichst.

Du ziehst mich an den Bettrand. Ich lasse zu, dass du die Zügel in die Hand nimmst. Dann verschwindest du kurz ins Bad und kommst mit einem Waschlappen und einer Schüssel mit lauwarmem Wasser zurück. Die Sonne geht allmählich auf und ich verstehe immer noch nicht, wieso du hier bist. Mein Fenster ist kaputt, Emilia. Mein Fernseher ist kaputt. Ich bin kaputt. Denn ich mache alles kaputt. Ob du es glaubst oder nicht, ich will dich nicht komplett zerstören, Emilia. Wieso läufst du denn nicht?

Während du dich über mich beugst und beginnst, langsam meine Augenbraue abzutupfen, starre ich dich an. Du hast dieses kleine Grübchen am Kinn. Mein Vater sagt, das wäre ein Zeichen für Untreue, Emilia. Deine Wimpern sind unendlich lang und deine Augen sind so türkis, wie der Himmel gerade wird. So klar. Nicht so abgefuckt wie meine und dauerstoned.

Deine vollen Lippen stehen offen und die einfallende Sonne tut deiner Perfektion keinen Abbruch. Dieser Wichser hat dich nicht verdient, aber ich hab dich auch nicht verdient. Niemand hat dich verdient.

»Was machst du hier?«, frage ich rau, ohne den Blick von dir zu nehmen.

Du tunkst den Waschlappen ins Wasser, wringst ihn aus und fummelst an meiner Wange rum. Erst, als du die Stelle berührst, merke ich, dass da was ist.

»Antworte mir.«

Du traust dich nicht, mir in die Augen zu sehen. Das machst du sehr selten, und wenn du es doch tust, pisst es mich an. Weil ich immer irgendwas darin sehe, was ich nicht sehen *will*.

»Ich ... weiß auch nicht«, murmelst du.

»Die Sonne geht auf. Du solltest gehen.«

»Ich entscheide schon, wann es richtig ist, zu gehen, Mason.« Das warme Wasser fließt über mein Kinn und auf meine Brust.

Die ersten Vögel zwitschern. Ich hasse Vögel am Morgen. Sie kündigen immer einen neuen Tag an. Die Nacht ist vorbei, dabei sind die Nächte das Einzige, was ich mit dir habe, Emilia.

»Ich frage nochmal«, sage ich langsam und deutlich. »Und ich frage das letzte Mal. Was machst du hier?«

Du schluckst schon wieder. Ich sehe, wie deine Kehle sich bewegt und dein Atem schneller geht. Du hast so einen Respekt vor mir, Baby, und es war nicht sehr schwer, den zu erzeugen, denn du hast eine unterwürfige Natur. Ich weiß noch nicht ganz, woher das kommt, schließlich habe ich mir nie die Mühe gemacht, deine Geschichte besser zu ergründen, aber über die Monate habe ich mir jeden Gesichtszug von dir eingeprägt. Jeden Atemzug und jedes Herzrasen.

Und jetzt? Jetzt druckst du rum. Ich weiß schon, worum es geht. Doch ich werde dir diese Last nicht abnehmen. Da musst du selbst durch.

»Ich konnte das Gespräch von vorhin nicht so belassen«, sagst du dann und ich schnaube spöttisch.

»Welches Gespräch, Emilia? Ich erinnere mich nur noch daran, dass ich dir fast die Scheiße aus dem Leib gewürgt habe.«

Als du daran zurückdenkst, drehst du dich schnell wieder zur Schüssel und frischst den Lappen auf. Gerade willst du ihn mir wieder ins Gesicht drücken, da packe ich dein Handgelenk und ziehe dich so nah an mich, dass unsere Nasenspitzen sich fast berühren.

»Muss ich dich umbringen, damit du nicht mehr herkommst, Emilia?«

Du hast aufgehört zu atmen und starrst mir direkt in die Augen. »Mason, du rufst mich immer wieder. Du lässt mich nicht gehen. Du erpresst mich.«

Ich lächle dich halb an. »Und was ist mit all den Nächten, in denen *du* hier saßt? Auf mich gewartet hast? So wie jetzt. Die Nächte, in denen du versucht hast, mich anzurufen, und du mir geschrieben hast, weil du mal wieder nicht schlafen konntest?«

Du atmest tief durch und versuchst, dich von mir loszumachen, aber ich ziehe nur noch fester an deinem Arm und du landest neben mir auf der Matratze. Mit großen Augen siehst du mich an, deine Haare fliegen überall rum und du bist in die Kissen gepresst. Ich rolle mich auf dich und stütze meine Hände links und rechts neben deinem Körper ab. Mit schiefgelegtem Kopf mustere ich dich. Dich und diese Lippen, die er auch küssen darf; diese Augen, in die er auch sehen darf. Und diese Brüste, die er auch anfassen darf. Du siehst ihn anders an als mich und das kann ich kaum ertragen.

Ich weiß, das zwischen uns ist keine Liebe, Emilia. Ich kann niemanden lieben. Aber etwas ist da. Etwas, was tief geht und uns verschlingt, wenn wir uns zu nahe sind.

»Ich weiß«, murmelst du verwirrt, »dass es mein größter Fehler war, dich auf der Beerdigung anzusprechen oder nicht zu laufen, als du gesagt hast, ich soll laufen.«

Du machst mich wütend, Emilia. Ich packe deine Unterarme und presse sie tief in die Decken. Mein Gewicht ruht auf dir, du kannst kaum atmen.

»Sag nie wieder, ich wäre ein Fehler«, knurre ich an deinem Ohr und du atmest zittrig ein. Du riechst so gut. Nicht nach ihm. Du riechst immer noch nach mir.

»Mason …«

»Ich will nichts hören«, weise ich dich emotionslos ab. »Solltest du nach New York mit ihm gehen, wirst du mich erst richtig kennenlernen.« Ich ziehe meinen Kopf zurück, um dich ansehen zu können. In deinen Augen stehen Tränen. Du weinst oft, wenn du hier bist, Emilia.

»Mason, ich kann nicht. Bitte zwing mich nicht zu einer Entscheidung, denn es wird immer er sein.«

Fuck.

Fuck!

Du kennst mich doch, verdammte Scheiße. Wieso sagst du so was? Ich habe mich gerade erst einigermaßen beruhigt.

Das Shirt, was du trägst, ist bereits wegen der Spritzer auf meinem Körper blutverschmiert. Deine Augen sind geweitet. Du weißt genau, was du da gerade gesagt hast, und deine Unterlippe bebt.

»Verdammt, so hab ich das nicht gemeint, Mason. Werd jetzt nicht …«

Aber es ist schon zu spät. Ich hab so viel Wut in mir, Emilia. Ich könnte den ganzen Tag ausbrechen und hätte immer noch was übrig. Für dich sowieso.

»Das alles, was du da eben gesagt hast, war nicht, was ich hören wollte.«

Immer noch halte ich deine Arme fest und immer noch stehen die Tränen in deinen Augen. Sie laufen selten über, du kämpfst immer dagegen an. Aber jetzt tun sie es, als du sagst »Ich werde nach New York gehen, Mason« und Schmerz deinen Blick flutet. »Zeig es ihm. Zeig ihm das Video. Mach mich kaputt. Aber ich werde gehen. Und ich werde mit Riley gehen. Das ist das Einzige, was du nicht kontrollieren kannst, Mason Rush.«

Ich bin nicht in der Stimmung für diese Scheiße, Emilia. Ich bin nicht in der Stimmung, um auch nur darüber nachzudenken, dass du gehst. Und wenn du gehst, werde ich dich zurückholen.

»So oder so, Emilia«, knurre ich dich an, »entkommst du mir nicht.« Deine Augen werden noch größer. Damit hast du nicht gerechnet. Du dachtest, süße, kleine Emilia, dass die Karten sich neu mischen würden, wenn du mir sagst, dass ich dich mit dem Video nicht mehr erpressen kann. Ich würde es Riley aber nie zeigen, Emilia. Weil ich nicht will, dass er uns so sieht, dass er *dich* so sieht, wie er dich nie haben wird.

Die Sonne ist mittlerweile ganz aufgegangen und strahlt uns durch die Kellerfenster an. Über mir höre ich die Schritte meiner Eltern. Sie sind eben aufgestanden. So lange bist du sonst nie hier, und jetzt klingelt dein Handy. Natürlich ist es dein Riley. Das brave Frauchen ist nicht zu Hause und macht kein Frühstück.

Ich lege meinen Zeigefinger auf deine Lippen. »Schhht.« Du starrst mich nur an.

Dann stehe ich in Ruhe auf und dunkle das kaputte Fenster mit einem Kissen ab. Das Klingeln verstummt, als ich meine Jeans ausziehe. Du liegst nur da und beobachtest mich. Mittlerweile weißt du, was falsche Worte für Folgen für dich haben.

Ich schiebe auch die Boxershorts runter und deine

Augen verdunkeln sich, Emilia, ich sehe es. Auch wenn du es nicht willst, du reagierst auf meinen Körper und ich auf deinen. Seit diesem Kuss in der Garderobe.

Mein Handy fängt an zu klingeln und ich nehme nochmal meine Jeans, um es rauszuziehen. Ich kann dir förmlich ansehen, wie dein Herz rast, aber ich bin ganz ruhig, obwohl ich Schmerzen habe und müde bin und abgefuckt bis zum Gehtnichtmehr.

»Ohhh«, seufze ich und komme mit meinem Handy, das immer noch klingelt, zu dir aufs Bett. Ich gehe ran und lasse dich zuhören. »Was willst du morgens von mir, *Riley?*« Ich sage nur seinen Namen, damit ich den Schock in deinem Gesicht in mich aufsaugen kann. Mit meinem Knie spreize ich nebenbei deine Beine und steige dazwischen.

Du denkst darüber nach, mich aufzuhalten, aber du wagst es nicht.

»Ja, guten Morgen, Mason. Hast du zufällig Emilia gesehen? Sie ist schon wieder nicht da.«

Zwei meiner Finger fahren über deine Mitte, die ich mit schiefgelegtem Kopf betrachte. Ich liebe deine Pussy. »Leider nein, *Bro.* Woher soll ich wissen, wo deine kleine Schlampe sich rumtreibt?«

Deine Augenbrauen ziehen sich zusammen, aber ich kann deine Wut nicht ernstnehmen, Emilia. Du würdest sie mir gegenüber auch nie richtig äußern.

»Gott, musst du immer so verdammt *du* sein?«, fragt Riley und ich lächle.

»Tja, was auch immer. Pass auf deine Bitch auf.«

Und damit schiebe ich mich in dich und lege erst auf, als ich tief in dir bin und du dein Stöhnen kaum noch unterdrücken kannst.

11. *Festketten und ficken, Emilia*

Mason

Zwei Dinge wecken mich, Emilia. Einmal deine Titten, die sich an meine Seite pressen, und einmal Missy, die neben mir sitzt und knurrt. Ich öffne die Augen und merke, dass du auf meiner Brust eingeschlafen bist. Unsere Füße sind miteinander verhakt, deine Haare sind überall auf meinem Bauch und meinem Arm verteilt. Selbst beim Schlafen halte ich dich fest an mich gedrückt. Ich schlafe sonst nicht mit Bitches ein, Emilia, auch mit dir war das mein erstes Mal. Wie so vieles mit dir mein erstes Mal ist. Ich streichle abwesend Missy und sage ihr, dass sie nach oben gehen soll. Sie versteht alles, was ich sage; und sie kann auch Türen, die nicht verriegelt sind, öffnen und schließen. Es nervt sie, dass ich sie wegschicke, was sie mit einem kurzen Fiepen zeigt. Sie ist eben doch eine Frau, Emilia. Aber sie hört auf mich und geht dann nach oben zu Mom. Wärst du doch bloß auch so brav wie sie. Du regst dich in meinen Armen, seufzt genüsslich und fährst mit deiner Nase über meine Brust. Deine Lider flattern, du bist kurz vorm Aufwachen. Aber ich bin kein Mann, der dich stundenlang ansieht, während du schläfst, Emilia. Ich bin ein Mann, der sich in dich schiebt, wenn du noch nicht mal wirklich wach bist und dich dann hart vögelt. Das einzige Mal, dass ich irgendwen nicht hart gevögelt habe, war bei unserem ersten Mal. Ich wusste in dem Moment, als du auf mir warst, dass ich dich wieder haben muss. Koste es, was es wolle, und so kam es. Es passiert immer, was ich will, Emilia. Ich habe nur nicht damit gerechnet, dass ich dich nach all den Monaten immer noch will. Das ist neu. Wieder mal.

Du lächelst und ich hebe eine Augenbraue. Wieso zur Hölle lächelst du? Träumst du von ihm? Oder träumst du von meinem Schwanz? Deine Strafe letzte Nacht beinhaltete, hierzubleiben und heute deinem süßen Verlobten zu erklären, wo du die ganze Nacht warst. Vielleicht auch den ganzen Tag, wir werden sehen.

Du hebst deine linke Hand und legst sie auf die Seite, wo mein Herz schlägt. In der Sonne reflektiert dein Scheißverlobungsring, der mir ehrlich gesagt erst jetzt richtig auffällt. Jetzt, da ich nicht mehr rasend bin. Jetzt, da ich die Information, dass du meinen Nachnamen von dem falschen Mann tragen willst, einigermaßen verdaut habe.

Ich will dir diesen Scheißdiamanten vom Finger reißen und ihn im Klo versenken.

Du öffnest deine Augen und bemerkst direkt meinen angepissten Blick.

Zuerst wirkst du orientierungslos, aber dann weißt du genau, was passiert ist. Außerdem spürst du es. Zischend richtest du dich auf. Ich weiß, dass dein Arsch von meinen Schlägen noch wehtut, und es ist mir egal. Jetzt erst recht.

Ich packe dich am Arm, wie so oft. Dort hast du schon blaue Flecken wegen mir. Mit einem Ruck ziehe ich dich zurück auf den Rücken. Du stößt erschrocken die Luft aus und starrst mich an.

»Mason, ich muss sofort nach Hause«, sagst du.

»Ich entscheide, wann du nach Hause musst.«

»Riley wird sicher …«

»Nicht sterben, leider, nur weil du einen Morgen nicht da bist und ihm seinen Kaffee servierst, Emilia.«

Du versuchst, böse auszusehen, aber du wirkst einfach nur lächerlich in dem Versuch.

»Gib mir deine Hand«, fordere ich hart. Du blinzelst verwirrt.

»Was?« Deine Stimme ist total rau vom Schlaf. Deine Haare fallen dir in einem einzigen Chaos über deine großen, perfekten Titten.

»Ich will deine Scheißhand, Emilia.« Ich bin es leid, ständig alles zu wiederholen, ehrlich.

Du verstehst immer noch nicht, was ich will, und streckst mir die Hand entgegen. Was denn? Hast du dich schon so sehr an diesen Ring gewöhnt, dass du vergisst, dass du ihn trägst?

Ich greife fest nach deinen Fingern und reiße in einer schnellen Bewegung den Ring runter, dann schmettere ich ihn in die Ecke des Zimmers, direkt dorthin, wo die Scherben von gestern liegen. Vielleicht hab ich Glück und meine Mutter saugt alles weg.

Schockiert schlägst du eine Hand vor deinen Mund und reißt die Augen auf. Du siehst aus wie Bambi, Emilia, dessen Mutter erschossen wurde.

»Mason!«

»Was fällt dir eigentlich ein, diesen Ring vor mir zu tragen?«, will ich ganz ehrlich wissen. Dabei bin ich total ruhig. Äußerlich. Immer nur äußerlich.

Du liegst da, hast dich auf deinen Ellbogen gestützt und beißt dir auf die Unterlippe.

»Ich hab nicht nachgedacht«, murmelst du. Ich glaube, du hast Angst, schon wieder bestraft zu werden. So wie immer.

»Steh auf«, fordere ich und du drehst dich schwer atmend rum. Ich erhebe mich, gehe zu meinem Schrank und hole meine Handschellen raus. Die hab ich bei meinem Dad abgestaubt. Komischerweise hat er sehr viele davon. Überall im Haus, Emilia. Ja, ich bin nicht ohne Grund abgefuckt.

»Mason, ich war noch nicht mal auf der Toilette«, jammerst du los. »Und ich muss jetzt dringend nach Hause. Bitte mach das jetzt nicht. Bitte, bitte!« Es macht mich so an, wenn du bettelst. Mein Schwanz wird sofort hart, abgesehen von der Morgenlatte, die ich eh schon habe.

Aber du wirst jetzt nicht in den Genuss davon kommen.

»Du hättest den Ring nicht tragen sollen, Emilia«, informiere ich dich, während ich deine beiden Handgelenke an einem Balken an der Decke befestige. Und ja, mein Zimmer ist sehr praktisch eingerichtet, damit ich dich so gut wie überall festketten und ficken kann. Dich und alle anderen, die vorher hier waren.

»Das kannst du jetzt nicht ernst meinen!«, sagst du ein bisschen wütend.

Ich reiße dir das T-Shirt vorn auf. »Wie du siehst, schon.« Damit ziehe ich mir eine Hose an und gehe hoch. Ich brauche erstmal einen Kaffee, bevor ich mich mit dir befassen kann.

* * *

Mom ist oben im Büro und arbeitet, Missy folgt mir auf den Fuß. Sie ist wie du, Emilia. Sie hängt mir am Arsch. Der Unterschied ist, dass sie keinen anderen fickt und zu hundert Prozent treu ist. Ich schenke mir Kaffee ein und mache ein paar Sandwiches, denn ich habe Hunger – wie immer nach einer Nacht mit dir. Natürlich nehme ich keine Schmerztabletten, obwohl meine Fresse fast abfällt, weil der Kerl echt gut getroffen hat. Ausgeknockt hab ich ihn trotzdem – das tue ich bei allen.

Ich hasse dieses Haus, ich fühle mich immer so beobachtet, egal was ich tue. Mein Vater scheint immer da zu sein. Er ist ein bisschen eigen. Gerade ist er in der Arbeit, was die Sache noch gruseliger macht. Das war schon als Kind so, Emilia. Ich habe einen heißen Porno unter dem Kissen versteckt, und als ich ihn mir dann reinziehen wollte, war er weg. Jedes Mal. Ich habe mein erstes Gras zu Hause gebunkert, und als ich es rauchen wollte, war es weg. Man hat hier einfach keine Privatsphäre. Immer wenn mein Dad und meine Mom übers Wochenende weggefahren sind, stand er plötzlich wieder vor der Tür oder hat jemanden vorbeigeschickt wie Tante Penny oder fucking hot Tante Amber. Die ist mal eine Milf, Emilia. Ich wette, du siehst auch so aus, wenn du über vierzig bist. Und ihre Tochter erst …

Mit meinem Sandwichteller und einer Tasse Kaffee gehe ich zurück in den Keller, weil ich Mom nicht begegnen und nicht darüber reden will, woher die aufgeplatzte Lippe stammt. Eigentlich sollte ich jetzt beim Praktikum sein. Doch meine Mutter ist genauso ein kleiner verschissener Stalker wie mein Vater und kommt in dem Moment runter, als ich die Kellertreppen erreiche.

»Mason! Wie siehst du wieder aus und was tust du hier? Wir haben dreizehn Uhr! Wieso bist du nicht beim Praktikum?«

»Ich hatte keine Lust. Wir wissen doch alle, dass ich niemals beim FBI arbeiten werde, Mom, und das Studium geht mir auch am Arsch vorbei. Auch 'n Sandwich?«

Meine Mutter nimmt eins und beißt wütend ab. Nachdem sie geschluckt hat, fährt sie mich auch schon an.

»Gut, aber du solltest dennoch deinen Hintern wenigstens ab und an zum Praktikum bewegen, sonst wird dein Vater ungemütlich, und wir wissen beide, wie ungemütlich er werden kann, wenn er ungemütlich wird.«

Ich verdrehe die Augen. »Wie auch immer …« Ich warte nur darauf, dass mein Vater *ungemütlich* wird, damit ich endlich mal wieder meine Wut rauslassen kann. Denn er ist ein ebenbürtiger Gegner, auch wenn er mich einfach nicht für voll nimmt. Meine Mutter murmelt noch irgendwas in ihren nicht vorhandenen Bart, was ich schon gar nicht mehr verstehe, weil Missy und ich nach unten gehen. Sie schaut immer erwartungsvoll zu dem Teller in meiner Hand, in der Hoffnung, dass ein Sandwich direkt in ihr Maul fällt.

Du hängst immer noch da, Emilia. Ich liebe es, deinen geröteten Arsch als Erstes zu sehen, wenn ich meinen Keller betrete. Ohne meinen Blick abzuwenden, stelle ich die Tasse ab und lege mich auf einen Ellbogen gelehnt direkt auf das Bett vor dir. Du benetzt gierig deine Lippen, als ich stöhnend von meinem Sandwich abbeiße. Das T-Shirt hängt in Fetzen von deinen Schultern, deine Haare fallen dir ins Gesicht. Du schwitzt, weil die Sonne nur so durch das nicht kaputte Fenster knallt und die Temperatur schon jetzt die 30-Grad-Marke überstiegen hat. Deine Brüste werden nach oben gezogen, weil deine Arme gestreckt sind, und ich mustere dich in aller Ruhe, während ich mein Frühstück verspeise. Hast du Hunger, Baby?

»Bitte mach mich los«, sagst du kraftlos. Dein Handy klingelt schon wieder. »Es ist schon viel zu spät.« Ich überlege, ob ich den Anruf annehmen soll, während ich es lustlos ansehe, um Riley zu sagen, dass du im Moment anderweitig beschäftigt bist. Es ist so schön, dich so in der Hand zu haben.

»Mason, bitte nicht!«, rufst du aus und ich grinse. Du kennst mich schon so gut, Emilia. Wie keine andere. Nur um dich zu ärgern, nehme ich es und scrolle durch euren Chat.

Nebenbei gebe ich Missy den Rest von meinem Sandwich und trinke meinen Kaffee.

Ich mag es nicht, wie du ihm schreibst.

»*Hey Darling, soll ich noch was zum Essen mitnehmen?*«, lese ich mit verstellter Stimme vor. »Und das kauft er dir ab, Emilia? *Du fehlst mir, Baby?*« Ich schnaube. »*Wo bist du, Emilia? Du warst schon wieder die ganze Nacht nicht da.*« Ich grinse dich an, obwohl ich schon wieder sauer werde.

»Mason, bitte leg jetzt das Handy weg!« Du schaust mich panisch an, weil du genau weißt, was es mit mir macht, diese Nachrichten zu lesen.

»*Denk dran, heute ist die Geburtstagsfeier von meinem Chef. Zieh das kleine Schwarze an, das ich so an dir liebe.* Liebe, Emilia?« Stechend sehe ich dich an. Du schluckst, rüttelst an den Handschellen und wirst sichtbar nervös.

»Es ist nur ein Kleid, bitte lass es jetzt, Mason!«

»*Deine Nervosität veranlasst mich, nur weiterzuscrollen, Baby.*« Das tue ich, und tatsächlich, da sind Bilder, Emilia. Die du ihm geschickt hast, *Emilia*. Warum komme ich erst nach all den Monaten darauf, dein verdammtes Handy zu checken?

Ich hebe eine Augenbraue und drehe das Gerät mit dem Bildschirm in deine Richtung. »Was sind das für Bilder?« Du wirst blass. Dein Blick huscht zwischen meinem Gesicht und dem Handy hin und her – zu dem Bild, worauf du im Bett zu sehen bist, in einem weißen Nachthemdchen, welches kaum deinen Arsch bedeckt, Emilia. Darunter steht: *Wann kommst du, Schatz? Ich warte auf dich.*

Ich bin so sauer, dass ich nicht mehr vorlesen kann. Dir bricht der Schweiß aus.

»Oh Gott, bitte leg es einfach weg. Du machst alles immer nur schlimmer, Mason!«

Was? Es geht noch schlimmer? Was kommt da noch? Mit aufeinandergepressten Zähnen scrolle ich weiter. Ich *scrolle, Emilia*, und dich erfasst die nackte Panik. Die unwichtigen Nachrichten überfliege ich, wie: *Treffen wir uns dort* und *Willst du was vom Chinesen,* bis ich zu dem eingemachten Zeug komme. Das ist gar nicht so lange her, Emilia. Ich bin schon fast am Ende eurer Nachrichten angelangt. Zwei Wochen. Vor *zwei Wochen.*

Ich vermisse dich. Ich weiß, dass wir in letzter Zeit oft streiten, aber du bist der Eine für mich. Und ich will unbedingt mit dir nach New York, Riley. Dass du gefragt hast, ob ich deine Frau werden will, war das Beste, was mir je passiert ist. Ich freue mich auf einen Neuanfang mit dir und darauf, deinen Nachnamen anzunehmen, nächstes Jahr im Mai. Ich liebe dich. So sehr.

Ich liebe dich? Emilia? Ernsthaft?

Vor zwei Wochen, nachts um 03:05 Uhr?

Da warst du bei mir!

Mein Bruder war, soweit ich mich erinnern kann, in New York, um irgendwas zu regeln. Du warst bei mir und schriebst ihm, dass du ihn liebst und vermisst und ihn heiraten willst?

Du lässt den Kopf hängen, weil du genau weißt, was ich gerade gelesen habe, und weinst stumm.

Wortlos pfeffere ich das Handy gegen die Wand, direkt neben dir. Du zuckst zusammen, als es an deinem Kopf vorbeizischt. Dann bin ich schon bei dir und packe deinen Hals.

»Liebst du ihn?«, frage ich hart. »Wenn ja, warum hast du dann die Beine für mich breit gemacht, schon auf dem Friedhof, *bevor* ich das Video gemacht habe?«

Du weinst.

»Es ist kompliziert ...«

»Wir sind nicht bei Facebook und ich wollte nicht deinen Beziehungsstatus wissen.« Ich packe deinen Hals härter, so wie gestern, als du keine Luft mehr gekriegt hast, und wo noch leichte Abdrücke zu sehen sind.

»Liebst du ihn, Emilia?« Du schüttelst den Kopf, weil es das ist, was ich hören will, aber ich glaube dir nicht.

»Fickst du noch mit ihm, obwohl ich es dir verboten habe?« Du schüttelst den Kopf, aber ich weiß, dass du lügst.

»Du lügst mich an, Emilia. Du darfst mich niemals anlügen!«

Jetzt weinst du richtig laut.

»Was soll ich denn sonst machen? Er schöpft doch Verdacht, wenn ich ihn nicht mehr anfasse.«

»Also fasst du ihn an und machst auch noch den ersten Schritt?«

»Gott, Mason, ich weiß es nicht. Ich führe nicht Buch darüber, wie ich Sex mit ihm habe!« Am liebsten würde ich dir gerade eine knallen, Emilia. Hart. Aber ich tue es nicht.

»Du freust dich auf die Zeit in New York mit ihm?« Ich zwicke in deinen Nippel und du schreist auf. »Sei leise, Emilia. Mein Fenster ist kaputt und meine Mutter ist da oben. Willst du etwa, dass sie dich hört und dich hier rausholt?«

»Ja, weil ich dich dann los bin!«, zischst du mir hasserfüllt entgegen. Darauf erschreckst du dich vor dir selbst.

Ich lehne meine Stirn an deine. »Du liebst es, von mir gefickt zu werden. Du liebst es, dass ich dich besitze, und du kommst immer wieder zurück, du kleines Flittchen. Du willst mich nicht loswerden, du willst nur davor davonlaufen, was du empfindest, wenn du bei mir bist, weil es so abartig stark ist! Wollen wir mal sehen, ob er dich auch schon so gefickt hat!« Ich gehe zu meinem Nachttisch, lasse dich schniefend und völlig aufgelöst hängen, und hole mein Gleitgel. Deine Augen werden groß, als ich meine

Hose runterziehe und es direkt auf meinem Schwanz verreibe. Du weißt, was es bedeutet, Emilia. Es gehört nicht zu deinen Favoriten. Obwohl wir es schon so oft getan haben. Mit einem Ruck wirble ich dich herum und haue dir auf den Hintern. Du schreist, denn er ist wund. Und du schreist gleich nochmal, als ich mich langsam in dich schiebe, und zwar nicht in die Pussy. Du brauchst immer nur wenige Sekunden, um dich an mich zu gewöhnen, Baby. Insgeheim stehst du auf diese kranke Scheiße und entspannst dich fast sofort wieder, weil du weißt, dass du sonst Schmerzen hast, und weil ich mich nicht bewege und deine Klitoris massiere. Dein Kopf sinkt an meine Schulter zurück und ich drücke dich nach vorn. Ich will nicht, dass du mich mehr als nötig berührst. Du hättest diese Nachrichten nicht schreiben sollen, Emilia!

Wirklich nicht.

Und du hättest den Ring nicht anlassen sollen.

Du machst so viele Fehler. Immer noch. Nach all der Zeit, Emilia!

Ich wickle mir deine Haare um die Faust und lasse dich direkt in den Schrankspiegel schauen, wie du angekettet hier hängst und total wehrlos bist.

»Vielleicht sollten wir Riley mal ein Bild davon schicken!«, knurre ich und ficke dich härter. »Damit er sieht, was für eine Hure er heiraten will.«

Deine Tränen sind versiegt und du stöhnst.

Ich komme in deinem Arsch und das bleibt da. *Du* kommst gar nicht, das will ich nicht.

»Überleg dir, wie du das wiedergutmachst«, zische ich und mache dich los. Du fällst auf die Knie, aber ich gehe schon zu meinem Bett und hebe das T-Shirt auf, das ich gestern Mittag getragen habe. Dann schleudere ich es dir gegen die Brust. »Und jetzt verpiss dich!«

12. Von wegen Zuckerwattefamilie, Olivia

Mason

Du bist gerade mal zehn Minuten weg, und ich komme aus der Dusche, als Riley oben klingelt. Ich höre seine Stimme, weil die Tür immer noch offen steht, seit du fluchtartig meine Wohnung verlassen hast.

»Hey Mom«, sagt er. Er geht mir so tierisch auf den Sack. »Weiß du, wo Emilia ist? Ich erreiche sie nicht. Ihr Handy ist aus und ich habe sie den ganzen Tag noch nicht gesehen.« Er klingt besorgt. Ich schaue auf die zerschmetterten Teile, die von deinem Handy übrig geblieben sind, Emilia. Ich muss hier dringend aufräumen, du hast vor lauter Eile nicht einmal deinen Ring mitgenommen. Was mach ich nur damit?

Mit dem Handtuch um die Hüften gehe ich hoch, weil ich mir die Show reinziehen will, die Riley veranstaltet.

Mom beruhigt ihn gerade und macht ihm Tee, denn Riley trinkt keinen Kaffee. Er zuckt zusammen, als ich reinkomme. Laut. So, dass alle auf mich aufmerksam werden.

»Bist du nicht bei der Arbeit?«, fragt er mich als Erstes.

»Bist du nicht ein Idiot?«, schieße ich zurück.

»Mason!«, tadelt Mom mich sofort und stellt Riley seinen Fuck-Tee hin. Mit einem Grinsen lege ich deinen Ring direkt vor ihm auf die Anrichte und genieße den kleinen Schock in seinem Gesicht. Er ahnt es schon so lange, und ich liebe es, seinen Kopf zu ficken, so wie ich deinen Arsch gefickt habe, Emilia.

»Ist das Emilias Ring?«, fragt mich Mom verwirrt. »Was macht er denn bei dir, Mason?« Ich starre nur meinen Bruder an und er mich. Als er ihn zaghaft nimmt und einsteckt, grinse ich.

»Den muss sie wohl hier verloren haben.«

»Bei dir im Keller?«, fragt meine Mutter mit einer hochgezogenen Augenbraue.

Ich zucke nur die Schultern und gehe weiter in die Küche, um mir Kaffee zu holen.

»Würdest du mir das erklären?«, fragt Riley. »Ernsthaft jetzt? Wieso hast du den Ring meiner Verlobten?«

»Frag sie doch selber, sie ist *deine* Verlobte! Ich hatte eine anstrengende Nacht, ich gehe jetzt wieder runter.« Ich wende mich ab und will gehen, doch Riley knurrt:

»Wer auch immer dir in die Fresse geschlagen hat, er hat nicht fest genug zugeschlagen.« Ich erstarre, stelle meinen Kaffee auf die Kommode und drehe mich langsam zu ihm um.

»Riley!«, ruft Mom entnervt. Wir ignorieren sie beide.

»Wie bitte?«, frage ich.

Er trinkt von seinem beschissenen Tee. »Du hast mich schon richtig verstanden«, sagt er überheblich. Ich gehe geradewegs auf den Wichser zu, Emilia, meine Faust ist schon ausgestreckt.

»Kleiner Hurensohn!«, knurre ich, doch meine Mom wirft sich dazwischen. Genau in dem Moment, als ich mit der Faust praktisch direkt vor ihrem Gesicht stoppe, höre ich meinen Vater gepresst und sehr leise hinter mir fragen: »Was glaubst du, was du da tust, du kleiner Pisser? Nimm sofort die Hand vom Gesicht deiner Mutter, bevor ich sie dir abreiße.« Seine Stimme geht mir durch Mark und Bein. So redet er nur, wenn er *wirklich* pissig ist.

»Oh Dad, schön, dich zu sehen«, sagt Riley angespannt, ohne sich zu rühren.

»Er ist nicht dein Dad! Hast du das immer noch nicht verstanden, du Bastard? Dein Dad ist irgendein Säufer, der im Knast sitzt«, knurre ich. Mom schluchzt auf und ich werde von hinten wie ein beschissener Welpe am Nacken gepackt und von meiner Mutter fortgezogen.

»Was ist hier eigentlich los?«, fragt mein Vater durch zusammengepresste Zähne.

»Dein *Sohn* hatte den Verlobungsring meiner Verlobten in seinem Keller und ich kann es mir einfach nicht erklären. Ich habe keine Ahnung, wo sie ist. Deswegen bin ich eigentlich nur hier und nicht, um mich mit *das* rumzuschlagen.« Riley rührt in seinem Tee. Ich will wieder auf ihn losgehen, doch Dad verdreht mir den Arm auf dem Rücken.

»Oh fuck! Lass mich los!«, zische ich, als er mich mit der nackten Brust direkt gegen die Kante der Anrichte presst. Meine Mom ist mit den Nerven völlig am Ende und geht jetzt auf uns zu. »Keaton, lass ihn los!«

»Olivia, geh nach oben!«, fordert er mit einer Stimme, die ich noch nie bei ihm gehört habe, und sie geht. Sie dreht sich einfach um und geht nach oben. Das lenkt mich für einen Moment so sehr ab, dass ich alles um mich herum vergesse. Was ist hier gerade passiert? Ich schaue meinen Vater mit großen Augen an und er zieht eine Braue hoch.

»Also? Wieso war der Ring von Emilia bei dir?«, fragt Riley und ich verdrehe die Augen.

»Dad, kannst du mich jetzt bitte loslassen?«

»Nein. Beruhig dich.«

»Ich bin ruhig.«

»Deine Muskeln zucken, Mason. Du willst mich gerade umnieten. Ich bin nicht dumm.«

»Sag diesem Wichser, er soll sich verpissen, sonst bringe ich ihn um. Jetzt lass mich los! Du machst mich nur noch aggressiver.« Doch ich merke, wie ich schon ruhiger werde, denn er hat diesen bestimmten Griff. Ich weiß nicht, was er macht, aber er macht es gut.

»Von wegen Zuckerwattefamilie, Olivia«, murmelt mein Vater. Dann sagt er zu uns: »Riley, geh jetzt! Und schau zu Hause nach Emilia. Vielleicht ist sie ja mittlerweile wieder da.« Mir ist klar, dass er weiß, dass sie jetzt gerade hundertprozentig zu Hause ist.

Riley geht und mein Dad hält mich noch ein bisschen länger fest, bis sein Auto auch wirklich weggefahren ist.

»Krieg dich in den Griff!«, sagt er und schubst mich zur Tür. »Und morgen stehst du um sieben auf und gehst mit mir zur Arbeit!« Ich halte das Handtuch um meine Hüften zusammen und verschwinde wie ein geprügelter Hund.

Missy folgt mir mit großen Augen.

13. Hab ich dich verdient, Mason?

Emilia

Ich habe geduscht und trage weite, lange Klamotten, damit Riley meine Arme und meinen verwundeten Hintern nicht sieht, Mason. Meine Haare habe ich offengelassen, wegen der Würgemale an meinem Hals. Total apathisch sitze ich auf der Couch in unserem Wohnzimmer und starre blicklos über Chicago. Dein Vater hat uns diese Wohnung zur Verfügung gestellt. Hier hattet ihr gelebt, bevor ihr am Stadtrand gebaut habt. Als die Haustür geöffnet wird, fahre ich zusammen. Rileys Schritte hallen laut auf dem Marmorboden wider, sie klingen ziemlich entschlossen.

»Emilia?«, ruft er, bevor er ins Wohnzimmer kommt. Ich lege meine Haare nach vorn, weil ich solche Angst habe, dass man etwas sieht. Das machst du mit Absicht, Mason – mir immer wieder ein anderes Mal verpassen.

»Wo warst du?«, fragt Riley wütend, als er mich entdeckt. Er ist nicht oft wütend, er bringt mich nicht oft in Situationen, in denen ich Angst empfinde. Ich habe aber keine Angst wegen Riley, Mason. Die hast du mir eingetrichtert. Riley schreit nie, Riley ist nie bösartig und Riley respektiert meine Grenzen. Trotzdem schüchtert er mich jetzt ein – und das habe ich nur dir zu verdanken. Du hast mich neu programmiert wie einen Roboter.

Ich räuspere mich und starre zu ihm auf. Ich spüre schon den Kloß in meinem Hals. Wieso habe ich auch nicht davor über eine mögliche Erklärung nachgedacht? Weil ich nur daran denken konnte, wie ich heute Morgen aufgewacht bin, an deiner Brust, in deinen Armen, obwohl du mich danach auf diese Art behandelt hast. Ja, ich bin durch. *Total durch.*

»Mir ging es nicht gut. Gestern war der Todestag meines Vaters und ich bin durch ein paar Bars gestreift. Es tut mir leid, ich habe mein Handy verloren und konnte dir nicht Bescheid sagen.«

Das nimmt Riley den Wind aus den Segeln, dabei ist es nicht mal gelogen. Gestern *war* der Todestag meines Vaters und genau deswegen war ich auch bei dir, Mason. Mein Weg führt mich immer zu dir, wenn es richtig schwer wird.

Riley schaltet sofort um. »Scheiße, es tut mir leid, das habe ich ganz vergessen. Wie geht's dir?« Na ja, also … *körperlich jetzt nicht so gut,* aber ich antworte laut: »Schon okay, es ist lange her.«

Er atmet tief durch und fährt sich durch die blonden Haare. Als Kind, so habe ich es auf den Fotos gesehen, waren sie schokoladenbraun. Aber sie sind über die Jahre immer heller geworden, was wirklich ungewöhnlich ist. Wahrscheinlich, weil sein inneres Licht zum Vorschein kam.

»Ich habe mir solche Sorgen um dich gemacht.« Dann sieht er mich sehr lange prüfend an und ich senke den Blick, denn wenn du mich so lange ansiehst, Mason, bedeutet das nie was Gutes.

Mein Herz bleibt stehen, als Riley meinen Verlobungsring zwischen uns auf den Couchtisch donnert und ruhig sagt: »Erklär mir das, Emilia.« Er klingt ein bisschen wie du, Mason. In der Hinsicht seid ihr miteinander verwandt. Ich kann den Ring ein paar Sekunden nur anstarren. Scheiße, ich habe ihn total vergessen.

Mein Blick schießt hoch zu Riley und ich überlege ernsthaft ein paar Sekunden, was er machen würde, wenn ich ihm die Wahrheit sagen würde.

Dein Bruder hat ihn mir vom Finger gerissen, weil er so eifersüchtig war. Dann hat er vor mir gegessen und getrunken, während ich angekettet war, unsere ganzen Nachrichten gelesen und mich letztendlich in den Arsch gefickt, bevor er mich rausgeschmissen hat wie eine Hure.

»Oh, da ist er ja!« Meine Freude kommt sehr halbherzig. Schnell streife ich ihn mir über. »Ich habe doch mit deiner

Mom, als wir zu Besuch waren, abgewaschen und ihn sicher dabei dort vergessen. Gut, dass du ihn hast.«

»Und wieso war er bei Mason im Keller, Emilia?« Ich zucke zusammen, allein weil er deinen Namen genannt hat. Ich liebe deinen Namen, Mason.

»So sehr, wie er dich hasst, hat er ihn wahrscheinlich nur deswegen mit runtergenommen, um ihn dir später in die Hand drücken und dich damit auf die Palme zu bringen.« Hoffentlich sieht er mir nicht an, dass ich lüge. Ich kann nicht gut lügen. Wenn ich als Kind meine Eltern angelogen habe, gab es einen Haufen Bestrafungen dafür. Ja, ich sehe die Parallelen, Mason. Falls du dich das fragen solltest.

Riley legt seinen Kopf schief und durchbohrt mich jetzt förmlich mit seinen durchdringend dunklen Augen. So hat er mich noch nie angesehen und es macht mir ein bisschen Angst.

»Fickt er dich, Emilia? Denn er sieht dich immer so komisch an, und ich kenne diesen Blick bei ihm. Außerdem verschwindest du nachts immer häufiger. Ich weiß, dass du Schlafprobleme hast, aber wo bist du, wenn du die Wohnung verlässt? Und ich kriege es *jedes Mal* mit, falls du daran zweifeln solltest.« Seine Stimme ist leise, trotz seiner Worte.

Oh Mason, ich wünsche mir gerade, dass du die Tür eintrittst und mich aus dieser Situation rettest. Wie die Frauen in diesen Büchern immer von einem Helden in letzter Minute in Sicherheit gebracht werden. Egal was du mir auch sonst antust, irgendwas in mir will trotzdem, dass du, einem schwarzen Prinzen gleichend, die holde Maid aus ihren Nöten rettest.

Ich fange an, haltlos zu schluchzen. Wie konnte ich Riley nur so belügen, über all die Monate? Er ist doch so ein guter Mensch.

»Weinst du jetzt, weil es zutrifft?«, fragt er mich hart und ich schüttle schnell den Kopf.

»Ich weine, weil du mir so was zutraust!« Ich fühle mich wie die letzte Hure, Mason – die du aus mir gemacht hast –, und es wird noch schlimmer, als er sich neben mich setzt und mich an seine Brust zieht.

»Vergiss es einfach, es war dumm, so was zu glauben. Wir werden heiraten, du hast ja gesagt, so was würdest du niemals tun. Ich weiß es, Emilia.« Er streichelt meinen Kopf.

Siehst du, Mason, und das ist der Unterschied zwischen euch. Er ist kein abgebrühter, eiskalter Bastard.

Aber habe ich so einen guten Mann wie ihn verdient? Oder habe ich *dich* verdient?

***

Riley ist nochmal zum Einkaufen losgezogen, während ich im Bett liege und versuche, mich zu entspannen. Jeder einzelne Knochen tut mir weh, weshalb ich dich mindestens eine Woche nicht mehr sehen will. Egal wie wütend du dann sein wirst.

Du hast mein Handy kaputt gemacht, Mason. Das war nicht nett.

Du hast mich an die Decke gekettet. Ich fasse es nicht.

Ich habe schon so viele Bestrafungen mit dir durch und so viele erste Male. Du hast mich ziemlich versaut. Aber was du heute gemacht hast, war der Gipfel.

Gestern und heute hast du mich gewürgt. *Gewürgt,* Mason, und zwar nicht auf die sexy Art und Weise. Ich habe keine Luft mehr gekriegt!

Ich merke, dass du immer unberechenbarer wirst. Vielleicht bringst du mich irgendwann wirklich um, weil du nicht willst, dass ich nach New York gehe.

Lustlos spiele ich auf meinem Tablet das gute alte Solitär, als eine Nachricht aufblinkt. Mein Herz bleibt kurz stehen, weil du es bist. Ich habe seit fünf Stunden nichts mehr von dir gehört. Jetzt kommt langsam der Abend, Mason, und du wirst mich so, wie fast immer, zu dir bestellen. Aber ich werde nicht folgen. Nicht diesmal.

Alles okay?, hast du geschrieben und ich verenge skeptisch meine Augen. *Damit* habe ich so gar nicht gerechnet.

Wenn du meinen Körper meinst, weil du ihn schon wieder ficken willst, dann nein! Dann ist gar nichts okay!, tippe ich schnell und muss grinsen, als seine Antwort kommt.

Ts. In deinen Nachrichten bist du immer so vorlaut und vor mir kriegst du nicht einmal den Mund auf, Emilia, außer, um mir einen zu blasen.

Du bist so eklig, schreibe ich zurück.

Aber eklig findest du es nicht, wenn ich in deinem Mund komme ... Ich verdrehe die Augen und werde rot.

Jetzt sag schon, was willst du, Mason?

Ich wollte fragen, ob alles okay ist.

Seit wann fragst du dich, ob bei mir alles okay ist?

Riley war sauer, als er vorhin gegangen ist. Ich hatte Angst, dass er dir was antut, denn der Einzige, der das darf, bin ich.

Woher nimmst du dir nur das Recht, du kleiner heißer Bastard?

Er war sauer, aber er hat mir nichts getan, weil er kein irrer Psycho ist. Danke übrigens dafür ...

Du machst mich wütend, Emilia. Ich zucke zusammen, als würde er vor mir stehen und mich mit diesem bestimmten Blick ansehen.

Und das mit dem Ring? Jetzt wirst du nie wieder vergessen, ihn auszuziehen, bevor du zu mir kommst. Apropos. Zwei Uhr. Ohne Slip.

Hmmmm, wie wäre es mit Nein und mit Slip?

Ja, die Pferde gehen gerade mit mir durch, aber ich kann nicht anders. Wenn ich so weit von ihm entfernt bin, in meinem sicheren Bett, kann mir nichts passieren, da kann ich auch mal vorlaut sein.

WIE BITTE?

Ich kann heute nicht kommen, Mason. Du hast mich kaputt gemacht. Alles tut mir weh.

Und es wird dir noch mehr wehtun, wenn du nicht kommst.

Ich komme nie wieder, wenn du mir noch einmal drohst, mich umzubringen!

Oh Baby, bei all den Dingen, die ich heute mit dir gemacht habe, ist dir DAS im Kopf geblieben? Und den Rest hast du genossen, oder wie darf ich das verstehen? Dann mache ich es nämlich nicht mehr.

Du machst mich sprachlos, selbst in deinen Nachrichten.

Zwei Uhr, Emilia!

Ich muss aufhören, Riley kommt.

Aber nicht in dir und nicht auf dir, Emilia. Wehe.

Und auch, wenn es die irrste Reaktion ist, die ich haben kann, in meinem Unterleib zieht sich alles vor Verlangen zusammen.

Ich will eine Antwort.

Ist okay.

Ist okay, was?

Ist okay, ich schlafe nicht mit ihm, Mason!

Was ist mit heute Nacht, Emilia?

CIAO!

14. Willkommen in der Scheißkrötenwelt, Dad

Mason

Eine Woche, Emilia. Du hast mir knallhart jede Nacht abgesagt und ich habe es dir durchgehen lassen, aber nur, weil ich keine Lust habe, in das Penthouse einzusteigen, meinen Bruder umzubringen und dich über meine Schulter zu schmeißen, als wäre ich King Kong. Dad würde durchdrehen. Der hat mich die Woche übrigens kaputt gemacht, deswegen konnte ich auch nicht darum kämpfen, dich zu mir zu holen. Wir waren in irgendwelchen Einsätzen in irgendwelchen Sümpfen und dann stundenlang vor dem PC. Ich hasse Computer, ganz im Gegensatz zu Dad.

Wir werden uns heute wiedersehen und ich werde sofort herausfinden, ob du mit ihm gefickt hast. Du hast dann diesen schuldbewussten Blick und Angst flackert in deinen Augen, weil du nicht weißt, wie ich dich bestrafen werde. Die ganze Woche habe ich dir jeden Tag gesagt, dass du um zwei Uhr kommen sollst, und du hast jeden Tag mit Nein geantwortet.

Nein, Emilia?

So weit sind wir jetzt?

Bin ich nicht mehr einschüchternd? Ich glaube, ich sollte härter werden. Mir fallen tausend Dinge ein, Baby, mach dir keine Sorgen. Alles wird gut.

Meine Mutter hat es die ganze Woche durchgezogen, nicht mit mir zu reden, weil ich Riley einen *Bastard* genannt und seinen Vater beleidigt hatte. Mein Dad hat mich die ganze Woche auf der Arbeit und zu Hause *Scheißkröte* genannt, egal worum es ging oder ob Kollegen mit im Raum waren. Das Wort folgte auf jede Anweisung.

Kaffee, Scheißkröte!

Fahr den PC runter, du Scheißkröte!

Hol die Akte, Scheißkröte!

Meine Fresse, sie ficken mich von allen Seiten. Ich muss mal wieder Ordnung im Universum herstellen und heute fange ich damit an.

Erstens muss ich mich bei meiner Mutter entschuldigen.

Zweitens weiß ich, dass du mich ungeduldig um achtzehn Uhr erwartest, weil dann eure *Verlobungsparty* stattfinden wird. Ich habe mir überlegt, einen Beutel mit Missys Scheiße zu füllen und ihn euch als Geschenk zu überreichen. Aber das wäre dann doch zu krass und ich will keinen Stress mehr mit Dad. Aber eins steht fest: Weil du mit mir um achtzehn Uhr rechnest, komme ich vier Stunden später. Und sicherlich nicht nüchtern. Das ertrage ich nicht.

Drittens muss mein Dad dringend aufhören, mich *Kröte* zu nennen. Das hat Mom sogar schon gestern von ihm verlangt, ich habe es *genau* gehört.

Er hat mich heute immer noch so genannt, Emilia. Das ist so entwürdigend. Ich weiß schon, wie du dich fühlst, wenn du nackt in meinem Zimmer hängen musst. So fühle ich mich, wenn er mich vor der heißen Amber-Tante als Kröte bezeichnet und sie sich kaputtlacht. Wenigstens ist die heiße Amber-Tochter Cherry momentan nicht in der Stadt und kriegt es somit zumindest nicht mit.

Ich brauche Dope. Dringend.

Aber erst muss ich mich bei Mom entschuldigen. Nüchtern. Das habe ich die Woche vor mir hergeschoben, weil sie mich einschüchtert, wenn sie nicht mit mir redet. Sie ist wie Dad ohne Penis, wenn sie sauer ist.

Wir kommen endlich zu Hause an und mein Dad sagt völlig emotionslos: »Zieh die Schuhe aus, Scheißkröte.« Dann geht er nach oben, um sich umzuziehen. Mom ist schon daheim – wie jeden Freitag war sie unterwegs –, und es riecht köstlich. Vielleicht kriege ich aber nichts, wenn sie weiterhin in dieser Laune ist. Ich hätte vor ihr einfach meine Fresse halten sollen, aber *Fresse halten* ist keines meiner Talente. An dem Abend, als das passiert ist, war sie so sauer, dass ich mir mein Essen selbst kochen musste und sie mit Dad das leckere Zeug im Schlafzimmer gegessen hat. Ich hatte Rührei, Emilia. Es war weder gerührt noch genießbar, sondern *angebrannt*.

Ich gehe in die Küche und knöpfe das ätzende weiße Hemd auf, das ich im Büro immer tragen muss. Dabei hasse ich Hemden. Mom steht am Herd. Sie kocht Dads Lieblingsessen. Ich glaube, sie will ihm irgendwas verklickern oder was am Haus ändern, traut sich aber nicht, ihm das zu sagen. Vielleicht hat sie auch wieder mal ein Auto angefahren. Meine Mom ist keine sehr gute Fahrerin.

»Mom«, sage ich. Sie seufzt und dreht sich zu mir um, erwidert aber nichts, sondern zieht nur fragend eine Braue hoch.

»Okay, ich hab's verstanden. Ich bin Scheiße und eine Kröte …«

»Eine Scheißkröte«, unterbricht mich mein Vater gelangweilt, als er von hinten kommt. Er gibt Mom einen Klaps auf den Arsch, Emilia. Vor meinen Augen.

»Das riecht köstlich, Baby.«

Baby?

Gott, ich will kotzen und lachen in einem, auch wenn sich das kompliziert anhört.

»Es tut mir leid, dass ich das gesagt habe, okay?«, sage ich aggressiver als geplant.

»Fahr deinen Ton runter!«, knurrt mich mein Vater an. Oh Gott, er ist wie ein Pitbull, wenn es um Mom geht – unerträglich.

»Mom, guck jetzt mich an!« Ich stöhne und verdrehe die Augen. Sie ist so eine Dramaqueen. Riley muss das von ihr haben.

Sie sieht mich an. Genervt. »Ja?«

»Es tut mir leid, was ich letzte Woche gesagt habe. Red jetzt endlich wieder mit mir und koch mir wieder Essen! Bitte.«

»Oh, das war wohl das, was bei dir einer Entschuldigung am nächsten kommt, aber du bist immerhin besser als dein Vater.« Sie nimmt ihn stechend ins Visier und ich bin so froh.

»Willkommen in der Scheißkrötenwelt, Dad«, sage ich grinsend.

Dann gehe ich runter.

***

Um 22:30 Uhr beschließe ich, dich von deinem Leid zu erlösen und vorbeizukommen. Ich sehe an den parkenden Autos vor der Tür, dass meine Eltern auch noch da sind.

Juhu.

Aber egal, es gibt mir einen Kick, Emilia, wenn ich dich in eine Ecke ziehe und dir das Hirn aus dem Schädel ficke, obwohl wir jederzeit erwischt werden könnten.

Eine Woche, Emilia, hast du dich mir entzogen.

Eine Woche hast du *Nein* gesagt.

Ich zeige dir jetzt mal, was *Nein* bedeutet.

Ich werde das Wort aus deinem Vokabular löschen, dem Erdboden gleichmachen, es einstampfen, damit du nie wieder auf die Idee kommst, es zu benutzen.

Du kleines Miststück.

Ich bin sauer und gelangweilt in einem – sofern das möglich ist –, und bekifft. So dermaßen bekifft.

Ich hoffe, ihr hattet einen schönen Abend, denn ich bin jetzt da, um ihn zu versauen, Emilia.

Grinsend steige ich in den Aufzug und fahre nach oben. Ich erinnere mich noch vage daran, meine Kindheit hier verbracht zu haben. Das Penthouse ist ziemlich geil, obwohl Riley darin wohnt. Aber er ist ja bald weg. Mit dir, Emilia. Die sich entschieden hat, mit ihm zu gehen.

Als ich oben angekommen bin, höre ich schon viele Stimmen. Es kotzt mich an, denn ich hatte gehofft, dass deine Spießerfreunde schon um neun gegangen sind und jetzt in ihren Bettchen liegen. Musik dringt aus den Boxen. Oh Gott, was ist das für ein Scheiß, Emilia? Klassik oder was? Ihr seid so langweilig. Ich sollte mal ein bisschen Marilyn Manson auflegen. Mein Bruder *hasst* Rock. Es macht ihn aggressiv. Er ist so süß, wenn er versucht, aggressiv zu sein – wie ein Plüschhase.

Mit der Hand in der Hosentasche und dem Joint im Mund betrete ich das Penthouse. Ihr habt den Aufzug freigeschaltet, sodass man ohne Schlüssel Zugang hat. Verschiedene Verwandte und Freunde mit Brillen und blonden Sunnyboy-Frisuren – ihr seid *so* langweilig – sehen mir hinterher, als ich geradewegs an eurer riesenprotzigen

Couchecke vorbei zur Küche schlendere. Ich habe Hunger. Du weißt ja, wie das ist mit Gras, Emilia. Als du bei mir mitgeraucht hast, haben wir danach Pizza mit Nudeln und Chips belegt und uns anschließend noch ein ganzes Toastbrot reingezogen. Ich mag es nicht, wenn du kiffst, Emilia. Es sei denn, ich bin dabei und kann es kontrollieren.

Euer Spießerkühlschrank ist so perfekt geordnet. Ach du Scheiße, sind die Tupperdosen etwa beschriftet, Emilia? Gott, ihr seid so peinlich, aber das war alles mein Bruder, nicht du, denn im Herzen bist du eine Schlampe in allen Belangen. Noch während ich mir was zusammensuche, werde ich an den Schultern gepackt und herumgewirbelt.

»Oh Dad, du bist ja auch noch da.«

»Ja, ich bin noch da und du bist bekifft«, sagt er und nimmt mir den Joint aus dem Mund, um ihn im Waschbecken auszumachen.

Er hat's echt auf mich abgesehen, Emilia.

»Weißt du eigentlich, was du damit anrichtest, wenn du hier so rumrennst. Hier sind auch Rileys Arbeitgeber.«

»Oh wie süß, Riley hat *Arbeitgeber*.« Ich lache über mich selbst und stecke zwei Toasts in euren Toaster, denn ich habe *so* Hunger, Emilia. Eigentlich solltest du mir was machen als Bitch des Hauses. *Wirklich!*

Dad schüttelt den Kopf. »Ich sollte dich an deinem Nacken nach Hause schleifen und in deinen Scheißkeller einsperren. Egal wo du hinkommst, du sorgst für Ärger.«

»Ich mach doch gar nichts! Ich habe nur Hunger.« Die Toasts springen hoch und auf den Boden. »Oooppsi …« Ich hebe sie auf und beiße in einen hinein. »Wo ist eigentlich Emilia?«, frage ich und schaue mich um.

»Du wirst sie nicht ansprechen. Du wirst nicht in ihrer Nähe stehen. Du wirst nicht mit ihr in irgendwelche Ecken und Nischen verschwinden und du wirst sie nicht anstarren wie ein Psychopath.«

»Ich kann und ich *werde*!«, posaune ich raus und laufe los. Ich komme zwei Schritte weit, dann spüre ich seinen Griff um den Kragen meines Shirts. Und er zieht mich zurück.

»Mason, du bleibst genau hier stehen, bis deine Mutter und ich uns von allen verabschiedet haben. Dann gehen wir. Hast du das verstanden?«

»Ich bin keine fünf mehr, Dad!«, sage ich und beiße nochmal vom Toast ab. »Ich bin bald vierundzwanzig.«

»Hierbleiben, Scheißkröte!« *Ich hasse und liebe ihn gleichermaßen,* denke ich, als er davongeht und ich natürlich meine Chance nutze.

Ich sehe dich, Emilia.

Du stehst auf der anderen Seite des Raumes, und so rot, wie deine Wangen sind, hast du mich auch schon erblickt.

Du siehst heiß aus.

Ist das das Kleine Schwarze, was Riley so scharf findet? Es steht dir wirklich gut, aber wenn es das ist, muss ich es dir vom Körper schneiden. Deine Haare fallen gelockt über deinen Rücken und du bist ausnahmsweise geschminkt. Mit irgendwelchen Krötenfrauen stehst du an der Fensterfront, während sie deinen Ring in Augenschein nehmen und lachen. Eine davon ist deine Freundin Claire. Claire ist heiß – das genaue Gegenteil von dir. Emilia, ich hätte gern mal einen Dreier mit euch.

Claire trägt einen dunkelblonden Longbob. Nennt man das Teil so? Sie hat ein Fick-mich-Kleid an, mit hochgepushten Fick-mich-Titten. Ihre beste Freundin hat sich verlobt. Sie ist frustriert und damit leichte Beute. Wahrscheinlich fragt sie sich gerade, wann *sie* mal den Prinzen finden wird und was sie so verdammt falsch gemacht hat, dass sie nicht an deiner Stelle ist. Ich kann es dir erklären, Emilia. Sie ist nicht du. Du hast es nie darauf angelegt. Wenn man etwas zu krampfhaft versucht, schafft man es nie. Man muss einfach alles locker auf sich zukommen lassen, so wie ich gerade auf euch zugehe. *Schlendernd.* Mit meinem Toast in der Hand, von dem ich immer wieder abbeiße, und dem Grasgeruch, den ich mitbringe, denn meine Taschen sind vollgestopft. Du siehst zuerst in meine Richtung, wie immer, weil du auf mich gepolt bist. Deine dunkel geschminkten Augen werden groß, weil du mich diese Woche täglich abgewiesen hast. Du rechnest mit dem Schlimmsten, denn du weißt, wie ich mit Abweisungen umgehe. Claire steht ein bisschen verloren neben dir und versucht wirklich, sich für dich zu freuen. Aber Frauen sind furchtbar, was das angeht, Emilia. Sie wirkt sichtlich erleichtert, als eine andere Tussi hinter euch sie zum Gespräch anregt und sie sich abwenden kann.

Deine rot geschminkten Lippen sind geöffnet und du siehst mich an, als wäre ich der Teufel, der die Apokalypse bringt. Du kannst es nicht kontrollieren, denn ich kontrolliere *dich*. Allein mit meiner Anwesenheit.

Ich schmeiße den restlichen Toast auf irgendeinen Schrank, der da rumsteht, und greife nach einem Glas Champagner. Ich hasse Champagner. Ihr habt echt Leute angeheuert, die hier wie Pinguine rumlaufen und das Gesöff verteilen. Weißt du, Emilia, Mom hatte früher kaum Geld, das kam alles erst später, und es kotzt mich ein bisschen an, dass Riley so einen auf neureich macht. Er ist in Scheiße geboren und man sollte zu Scheiße stehen. Jetzt macht er einen auf Elite. Er ist abgehoben. Das passt gar nicht zu dir – dieses ganze Getue –, du bist ein bodenständiger Mensch. Dich interessiert nicht, wie viel Karat dein Ring hat, sondern nur, mit wie viel Liebe er ausgesucht wurde. Scheiße, hab ich das gerade wirklich gedacht? Ich sollte echt weniger kiffen.

Gerade, als ich bei euch ankomme, taucht der einbeinige Bandit neben dir auf und legt dir einen Arm um die Schultern, als würdest du ihm gehören. Ich hasse diesen Pisser. Es ist ja so tragisch, wie er als Kind sein Bein verloren hat, aber wir haben ihn jetzt alle lange genug dafür angehimmelt, dass er mit einer Prothese laufen kann. Die mein Dad bezahlt hat, übrigens. Nur mal nebenbei. Riley kann froh sein, dass er unsere Mutter so sehr liebt, sonst würde er immer noch in Scheiße ersticken, wie er es verdient hat.

Er ist der perfekte Saubermann. Und ich hasse Perfektion, Emilia. Er trägt wirklich einen Anzug, ist das sein Ernst? Ich muss lachen, während ich zwischen dir und Claire, die mir den Rücken zugewandt hat und mich nicht sieht, stehen bleibe. Ich kann nicht aufhören. Er kommt hier echt mit einem Anzug zu seiner eigenen Party. Das ist ein bisschen peinlich. Ich trage immer noch die Jeans von gestern. Und seine Haare, oh Gott, seine Haare sind zurückgeklatscht, als hätte ihm jemand drauf gewichst oder als hätte eine Kuh über seinen Kopf geleckt. Er ist einfach so schmierig. Das ist der Unterschied, Emilia. Neben mir würdest du wie eine Königin wirken, aber neben ihm siehst du aus wie ein kleiner Hofnarr. Wie seine süße, dumme Bitch. Dabei hast du so viel im Kopf.

Gott, ich hasse Gras. Ich stehe immer noch da und lache über seinen Anzug. Tief atme ich durch und versuche, mich zu beruhigen, aber als Riley mich anschaut, geht es wieder los und ich kann mich nicht bremsen. Er ist so eine Witzfigur.

»Mason?«, fragst du ungeduldig. Ich hasse es, Emilia. Das gibt fünf Schläge auf deinen süßen, mittlerweile verheilten Arsch.

»Ja?« Ich lache dich an und sehe, was es mit dir macht. Deine Augen funkeln.

»Alles okay?«, fragst du nun.

»Ähm … ja. Ich bin nicht diejenige, der *den* bald heiraten muss.« Mit dem Daumen deute ich auf meinen Bruder.

Der sieht irgendwie nicht so glücklich aus, komisch. Es ist doch eine Party. »Was machst du hier, Mason?«, knurrt er gar nicht amüsiert.

Ich presse die Lippen zusammen, damit ich nicht wieder loslege. Fuck, mein Gesicht tut schon weh vor Lachen. Ich wette, du denkst an das eine Mal auf der Terrasse, Emilia. Wir haben so viel gelacht und du hast kurz vergessen, dass du mit einem Schwachmaten zusammen bist.

»Gott, bist du wieder bekifft?«, fragt Riley genervt.

»Mein Bruder feiert Verlobung. Ich wollte lustig sein.«

»Ja, das glaube ich dir aufs Wort«, murmelt er und ich wende mich wieder an dich.

»Wieso redet der mich eigentlich an, Emilia? Mein Vater ist hier irgendwo, ich kann ihm nicht aufs Maul hauen.«

Du siehst mich warnend an. Oh mein Gott. Nochmal fünf, Emilia. Und warte mal … was ist das da in deinen Augen?

Okay, jetzt versuche ich wirklich, mich zusammenzureißen, und blinzele.

Ich sehe dich an und du siehst mich an, dann weiten sich deine Augen ein bisschen. Du weißt, was ich suche, und du merkst es, als ich es gefunden habe.

Du hast ihn gefickt oder er dich, ist ja egal.

Rileys Hand um deine Schultern rutscht auf deine Taille, Emilia. Ich bin nicht amüsiert. Und mit einem Mal fast nüchtern.

»Du sollest was trinken«, sagst du handzahm und unbehaglich. »Du bist nicht ganz du selbst, Mason.«

Ich zeige dir gleich, wie sehr ich *ich selbst* bin, Emilia.

Kurzentschlossen wende ich mich von dir ab – ich weiß, deine größte Angst ist, dass ich das Interesse an dir verliere – und deiner Freundin Claire mit den Riesentitten zu.

Hier ein paar Fakten über Claire, Emilia:

Sie ist keine echte Freundin. Sie hasst dich. Sie ist eifersüchtig auf dich.

Sie würde sofort mit Riley ficken, wenn er mit den Fingern schnippen würde. Zumindest sieht sie ihn so an. Merkst du das denn nicht?

Sie findet sich selbst viel hübscher und interessanter als dich.

Sie ist eifersüchtig auf dich, und auf alles, was du hast, neidisch.

Ich tue dir einen Gefallen, wenn ich sie so ficke, dass sie nichts mehr mit dir oder deiner baldigen Sippe zu tun haben will. Wenn du in meine Familie heiratest, wirst du noch öfter solche Momente erleben und Leute verlieren, weil sie uns krank finden, denn das sind wir ein bisschen.

»Hi«, sage ich. Ihre Augen, die zuvor auf jemanden neben mir gerichtet waren, mit dem sie gesprochen hat, schießen zu mir rüber.

»Meinst du mich?«, fragt sie. Das ist sie nicht gewohnt – nicht, wenn sie mit dir unterwegs ist. Sie steht immer in deinem Schatten, Emilia, auch wenn du es nicht drauf anlegst, weil du keine Ahnung hast, was für eine Anziehungskraft du besitzt.

»Offensichtlich«, antworte ich. Ich hasse dumme Menschen.

»Ähm … hi«, sagt sie unsicher und checkt mich ab. Sie findet mich heiß. Natürlich tut sie das. Ich hab nicht umsonst ein Shirt an, das mein Tattoo zeigt und eng um meine Brust sitzt.

»Du musst Claire sein. Ich hab schon viel von dir gehört.« Du starrst mich an, Emilia. Sieh woanders hin. Du bist auffällig.

»Was hast du denn von mir gehört?«, geht Claire sofort kokett auf meine Flirterei ein. Ich wende mich nun noch mehr von dir ab und lehne mich mit der Schulter an die Wand, behalte dich im Augenwinkel aber weiterhin im Blick.

»Ich hab gehört, du fickst gut.« Also, Emilia, jetzt können zwei Sachen passieren – erfahrungsgemäß. Erstens: Ich kriege ihren Drink ins Gesicht und sie zischt wütend ab, was aber eher seltener passiert. Zweitens: Sie lässt sich ficken und heult mir dann vor, dass sie ja eigentlich nicht so ist und man sie nicht so leicht rumbekommt. Diese Scheiße langweilt mich am meisten.

»Ach so?«, fragt sie keck, legt den Kopf schief und senkt ihre Lider halb. Ich hab sie praktisch schon in eurem Bett, Emilia. Und ich werde auf deiner Decke kommen.

Ich weiß, dass du jedes einzelne Wort hörst, was ich sage, und du weißt, dass es deine Bestrafung ist, weil du ihn gefickt hast. Und dafür, dass du mich abgewiesen hast, denke ich mir noch was aus.

»Aber meistens sind solche Aussagen nur Gerüchte«, meine ich nun.

Herausfordernd hebt sie eine Braue. »Das glaubst du nicht?«

»Ich glaube nie, was ich höre, sondern nur, was ich selbst erlebe, Baby.« Merkst du eigentlich, Emilia, dass Riley seit zwei Minuten mit dir redet? Du solltest ihn wirklich anschauen und nicht nur mich mit Fick-mich-Claire.

»Na dann sollte ich es dir beweisen, oder?« Sie springt total auf mich an, aber eins muss ich ihr lassen, es ist nicht ihre Schuld. Ich weiß genau, wie ich es anstellen muss, welche Tonlage ich benutze und was ich sagen muss. Eine Frau mit Selbstbewusstsein hätte sich jetzt kopfschüttelnd abgewandt, weil sie niemandem beweisen müsste, was sie in der Kiste drauf hat. Claire hingegen ist gerade verwundbar und ich nutze es schamlos aus.

»Ich bitte darum«, sage ich gelangweilt. *Erschüttere meine Welt*, denke ich genervt. »Weißt du, wo das Schlafzimmer ist?«, frage ich sie leise, aber so, dass du mich hörst.

»Klar, Emilia ist meine beste Freundin. Ich bin hier dauernd!«

Ich verdrehe innerlich die Augen. »Gut, gehen wir.«

»Warte mal!« Sie wirkt ein bisschen unsicher. »Willst du es echt in ihrem Bett treiben? Das ist ein bisschen komisch, oder?«

Ich lache trocken auf. »Es ist nur dann komisch, wenn du es zu etwas Komischem machst. Ab!« Ich nicke zum Flur und sie kann gar nicht schnell genug gehen. Kichernd wie ein verdammtes Kleinkind spurtet sie los.

Ich werfe dir einen Blick über die Schulter zu. Emilia. Du siehst sehr wütend aus. Und ich liebe es.

* * *

Eine Stunde später verlasse ich das Schlafzimmer. Ihr habt ein gutes Bett, Emilia. Die Laken sind nun zerwühlt und angewichst. Es ist mir scheißegal. Ich hab dann noch eine in eurem Bett geraucht und auf Rileys Seite geascht.

Regel Nummer eins bei einer Party: Schließ dein Schlafzimmer ab. Emilia, ernsthaft. Mit mir wäre dir das nicht passiert.

Ich hab Claire liegen lassen, sie ruht sich aus. Ihre Welt steht erstmal Kopf. Zuerst hab ich sie blasen lassen, so, wie ich das eigentlich immer tue, dann hab ich sie von hinten dreimal kommen lassen. Jetzt ist sie kaputt und kann nicht mal mehr aufstehen. Gerade habe ich meinen Gürtel geschlossen; ich weiß, dass man mir den Sex ansieht und ihn auch riecht, aber das ist gut so. Ich hab ihr sogar erlaubt, mir ein paar Knutschflecke zu verpassen und mich mit eigenen revanchiert. Ein paar lächerliche Knutschflecke.

Natürlich, wie sollte es auch anders sein, renne ich zuerst in meinen Dad, der vor über einer Stunde gehen wollte.

Er ist völlig durch den Wind, so wie ich ihn noch nie gesehen habe. Zuerst will er mich beiseite stoßen, weil ich ihm im Weg stehe, aber dann merkt er, dass ich es bin, und stockt.

»*Hast du deine Mutter gesehen?*«, blafft er mich an und ich zucke automatisch zusammen.

»Ähm … nein! Wäre auch komisch, wenn ich sie die letzte Stunde gesehen hätte.«

Er mustert mich eine Weile mit verengten Augen, die sich dann weiten. »Wer ist da drin, Mason?«, fragt er beinahe ängstlich. So habe ich meinen Vater auch noch nicht gesehen. Ich glaube, ohne Mom wird er verrückt.

»Ähm … Claire! Was denkst du von mir?«, frage ich unschuldig und wirklich ein bisschen verwirrt.

»Sicher nichts Gutes. Du bist mein Sperma.«

»Oh, so was Nettes hab ich heute noch gar nicht gehört«, sage ich, und auf einmal, wie aus dem Nichts, schlendert lässig meine Mom auf ihren hohen Schuhen mit Tante Penny an mir vorbei. Sie lachen.

Ich sehe meinen Dad an.

Der sieht meine Mutter an.

Und meine Mutter merkt nichts von dem nahenden Unheil.

»*Olivia*!«, bellt er durch den ganzen Raum und ich zucke schon wieder zusammen, weil ich damit nicht gerechnet hab. Meine Mutter dreht sich mit einem Schwung herum, dass sogar mir schwindlig wird, und sieht zu meinem Vater.

Er zieht eine Braue hoch und sie kommt schnell zu ihm rüber. Tante Penny bleibt, wo sie ist, denn sie mag Dad nicht und mich irgendwie auch nicht so. Sie ist ein totales Riley-Groupie und eine wahre Kampf-Emanze.

Als Mom in Reichweite ist, packt Dad ihren Arm, wie ich es immer bei dir tue, Emilia. Ich schaue ein bisschen fasziniert zu und erkenne gewisse Parallelen, als er sie an sich zieht und ihr was ins Ohr zischt.

Ich bin verstört, Emilia.

Unauffällig rückwärtsgehend suche ich das Weite.

Wow, der Scheiß war ein bisschen krank.

15. Du bist auf meiner Decke gekommen, Mason

Mason

Wie von mir erwartet, siehst du mich sofort an, als ich wieder den Wohnraum betrete. Wie lange stehst du schon da, Emilia, und starrst zu den Treppen? Vielleicht seit einer Stunde? Das tut mir aber leid.

Du wagst es, sauer auszusehen, Emilia. Wieso bist du jetzt sauer? Du fickst mit Riley, du wirst ihn heiraten und mich verlassen, um mit ihm nach New York zu gehen, und du siehst *mich* sauer an? Du bist ein Miststück, Emilia. Ich kann es kaum erwarten, dich in meinem Keller zu haben und dir mal zu zeigen, *wie* sauer *ich* bin.

Mein Vater und meine Mutter haben es geschafft, sich wiederzuvereinigen und zelebrieren das, indem er sie in ihren Trenchcoat hüllt. Mit ziemlich ruckartigen

Bewegungen. Ich glaube, als ich näher komme, etwas zu hören wie: »Und deswegen solltest du vierundzwanzig Stunden überwacht werden, Olivia. Verstehst du mich jetzt?«

Mom sieht echt schuldbewusst aus, aber auch ein bisschen belustigt. Ich weiß, dass sie es liebt, wenn Dad die Kontrolle über eine Situation verliert – gerade ihretwegen. Er wird dann total panisch, so wie eben.

Aber mein Vater sieht zufrieden aus, als ich an ihm vorbeigehe und das Penthouse verlasse, ohne dir noch einen einzigen Blick zu gönnen.

Du brichst gerade innerlich zusammen und darfst dir jetzt anhören, wie gut ich Claire gefickt habe, denn sie ist sehr mitteilungsbedürftig.

Und *das* ist deine Strafe für das Nein, Baby.

* * *

Emilia

Claire sitzt vor mir und ihre Schminke läuft in Schlieren über ihr Gesicht. Sie ist verschwitzt. Ihre Haare kleben an ihren Schläfen. Sie sieht so aus, wie man eben aussieht, wenn du mit einem fertig bist. Ich kann ein Lied davon singen, Mason.

Ich hasse dich gerade.

»Und dann … dann hat er diese Sache gemacht mit seinen Fingern …« Sie ist immer noch völlig außer Atem, dabei ist sie schon seit einer halben Stunde aus dem

Schlafzimmer raus. Wir sitzen in der Küche; die meisten Gäste sind schon weg und sie ext einen Shot nach dem anderen, genau wie ich, damit ich das ertrage. Oh Gott, ich weiß genau, was du mit deinen Fingern gemacht hast, aber das kann ich ihr ja nicht sagen. Und ich kann ihr auch nicht sagen, dass du tabu für sie bist, weil ich mit dir ... oder eher du mit mir ... ach, du weißt schon. Ich kann es niemandem erzählen.

»Und er hat einen echt großen Penis!«, sagt sie jetzt. »Hat Riley auch so einen, die sind doch Brüder?«

»Woher soll ich das wissen?« Ich bin so genervt, Mason.

Natürlich weiß ich, wieso du das gemacht hast.

Und ja, es hat geklappt. Auch wenn ich kein Recht darauf habe, zerplatze ich fast vor Eifersucht. Ich weiß auch gar nicht, wieso ich sie nicht einfach rausschmeiße, aber wie soll ich das begründen?

»Hast du eigentlich seine Nummer?«, fragt sie auf einmal, als hätte sie eine göttliche Eingebung, die sie wahrscheinlich von dir gekriegt hat, Mason. Du fickst wie ein Gott, das ist ja das Problem.

»Hab ich nicht! Wieso auch?« Ich exe den nächsten Shot. Alles dreht sich bereits.

»Na ja, ich dachte, er ist dein Schwager in spe. Wenn man bald eine Familie wird und so ...«

»Ich hasse ihn!«, blaffe ich und schütte mir den Nächsten runter. Sie tut es mir gleich.

»Wieso?«

»Weil er einfach ein rücksichtsloser, egoistischer, arroganter ...«

»Über wen redet ihr, Baby?«, höre ich Riley hinter mir und zucke zusammen, als wäre ich mit dir im Schlafzimmer gewesen und nicht mit Claire.

»Über deinen Bruder«, sagt Claire total verträumt. Wären wir in einem Manga, würden Herzen in ihren Augen tanzen. Riley und ich geben beide ein angewidertes Geräusch von uns.

»Hat er dich jetzt wirklich auf meiner Verlobungsparty ...«

»In deinem Bett!«, sagt Claire offenherzig.

»Oh mein Gott!« Riley ist so angeekelt. »Ich fasse es nicht, er ist so ein skrupelloser Wichser.« Ja, Mason, das passt zu dir. Skrupelloser Wichser. Gott sei Dank dreht sich mein Kopf schon so sehr, dass ich gar nicht mehr richtig darüber nachdenken kann, *wie* widerlich du bist.

Claire verabschiedet sich schon bald, zum Glück. Ich kann mit ihr nicht mehr befreundet sein, ohne Witz. Riley fährt einen Kumpel nach Hause, denn er mag es nicht, wenn Leute bei uns schlafen. Ich bin total betrunken, Mason, weil ich eigentlich keinen Alkohol vertrage, aber das weißt du ja zu gut. Damals war ich genauso betrunken und nicht zurechnungsfähig. Du hast es ausgenutzt und damit mein Leben zerstört. Wie der Bastard, der du bist.

Ich torkele ins Schlafzimmer und bleibe im Türrahmen stehen. Die Decken sind zerwühlt, ein Kissen liegt auf dem Boden. Ich glaube, ich kann dich noch riechen, vermischt mit dem Geruch von Gras, Schweiß und Sex. Wie hypnotisiert gehe ich auf das Bett zu. Ich könnte da jede Nacht mit dir liegen. Du willst, dass ich es weiß, deshalb hast du dir keine Mühe gemacht, als du ihn rausgezogen hast, und bist auf meiner Decke gekommen – du kleiner Parasit.

Mit einem Mal halte ich es nicht mehr aus.

Ich muss hier raus.

Das ist so ein Albtraum.

16. Ich hab dich verdorben, Emilia

Mason

Ich sitze am Tresen, die Ellbogen hinter mir abgestützt, ein Bier in der Hand, und beobachte die ganzen Fake-Menschen. Ich hasse Menschen. Aber das tun meine Eltern auch. Nur Riley liebt den Kontakt zu Menschen. Ich bevorzuge Hunde und dich, Emilia. Denn du bist kein Mensch, du *bist* mein Hund. Abgerichtet wie Missy, nur nicht ganz so loyal, wie wir beide wissen.

Ich bin so angepisst, Emilia.

Und ich kann nichts dagegen tun.

Normalerweise flaut es wenigstens immer für ein paar Stunden ab, entweder, wenn ich ficke oder wenn ich kämpfe. Nach der Verlobungsparty war ich immer noch so geladen, dass ich zu einem Fight gegangen bin. Ich habe mir zwei Veilchen eingefangen, weil ich nicht bei der Sache war – und total stoned. Schon wieder. Ich erinnere mich kaum mehr daran, wie deine Freundin Claire sich angefühlt hat und in welcher Position wir es gemacht haben. Ich erinnere mich meistens nicht an die Frauen, dafür habe ich zu viel Sex. Da kann man schon mal was vergessen, aber was dich betrifft, erinnere ich mich an jedes einzelne Mal. Wie das eine Mal, das alles verändert hat.

Ich will dich, Emilia. Ich hatte dich einmal und ich brauche dich wieder. Ich muss nur schauen, wie ich dein Gewissen überwinde, denn seit diesem einen Mal auf dem Friedhof, im fucking Regen, gehst du mir aus dem Weg. Und das ist jetzt schon zwei Monate her. Egal wie viel Sex ich auch habe, ich bin nie befriedigt. Du hast mir klargemacht, dass es nur ein Ausrutscher war, ein Fehler. Ich bin kein Fehler, Emilia, wie oft soll ich dir das noch sagen? Du willst Riley, er ist so gut zu dir, blabla. Ich würde dir gern zeigen, wie gut ich zu dir sein kann.

Ich kann dir mal den Arsch versohlen, bis du nicht mehr weißt, wie man das Wort gut *buchstabiert.*

Es ist Samstag, unsere Eltern sind nicht da – mal wieder –, und ich habe eine kleine Hausparty organisiert. Aber ich musste sie vorher bei meinem Vater anmelden, bevor die kranke, heiße Tante Amber wieder reinschneit und alle rausschmeißt. Sie ist heiß, wenn sie das tut. Sie ist eigentlich immer heiß.

Ich liege hier und habe eine Tussi am Schwanz hängen. Sie bläst ganz gut, aber sie langweilt mich, also zappe ich währenddessen durch das Fernsehprogramm. In meinen

Keller darf gerade keiner, Hausparty hin oder her. Hier unten ist meine Fickzone, oben dürfen sie kotzen und randalieren. Du bist auch da, Emilia, ohne Riley, weil er das Wochenende mit unseren Eltern geschäftlich unterwegs ist. Was tust du denn hier, Baby?

Kannst du vielleicht doch nicht von mir lassen? Je weniger ich oben bei den Parasiten bin, desto mehr suchst du nach mir, oder? Ich weiß es, ich spüre es.

Im nächsten Moment stolperst du sturzbetrunken in meinen Keller. Das ist Schicksal, Emilia.

»Scheiße!«, rufst du aus und dann hast du Schluckauf. Du bist süß, wenn du betrunken bist, Baby. Hat dir das schon mal jemand gesagt? Die Tussi an meinem Schwanz will aufsehen, um zu erkennen, wer uns stört, doch ich drücke sie wieder nach unten und du wirst auf uns aufmerksam.

»Oh mein Gott!« Deine Augen werden groß und dann ist da dieses freche Funkeln, als du sagst: »Oh, es tut mir so leid, Mason, ich hatte keine Ahnung, dass du hier bist.«

In meinem Keller, ehrlich, Emilia? Selbst meine Oma konnte besser lügen.

»Ich werde dann mal wieder gehen!«, nuschelst du total betrunken und stolperst über nichts.

»Oh Baby, bleib doch noch!«, sage ich träge und massiere den Kopf der Tussi. Sie hat so viel Haarspray drin, dass meine Finger sich fast verfangen und den ganzen Effekt zerstören.

Emilia, du bist schon immer brav gewesen. Zögernd gehst du zu meiner Couch und setzt dich hin wie ein verdammter Musterschüler. »Ich schätze, ich sollte mich mal kurz ausruhen«, murmelst du dabei. Du bist so amüsant, Emilia, du willst doch nur zusehen, wie die Kleine meinen Schwanz lutscht. Ich schau dir in die Augen, als ich in ihrem Mund komme. Du schluckst und verlagerst dein Gewicht, rutschst unruhig auf dem Sitz rum, während ich die andere mit einem »Verpiss dich!« von mir drücke.

Emilia, ich weiß nicht, wieso Frauen mittlerweile so wenig Respekt vor sich selbst haben, dass sie sich nach einem Blowjob wegschmeißen lassen wie Müll. Aber solange sie es zulassen, werde ich es ausnutzen. Immer ist der Mann daran schuld, wenn eine sich schlecht behandelt fühlt, aber dass die Frau sich so schlecht behandeln lässt, darüber redet keiner. Ich hasse Emanzen, Emilia, ernsthaft.

Die Kleine verpisst sich und wir sind allein. Mit dem Zeigefinger locke ich dich zu mir aufs Bett – du folgst wie an unsichtbaren Fäden, und ich packe meinen Schwanz ein. Du willst das hier, Emilia, erzähl mir nichts. Deswegen bist du hier. Nicht, weil du betrunken hier reingestolpert bist. Du setzt dich neben mich und lehnst dich ans Kopfteil, während ich einen meiner vorgedrehten Joints anzünde und den Rauch tief inhaliere. Dabei bin ich auf einen Ellbogen gelehnt und mustere dich mit zur Seite geneigtem Kopf.

»Ich will dich wieder ficken, Emilia«, stelle ich fest, als würde ich sagen: Der Himmel ist blau. Du schließt die Augen und beißt dir auf die Unterlippe. Du spürst wieder

meinen Daumen, wie er den Regentropfen fortstreicht, genauso wie meinen Schwanz, der sich so tief in dich schiebt wie noch kein anderer. Du willst etwas sagen, aber ich halte dir den Joint an die Lippen. Deine Augen werden groß, als du daran ziehst. Danach hustest du gefühlte zwanzig Minuten, aber es ist okay, Emilia, beim zweiten Zug wird's besser.

Ich öffne noch eine Dose Bier und gebe es dir zum Nachtrinken. Du wirst gleich du selbst sein, Emilia, ich sorge dafür.

»Oh mein Gott, das kratzt voll im Hals!«, stellst du lallend und immer noch hustend fest.

Ich drücke dir wieder den Joint an die Lippen. »Zieh!« Du gehorchst. Diesmal richte ich mich auf und streiche mit meinen Lippen über deine, als der Rauch ihnen entweicht. Tief sauge ich ihn ein. Dann nehme ich einen tiefen Zug und lasse dich den Rauch inhalieren.

Wir sehen uns an, du atmest nicht.

Ich weiß, dass ich dich jetzt haben kann.

Dann küsse ich dich wieder, langsam und sinnlich, dabei rutsche ich mit meiner Hand unter dein Top bis zu deiner Brust, Baby. Du stöhnst, als ich sie fest packe.

Du willst das hier.

Ohne was zu sagen, bettelst du förmlich danach, und ich bin in Geberlaune, Emilia. Bevor ich mir von dir nehme, was ich von dir brauche. Mit einem Ruck ziehe ich dir das Top über den Kopf und sage: »Bleib hier liegen!« Du bist mittlerweile schon so neben dir und außer Atem, dass du gar nicht mitkriegst, wie ich mein Handy auf der gegenüberliegenden Kommode positioniere und auf den REC-Knopf drücke.

Oh, ich liebe die Vorteile der heutigen Zeit, Emilia.

Mit einem teuflischen Grinsen drehe ich mich zu dir um und gehe lässig auf dich zu.

Ich bin dein Verderben, Baby, und du kannst mich nicht aufhalten.

***

Ja, ich habe dich verdorben, Emilia.

Ich habe dich erzogen und deine innere Bitch entfesselt. Du wirst nie wieder jemanden finden, der so gut mit ihr umgehen kann.

Das war es wert.

Ich bin betrunken und mein Gesicht pocht, wieder mal. Hier drin stinkt es nach Schweiß und verschütteten Getränken. Eigentlich wollte ich jemanden suchen, der mich ablenkt, da mein Kampf nichts gebracht und Claire mich auch alles andere als befriedigt hat. Mein Handy vibriert in meiner Arschtasche. Du bist es – mit deiner neuen Nummer, die du mir sofort, als du das Handy besorgtest, geschickt hast. Emilia, du willst den Kontakt.

Ich habe dich nicht wie alle anderen eingespeichert. Du heißt nicht Jennifer-Doggy, Gemma-Blowjob, Janett-im-Stehen oder Lauren-Arschfick. Du heißt einfach nur *Emilia*.

Und du bist die Einzige, der ich ein Foto zugeteilt habe, wie du gefesselt auf meinem Bett liegst, mein Sperma noch auf dir.

Mach dir keine Sorgen, Emilia, es wird niemals jemand sehen. Mein Handy ist das Einzige, worauf ich *wirklich* aufpasse und das niemals irgendwo rumliegt. Ich überlege, nicht ranzugehen, aber die Neugier ist doch geweckt. Es ist jetzt vier Uhr am Morgen, das ist unsere Uhrzeit. Normalerweise liegst du jetzt schreiend unter mir, bettelnd über mir oder hängst an meiner Decke. Du flehst, wimmerst, hast meinen Schwanz im Mund und kommst immer und immer wieder.

Tja, *du* hast eine Woche lang *Nein* zu mir gesagt, nicht ich.

»*Was*?«, gehe ich ran, sobald ich draußen bin. Eine Straßenbahn fährt vorbei und erstickt deine Antwort, die nicht gerade nüchtern klingt. Es nervt mich, Emilia. Drück dich ordentlich aus.

»Ich liege hier, Mason, und denke an dich«, teilst du mir total besoffen mit. Schon wieder, Emilia. Ernsthaft? Ich schnippe meine Kippe weg.

»Wo liegst du und denkst an mich?«, frage ich genervt, weil du schon wieder meine Pläne durchkreuzt.

»Na hier!«, sagst du und ich reibe mir die Stirn. Du bist so anstrengend, Emilia. Eine andere hätte ich schon längst zum Teufel geschickt.

»*Wo ist hier, Emilia?*«, frage ich hart und laut. Neben mir zuckt ein Pärchen zusammen, als ich an ihnen vorbei zu meinem Auto gehe.

»Am alten Bahnhof, Mason. Wo denn sonst? Ist doch ganz normal ...« Super Emilia, du bist also betrunken in einem schwarzen Kleid an einem Bahnhof, wo Junkies und Vergewaltiger nachts ihr Unwesen treiben. Das finde ich super. Es war eine gute Idee, dahin zu gehen. *Jetzt.*

»*Hast du den Verstand verloren?*«, blaffe ich und spüre, wie meine Wut heiß auflodert. »Willst du sterben? Vergewaltigt werden, eine Nadel im Arm haben? Was willst du?« Ich fahre bereits – zu schnell.

»Ich will, dass du nett zu mir bist und aufhörst, meine Freundinnen zu ficken.« Jetzt würde ich lachen, wenn ich nicht so sauer wäre.

»Etwas Realistisches!«, knurre ich und biege um die Kurve. »Du bleibst jetzt am Telefon, bis ich bei dir ankomme. Hast du das verstanden?«

»Machst du dir etwa Sorgen um mich?« Ich höre das Grinsen in deiner Stimme, Emilia. Du hast dich nicht unter Kontrolle, *Emilia.*

»Wenn dir was passiert, wen soll ich dann missbrauchen wie eine kleine Schlampe?«

»Du bist so ein Arsch!«

»Jetzt hör schon auf, Emilia. Riley wäre am Boden zerstört, nachher tut er sich noch was an. Das könnte übrigens auch passieren, wenn er von uns beiden erfährt. Vergiss das nicht!«

»Deswegen werde ich ja auch nach New York gehen!«, rufst du aus. Wenn ich noch einmal dieses beschissene *New York* höre, schlage ich etwas kurz und klein – und wenn du Pech hast, bist du es.

Ich parke quer über drei Parkplätze und steige aus. Hektisch sehe ich mich nach dir um, Emilia. Aber du bist hier nicht.

»*Wo bist du*?«, blaffe ich und höre dich entfernt kichern.

Oh Gott, Emilia, entweder ich werde *dein* Tod sein oder du meiner!

Der Mond strahlt hell auf dich herab. Du liegst mitten auf den stillgelegten Gleisen auf dem Rücken, eine Flasche Wodka in der Hand, und starrst in den sternenbehangenen Himmel. Wodka lässt dein Höschen fallen, Emilia, das weiß ich – und zwar in Rekordgeschwindigkeit – und du weißt es auch.

Mit in die Hüften gestemmten Händen stelle ich mich über deinen Kopf und starre zu dir hinab. Du strahlst wie der verdammte Sonnenschein. Wieso strahlst du mich so an, Emilia?

»Hallloooo«, sagst du kichernd und winkst mir mit den Fingerspitzen.

»Steh auf!«

»Ich kann nicht, es ist so hart.«

»Ich zeig dir gleich, was hart ist. Beweg deinen Arsch hoch!«

»Jetzt schau dir das an! Leg dich zu mir und schau dir an, wie schön der Himmel ist, Mason!«

Ich bin *so* genervt, Emilia, und dir ist es einfach scheißegal.

Ich brauche eine Zigarette.

Stöhnend setze ich mich im Schneidersitz hinter deinem Kopf auf den Boden. Du robbst zu mir rüber und *machst es dir auf meinem fucking Schoß gemütlich*!

Was ist los mit dir, Emilia?

Bin ich eine Couch, *Emilia*?

Ich zünde mir eine Zigarette an und stoße den Rauch in den ach so schönen Himmel. Du starrst nach oben. »Als ich noch klein und die Welt in Ordnung war, hat meine Oma mit mir immer Sterne gezählt.« Oh nein, Emilia, es passiert, was ich nie wollte. Du wirst mir jetzt deine Geschichte erzählen.

Ich nehme den Wodka aus deiner Hand und trinke ihn selbst. Auf diesen Weiberkram stehe ich nicht. Ich will nicht wissen, was du mit deiner Oma gemacht hast, wie deine Kindheit war und wer dich als Erster gefickt hat.

Fakt ist, jetzt ficke ich dich.

»Meine Oma war die beste Frau, die ich kenne, und als sie gestorben ist, habe ich mich gefühlt, wie du dich gefühlt hast, als deine Oma ging. Sie war der einzige Mensch, dem ich jemals vertraut habe. Sie hatte immer rote Wangen, als hätte sie einen leichten Sonnenbrand, und ihre weißen Haare waren lockig und ganz fein wie Babyhaare. Ich konnte immer zu ihr kommen, weißt du Mason? Sie hat mir immer gesagt, ich soll mir einen Mann suchen, der mich gut behandelt.« Ich ziehe eine Braue hoch.

»Der Zug ist wohl abgefahren«, sage ich trocken, und du seufzt total genervt. Willst du unbedingt eine auf den Arsch? Aber das kommt dann, wenn du nüchtern bist und du es auch mitkriegst.

»Als meine Oma gestorben ist, war die einzige Bezugsperson, die ich kannte und bei der ich mich wohlgefühlt habe, weg. Und ich war erst sechs. Danach ging es irgendwie nur noch bergab. Das Einzige, was mich einigermaßen aufrecht gehalten hat, waren meine beste Freundin Bridget und ihre wunderbare Mom.«

»Warum ging es denn bergab, Emilia? Durftest du nicht Dornröschen anschauen oder Aschenputtel oder so?« Jetzt siehst du mich an, Emilia. Dein Blick ist anders. Er ist so, wie ich ihn noch nie gesehen habe. Nicht mal, wenn ich dich auf die schlimmste Art gefoltert habe. Nicht mal, wenn ich dir wirklich wehgetan habe, hast du mich so angesehen – wie ein kleines Mädchen, das jeden Moment zusammenbricht.

Oh mein Gott, was ist das, verdammte Scheiße?

»Er war meistens nett, aber manchmal nicht …«, sagst du mit emotionsloser Stimme, als wärst du in einer anderen Welt.

»Wer?«, frage ich.

»Mein Vater, Mason … es war immer mein Vater.« Ich will gar nicht, dass du weitersprichst. Leichte Übelkeit steigt in meinem Magen auf. Ich will es nicht wissen, Emilia, red nicht weiter. Aber ich sage es nicht, sondern sehe dich nur an. Egal was ich jetzt von mir geben würde, es wäre nicht nett. Deswegen halte ich in diesem Moment ausnahmsweise meine Fresse.

Ich merke plötzlich, dass meine Finger an deinem Nacken liegen, Emilia. What the fuck? Seit wann streichle ich dich dort?

Ich könnte nicht mal aufhören, wenn ich es wollte, und ich *will* aufhören, glaub mir.

»Er hat getrunken. Eigentlich hasse ich Alkohol!« Du reißt mir die Flasche wieder aus der Hand und nimmst einen Schluck. »Betrunkene sind unberechenbar, Mason. Sie machen widerliche, schlimme, furchtbare Dinge, die eine Kinderseele für immer vernichten können.« Diesen Satz habe ich bereits etliche Male von meinem Vater gehört, Emilia. Und wenn ich dich gerade ansehe, dann verstehe ich, was er gemeint hat. Ich würde deinen Vater gern umbringen, *Emilia.* »Er kam in mein Zimmer, nachts. Ich habe es Mom erzählt, aber sie hat mir natürlich nicht geglaubt.«

Gerade dachte ich noch, dass es mir egal ist, welcher Typ dich zuerst gefickt hat, Emilia. Jetzt ist es mir nicht mehr egal.

»Weiß Riley davon?«, frage ich und streiche wieder mit den Fingerspitzen über deinen Nacken. Die Anspannung fällt von dir ab. Ich hätte nicht gedacht, dass ich diese Wirkung auf dich habe. Du bist so kaputt, Emilia.

»Keiner weiß das, Mason. Wer weiß schon von *deiner* kaputten Kindheit? Und ich weiß, dass du eine gehabt haben musst. Ich sehe es in deinem Blick.«

»Nicht auf diese Art«, sage ich. Du siehst mich forschend mit deinen riesigen, schönen Augen an.

»Hat dein Vater dich nie geschlagen, so wie meiner, nur weil du dich im Ton vergriffen hast? Hat deine Mutter nie weggeschaut, wenn er dir an den Arsch gefasst hat?« Emilia, ich flippe gleich aus. Ernsthaft. Hör auf zu reden! Aber du tust es nicht. Irgendwie ist es, als müsste jetzt alles aus dir raus, oder es würde dich auffressen. »Es ist kaum verwunderlich, Mason, dass ich an dich geraten bin.«

Ich versteife mich, Emilia. Was soll das heißen?

Dass ich so bin wie er?

»Eigentlich …«, erklärst du und ziehst die Augenbrauen hoch. »Egal was die *Psychologen* sagen, weiß ich, dass ich immer selbst schuld bin. Ich habe versucht, meine Brüste abzukleben, als sie gewachsen sind, und im Sommer lange Hosen und Pullover getragen. Aber es hat nichts genützt. Sie geben dir dieses Gefühl, wenn sie dich bestrafen, und ich weiß, dass man sich immer das sucht, was man kennt. Du bist so ein Arschloch, Mason Rush. Eigentlich hasse ich dich.« Ich hasse dich auch, Emilia, weil du mir das alles erzählt hast und nicht deine Klappe halten konntest. Erneut nehme ich einen Schluck, während du weiter sinnierst. »Man sucht sich immer das, was man von zu Hause kennt, Mason. Wieso willst du mich? Irgendwas muss doch schiefgelaufen sein? Bin ich so wie deine Mutter?« Du setzt dich mir gegenüber in den Schneidersitz, mitten auf den Gleisen unter dem Mond, und nimmst mir die Flasche aus der Hand. Du trinkst einen großen Schluck und ich betrachte dich einfach nur für ein paar Atemzüge.

»Du bist so gar nicht wie meine Mutter, Emilia. Meine Mutter ist eine starke Frau. Meine Mutter ist eine Löwin. Sie verteidigt und kämpft für das, was sie liebt. Das Problem ist mein Bruder.« Stechend sehe ich dich an. »Er war immer der Mittelpunkt. Ihm haben sie alles durchgehen lassen, er hat aber auch nie wirklich Scheiße gebaut, sondern war immer der perfekte Sohn, der mit Samthandschuhen angefasst wurde, weil er das Problem mit seinem Bein hat. Tja, und *ich* raste regelmäßig aus, mache meine Eltern alt und kaputt, nehme Drogen. Ich trinke, ich ficke, ich tu, was ich will, aber das weißt du schon, Emilia.«

Du legst den Kopf schief und deine Haare berühren auf der einen Seite deinen Oberschenkel. »Und was ist mit deinem Vater?« Ich verdrehe die Augen nach oben und schnaube nur. »Na siehst du, ich wusste doch, dass da irgendwo ein Haken ist«, bohrst du weiter. Das ist nicht gesund für uns beide. Das alles ...

»Mein Vater ist eben mein Vater, Emilia. Er hat mich auch oft bestraft. Er hat mich im Keller eingesperrt, als ich meine Ausraster hatte und mich nichts mehr halten konnte, weil ich eine Gefahr für meine gesamte Umwelt war. Als ich unser Haus niederbrennen wollte, zum Beispiel, weil ich so wütend auf die ganze Welt war.«

Du rutschst näher und deine Knie berühren meine. »Du bist immer wütend, oder?«

»Nicht, wenn ich in dir bin«, sage ich schneller, als ich denken kann.

Fuck.

Ich sehe das Mitleid noch in deinen Augen und hasse es, bevor du die Hand hebst und sie einfach an meine Wange legen willst. Noch bevor du mich berühren kannst, fange ich dein Handgelenk in der Luft ab und sehe dich warnend an.

»Nicht, Emilia.« Ich drücke dein Handgelenk nach unten und dein Blick folgt. Deine Wangen werden rot und du fragst dich, was du hier gerade tust. Da sind wir ja schon zwei.

»Ich bin süchtig nach dir, Mason«, sagst du absolut tonlos und schaust mich dabei leer und resigniert an. »Du bist nicht gut für mich.«

Und du bist das Beste, was mir je passiert ist, denke ich und betrachte deine vollen, schönen Lippen. Ich kann es nicht leiden, dass Riley sie jeden Tag küsst. Unentwegt schaue ich in deine großen Augen, die trotz allem, was ich dir schon angetan habe, Vertrauen ausstrahlen. Oh Baby, vertrau mir nicht. Ich werde uns beide zerstören, es ist meine Natur. Und deine ist es, dich zerstören zu lassen.

Wären wir in einem Film, könnte man meinen, wir sind füreinander geschaffen, aber das sind wir nicht, denn du bist mit ihm zusammen. Und du wirst gehen. Und ich werde bleiben. Und das fuckt mich ab, Emilia.

***

Ich trage dich über meine Schulter, Emilia, weil du nicht mehr laufen kannst. Meine Hand liegt genau unter deinem Arsch, und du trägst ein Kleid. Du kicherst, Emilia, während du meinen Hintern angrapschst. Ich lasse es dir jetzt durchgehen, wie ich dir heute Abend vieles hab durchgehen lassen, Emilia. Mit einem Ruck schmeiße ich dich auf meinen Rücksitz, beuge mich über dich, packe dein Kinn fest und knurre: »Wenn du in mein Auto kotzt, bringe ich dich um.«

»Wieso willst du mich immer umbringen?«, sagst du und ich lasse dich kopfschüttelnd los, steige vorn ein und starte den Motor.

Du kämpfst die ganze Fahrt über mit deinem Mageninhalt, Emilia. Du hast solche Angst vor mir, dass du sogar deine Kotze wieder runterwürgst.

Ich bringe dich zu mir nach Hause, denn ich habe nicht das Gefühl, dass ich dich so bei meinem Bruder absetzen kann. Er nimmt wahrscheinlich wieder die Stadt auseinander und sucht dich. Ich grinse bei dem Gedanken, wie er eure ganzen Freunde anruft, von denen keiner weiß, wo du bist.

Missy freut sich tierisch, als ich dich reinschleppe. Sie denkt bestimmt, du wärst tot, und dass sie mich endlich ganz für sich allein haben kann. Aber nachdem ich dich aufs Bett geworfen habe, springst du auf und rennst mit der Hand vor dem Mund ins Bad. Ich zünde mir eine Zigarette an und folge dir seufzend. Oh Mann, Emilia, normalerweise denke ich das nicht, aber hört diese Nacht denn nie auf?

Während ich rauche und neben dir an der Wand lehne, halte ich dein Haar und lasse dich auskotzen. Es ist so eklig, du klingst dabei wie ein Schwein, Emilia. Jegliche Attraktivität fällt von dir ab. Du würgst und du heulst, weil es dir so wehtut, zu kotzen, und ich weiß nicht, was ich mit dir machen soll. Ich ziehe aus Gewohnheit ein bisschen zu fest an deinem Haar.

»Mason!«, quietschst du und ich lasse schnell locker, damit du weiter ins Klo kotzen kannst. Der ganze Wodka schießt wie Wasser aus dir raus. Du bist so eklig, Emilia. Jede andere Frau hätte ich mit einem Arschtritt aus meinem Haus gekickt, aber das kann ich dir beim besten Willen gerade nicht antun.

Ich kann weder heulende noch kotzende Weiber ausstehen, Emilia. Und du machst beides.

»Oh Gott!«, stöhnst du, als du fertig bist. Ich spüle schnell.

»Mund auswaschen!«, kommandiere ich immer noch dein Haar haltend und drücke dich zum Waschbecken. Du tust ohne Widerworte wie befohlen, wahrscheinlich ekelst du dich vor dir selbst. Dann dirigiere ich dich an den Haaren aus dem Bad und ins Bett.

Das Einzige, was ich dir ausziehe, sind deine Schuhe und dein Kleid. Wenn du schon in meinem Bett liegst, will ich auch was zum Betrachten haben.

Du packst meinen Arm, um ihn um dich zu legen, aber ich löse mich ruckartig. »Schlaf jetzt, Emilia!«

»Du bist so ein Arsch, Mason!«, nuschelst du, umklammerst mein Kissen und schläfst sofort ein. Du schnarchst ein bisschen, Emilia, und ich beschließe, dir das Bett heute Nacht zu überlassen. Ich stelle dir einen Eimer daneben und gehe mit Missy nach oben, um auf der Couch meiner Eltern zu schlafen. Sie ist einfach viel größer und gemütlicher als meine.

Während ich daliege und an die Decke starre, mit Missys Kopf auf meinem Bauch, den ich abwesend streichle, kann ich nur daran denken, wie du vorhin zu mir hochgesehen hast.

17. Ich dachte, dein Arsch gehört mir, Emilia

Mason

Ich werde aus dem Tiefschlaf gerissen, als etwas Hartes in regelmäßigen Abständen mein Gesicht trifft. Dann höre ich die liebliche Stimme meines Vaters, der brüllt: »*Aufstehen! Du Scheißkröte!* Was machst du auf meiner Couch?«

»Ich bin auf keiner Couch, ich bin in der Hölle!« Ich stöhne, als ich langsam ein Auge öffne. Da trifft mich einer der Dekosteine, mit denen er mich bewirft, genau über der Nase.

»*Woah, Dad!*«

»Du hast deine Schuhe an und du liegst auf meinem Sofa, Mason«, sagt er gelangweilt. Gott, meine Augen brennen. Ich bin noch gar nicht richtig wach, habe Sabber an der Wange und gefühlt fünf Minuten geschlafen. Mein

Vater hat das mit dem Bewerfen schon früher gemacht. Wenn ich nicht reagiert oder seiner Meinung nach etwas ausgefressen hatte, hat er mich ständig beworfen. Mit Papierkügelchen, Kieselsteinen, Popcorn, Chips, Kissen oder Büroklammern. Mom ist immer ausgerastet, weil sie es wegräumen musste, nicht etwa, weil er mir wehtat oder weil das total gegen meine Würde ging. Ganz ehrlich. Mein Vater ist so ein Drill-Sergeant. Er hätte am liebsten, dass wir alle wie kleine Enten hinter ihm her watscheln. Er liebt diesen Disziplin-Scheiß.

»*Hallo*!«, brüllt er mich an. »Was machst du hier und wieso starrst du mich so an?« Irgendwie habe ich das Gefühl, mein Vater weiß sehr genau, warum ich hier bin, schließlich weiß er immer alles. Er ist ein Oberfreak.

»Dad, lass mich einfach in Ruhe. Ich habe Kopfweh!« Erneut stöhne ich, drehe mich um und will mich in die Couch kuscheln. Mein Vater reißt mir den Schuh vom Fuß und wirft ihn mir an den Kopf.

»*Aufstehen*! Es ist Samstag, deine Mutter macht Frühstück! Geh runter von meiner Couch!« Mit einem weiteren Stöhnen richte ich mich auf und halte mir die pochende Stirn. Ich bin nicht nur müde, sondern auch verkatert. Und wahrscheinlich immer noch ein bisschen stoned.

Es ist acht Uhr oder so. Warum stehen alte Menschen am Wochenende immer so früh auf? Gott, ich hasse Menschen.

»Ohhh, Mason Baby, du bist auch da!« Meine Mutter kommt, beugt sich über die Couch und gibt mir einen Kuss auf den Kopf. »Ich mach Bacon und habe schon den Tisch gedeckt. Riley muss jeden Moment da sein«, freut sie sich.

»Wieso denn der schon wieder?«, frage ich rau und schlage die Finger meiner Mutter weg, die mir durch die Haare streichen. Sie kann so penetrant sein mit ihrer Liebe, dass sie einen fast erstickt. Ich stehe auf, tätschle Missy, ziehe meinen zweiten Schuh aus und würde ihn am liebsten an den Kopf meines Vaters werfen, der am Esstisch sitzt und schon wieder das Tablet in der Hand hat. Er ist echt tabletsüchtig, und das in seinem Alter. Ich schlurfe an ihm vorbei Richtung Bad, und noch bevor ich wieder rauskomme, höre ich schon den Pisser.

»Wo ist er?«, fragt er in einem Ton, von dem ich hoffe, dass er so nicht mit dir spricht.

»Du meinst doch mich, oder? Ich bin hier, was willst du?«, frage ich voll verpennt und werde im nächsten Moment von ihm am Kragen gepackt und gegen die Wand gedrückt, Emilia. Er drückt mich gegen die Wand und was macht mein Vater bei *ihm*, Emilia? Er macht gar nichts. Weder rührt er sich von der Stelle noch legt er sein Tablet weg. Pisser.

»Wo ist sie?«, knurrt er.

»Ähhh, Missy?«, frage ich. »In der Küche, glaube ich.«

»Was ist denn da schon wieder los?«, fragt Mom genervt. »Ich wollte *einen* Samstagmorgen wie eine ganz normale Familie frühstücken!«

»Setz dich, Olivia«, sagt Dad, ohne sie anzusehen. Sie verdreht die Augen und setzt sich seitlich auf seinen Schoß.

»Fick dich, Mason!« Riley lässt mich los und rennt in den Keller.

»Dad!«, sage ich hilfesuchend.

»Ja?«, antwortet er, ohne mir nur einen Blick zu schenken.

Doch ich muss Riley jetzt hinterher.

Fuck.

Wir sind geliefert.

Du bist geliefert.

Meine Tür steht offen, Riley ist schon drin, und ich warte auf das Gebrüll. Doch es kommt nicht. Als ich eintrete, sehe ich mit einem Blick, dass du weg bist. Ich bin erleichtert, Emilia. So erleichtert, dass ich auflache.

»Wen genau hast du erwartet, hier zu finden, *Bro*?« Ich lege ihm einen Arm um die Schultern und liebe es, wie dumm er sich gerade fühlen muss.

Er schlägt meine Hand weg und dreht sich zu mir um. »Sollte ich rauskriegen, dass zwischen euch was läuft, bringe ich dich um, Mason. Ich schwöre dir, ich bringe dich um.« Damit geht er hoch.

Ich lächle und bin zum ersten Mal nicht wütend, wenn ich an dich denke, Emilia. Denn du hast mir etwas dagelassen, es schaut unten aus dem Kissen hervor.

Als ich es rausziehe, wird aus dem Lächeln ein breites Grinsen, denn es ist dein Slip.

Heute ist Gammeltag, Emilia. Ich will niemanden sehen, nicht einmal dich. Das, was Freitagnacht passiert ist, war einfach … *komisch*. Außerdem hab ich dich jetzt schon seit über einer Woche nicht mehr gefickt. Das ist noch komischer. Ich liege auf meiner Couch und spiele gelangweilt GTA, ein Joint steckt mir im Mundwinkel und ich habe vergessen, ihn anzuzünden, weil ich schon wieder so stoned bin.

Emilia, mein Leben ist nicht leicht.

Mom ruft, dass ich zum Essen hochkommen soll. Sie brüllt es eher, mit einer gewissen Aggression in der Stimme, weil sie genau weiß, dass ich sowieso so tun werde, als würde ich sie nicht hören. Die Veilchen an meinen Augen sind mittlerweile nur noch gelb. Niemand von euch Wichsern hat mich auch nur darauf *angesprochen*, ob alles okay wäre. Weil ihr genau wisst, dass es bei mir nie okay ist.

Ich hab Hunger, deswegen schmeiße ich meinen Controller und den Joint beiseite und bewege meinen Luxusarsch nach oben, gemeinsam mit Missy, deren Kopf die ganze Zeit auf meinem Schoß lag.

Dad sitzt mit seinem Tablet am Tisch, wie immer. Ich bin traumatisiert von diesem Anblick, Emilia. *Wen stalkt er ständig?*

Schwer lasse ich mich auf meinen Platz plumpsen, nur in Boxershorts, obwohl es schon vier Uhr nachmittags ist, und trinke von der Cola, die Mom mir schon bereitgestellt hat. Ich hab schon ein geiles Leben. Sie gibt mir einen Kuss auf den Kopf und streichelt mir durch die Haare, Emilia. »Du stinkst nach Drogen, Mason, geh duschen.«

»Gleich, ich hab Hunger.« Ich ziehe den Kopf zurück, sodass ihre Hand runterfällt, und stürze mich auf den Auflauf, den sie mir hinstellt.

»Gott, sind wir hier im Zoo oder was?«, fragt mein Vater genervt, ohne mich anzusehen, und ich esse langsamer – ein bisschen. Ich habe jetzt keinen Bock auf Diskussionen über Tischmanieren. Momentan interessiert mich nur, dass ich in zwei Wochen vierundzwanzig werde. Dann feiere ich die Scheiße aus mir raus.

Ich bin genervt, Emilia.

»Sind sie schon da?«, fragt Mom, als ob Dad alles wüsste.

»Schon seit zwei Stunden«, antwortet er und fängt auch an zu essen. Mom lässt sich ebenfalls am Tisch nieder und streichelt kurz Missy, die neben mir sitzt und wartet, dass irgendwas in ihren Mund fällt. Es fällt immer was. Aus Versehen, obwohl mein Vater es nicht ausstehen kann.

Es interessiert mich zwar nicht, aber ich frage trotzdem: »Wer?«

Dad schaut Mom an, als würde er sagen wollen: »Halt die Fresse!« Aber meine Mom ist meine Mom und sie hält nie die Fresse.

»Riley und Emilia unterschreiben gerade in New York ihren Mietvertrag«, erwidert sie fröhlich. Meine Gabel bleibt mitten in der Luft hängen und mein Blick schießt zu ihr.

»Was?«, frage ich hohl. Mein Vater spannt sich neben mir schon an und legt sein Besteck weg.

»Na ja, sie werden doch in zwei Monaten umziehen und da müssen sie natürlich einiges regeln, wie zum Beispiel den Studienplatz für Emilia sichern …« Studienplatz? »Und die neue Arbeitsstelle von deinem Bruder und natürlich die Wohnung, oh Gott, sie ist so schön. Direkt am Central Park, mit Aussicht auf den See. Ich *liebe* New York«, schwärmt Mom und mir kommt die Kotze hoch.

Hast du es wirklich nicht für nötig gehalten, mir *das* zu sagen, Emilia?

Ich bin so sauer.

Mit einem Ruck schiebe ich den Stuhl zurück, stehe auf, drehe mich um und gehe wortlos.

»Hey, wohin gehst du? Mason?«, ruft Mom.

»Ich habe keinen Hunger mehr!«, blaffe ich und höre die Schritte meines Vaters hinter mir. Nicht das auch noch. Er soll mich in Ruhe lassen.

»Mir geht's gut!«, sage ich knapp über meine Schulter hinweg. »Keine Angst, ich raste nicht aus.« Oh, Emilia, ich bin *so* kurz davor, alles niederzubrennen – inklusive dir.

Er packt mich an der Schulter und wirbelt mich herum, als wir kurz vor meinem Kellereingang angekommen sind.

»Lass sie endlich gehen, Mason!«, zischt er mich an. »Es wird langsam zur Besessenheit, was sich da bei dir entwickelt. Ich weiß es. Du kannst sie nicht zwingen, sich für dich zu entscheiden. Sie ist mit deinem Bruder zusammen. Krieg dich endlich unter Kontrolle!« Mein Herz rast und ich würde ihm gern eine verpassen und dann spüren, wie er mich schlägt.

Mein Vater schaut mir direkt in die Augen. »Denk nicht mal dran.« *Scheiße.* »Lass sie in Ruhe!« Damit lässt er von mir ab, dreht sich um und geht zurück in die Küche.

***

Ich bin *so* sauer, Emilia. Während ich schon auf dem Weg zu meinem Schrank bin, um mich anzuziehen, schreibe ich dir. Ich kann nicht anders. Schnell schlüpfe ich in eine Jeans und ein Shirt.

Dann rufe ich dich an, aber du drückst mich weg, Emilia. Das geht gar nicht. Habe ich dir nicht beigebracht, dass du mich nicht wegdrücken sollst? *Niemals?* Du sollst immer erreichbar für mich sein. Sonst ist es, als würdest du meine Hand wegschlagen, Emilia. Ich probiere es nochmal, während ich zum Auto gehe, aber du drückst mich wieder weg. Und wieder und wieder.

Mit einem »Fuck!« hämmere ich auf das Lenkrad ein, schleudere das Handy auf den Beifahrersitz und gebe Gas. Ich kann nicht mehr klar denken. Das passiert mir *immer,* wenn du durch meinen Kopf geisterst.

Bei der Party in eurem Schlafzimmer habe ich den einzigen Ersatzschlüssel, den mein Bruder total einfallsreich in der oberen Kommodenschublade aufbewahrt hatte, mitgenommen.

Es dauert nicht lange, dann bin ich bei euch und betrete die Eingangshalle des Hochhauses, in dem ihr lebt. Der

Portier am Empfang ist damit beschäftigt, irgendwas in seinen PC zu tippen oder sich Pornos anzuschauen. Ich bücke mich und schleiche am Tresen vorbei wie ein Kleinkrimineller, der eine Tankstelle ausrauben will. Ich bin so wütend, Emilia, doch ich versuche auch gar nicht, mich zu beruhigen. Denn das, was passieren wird, hast du verdient.

Die Türen des Fahrstuhls öffnen sich und ich betrete euer Reich.

Es ist alles so steril und sauber.

Eure Wohnung hat keinen Charakter, Emilia.

Keine Schüsseln, in denen sich unnötiges Zeug anstaut; keine Hundehaare, keine zusammenpassenden Kissen, die Mom bei uns zu Hause immer auf der Couch verteilt. Keine Krümel auf dem Esstisch, keine Tassenränder auf dem Tresen, kein Staub auf euren Bilderrahmen. Oh Gott, ihr seid so ekelhaft zusammen. Ihr wart *wandern* am Grand Canyon, Emilia. Und wie zwei Touristen auf dem Empire State Building.

Mit meinen dreckigen Schuhen laufe ich durch den Flur und begutachte jedes einzelne Bild. Der Baseballschläger in meiner Hand fühlt sich dabei ziemlich gut an. Ihr wart im Spa, Emilia. Wieso brauchst du Spa, *Emilia*? Ich kann dir mal *mein* Spa zeigen.

Ihr wart in den Bergen Skifahren, wie zwei Schwuchteln, und in Ägypten vor den Pyramiden. Mein Bruder ist ja so ein perfektes Wunderkind. Er hat nicht mal ein Problem damit, seine *Drecksprothese* unter seinen

Shorts zu zeigen, weil ihn dann jeder darauf anspricht und er sich wichtigmachen kann.

Ich hasse ihn, Emilia.

Wann hast du übrigens ein Bild aufgehängt, auf dem er dir einen Antrag macht, Emilia? Und wer zum Teufel hat das fotografiert?

Es war wahrscheinlich Claire oder irgendein Tourist, den er angeheuert hat. Ihr seid so peinlich.

Oh, du hast ein Bild von meiner Familie. Ich bin auch drauf, Emilia. Stehst du immer davor und machst es dir selbst? Wenn du hier die Treppen runterkommst und mich siehst, denkst du dann daran zurück, was ich in den Nächten immer mit mir mache, bevor du ihm die perfekte Frau vorspielst?

Ich werde ihn umbringen, Emilia. So wird es irgendwann enden.

Oder dich.

Oder uns.

Oder wen auch immer du an deiner Seite haben wirst.

Das hier kann nicht gut ausgehen.

Ich hole mit dem Baseballschläger aus und schlage erfolgreich mit einem Zug alle Bilder von den Wänden, deren Rahmen auf dem Boden klirrend zerspringen. Es tut so gut, Emilia. Und jetzt bin ich erst richtig in Rage. Ich zerstöre euren Fernseher, euren perfekten Glascouchtisch, eure Zweitausend-Dollar-Kaffeemaschine, genau wie alle anderen Küchengeräte. Ich reiße die Schubladen aus den Schränken und werfe sie gegen die Wand, sodass der Inhalt sich überall verteilt. Ich trete eure Stühle um und kicke Löcher in die Schränke der Küche und in die Wände. Die Küche steht hier schon seit einer Ewigkeit, Emilia. Nach mir wird sie nicht mehr stehen. Mein nächster Weg führt mich geradeswegs ins Schlafzimmer, doch anstatt mich zu beruhigen, weil ich den Großteil meiner Aggressionen schon rausgelassen habe, wird es erst richtig schlimm, als ich euer Bett sehe.

Du lässt dich hier von ihm ficken.

Ich reiße die Matratzen runter und werfe den Lattenrost durch das Zimmer, sodass er scheppernd gegen den Schrank knallt. Unter dem Bett habt ihr kleine Kisten, Emilia, mit Sachen darin. Ich ziehe sie zu mir heran und öffne sie. Du kleine Schlampe.

Ich hätte nicht gedacht, dass du auch bei ihm eine Bitch bist. Das erschüttert mich, und wenn du jetzt hier wärst, hättest du deinen letzten Atemzug gemacht.

Handschellen, alle möglichen Arten von Dildos und Vibratoren, Analplugs, Emilia? Ich dachte, dein Arsch gehört nur mir.

Das Einzige, was ich ordentlich und mit offenem Deckel auf einer der Kommoden stehen lasse, sind die zwei Kisten mit dem Spielzeug.

Du wirst genau wissen, wieso.

Keine Ahnung, ob es mir jetzt besser oder schlechter geht.

***

Schwer atmend sitze ich im Auto, die Hände auf dem Lenkrad, und starre durch die Windschutzscheibe. Mein Handy klingelt neben mir.

Oh, lässt sich die Prinzessin etwa dazu herab, zurückzurufen?

»Ich werde dich umbringen, Emilia!«, sage ich als Erstes, nachdem ich abgehoben habe.

»Okay, Mason, beruhige dich. Ich habe gewusst, dass du so reagieren wirst, deswegen habe ich dir nicht gesagt, dass ich nach New York fliege.«

»Ich werde dich umbringen, weil du ihn in deinen Arsch gelassen hast.« Damit lege ich auf. Ich will gerade nicht mit dir reden oder dich sehen, Emilia, und das passiert bei mir nicht oft. Normalerweise will ich immer wissen, was du tust, wo du bist, mit wem du schreibst, mit wem du sprichst und was du denkst. Allerdings nicht jetzt.

Jetzt fahre ich nach Hause und schlage eine Runde auf meinen Boxsack ein, bis der Schweiß in der untergehenden Abendsonne über meine Muskeln läuft.

18. Es ist alles so krank, Olivia

Keaton

Ich hasse es, wenn es nach zehn Uhr abends klingelt, Olivia. Das bedeutet nur Ärger. Der Tag verlief zu ruhig, nachdem Mason seinen kleinen inneren Aussetzer am Esstisch gehabt hatte und ich dachte, er würde ihn gleich umwerfen. Aber du, Olivia, mit deiner Zuckerwattefamilie im Hinterkopf, willst davon nichts wissen. Du verklickerst ihm feuchtfröhlich, dass die Frau, die er liebt, und es selbst nicht mal ahnt, mit seinem Bruder gerade den Mietvertrag für eine gemeinsame Zukunft unterschreibt.

Olivia, ich habe dir *den* Blick zugeworfen, den Halt-die-Fresse-Blick, und du hast ihn gesehen. Du hast mir in die Augen geschaut, Olivia. Wieso musst du das nach all den Jahren noch tun? Mir widersprechen. Du siehst und hörst nicht, was um dich herum vor sich geht, weil du deine perfekte Familie so willst, wie du sie im Kopf hast. Baby, wir sind nicht perfckt, und deine Vernarrtheit in Mason ist wirklich nicht hilfreich dabei, ihn auf seine Fehler aufmerksam zu machen, Olivia. Schon seit er klein war, nimmst du ihn ständig in Schutz. Ich glaube, er wird für immer ein fünfjähriger Junge bleiben, aber, Olivia, dein fünfjähriger Junge hat ein sehr krankes Sexleben und eine krankhafte Besessenheit von einer Frau entwickelt, die er niemals haben kann.

Ich beobachte jeden Tag auf meinem Tablet, was in diesem Irrenhaus hier vor sich geht und bereue schon fast, die Kameras angebracht zu haben. Damals bei dir war es heiß, jetzt ist es nur noch stressig.

Es vergeht kein Tag, an dem ich nicht sehe, wie dieses blauäugige Reh feuchtfröhlich direkt in diesen Keller des Teufels marschiert.

Wieso, Olivia?

Wie kann man nur so extrem dumm sein? Ich mag dieses Mädchen nicht. Sie ist *dumm*, Olivia.

Es klingelt erneut. Du liegst neben mir auf der Couch, die Beine über meine gestreckt, und schläfst schon halb. Wir schauen irgendeine amerikanische, total hirnlose Penny-Sitcom – ich kann diese Furie immer noch nicht leiden und hab es leider auch nie über Herz gebracht, sie zu beseitigen, Olivia. Du schaust seufzend auf.

»Gehst du?«, fragst du müde.

Ich hasse es, wenn du mir sagst, was ich tun soll, Olivia, aber weil deine grünen Augen so müde wirken und ich dich liebe, stehe ich auf, nachdem ich deine Beine sanft auf die Polster verfrachtet habe.

Neben der Haustür schaue ich auf den kleinen Bildschirm und verdrehe die Augen, weil ich weiß, dass gleich wieder was Schreckliches passiert. Ich bin so gelangweilt, Olivia. Wieso haben wir dieses Kind nur bekommen? Ich liebe ihn, aber er ist so schwierig. Ich hasse schwierig. Er kuscht nicht. Er hält sich an keine Regeln. Er ist undiszipliniert, unkontrolliert. Er ist das Chaos, Olivia, und wir wissen, von wem er das hat.

»Wer ist es?«, fragst du verschlafen.

»Riley und Emilia. Und sie haben einen Koffer dabei.« Es ist eigentlich nicht schlimm, wenn Riley kommt, aber um diese Uhrzeit und in dieser Situation bin ich mir irgendwie sicher, dass es nichts Gutes zu bedeuten hat, Olivia. Vor allem wegen seines Gepäcks.

»Ehrlich?« Ich höre dich näher kommen. »Um diese Uhrzeit? Mit Koffer?« Also wenn es nach mir ginge, würde ich sie nicht reinlassen. Aber deine Kinder sind ja bei dir immer willkommen. Nun denn.

Ich öffne.

Vor mir stehen ein total blasser Riley und eine Emilia, die zu Boden starrt. Ich glaube, es ist besser so für sie.

Ich weiß genau, dass diese Satansbrut da unten im Keller, wo er hingehört, was damit zu tun hat. Gott, wieso ist er überhaupt noch hier, Olivia, und wieso haben wir ihn nicht rausgeschmissen? Er wird uns noch bis zu unserem

Tod die Nerven strapazieren, weil du es ihm hier zu gemütlich machst und ihm den Arsch puderst.

»Dad, es ist was Schreckliches passiert!«, fängt Riley an und schiebt sich an uns vorbei.

»Kommt doch rein«, rufe ich ihm mit einer ausladenden Handbewegung nach. »Du vielleicht auch?« Ich schaue Emilia an und sie murmelt irgendwas von: »Ja Sir, gerne.« Wer ihr das wohl beigebracht hat? Es ist alles so krank, Olivia. Ich kenne keine Familie wie unsere. Und es sollte auch nicht so viele von uns geben.

»Oh Gott! Was ist denn los?« Du bist wieder total in der Mutter-Glucken-Rolle gefangen und begleitest die beiden zum Wohnzimmer, während ich den Sex mit dir, den ich mir mental schon ausgemalt habe, von der Liste streiche. Kinder sind so ätzend, auch wenn sie schon erwachsen sind. Jaja, man liebt sie und all der Kram, aber sie nerven, ganz ehrlich. Niemand kann mir was anderes erzählen.

Riley sitzt aufgelöst auf der Couch und Emilia macht Kaffee in der Küche für uns alle. Ich schaue flüchtig und genervt in ihre Richtung. Kaffee bedeutet einen längeren Besuch. Gott, ehrlich, Olivia. Wieso? Wieso kannst du nie Nein sagen?

»Also wir sind vor einer Stunde zurück nach Hause gekommen und …«

»Wie lief es in New York? Habt ihr den Vertrag unterschrieben?«, fragst du. Olivia, ist das jetzt wichtig? Je schneller das hier vorbei ist, desto besser. Und vor allem, bevor der schlafende Löwe da unten die Witterung aufnimmt.

»Da lief alles super.« Der Automat gibt laute Geräusche von sich, als die Bohnen gemahlen werden. »Aber als wir zurückkamen …« Ich habe das Gefühl, mich setzen zu müssen, Olivia, und das tue ich. In meinen Sessel.

»Komm auf den Punkt«, sage ich. »Was ist passiert?«

»Unsere Wohnung war komplett verwüstet!«, erzählt Riley. »Danke, Baby.« Oh, sein Baby hat uns Kaffee gebracht. Ich lehne mich demonstrativ zurück und mustere sie intensiv mit meinem Ich-weiß-was-du-tust-Blick. Es macht einfach Spaß, sie nervös zu machen, Olivia. Sie stellt den Kaffee vor mir ab und kuscht. Mason liebt Frauen, die kuschen. Ich weiß nicht, woher er das hat, Olivia.

»Was?«, fragst du schockiert und ich atme laut aus.

»Wurde was gestohlen?«, frage ich und kenne die Antwort schon.

»Nein, nur Randale«, sagt Riley und legt den Arm um seine Verlobte, die sich auf seiner Sessellehne niedergelassen hat. Als wäre die Couch nicht groß genug. Muss sie denn den Kontakt suchen? Ich weiß genau, dass Mason gleich kommt. Er nimmt immer ihre Witterung auf, und wenn ich mich in seinen Kopf versetze, wird ihm dieses Bild nicht gefallen. Und wer muss das dann regeln, Olivia? Ich. Das nervt. Schon lange.

»Wie jetzt?« Du bist ganz aufgelöst. »Alles kaputt?«

»Sogar unsere Bilder.« Riley hebt eine Braue, wie du es immer tust, und dann, wie aufs Stichwort, kommt Mason.

Natürlich hat er sich die Freiheit genommen, in seinen Trainingsshorts und oben ohne hier aufzutauchen. Er ist verschwitzt. Und er will damit wahrscheinlich Emilia und Riley reizen. Er ist so durchschaubar, Olivia. Wieso siehst du das denn nicht? Vorhin, als er während des Essens abgerauscht ist, dachtest du, dass er eifersüchtig darauf wäre, was Riley alles erreicht hat. Kennst du ihn denn nicht? Er scheißt auf Erfolg.

»Oh!«, macht er. Dabei lehnt er halb hinter mir, seitlich an meinem Sessel. Nach Schweiß und Gras stinkend.

Ich starre zu ihm auf, er starrt zurück und weicht nicht. Das ist mein Sohn. Er ist der Einzige, der es wagt, mit mir auf diese Art zu ficken, Olivia. Ständig muss er seine Grenzen austesten, immer noch wie ein kleiner Welpe. Er stellt meine Dominanz infrage.

»Was macht ihr denn hier? Ich dachte, ihr seid in New York!«, haucht er fast und verschränkt die Arme vor der Brust. Ich hasse seine Tätowierungen. Wie konnte er das seinem Körper nur antun und sich so entstellen? Emilia gefällt allerdings, was sie sieht, wie ich genau bemerke, als sie auf Masons Bizeps starrt. Kurz, aber ich sehe alles, Olivia, das weißt du doch.

»Ach, wir sind nur hier, weil unsere Wohnung zertrümmert wurde.« Riley trinkt von seinem Kaffee, den er eigentlich nicht mag. Der stumme Vorwurf gegen Mason liegt fast greifbar in der Luft.

Aber Mason wäre nicht Mason, wenn er nicht trotzdem total abgefuckt und gelangweilt dreinblicken würde.

»Blöd«, sagt er. »Ihr könnt ja im Gästezimmer schlafen. Oder bei mir unten.« Dabei zwinkert er einfach so Emilia zu. Die starrt schnell mit Riesenaugen zu Boden.

»Du bist ekelhaft, Mason«, sagt Riley. »Hör auf, meine Verlobte anzumachen.«

Olivia, du verziehst das Gesicht. Was ist denn los? Hast du etwas bemerkt, was dir nicht gefällt? Auch mal? »Uhhh, ich denke nicht, dass das Masons Absicht war«, sagst du angewidert. »Er wollte doch nur nett sein, oder Baby?«, fragst du an ihn gewandt. Das ist es, was ich meine, Olivia. Du würdest niemals etwas Schlechtes von ihm denken.

Ich strecke meine Schultern und lasse sie knacken, wobei ich absichtlich gegen Masons Taille stoße. Es reicht, also ehrlich.

»Habt ihr die Polizei eingeschaltet?«, frage ich, obwohl ich weiß, dass das nicht nötig ist, weil der Täter neben mir steht. Und Riley weiß es auch. Jeder weiß es, nur du nicht, Olivia.

»Ich glaube nicht, dass wir das müssen«, meint Riley und steht auf. Ich gehe bei den beiden nur dazwischen, wenn Mason aggressiv ist. Denn in diesen Fällen könnte ernsthaft jemand verletzt werden. Im Moment wirkt er jedoch seelenruhig, was fast noch alarmierender ist. Ich weiß nicht, was er vorhat. Wusstest du jemals bei mir, was ich vorhatte?

»Weiß nicht, was du meinst«, kontert Mason und baut sich vor ihm auf. Seine Schultern sind gestrafft. Er sieht genau so aus wie ich in seinem Alter, Olivia. Von der

Haarfarbe bis zu seinem kleinen Zeh. Ich hab starke Gene, deine hatten keine Chance.

»Ich meine damit, dass ich eine ungefähre Ahnung davon habe, wer dahinterstecken könnte.«

»Riley, wie kannst du so was sagen! Dein Bruder würde nie … ich meine, warum sollte er denn?« Du schaust verwirrt von einem zum anderen, Olivia, und stehst mittlerweile auch. Ich sollte dich beiseiteschieben. Wenn es ausartet und du eine abkriegst, werde ich die Jungs verprügeln müssen. Egal wie alt sie sind.

»Ich meine damit, dass ich glaube, dass du krankes Stück Scheiße …«

»Er war hier«, unterbreche ich Riley, bevor er zu viel sagen kann, was dich verletzt. Wieder mal. »Er war den ganzen Tag zu Hause.« Ich weiß, dass Mason mich total verwirrt anschaut, aber dann nickt er zustimmend und selbstzufrieden. Er ist so ein Scheißer, Olivia.

Das nimmt Riley den Wind aus den Segeln. »Wirklich, Dad?«

»Ja, wirklich. Er war den ganzen Tag hier und eben ist er zum Training runtergegangen. Wie man sieht.«

Laut ausatmend lässt Riley sich zurück auf seinen Arsch sinken, während du mich skeptisch ansiehst. Ja, ich habe gelogen, Olivia, aber nur, um deinen kleinen Goldjungen zu beschützen. Denn ich weiß, dass er es war, und ich weiß wieso, und dass es dir das Herz brechen wird, es zu erfahren. Denn damit wird die niedliche Vorstellung deiner Zuckerwattefamilie sich in Rauch auflösen.

»So, wenn das dann jetzt geklärt wäre …«

»*Keaton*!«, schimpfst du. »Ihre Wohnung ist verwüstet! Sie schlafen hier! Wir haben genug Platz, okay? Und wir wissen nicht, ob es Einbrecher waren und ob sie wieder zurückkommen werden!« Oh, Olivia, du weißt ja nicht, was du damit anrichtest. Du solltest meinen Halt-die-Klappe-Blick wirklich mal ernst nehmen.

19. Ich weiß, dass es wehtut, Emilia

Mason

Du bist hie, Emilia, und das bist du ganz offiziell. Ohne dich zu verstecken. Du bist in meiner Höhle. Was für ein Glückstag sich aus diesem Haufen Scheiße doch entwickelt hat. Ich warte, bis es spät in der Nacht ist, und rätsle so lange, wieso mein Vater mir aus der Scheiße geholfen hat. Er weiß ganz genau, dass ich weg war, und mit Sicherheit weiß er auch genau, dass ich dafür verantwortlich bin, was bei euch abgegangen ist. Er ist komisch, Emilia. Ich kann ihn nach all den Jahren immer noch nicht einschätzen und das hat was zu bedeuten, denn ich bin sonst sehr gut darin, in anderen zu lesen.

Es ist zwei Uhr in der Nacht, als ich hochgehe. Es ist so befreiend, einfach nur die Stufen zwei Stockwerke hochzulaufen und dich vorzufinden, Emilia. Ich kenne dieses Haus blind und brauche kein Licht. Das würde nur

Aufmerksamkeit erregen. Ich mache meine Sachen gern still und im Verborgenen.

Ihr schlaft direkt neben meinen Eltern. Das gefällt mir, weil ich weiß, was für ein Weichei Riley ist. Er wird dich hier nicht anrühren. Doch zu sehen, wie er seinen Arm um deinen Bauch geschlungen und sich an dich gekuschelt hat, tut ungute Dinge in mir, Emilia. Du schläfst nicht, als ich ins stockdunkle Zimmer trete. Nur der Mond entblößt meine Gestalt – und eure. Deine Augen sind offen. Du hasst Nächte, in denen du nicht schlafen kannst, und jetzt weiß ich auch, warum – bei all dem Scheiß, den du erlebt hast, und bei dem mir immer noch kotzübel wird, wenn ich darüber nachdenke.

Du zuckst zurück und drängst dich näher an Riley. Mir fällt ein, was du mir erzählt hast, Emilia. Dass dein Vater nachts immer in dein Zimmer kam und diese Sachen mit dir gemacht hat. Das erste Mal, seitdem du mein bist, fühle ich mich mies. Ich kenne es nicht, mich mies zu fühlen wegen solcher Dinge, und es verwirrt mich kurz. Dann sehe ich, wie eng du dich an ihn gedrängt hast und wie fest er dich hält, sogar im Schlaf, und ich will dich an den Haaren von ihm wegreißen.

Ich nehme mein Handy aus der hinteren Hosentasche. Du siehst mich mit gerunzelter Stirn an, während ich stumm das Video davon abspielen lasse, wie ich dich das erste Mal in meinem Keller gefickt habe. Ich zeige dir den Bildschirm, zeige dir, wie du gestöhnt, wie sehr du es geliebt hast. Du schluckst, dein Blick schießt zu meinen

Augen und ich locke dich mit einer Fingerbewegung zu mir.

Du schüttelst den Kopf, Emilia. Schon wieder.

Langsam gehe ich auf Riley zu und beuge mich näher zu ihm. Du weißt, ich würde ihn wecken und es ihm im Notfall auch zeigen. Du kennst mich. Na ja, zumindest glaubst du, mich zu kennen. Wenn du das wirklich tätest, wüsstest du, dass ich dich so keinem anderen zeigen würde, auch wenn es dein Verlobter ist.

Deshalb bekommst du Panik und drückst seinen Arm von dir und stehst auf. Gut so, Emilia.

Riley murmelt etwas, dreht sich aber um und schläft weiter. Wenn du in der Nacht aus meinem Bett steigen würdest, Emilia, verlass dich drauf, würde ich es mitbekommen und dich zurückholen.

Ich gehe voran und du folgst mir, wie immer. Leise durch das Haus, die Stufen nach unten, an Missy vorbei, die ich mit einem Fingerzeig auf ihren Platz schicke. Sie knurrt dich trotzdem tief an, als wir nach unten gehen und ich die Tür hinter uns schließe.

»Schlafzimmer«, befehle ich und du gehst schnell mit gesenktem Kopf an mir vorbei. Du trägst ein leichtes Hemd von Riley, Emilia, und ein Höschen, wie ich sehe, als du auf dem Bett sitzt.

»Habe ich gesagt, du sollst dich hinsetzen?«, frage ich dunkel und leise.

Sofort springst du auf und stehst jetzt unsicher vor mir, die Hände vor deinem Körper ineinander verschlungen, zupfst an deinen Fingern herum und knetest sie.

Du weißt ganz genau, was jetzt folgen wird, Emilia, und ich liebe es, mit deinen Ängsten zu spielen, deswegen gehe ich an dir vorbei und zünde mir erstmal einen Joint an, der im Aschenbecher immer bereitliegt.

»Umdrehen«, sage ich, lege mich aufs Bett und stütze mich auf den Ellbogen. Du drehst dich zu mir um.

»Mason …«

»Klappe!«, herrsche ich dich an und puste dir den Rauch ins Gesicht. »Du bist nach New York geflogen, Emilia. Du hast Sexspielzeuge unter deinem Bett versteckt, Emilia. Du hast ihn in deinen Arsch gelassen, Emilia. Und du hast mich ziemlich oft abgewiesen in letzter Zeit, Emilia. Möchtest du etwas dazu sagen?« Vielleicht sollte ich Anwalt werden und die ganzen Kriminellen von der Scheiße holen. Mir gefällt der Gedanke irgendwie.

Du atmest tief durch. »Du hattest Sex mit Claire«, wagst du es zu sagen. Ich würde dir jetzt gern eine schmieren, Emilia. Ich bin so perplex, dass ich erstmal nicht weiß, was ich entgegnen soll. Hast du mir gerade wirklich Widerworte gegeben und Vorwürfe gemacht?

Ich lehne mich vor, ziehe an deinem Hemd und reiße es dir vom Körper. Die Knöpfe verteilen sich überall auf meinem Boden. Jetzt trägst du nur noch einen Slip. Auch den reiße ich dir vom Körper.

Und stöhnst auf. »Masssssooon!«, sagst du angespannt.

»Seit wann gibst du mir Widerworte?«, frage ich trocken und ziehe an dem Joint. Du kannst so froh sein, dass ich diese Scheiße rauche. Sie bringt mich ein bisschen runter. Sonst wärst du bestimmt schon tot.

»Ich will nur sagen, dass das scheiße war«, versuchst du es in einem ruhigen, neutralen Tonfall, als ob der mich zur Besinnung bringen könnte. Emilia, was läuft falsch bei dir?

»Sie ist meine Freundin.«

»Schön. Er ist mein Bruder.«

Du starrst mich an und bist sprachlos. Zu Recht. Baby.

»Sonst noch was?«, frage ich drängend.

»Die Sachen, die du gefunden hast, sind nicht …«

»Klappe«, fahre ich dich wieder an. »Darüber reden wir nicht.«

»Aber …«

»Klappe!«

»Aber ohne Witz, Mason! Du verstehst da was ganz fal…«

Weiter kommst du nicht, denn sofort halte ich dir den Mund zu. Mit einem Ruck presse ich dich an meinen Schrank und knurre: »Ich hab gesagt, du sollst die Klappe halten.«

Ich drücke dich auf deine Knie und du schaust zu mir auf. In deinen Augen funkelt Kampflust. Was hat die in meinem Schlafzimmer verloren, Emilia?

»Mund auf«, sage ich und du beißt die Zähne zusammen.

Du wirst heute Nacht sterben, Emilia. Ich werde Dinge mit dir tun, die dir in einer Woche noch Schmerzen bereiten. Und du legst es auch noch richtig darauf an.

»Provozierst du mich?«, frage ich und schaue zu dir runter.

»Ich bin doch nicht lebensmüde«, entgegnest du fast zynisch.

»Du kleine Schlampe.« Ich weiß nicht, Emilia, aber hier stimmt was nicht. »Es kommt mir fast so vor, als würdest du mich mit Absicht provozieren, Emilia. Ist das so?«

Du schlägst die Augen nieder und verkneifst du dir gerade ein Schmunzeln?

»Du willst es richtig hart, oder?«

»Nein, Mason.« Lächelst du jetzt gerade oder wie? Was ist hier los? Und warum machst du mich so hart?

»Okay, dann tun wir das doch einfach.« Ich zucke die Schultern, mache den Joint aus und öffne meine Hose.

»Also, Mund auf!«, versuche ich es nochmal. Dieses Mal helfe ich nach, indem ich einfach meine Hüften vordrücke und mit einer Hand am Oberkopf nach deinem Haar greife. Dann packe ich dich so fest, dass dir sofort die Tränen kommen. Ich kann und werde mich nicht kontrollieren. Tief, bis zum Anschlag, schiebe ich mich in deinen Mund und ich weiß, dass er nicht klein ist. Du würgst und schließt die Augen, atmest gepresst durch die Nase und konzentrierst dich darauf, deine Kehle zu lockern, weil du weißt, was jetzt kommt. Ich ficke dich bis in deinen gottverdammten Hals, Emilia, und du siehst mich dabei fast schon herausfordernd an. Willst du etwa mehr und dass ich immer härter werde? Baby, das ist nicht gut für dich. Allerdings macht mich die Situation auch so an, dass ich bereits nach läppischen sieben Minuten komme.

»Schlucken!«, fordere ich dich auf und weiß, dass du es hasst. Du hasst Sperma in deinem Mund. Welche Frau mag das schon?

Du schluckst mit zusammengekniffenen Augen und ich ziehe mich aus deinem Mund zurück, während du vor mir kniest.

Ich packe deine Handgelenke und ziehe sie vor deinem Kopf zusammen. »Bleib so!« Ich gehe zu meiner Kammer mit Utensilien und suche das rauste Seil raus, welches ich habe, außerdem noch ein paar andere Dinge, die wir brauchen werden, binde deine Handgelenke vor deiner Brust fest aneinander, sodass du keinen Spielraum mehr hast. Dann zerre ich dich an dem Seil nach oben, drehe mich um und ziehe dich mit einer Hand über meiner Schulter hinter mir her.

Ich höre dich aufkeuchen, als wir meinen Keller verlassen. Deine Schritte stocken.

»Du wolltest es, Emilia«, sage ich und lasse dich in dem Glauben, dass wir vielleicht direkt so bei Riley einmarschieren und ihm deine verruchte Seele präsentieren könnten.

»Was würde er wohl sagen, wenn er von deinem Stöhnen aufwacht, weil ich dich von hinten ficke, Emilia? Direkt neben ihm?«, frage ich und ziehe dich weiter.

Du wagst es nicht, ein weiteres Wort zu sagen, aber ich höre, dass dein Atem hektisch geht. Du hast Angst, das ist gut. Fick nie wieder mit mir, Emilia, nicht auf diese Art. Nicht, wenn du mich dabei hintergehst.

Wir kommen im Wohnzimmer an. Dir ist sicherlich kalt, trotz der warmen Temperaturen draußen. Oder gerade deswegen, da meine Eltern immer die Klimaanlage anlassen. Jeden Moment könnte zum Beispiel meine Mutter kommen und sich was zu trinken holen, denn sie kriegt oft Durst in der Nacht. Oder Riley könnte aufwachen, um dich zu suchen, Emilia, und dich vorfinden bei den Dingen, die ich gleich mit dir tun werde. Ich wünsche mir fast, dass das passiert.

Oder mein kranker Psychovater könnte kommen und mich grün und blau schlagen. Ausnahmsweise. Das wünsche ich mir weniger.

Direkt neben der Couch löse ich das Seil an einem deiner Handgelenke, schlinge es um den tragenden Balken, der dort steht, und dann wieder um deine Haut, die bereits aufgeschürft ist.

»Beug dich über die Couch«, fordere ich hart. Du folgst und streckst mir deinen Hintern entgegen, als du über die Lehne sinkst. Ich haue dir schwungvoll auf den Arsch, ich kann einfach nicht widerstehen. Denn ich liebe es, meine Fingerabdrücke auf deiner cremigen Haut zu verewigen. Am liebsten würde ich sie darauf tätowieren. Du keuchst auf und ich schlage gleich nochmal auf die gleiche Stelle.

»Sei leise, Emilia, oder ich hole ihn dazu und zwinge

ihn, zuzuschauen. Es hängt alles nur von dir ab. Merk dir das.« Damit mache ich noch etwas Gleitgel auf den Analplug, den ich mitgenommen habe, und schiebe ihn dir in den Arsch. Du beißt hörbar die Zähne zusammen. »Hat er das auch gemacht?« Ich ziehe ihn wieder raus und schiebe ihn ruckartig wieder rein. Du wimmerst.

»Ich weiß, dass es wehtut, Emilia. War er sanfter zu dir? Hat er deinen Rücken geküsst und dir ins Ohr gewispert, *wie schön du bist*?« Ich ziehe den Plug wieder raus. »Von mir kriegst du das nicht, Emilia! Kannst du dich deshalb nicht entscheiden, hm? Weil du alles willst, du kleines, gieriges Miststück.« Dann schiebe ich ihn wieder rein und haue dir auf den Arsch. »Du willst die harten Ficks mit mir, kannst aber nicht auf das Gesäusel des Losers verzichten.« Nochmal schlage ich dich und du schreist fast schon auf. »Willst du mich genauso wie ihn, Emilia? Antworte!« Ich reiße deinen Kopf an den Haaren zurück, bewege mit der anderen den Plug jetzt in konstantem Rhythmus rein und raus.

Du stammelst unzusammenhängend: »*Was*?«

Ich öffne meine Hose und schiebe in einer flüssigen Bewegung den Schwanz in dich – direkt in deine feuchte, warme Pussy – und drücke mich bis zum Anschlag in dich. Es fühlt sich so gut an, Baby.

»So hat sie sich auch angefühlt, Emilia. Ihre kleine Pussy war genauso feucht für mich. Sie war so eng und hat meinen Namen geschrien.« Mir ist klar, was ich dir mit meinen Worten antue und höre dich aufschluchzen. Ich will dir ins Gesicht sehen, deswegen packe ich wieder dein Haar, reiße deinen Kopf nach hinten und sehe dich an, als ich sage: »Langsam wirst du langweilig. Soll ich dich gegen Claire eintauschen, Emilia?« Du presst die Augen zusammen und schüttelst den Kopf. Ein neuer Schluchzer ertönt. Ich ficke dich so hart, dass es wehtun muss, wann immer ich in dich stoße. Du hast den Plug immer noch im Arsch. Dann umfasse ich mit einer Hand deine Brust und kneife fest in deinen Nippel, bis du dich um mich herum zusammenziehst. Ich komme fast, weswegen ich dich ein paar Stöße lang nur mit meiner Spitze ficke und du wieder wimmerst.

»Was willst du von mir, Emilia?« Erneut kneife ich dir in den Nippel. »Das ist deine Gelegenheit. Wenn du sagst, ich soll aufhören, werde ich dich sofort loslassen und dich gegen sie eintauschen. Wenn du willst, dass ich weitermache, wirst du nie wieder mit ihm ficken. Das wird hart, das weiß ich, Emilia. Aber es interessiert mich nicht. Ich habe dich schon viel zu lange mit meinem Bruder geteilt.«

»Mason, bitte …«, wimmerst du und ich schiebe mich wieder mit einem Ruck in dich.

»Antworte!«

»*Dich! Ich will dich*!«, brüllst du fast und bekommst dafür wieder einen Schlag auf deinen Hintern.

»Das war zu laut, Emilia, ich hatte dich gewarnt.« Mit einem Ruck drehe ich dich herum und drücke dich auf die Knie. Du siehst mich mit großen Augen an und ich komme auf deinen perfekten Titten, die ich nie in meinem Leben eintauschen würde, Baby.

»Bleib so, bis ich wiederkomme«, sage ich, schließe meine Hose und gehe.

Für eine sehr lange Zeit.

20. Oh, Mason, du bist wirklich unberechenbar

Emilia

Ich fasse es nicht, Mason. Wie kannst du das tun? Ehrlich, das ist das Schlimmste, was du jemals getan hast, dabei hast du schon viele schlimme Dinge getan, Mason Rush. Riley könnte jeden Moment hier runterkommen und mich so vorfinden, mit deinem Sperma, das an mir herunterläuft. Mit deinen Handabdrücken auf meinem Hintern. Gefesselt in eurem Wohnzimmer. Nackt. Oder noch schlimmer, und ehrlich, das *finde* ich wirklich schlimmer als Riley, dein Vater könnte runterkommen, Mason! Denkst du denn gar nicht mit? Oder willst du es darauf anlegen, dass mich jemand so sieht? Dir traue ich alles zu.

Ich wage es nicht, zu atmen oder irgendwas anderes zu tun. Mir ist kalt, so kalt, dass meine Zähne klappern und meine Nippel schmerzhaft hart sind. Auf meinen Armen hat sich eine Gänsehaut gebildet, die so dicht ist, dass sie wehtut. Ich knie auf dem Marmorboden, nur wenige Meter von eurem Teppich unter dem Couchtisch entfernt. Was würde ich dafür geben, jetzt auf diesem Teppich oder dem Sofa sitzen zu können. Die Klimaanlage surrt leise im Hintergrund, genau wie die Spülmaschine, die deine Mom vor dem Schlafengehen eingeschaltet hat. Ich höre nur das Rumpeln, als der Tab rausfällt und die Maschine in den nächsten Waschgang wechselt. Das Mondlicht leuchtet durch die großen Wohnzimmerfenster und erhellt die hohen Vitrinen. Mir tut der Rücken weh und meine Knie, weil ich mich kaum rühren kann, Mason. Natürlich könnte ich mich erheben und an die Couch lehnen, aber dann müsste ich ja stehen. So würde man mich sofort sehen, wenn jemand nach unten kommt.

Draußen höre ich einen Hund bellen. Immer mal wieder fährt ein Auto vorbei und wirft sein Scheinwerferlicht vor mich auf den Boden. Ich knie im Schatten und es kommt mir so vor, als wäre das eine Metapher für mein Leben. Du hast mich in die Schatten gezogen und lässt mich nicht mehr los.

Irgendwo in der Ferne ertönt eine Sirene. Ich frage mich, wie lange du mich hier warten lassen willst. Oh, Mason, du bist wirklich unberechenbar. Ich gebe zu, tief im Inneren genieße ich deine grobe Art. Das brauche ich und du weißt es. Aber manchmal frage ich mich wirklich, wieso ich immer wieder zu dir zurückkomme. Es liegt nicht nur an dem Video, das wissen wir beide ganz genau. Ich fühle mich schrecklich, Riley das anzutun, doch ich tröste mich mit dem Gedanken, dass ich bald weg bin und dann alles aufhört. Natürlich weiß ich, dass es Scheiße ist, aber ich kann und ich will Riley nicht die Wahrheit sagen. Er ist so was wie mein Anker, Mason, und fängt mich auf, wenn es mir schlecht geht, weil du mich wieder runtergedrückt hast. Ich kann ihm nicht das Herz brechen, er ist so liebevoll und sensibel. Deshalb verdient er es, dass ich mich auf einen hundertprozentigen Neuanfang mit ihm einlasse. Komischerweise habe ich trotzdem dich angerufen, als es mir schlecht ging, nachdem du Claire gefickt hast. Und ich habe dir Dinge erzählt, die ich mir teilweise noch nicht mal selbst eingestehen kann. Ich will Riley mit so was gar nicht belasten, er würde mich dann immer mit diesem Blick ansehen. Mit Mitleid in den Augen. Er würde es nicht verstehen. Jetzt sieht er mich an, als wäre ich die perfekte Frau. Aber du hast schon vom ersten Moment an gemerkt, dass ich gebrochen bin. Dir muss ich nichts vormachen, weil du die Wahrheit sowieso kennst. Hätte ich mich in einem anderen Leben oder zu einem anderen Zeitpunkt für dich entschieden, wären wir zusammen untergegangen. Wir sind wie zwei positiv geladene Teilchen, Mason. Wir stoßen uns ab.

Natürlich ist es mit Riley anders. Und die Sexspielzeuge, die du gefunden hast? Das war nichts. Ich habe sie noch nie mit Riley ausprobiert. Ich wollte es, aber er kann damit nichts anfangen; er kann mir nicht wehtun; er kann nicht hart sein, rücksichtslos und fies, so wie du. Er kann mir im Bett nicht geben, was ich brauche. Was ich brauche, hast du mir erst gezeigt. Du hast mich gezwungen, es wahrzunehmen.

Aber du lässt mir nie eine Wahl, Mason Rush.

Ich weiß noch, damals, als ich nach dieser einen Nacht, in der ich betrunken in deinen Keller gestolpert bin, aufwachte. Der nächste Morgen war der Horror für mich. Ja, ich bin absichtlich bei dir gelandet. Ich wollte dich nur einmal kurz sehen, das habe ich mir zumindest eingeredet. Dich dann mit dieser Frau vorzufinden, hat mich so aus der Bahn geworfen, dass ich nicht mehr gehen konnte.

Als ich am nächsten Morgen aufgewacht bin, saßt du neben mir auf einem Stuhl und hast mich angesehen wie ein Psychopath, Mason. Du hast gelächelt, als ich schockiert aufschreckte, und mich zurück aufs Bett gerissen, als ich aufspringen wollte.

»Ich muss sofort zu Riley«, habe ich gesagt, doch du hast nur einen Knopf auf deinem Handy gedrückt und mit deinen kalten, tiefen Augen beobachtet, wie ich realisierte, was du gerade abgespielt hast. Du hast uns beim Sex gefilmt, Mason. All diese Dinge, die ich mit dir so schamlos und bereitwillig gemacht habe, wie eine gewissenlose Hure. Mit großen Augen habe ich dich angesehen. Du hast gelächelt und gesagt: »Dein Arsch gehört jetzt mir, Emilia, und du wirst ab jetzt nur noch das tun, was ich dir sage. Sonst landet das Ding hier schneller bei Riley, als du meinen Schwanz lutschen kannst, verstanden?«

Und wie ich dich verstanden habe, Mason. Ich habe so vieles durch dich verstanden: dass du ein Bastard bist, dass es nur um dich geht, dass du keine Gefühle hast, dass dir alles scheißegal ist und dass ich eine Hure bin. Deine Hure.

Ich zische, als ich versuche, meine Beine zu bewegen. Nur ganz kurz halte ich mich fest und ziehe mich an der Couch hoch, bis ich stehen kann. Ich komme nicht an die Polster, sonst würde ich mich hinsetzen. Aber ich will wenigstens kurz die Beine strecken. Meine Knie knacken, als ich mich erhebe und durchatme.

Du Mistkerl hast mir nicht mal diesen Scheißplug rausgeholt. Das fühlt sich nicht schön an, Mason. Doch ich ahne, was das bedeutet, denn du tust nie etwas ohne Grund. Ja, auch ich habe dich die letzten Monate sehr gut kennengelernt.

Als ich plötzlich über mir Schritte höre, erstarre ich und sinke wieder auf meine Knie, verstecke mich hinter der Couchlehne, so gut es geht. *Oh Gott, ich hasse dich, Mason*, denke ich voller Inbrunst, als diese Schritte tatsächlich die Treppe runterkommen.

Mein Herzschlag beschleunigt sich und mein Magen krampft sich zusammen. Wenn das Riley ist, weiß ich nicht, wie ich das erklären soll. *Hey Baby, ich warte hier auf dich? Mit dem Sperma deines Bruders auf meinen Brüsten?*

Du bist so ein kleiner, mieser Bastard, Mason, und ich würde dich gerade am liebsten umbringen.

Ich höre ein genervtes Männerstöhnen und hab schon sofort erfasst, wer das ist.

Nein, bitte nicht! Dann doch lieber die Diskussion mit Riley. Er hat mich wenigstens schon mal nackt gesehen!

Derjenige geht an der Couch vorbei. Ich sehe ein paar nackte Männerfüße, ziemlich groß, die Richtung Küche verschwinden. Der Kühlschrank wird geöffnet, etwas zu trinken eingeschenkt, gefolgt von einem erneut total genervten Stöhnen und einem Murmeln über eine *Scheißkröte*. Dann wird der Kühlschrank mit einiger Wucht wieder zugeschlagen. Ich mache mich nochmals hinter der Couch klein, als derjenige zurück ins Wohnzimmer kommt. Zum Glück entdeckt mich dein Horrorvater nicht, Mason. Was schleicht er hier auch im Dunkeln rum? Er hat nicht mal Licht angemacht! Na ja, eigentlich ist das ja gut für mich.

Langsam fangen die ersten Vögel an zu zwitschern, Mason. Ich bin wirklich k. o. und ich weiß, dass Riley bald aufstehen wird. Du weißt das auch. Alles tut mir weh.

Als die Kirchenglocken läuten, erlöst du mich. Ich höre deine Schritte vom Keller aus herannahen und über mir die Toilettenspülung, Mason. Gott, ich muss auch so dringend pinkeln.

Du bist die Ruhe selbst, als du vor mir stehenbleibst, geduscht und in Trainingshosen. Ich sehe lediglich an deinen Augen und den Schatten darunter, dass du nicht geschlafen hast. Das tust du selten, so wie ich.

»Na?«, fragst du lächelnd. »Erholsame Nacht gehabt?«

Ich funkele dich nur an, sage aber nichts, weil mir ansonsten was über die Lippen gekommen wäre, was mir weitere Strafen eingehandelt hätte. Das darf ich jetzt nicht riskieren!

Du gehst vor mir in die Hocke, einen Arm auf dein Knie gestützt. Oben höre ich die Dusche, Mason. Meine Güte.

»Du siehst scheiße aus, Emilia«, sagst du ganz nüchtern und hebst dabei mein Kinn. »Hast wohl nicht so gut geschlafen. Was wirst du nie wieder tun, Emilia?«

Ich atme zittrig aus und denke mir, dass ich das Versprechen sowieso nicht halten kann, weil ich bald hier weg bin. Und dass du es auch nicht erfahren wirst, wenn ich es breche. »Mit Riley schlafen.«

Du bist zufrieden und machst mich los. Meine Handgelenke sind blutig und aufgeschürft, meine Kehle trocken. Ich hab so einen Durst. Du hebst mich auf die Arme, und ich erschrecke mich, weil du das noch nie getan hast. Damit habe ich nicht gerechnet, aber du denkst praktisch und weißt, dass ich jetzt so nicht laufen kann. Ich komme nicht umhin und lehne meine Stirn an deine Brust, denn ich liebe es, wie du nach dem Duschen riechst, Mason. Dein ruhiger Herzschlag pulsiert an meinem Ohr und deine großen, warmen Hände drücken mich an deinen Oberkörper. Du fügst mir den größten Schmerz zu, trotzdem fühle ich mich so sicher, wenn du mich hältst. Das ist so was von gestört, ich weiß schon.

Du trägst mich nach unten und stellst mich unter die Dusche, aber es fällt mir schwer, zu stehen, weil meine

Beine so wacklig sind. Also hocke ich mich langsam auf den Boden. Du stehst tatsächlich hinter mir und hältst die Duschbrause mit dem lauwarmen Wasser über meinen Kopf. Deine große Hand streift über meine Brust und verwischt die letzten Spuren von dir. Ich habe gehofft, dass du mir den Analplug aus dem Hintern holst, aber du bist noch du, merke ich, als du nicht einmal einen Versuch unternimmst. Verdammt, das heißt, ich muss es tragen, solange du es willst.

Langsam entspanne ich mich, während du mein Haar wäschst und mir die beste Kopfmassage meines Lebens verpasst. Wieso tust du das, Mason? Wieso gibst du mir immer solche kleinen Bissen Glück im Austausch gegen ein ganzes Buffet voller Schmerz? Du spülst das Shampoo aus meinen Haaren, nimmst mich unter den Achseln und stellst mich auf die Füße. Dann greifst du nach einem großen, weißen Handtuch, tupfst mich damit ab und legst es mir dann um den Körper. Meine Haare fallen nass über meine Schultern und ich niese. Verdammt, ich glaube, ich bin ein bisschen krank geworden über Nacht.

Du schaust mich nur an, statt Gesundheit zu wünschen oder so, und hebst mich – weiterhin stumm – aus der Dusche. »Warte hier«, sagst du und bist schon wieder verschwunden. Ich weiß nicht, was du vorhast, Mason, aber ich bin so müde und dein Bett ist so weich. Das ist ein Traum. Deswegen genehmige ich mir nur ein paar Sekunden, in denen ich mich hineinlege.

Und schneller, als ich es merke, bin ich eingeschlafen.

21. Ich liebe nonverbale Kommunikation, Emilia

Mason

Du schläfst, Emilia, und das ist nicht gut, denn oben sind schon alle wach und bereit zum Frühstücken. Meine Mutter versucht es nochmal mit der Happy-Family-Sache, Riley sucht dich und mein Vater sucht seinen Verstand. Es ist alles wie immer. Alle machen sich fertig, weil sie losmüssen, doch du liegst hier und schläfst wie eine durchgefickte Hure. Ich wecke dich auf. Du hast dich in meine Decke gekuschelt und deine nassen Haare kleben an meinem Bettbezug, Emilia. Ich hasse nasses Bettzeug.

»Aufstehen!«, sage ich und du fährst erschrocken hoch und murmelst: »Es ist seine Schuld, nicht meine!«

Ich ziehe eine Braue hoch. »Meinst du etwa mich, Emilia?«

Deine Augen gleiten in meine Richtung und du schluckst. »Oh hey ... ich bin eingeschlafen, sorry.« Wenigstens entschuldigst du dich. Ich schmeiße dir die frischen Klamotten hin, die ich aus eurem Zimmer geholt habe, während Riley duschte.

»Er sucht dich, Emilia«, sage ich. »Zieh dich lieber schnell an.« Total verschlafen stehst du auf und ich begutachte, ohne dich zu berühren, deine Handgelenke. Sie sehen schlimm aus, ich gebe es zu. Deshalb habe ich dir auch ein langärmliges Oberteil mitgebracht.

»Danke«, sagst du und ziehst dich viel zu langsam an. Du kannst kaum stehen, so fertig bist du. Ich lege inzwischen Missy das Halsband an, die sich total freut, weil sie weiß, dass es gleich rausgeht, und drücke dir dann die Leine in die Hand. Du trägst endlich die Jeanshose. Sie reibt über deinen Arsch und du hast immer noch den Plug drin. Das habe ich nicht vergessen. Ein langer schwarzer Pullover bedeckt deinen Körper. Ich weiß, dass es draußen viel zu heiß dafür ist, aber das erste Mal bist du so eingepackt, wie ich es mag, damit keiner deine Titten sehen kann, Emilia. Deine Titten gehören nur mir.

Du hältst Missy mit einem ausgestreckten Arm weit von dir und siehst mich mit großen, verängstigten Augen an. Missy aber wirkt total entspannt. Sie konzentriert sich gar nicht mehr auf dich, weil für sie nur noch die Gassirunde zählt.

»Sei brav, Babygirl«, sage ich zu Missy und dann zu dir: »Ab!«

»Was soll ich denn jetzt mit ihr?«, fragst du verwirrt. Oh, Emilia, bitte denk doch einmal nach. Ich fühle mich wie mein Vater, wenn er es in der Arbeit mit irgendeinem Vollhonk zu tun hat oder mit mir. »Du gehst mit ihr raus, und wenn jemand fragt, wo du warst, dann bist du früh aufgestanden und hast eine Runde mit ihr gedreht, verstanden? Oder soll ich es dir aufschreiben? Ich muss mich jetzt fertig machen, langweil mich nicht.« Ich sehe deinem kleinen, wunden, geplugten Apfelarsch zu, wie er meinen Keller verlässt. Oh, Baby, ich liebe es, wenn wir Geheimnisse haben und ich deinen Arsch sehe.

Sobald du weg bist, mache ich mich fertig. Ich habe genauso wenig geschlafen wie du. Nämlich gar nicht. Und ich muss genauso lange arbeiten wie du. Viel zu lange. Mit einem Chef, der mein Vater ist. Jeder, der meinen Vater kennt, kann nachvollziehen, was ich so durchmache.

Weil alle da sind, besteht Mom auf ein gemeinsames Frühstück. Oh, Mom … So kommt es, dass ich zehn Minuten später oben am Esstisch sitze. Gott, diese Familie fickt mich.

Du bist noch nicht da, Emilia. Ich hoffe, Missy hat dich nicht aufgefressen und kommt nicht nur mit deiner Jeans zurück.

Mein Dad starrt nicht aufs Tablet, sondern mich an. Er wirkt wie immer nicht amüsiert. Riley ist im Panikmodus und ruft die ganze Zeit auf deinem Handy an. Und Mom trällert zum Radio mit und deckt den Tisch. Mir ist schlecht, Emilia.

»Wo ist denn Missy?«, fragt Mom.

»Ich wüsste lieber gern, wo Emilia ist«, meint Riley.

»Missy kann wenigstens selbst auf sich aufpassen.«

»Sie ist mit Missy spazieren gegangen«, verkünde ich gelangweilt, schnappe mir eine Erdbeere und beiße hinein. Du könntest mich mal mit Erdbeeren füttern und sie vorher in Schokosoße tunken, Emilia.

»Woher weißt du das?«, fragt Riley scharf.

»Sie stand vorhin vor meiner Tür und konnte nicht schlafen. Ich hab ihr Missy in die Hand gedrückt und sie rausgeschmissen, verdammte Scheiße. Wie kann man mich so früh wecken?«

Mein Vater schüttelt perplex den Kopf, sagt aber nichts.

Als du zurückkommst, Emilia, siehst du aus wie eine Leiche, aber Missy hört auf dich, als du sagst: »Geh zu deinem Daddy.« Ich finde es heiß, wenn du *Daddy* sagst, Emilia. Am liebsten würde ich jetzt auf meinem Bett liegen und mir von dir einen blasen lassen, aber das Leben ist kein Wunschkonzert, mein kleiner Sexsklave mit dem Buttplug. Ich trage bereits, wie von meinem Dad erwartet, schwarze Klamotten, aber als meine Mutter dich in deinem Pullover sieht, macht sie ein erschrockenes Geräusch.

»Mein Gott, ist dir nicht heiß, Emilia? Wir haben jetzt schon siebenundzwanzig Grad.« Sie selbst trägt lockere weiße Shorts und ein hellblaues Trägertop.

»Na ja, mit der Klimaanlage hier drin kann es sehr schnell kalt werden.« Wie auf Knopfdruck niest du, Emilia. Ich starre dich an. Wirst du etwa krank, Emilia? Das kann ich gerade wirklich nicht gebrauchen. Ich kann dich nicht ficken, wenn du krank bist, Emilia.

»Baby, wo warst du? Du kannst nicht einfach immer wegschleichen. Lass mir doch wenigstens einen Zettel da oder schreib mir eine Nachricht! Ich suche dich in letzter Zeit viel zu oft!« Riley stürzt sich auf dich, sobald du sitzt. Er umarmt dich, Emilia, und du küsst ihn, Emilia. Mit den Lippen, die vor ein paar Stunden noch meinen Schwanz umschlossen haben, während du mein Sperma geschluckt hast. Irgendwie bin ich ein bisschen schadenfroh.

»Es tut mir leid, Schatz. Wenn mein Kopf so voll ist, muss ich einfach nur raus.«

»Du bist etwas komisch, Emilia, aber ich liebe dich trotzdem.« Ihr küsst euch erneut.

»Ach, ihr seid so süß!«, sagt Mom. Mein Vater sieht mir deutlich an, dass ich das alles andere als süß finde.

»Was?«, frage ich ihn und esse wütend noch eine Erdbeere. Er sagt nichts, sondern zieht nur eine Braue hoch, dann schaut er wieder auf sein fucking Tablet.

Immer wieder gleitet dein Blick zu mir, Emilia, weil du nicht anders kannst. Du hast solche Angst, dich falsch zu bewegen, falsch zu atmen, etwas Falsches zu sagen.

Mom ist mit den Vorbereitungen fertig und setzt sich nun auch an den Tisch. Sie isst von ihrem Rührei und schaut auf die andere Seite zu meinem Dad. Mein *Vater* sieht sie mit einem *Sexblick* an, Emilia. Das ist so widerlich! Und jetzt schmunzelt er und sie wird knallrot. Oh Gott! Ich muss kotzen! Sie senkt ihren Blick und schüttelt leicht den Kopf, wie um gewisse Erinnerungen, die mich zum Kotzen bringen, zu vertreiben. Mein Dad wirkt selbstzufrieden. Das ist ekelhaft.

Meine Familie ist so krank, Emilia.

Du musst schmunzeln, als du mir den Ekel ansiehst. Ich erwische dich genau dabei, wie du mich erwischst. Jetzt haben wir selbst so einen kleinen komischen Moment. Ich denke daran, wie ich dich gestern angespritzt im Wohnzimmer gelassen habe. Ich erinnere mich, wie dein Mund sich angefühlt hat, als du mich so tief aufgenommen hast ... Jetzt wirkt *mein Vater* angeekelt.

Touché.

Du senkst den Blick.

Ich liebe nonverbale Kommunikation, Emilia.

»Danke, dass wir die letzte Nacht bei euch verbringen durften«, sagt der Klappspaten, den ich die letzten paar Minuten erfolgreich ausgeblendet habe.

Welcher Sohn bedankt sich bei seinen Eltern, dass er da schlafen durfte? Das ist selbstverständlich. Schau doch mal, wie lange ich hier lebe. Meine Mutter hat mich immer aufzunehmen, wenn ich komme. Punkt.

»Das ist doch kein Problem, Schatz«, sagt Mom und legt eine Hand auf seinen Unterarm. »Ich finde übrigens, ihr solltet nicht in ein Hotel gehen, wie Dad es gesagt hat, sondern hierbleiben, solange die Wohnung renoviert wird.«

Dad hat wieder diesen Blick. Doch Mom scheint ihn zu ignorieren, stattdessen wirft sie ihm ein kleines kokettes Lächeln zu. Er blinzelt, als hätte er nicht richtig gesehen.

»Renovieren? Wovon redet ihr denn?«, frage ich gereizt.

»Ich lasse die ganze Wohnung renovieren. Wenn die beiden in New York sind, wirst du dort wohnen. Eigentlich wollte ich ein Hotel für sie bezahlen, aber deine *Mom* weiß ja alles besser, deswegen werden sie jetzt hier wohnen. Ist das nicht toll, Mason? Freust du dich nicht, dass dein Bruder hier ist? Für die nächsten zwei Monate?« Irgendwann kommt der Moment, in dem ich meinem Vater alles heimzahlen werde.

Mein Lächeln wirkt ziemlich steif. »Jaaa, ich freue mich.«

»Was sagst du, Baby?«, fragt dich der Pisser und ich denke mir nur. *Baby ...*

»Also wir können auch in ein Hotel, Riley. Ich will deinen Eltern nicht zur Last fallen.« Oh, Emilia, das gibt Ärger. Ich weiß genau, wovor du flüchten willst, und jetzt kriegst du es erst recht.

»Also ich finde die Idee gut«, schalte ich mich ein. »Warum das Geld für ein Hotel ausgeben?« Alle sehen mich an, als hätte ich den Verstand verloren, nur Dad nicht.

»Was denn? Kann ich nicht auch ein bisschen brüderlich sein? Ich bin eh im Keller und muss eure Hackfressen nicht sehen.«

»Gut, dann ist es beschlossen!« Mom freut sich als Einzige und ich lächle.

***

Der Tag war echt beschissen, weil mein Dad mich rangenommen hat wie eine Hure. Er will, dass ich ausgepowert bin. Wieso nur?

Doch ich hab viel Energie und immer noch genug Wut in mir, wie du genau weißt, Emilia. Dad verabschiedet sich nach oben, Mom ist noch unterwegs, genau wie Riley. Also bleiben nur du und ich, Emilia. Was tust du hier überhaupt? Solltest du nicht auch in der Arbeit sein, Emilia?

Aktuell stehst du in der Küche, in einem weißen T-Shirt-Kleid, und siehst der Mikrowelle dabei zu, wie sie sich dreht und dreht und dreht. Du machst das Essen von gestern Abend warm und streckst dabei deinen Arsch raus, Emilia, weil du deine Ellbogen auf die Anrichte gestützt hast. Deine Knie wippen abwechselnd vor und zurück. Du singst *Tainted Love*, Emilia. Was soll ich davon halten?

Ich bin so leise wie immer. Du merkst gar nicht, dass ich komme. In dem Moment, als ich dein Kleid hochziehe, um deinen Arsch zu begutachten, piept die Mikrowelle und du schreist erschrocken. Von hinten lege ich dir eine Hand an den Mund und fahre mit meinen Fingern unter dein Höschen und an deiner Spalte entlang. Sanft ziehe ich an dem Buttplug. Du gibst ein Keuchen von dir.

»Braves Mädchen«, hauche ich in deinen Nacken und umfasse deine Pussy von vorn. Die andere Hand lasse ich zu deinem Kiefer gleiten. »Wieso bist du hier?« Du zitterst in meinen Armen, deine Handgelenke sind immer noch tiefrot und verkrustet.

»Ich habe mich heute krankgemeldet und die ganze Zeit geschlafen.«

»Dann kann ich dich länger ficken! Wann kommt Riley?«

»Oh Gott!«, flüsterst du, als ich mit meinem Finger an deiner Spalte entlang reibe. »Ich weiß nicht, um sechs oder sieben ... oder so.« Du reckst dich mir entgegen, bist mir so was von erlegen, dabei hast du mir bis jetzt noch nicht mal ins Gesicht geschaut, Emilia. Du willst mich! Gott weiß, wieso. Aber ich werde dich jetzt nicht ficken, ich habe Hunger. Also lasse ich mit einem Ruck von dir ab und setze mich auf die Couch. Missy kommt gleich angerannt und ich kraule sie, während ich dir befehle: »Ich hab Hunger, mach mir was, und dann noch einen Kaffee. Ich brauche Energie.« Ich lasse den Kopf nach hinten fallen, denn ich bin so verschissen müde. Gestern Nacht habe ich kein Auge zugemacht und heute wurde ich von Dad rumgescheucht. Am liebsten würde ich für mindestens eine Million Jahre schlafen – mit dir an meiner Brust, damit der Bastard dich nicht berühren kann. Ich könnte deinen Duft riechen, an deiner Haut rumspielen, deinen Atem spüren, deine Nähe ...

***

Als ich wieder aufwache, sitzt du neben mir und starrst mich an wie eine Eule, Emilia. Wieso starrst du mich an? Und wie lang habe ich geschlafen? Wieso überhaupt? Ich wollte dich ficken! Halb benommen schaue ich mich um.

Alle sind jetzt da, denn ich höre ihre bepissten Stimmen aus der Küche. Du hast dich umgezogen, Emilia, trägst wieder Jeans und ein langärmliges Oberteil.

Und du siehst mich trotzig an, Emilia. Bin ich gerade in einem falschen Universum aufgewacht oder was?

»Ich trage ihn nicht mehr!«, ist das Erste, was ich von dir höre, und ich starre dich mit gerunzelter Stirn an. Ich bin zu müde für so einen Bullshit.

»Was meinst du, Emilia?«, frage ich rau, doch in dem Moment kommt Riley rein.

»Komm, Baby, Essen ist fertig. Mom hat gefüllte Cannelloni gemacht.«

Ich starre dich immer noch an. *Was trägst du nicht mehr? Was meinst du?* Und als du aufstehst und mit deinem wackelndem Arsch an mir vorbeigehst, wird es mir schlagartig klar. Ich sitze kerzengerade da und sehe dir düster nach, und du lässt es dir nicht nehmen, mich über deine Schulter anzulächeln, Emilia.

***

Gott, Emilia, kannst du eigentlich irgendwas anderes, außer mich abzufucken? Dauernd machst du irgendwas, von dem du weißt, dass du es nicht machen solltest. Wieso hast du das Scheißteil rausgezogen? Langsam glaube ich, du *willst* mich so wütend.

Du sitzt mir gegenüber – mal wieder. Deine schwarzen Haare fallen über deine Schultern. Du gibst dir sehr viel Mühe, dass das Shirt nicht über deine Handgelenke rutscht, während du dir Salat auflädst. Deine Lippen sind gerötet, weil du die ganze Zeit darauf herumkaust und in deinen Augen liegt Unsicherheit. Wieso?

»Es ist so schön, dass wir hier alle als Familie zusammensitzen«, sagt Mom. Das Besteck klappert, als alle zu essen beginnen.

»Oh, Baby, kannst du auch mal was anderes machen als Nudeln? Ich bin ein Mann, ich brauche Fleisch, Olivia.«

Riley lächelt und du siehst unbehaglich vor dich hin.

»Was hast du gegen meine Nudeln?«, braust Mom auf und Dad fixiert sie mit einem Blick, der sagt: *Ich geb dir gleich meine Nudel.*

Ich habe noch nicht mal angefangen zu essen, und mir kommt es schon wieder hoch. Du schmunzelst wieder, weil du mein Unbehagen siehst. Riley hingegen merkt mal wieder gar nichts und frisst einfach vor sich hin. So ein selbstbezogener Wichser.

Ich hasse es, wenn mein Dad Mom so ansieht und sie rot wird. Das bedeutet nie was Gutes, und es passiert viel zu oft.

»Super!«, schreie ich, nur um ihren Blickkontakt zu unterbrechen. »Ich liebe deine Nudeln, Mom!« Alle sehen mich an, als wäre ich leicht gestört, nur du nicht, Emilia. Du weißt Bescheid.

»Ich freue mich schon so sehr darauf, wenn wir nach New York ziehen. War die Wohnung nicht fantastisch? Hast du schon mal eine schönere Aussicht gesehen?«, bohrt Riley. *Ja, meinen Penis*, denke ich trocken und nehme einen großen Bissen. Gleichzeitig ramme ich dir meine Ferse, die nach wie vor in einem Schuh steckt, auf deine nackten Zehenspitzen. Du schreist erschrocken auf und springst halb vom Stuhl.

»Was ist denn mit dir los?«, fragt Riley. »Setz dich hin!« Meine Augenbrauen schießen in die Höhe. Der Einzige, der dir was zu befehlen hat, bin ich, Emilia.

»Oha, hast du Eier gekriegt über Nacht, oder seit wann redest du so mit deiner Alten?« Du funkelst mich böse an, weil ich dich *Alte* genannt habe. Ich nenne dich, wie ich will, Emilia.

»Halt die Klappe«, murmelt Riley und spricht dich nochmal an. »Also, was sagst du wegen der Wohnung?« Und wieder ramme ich dir die Ferse auf die Zehen. Diesmal beißt du nur die Zähne zusammen und stopfst dir den Mund mit Essen voll, damit du nicht reden musst. Braves Mädchen.

Riley sieht dich leicht zweifelnd an und Mom legt den Kopf schief.

»Alles okay, Emilia?«

Du nickst hektisch.

Ich liebe es, wenn du weißt, was ich von dir will, ohne dass ich was sagen muss, Baby, und ich will nicht, dass du mit ihm redest, wenn ich dabei bin.

»Bring mir Wasser!«, fordere ich gewohnt gelangweilt, während ich mich auf mein Essen konzentriere. Erst, als du sofort aufstehst, schaue ich mich um und bemerke meinen Fehler. *Fuck!*

Ich habe nicht aufgepasst. Dass ich jetzt so mit dir rede, war ein bisschen unnatürlich, und du scheinst es im gleichen Moment zu merken. Du drehst dich nervös um. »Will sonst noch jemand was trinken?«

Mein Vater stöhnt. Er stöhnt so oft in letzter Zeit.

»Ja, Emilia, ich hätte gern ein Wasser!«, sagt Riley angepisst. Du drehst dich um und holst es schnell. Ich bin versucht, dir hinterherzugehen und dich in der Küche gegen die Anrichte zu pressen und dich zu küssen, damit alle sehen, dass du mir gehörst, und dieser Wichser nie wieder so mit dir redet. Du kommst mit den Getränken zurück und schenkst zuerst mir ein, was dir schon wieder zu spät auffällt. Deine Hand zittert kurz, dein Blick schießt zu mir. »Reicht!«, sage ich. Mom legt den Kopf auf die andere Seite.

»Keaton!«, donnert meine Mutter. Mein Vater sieht sie mit dem Bitte-nicht-jetzt-Blick an. »Das ist alles deine Schuld!«, fährt sie trotzdem fort. Ich glaube, sie will sterben, genau wie du, Emilia. »Du lebst ihnen das vor! Dass sie nicht einmal *Bitte* und *Danke* sagen!« Wow, Mom ist echt gut darin, zu ignorieren, was gerade zwischen uns passiert, Emilia. Ich glaube, über die letzten Jahre hat sie sich nicht mehr viel Mühe gegeben, ihre Umgebung zu beobachten, weil Dad das immer tut. Er weiß immer, was, wie, wo vor sich geht.

»Olivia, iss deine Nudeln«, sagt Dad gelangweilt. Sie murmelt irgendwas von »Na warte, du ...« und isst dann wütend weiter.

Riley wendet sich wieder an dich. »Also die Wohnung ist ein Traum! Jetzt erzähl doch mal, Baby!« Erneut ramme ich dir die Ferse auf die Zehen, aber diesmal kommt noch ein härterer Fuß dazwischen und tritt direkt von meiner rechten Seite gegen mein Schienbein.

»Au«, knurre ich und schaue Dad empört an. »Was war das? Wieso?«

»Einfach, weil du atmest«, sagt er, mich nicht mal ansehend und vor sich hin essend.

»Nett, wirklich nett.« Ich sehe den Triumph in deinen Augen. Du fühlst dich gerade beschützt, weil mein Vater sich eingemischt hat. Emilia, ich zeige dir gleich, dass keiner dich vor mir beschützen kann. Gott sei Dank habe ich noch einen linken Fuß, an den er nicht rankommt, und den benutze ich. Notfalls stecke ich ihn Riley ins Maul, damit er aufhört zu reden.

»Oh, mir geht's nicht so gut, Baby!«, sagst du schmerzverzerrt. »Ich glaube, ich bin nicht so in der Stimmung, über New York zu reden. Sorry.«

»Was hast du denn nur? Die ganze Zeit ist dir schlecht, du bist müde …«

»Bist du etwa schwanger? Das wäre ja traumhaft!«, wirft Mom ein. Dad und ich schauen sie schockiert an. Das wäre alles andere als traumhaft. Wir wüssten nicht mal, wer der Vater ist. Gott, es ist so abgefuckt, Emilia.

»Nein, das ist unmöglich.« Ich weiß jetzt, wieso du mich eine Woche nicht kontaktiert hast, du hattest deine Tage, Baby. Denn du weißt, dass ich dich auch mit Periode ficke, und du hasst es. »Ich glaube, mir geht's einfach nur nicht so gut«, sagst du und ich schmunzele. Später wird es dir noch schlechter gehen, Emilia.

22. *Wir sind die Dunkelheit, Baby*

Mason

Weißt du, was das Gute an einer kranken Familie ist, Emilia? Dass niemand Fragen stellt. Weil keiner die Antworten hören will.

Ich liege im Bett und warte, dass unsere Zeit anbricht. Dann, wenn die Sonne sich verzieht und einzig der Mond etwas Licht spendet. Weil wir zwei kein echtes Licht brauchen, Baby, wir sind die Dunkelheit. Wir sind kaputt und innerlich verrottet. Ich denke an das rote Kleid, was du getragen hast, als du mit Riley zum Essen kamst, um eure Verlobung zu verkünden. Ich denke daran, wie ich dich später im Bad so lange gespankt habe, bis du nicht mehr richtig sitzen konntest und dein Arsch die Farbe deines Kleides annahm. Irgendwas an dir, Emilia, geht mir unter die Haut. Ich liebe es, dass du gebrochen bist. Ich liebe diese Angst und Verletzlichkeit in deinen Augen, wenn ich dir wehtue und du so tapfer deinen Mund hältst und alles erträgst. Du bist wie für mich gemacht und gleichzeitig das Schlimmste, was mir passieren konnte. Wenn du mich nicht bremst, zerstöre ich dich irgendwann komplett, bis nichts mehr von dir übrig ist. Ich bin ein Mensch, der andere verschlingt, Emilia, denn ich habe keine Skrupel und nehme keine Rücksicht. Manchmal habe ich Angst vor mir selbst.

Das sind Dinge, die ich dir niemals sagen werde. Eigentlich weiß ich, dass du ohne mich besser dran wärst. Aber ich bin egoistisch genug, das zu ignorieren.

Aus drei Monaten sind zwei geworden, Emilia. Und je näher der Tag deiner Abreise rückt, desto mehr fühle ich mich wie ein eingesperrtes Tier. Ruhelos. Leicht reizbar. Immer am Siedepunkt. Kurz davor, überzukochen. Ich kann mir nicht vorstellen, dass du mit ihm das perfekte High Society New Yorker Leben lebst. Es passt nicht zu dir, genauso wenig wie teure Schuhe und Brunchs mit irgendwelchen reichen Spießern. Zu dir passen ranzige Bars, in denen du zu viel trinkst, um ohne Erinnerung aufzuwachen; den Geldbeutel verlieren und das Handy suchen, obwohl du es am Ohr hast. Zu dir passt es, nachts um fünf im Keller von irgendeinem Wichser zu sitzen und auf ihn zu warten. Zu dir passt, keine Fragen zu stellen, obwohl er nach einer Schlägerei total ramponiert heimkommt.

Ich habe es ein bisschen genossen, dich als Erstes zu sehen, als ich heute nach Hause kam, Baby.

Und auch das wirst du niemals erfahren.

Ich hasse Gras, Emilia. Dann werde ich immer so philosophisch und tiefgründig. Und *das* passt nicht zu mir.

Ich hole dich nicht und ich schreibe dir nicht. Stattdessen bin ich gespannt, ob du selbst deinen Weg zu mir finden wirst, wie schon so oft, obwohl du dir erfolgreich eingeredet hast, dass du das alles nur wegen des Videos tust. Wir wissen beide, wie es wirklich ist.

Und doch, Emilia, auch wenn Riley überhaupt nicht zu dir passt, wird er dir das geben, was du denkst zu wollen. Keine Leidenschaft, keine brennende Liebe, kein Feuer. Aber Sicherheit. Zuversicht. Freundlichkeit. Soziale Kontakte. Partys. Dinner. Sowie süße, kleine Babys.

Nach allem, was mir gerade durch den Kopf geht, überlege ich, ob ich von dir lassen sollte. Ich liebe es, Sex mit dir zu haben, aber du wirst dich immer für ihn entscheiden. Obwohl du mir gestern Nacht weismachen wolltest, du würdest ihn nicht mehr ficken, kann ich dir das nicht glauben, Emilia. Denn eben beim Essen ist mir klargeworden, dass du so oder mit ihm nach New York gehen wirst. Kein Weg führt daran vorbei, und ich teile meinen Scheiß nicht. Deswegen gebe ich meinen Scheiß lieber auf.

Du kommst ausgerechnet heute freiwillig her. Was für eine Ironie. Du trägst ein weißes Trägertop, durch das deine Nippel schimmern – Emilia, du kleine Hure –, und Shorts, die knapp unter deinem Hintern enden. Deine Augen haben schon wieder diesen störrischen Ausdruck. Du willst es also erneut wissen. Aber ich habe langsam keine Lust mehr. Es ist, als hätte man einen Schalter in mir umgelegt.

Du stehst einfach da, deine Haut schimmert im Mondlicht, deine Handgelenke sehen so übel aus, aber du zuckst nicht mal. Deine schwarzen, langen Locken verteilen sich auf deinen nackten Oberarmen und über deinen Brüsten.

»Du hast nicht geschrieben«, sagst du und ich ziehe eine Augenbraue hoch.

»Was hätte ich denn schreiben sollen?«, frage ich und ziehe an meinem Joint, die Beine an den Knöcheln überkreuzt, einen Arm hinter dem Kopf, auf meinem Bett liegend, wie meistens, wenn ich nicht schlafen kann.

»Dass ich runterkommen soll?«, flüsterst du unsicher. Oh, Emilia, du bist der Overkill.

Mein Handy liegt neben mir und spielt meine Playlist ab. Unser Song läuft, Baby. Ich weiß noch, wie er dazu wurde. Er lief in meinem Keller und du hast mit mir gekifft und angefangen zu tanzen, ohne dass ich es dir befohlen hab. Einfach so. Du hast langsam deine Kleidung vom Körper gestreift und ich hab dir zugesehen. Da ist diese Seite in dir, die sehr wohl selbstbewusst und wild sein kann, aber die Seite, die hören will, was sie zu tun hat, ist so viel mächtiger, Emilia.

Du hast dich auf meinen Schoß gesetzt. Ich habe deinen Arsch gepackt und wusste, dieser Scheiß zwischen uns ist echt. Deine Lippen haben auf meinen gelegen und du hast mein Gesicht gehalten, als würdest du ein Leben in den

Händen halten. Ich hab nie verstanden, was du in solchen Momenten in mir siehst. Wieso deine Augen voller Ehrfurcht funkeln.

I left my girl back home. I don't love her no more. And she'll never fucking know that.

These fucking eyes that I'm staring at. Let me see that ass. Look at all this cash. And I emptied out my cards too. Now I'm fucking leaning on that.

Du erkennst das Lied, weil du es selbst jeden Tag vor dich hin summst und dabei an diesen einen Moment denkst, als *du mich* in deinen Händen gehalten hast. Nicht andersrum. Jetzt stehst du hier und starrst mich aus deinen großen Augen an und ich weiß nicht, was ich sagen soll. Das erste Mal.

Ich sollte dich wegschicken, stattdessen höre ich mich sagen: »Komm her.« Weiß der Geier, was mich reitet und was in meinem Gras drin war, aber ich stehe auf. Du schaust mich verwirrt an, als ich auf dich zukomme.

Der Mittelteil des Liedes wird gerade gespielt, als ich dich ansehe, direkt in deine Meeresaugen, die mich verschlingen. Und du schaust zu mir auf, durch diese dichten Wimpern. Haarsträhnen haben sich darin verfangen, deine Lippen sind feucht und einen Spalt geöffnet. Du atmest ruhig, weil ich da bin. Einerseits hast du solche Angst vor mir, andererseits vertraust du mir, aus Gründen, die ich nicht verstehe.

»Ich bin nicht gut für dich, Emilia«, sage ich rau und du lächelst zynisch.

»Ich weiß.«

Irgendwie fangen wir an, uns zu bewegen. Ich versuche, einfach für heute Nacht auszublenden, dass du nicht mir gehörst und ich niemals dir gehören werde, weil ich so einen Scheiß nicht kann. Genauso wenig wie lieben. Obwohl du so dringend geliebt werden musst.

Unsere Körper berühren sich, als wir uns zur Musik hin und her bewegen, als wäre es immer so gewesen. Du legst zögerlich deine Finger an den Saum meines Shirts. Bevor du es mir hochziehst, schaust du fragend in meine Augen, und ich hebe die Arme. Ausnahmsweise, Emilia.

Nachdem das Kleidungsstück zu Boden gegangen ist, streichst du mit deinem Zeigefinger mein Tattoo nach. Über meine Brust, meine Schulter, meinen Oberarm. Ich beiße die Zähne zusammen, denn ich hasse es, was das mit mir macht. Ein kleiner Finger von dir und ich drehe innerlich durch. Als würde ich an Gitterstäben rütteln, aber ich komme nicht raus.

»Ich habe nie verstanden«, sagst du leise, »was das zu bedeuten hat.«

»Ich werde es dir auch nie sagen«, antworte ich, woraufhin du ein bisschen die Augen verdrehst. Ich lasse dich, weil das hier eine Nacht der Ausnahmen ist, wie ich langsam merke. Die Tattoos habe ich vor Jahren in Hawaii stechen lassen. Es sind Māori-Tattoos. Ich habe meine Geschichte in ihnen verewigt. Du bist kein Teil davon, Emilia.

Ich nehme eins deiner Handgelenke und passe auf, weil es verletzt ist. Ausnahmsweise. Du siehst mir mit einer Mischung aus Faszination und Verwirrung dabei zu, wie ich es hebe und um meine rechte Schulter lege. Ich ziehe dich an mich. Gott weiß, wieso. Ich rede mir ein, dass ich das tue, weil ich dich gleich ficken will. Es ist das Einfachste, es auf den Sex zu schieben.

Deine Nasenspitze fährt über meine Brust und du atmest tief ein. Ich lasse dich, weil es gerade gut so ist. Zwar bin ich kein Fan von Zärtlichkeiten, von In-einem-Raum-stehen-und-eine-Frau-im-Arm-halten, aber ich kann mich dir gerade nicht verwehren. Wahrscheinlich, weil mir eben klargeworden ist, dass ich dich bald gehen lassen muss. Du weißt, dass du mit dem Teufel tanzt, trotzdem weichst du nicht zurück. Das ist das Interessante an dir, Emilia. Egal wie grausam ich bin und was ich dir antue, nie würdest du weglaufen.

Du ziehst den Kopf zurück und siehst mich wieder auf diese Weise an, die ich gar nicht mag.

»Es tut mir leid«, sagst du. Ich weiß nicht, wofür du dich jetzt wieder entschuldigst. Aber es wird mir schnell klar, als ich deinen Blick erwidere.

»Dann tu es nicht.«

»Ich muss«, entgegnest du. »Wie soll das weitergehen, wenn ich bleibe? Wirst du mir die Zukunft ermöglichen, die ich mir wünsche? Wirst *du* mit mir zusammenziehen und mich *heiraten*, Mason?« Du schaust mich zweifelnd an und ich muss dir recht geben, Baby. Das werde ich nicht.

Niemals.

Ich schweige und du deutest es richtig.

Auf einmal tust du etwas, womit ich nie gerechnet hätte, nach all dem, was ich dir gerade erlaubt habe. Du stemmst deine kleinen Hände gegen meine Brust und stößt mehr dich *von mir* als umgekehrt.

»Ich meine«, beginnst du und wirfst die Hände in die Luft. »Wieso eigentlich nicht, Mason? Seit fast einem dreiviertel Jahr schaffst du es nicht, mich gehen zu lassen. Immer wieder rufst du mich an. Immer wieder bestellst du mich zu dir. Soll das alles sein? Die Nächte, die wir *ficken*?«

Du machst mich sprachlos, Emilia. Und es ist nicht gut, wenn ich sprachlos bin. So hast du noch nie mit mir geredet, *Emilia*. Wo kommt das jetzt plötzlich her? Seit der Verlobungsfeier, bei der ich Claire gefickt habe, erlaubst du dir immer öfter solche Patzer.

»Offensichtlich«, sprichst du einfach weiter und fängst an, in meinem Zimmer auf und ab zu laufen. Missy folgt dir misstrauisch mit ihrem Blick. Auch sie hat noch nie gesehen, dass eine Frau so mit mir redet. »Offensichtlich kannst du irgendwie nicht ohne mich und ich irgendwie nicht ohne dich, und ja, wir fressen uns gegenseitig auf, aber vielleicht sollten wir nach einer Lösung suchen, statt uns ständig darüber zu streiten, dass ich gehe. Denn hier ist zur Abwechslung mal *mein* Ultimatum, Mason: Entscheide dich für mich oder sei ohne mich!«

Ich starre dich an, Emilia, und ich weiß nicht, wie ich darauf reagieren soll. Du hast mir kein Ultimatum zu stellen, *nicht du*.

»Was denkst du, wer du bist, du kleines Miststück? Du fickst mit meinem Bruder«, sage ich gepresst. »Was willst du von mir, Emilia? Dass ich noch heile Welt mit dir spiele, obwohl du für ihn die Beine breit machst, wie eine Hure, die nicht dafür bezahlt wird?«

Du kneifst die Lider etwas zusammen und funkelst mich mit einem Ausdruck in deinen Augen an, der dort nichts zu suchen hat. Du wirst uns noch beide umbringen, Emilia. Vielleicht ist unsere Zeit begrenzt und läuft *jetzt* ab. Du kleine Bitch.

»Und was willst *du* von mir? Dass ich für immer deine kranke Scheiße mitmache? Dass ich kusche, sobald du nur mies drauf bist? Dass ich nie sage, was ich denke, und du mich benutzen kannst wie eine Gummipuppe?«

Fuck, ich hasse dich so sehr. Ich packe deinen Oberarm und zerre dich aufs Bett, wie die kleine Gummipuppe, die du für mich bist, Emilia.

Du starrst mich an und atmest schwer, aber dein Kinn ist gereckt – herausfordernd. Was willst du von mir? Ich kann nicht in dich hineinsehen.

»Was, Mason? *Was?* Willst du mich jetzt wieder vergewaltigen?«, rufst du, stützt dich auf und reckst dich mir herausfordernd entgegen. Ich balle meine Hände zu Fäusten, weil sie sonst in deinem Gesicht landen, Emilia. Aber du gehst nicht auf meine Anspannung ein und auch nicht darauf, dass ich bebe, oder dass ich die Zähne zusammenbeiße und meine Nasenflügel sich blähen. Du kennst mich so gut und trotzdem hörst du nicht auf. Hast du mich gerade einen *Vergewaltiger* genannt, Emilia?

»Hör auf«, knurre ich.

»Willst du ihn mir wieder in den Arsch stecken, dahin, wo Riley auch schon so oft war?«, fragst du provokant.

»Still!«, presse ich zwischen zusammengebissenen Zähnen hervor, aber du denkst gar nicht daran, Emilia.

Fuck, du musst aufhören!

»Willst du mich wieder an deine Zimmerdecke ketten, Mason? Willst du mich wieder ficken, weil du deine Gefühle nicht artikulieren kannst? Es ist doch kein Wunder, dass ich dich niemals lieben werde. Dich kann niemand lieben außer deiner Mutter. Kein Wunder, dass ich mich immer für Riley entscheide, er ist perfekt. *Du* bist kaputt. Und ein perverser Vergewaltiger!«

Es kracht und ich merke zu spät, dass ich es war. Meine Hand schwebt immer noch in der Luft, du bist zu Boden gegangen, Emilia und ich habe dir immer gesagt: Weck dieses Monster nicht in mir. Lass es nicht frei. Pass auf, wie du mit mir redest. Provozier mich nicht.

Doch du hast es darauf angelegt. Wieder einmal.

Ich spüre ein leichtes Pochen an meinen Fingerknöcheln, dort, wo sie gegen deinen Wangenknochen geprallt sind. Du bist vom Bett gekracht und liegst mit aufgestützten Händen daneben. Deine Haare hängen dir im

Gesicht, weshalb ich es nicht sehen kann. Und ich *will* es auch nicht.

Ich höre dich weinen. Ja, jetzt heulst du, aber als du die große Klappe hattest, und wusstest, wozu das führen würde, hast du nicht geheult.

»Verpiss dich. Am besten so weit weg, wie du kannst«, sage ich, lasse dich liegen und verlasse mit Missy den Keller.

Sonst bringe ich dich um.

Fick dich, Emilia.

23. *Ein bisschen psycho ist er schon, Olivia*

Keaton

Scheiße, Olivia. Jetzt haben wir einen Frauenschläger im Haus.

Ich lag neben dir und dein kleiner Arsch hat sich an meine Leiste gepresst. Kurz hab ich überlegt, ihn dir reinzustecken und dich so zu wecken, wie so oft, aber dann hat mein Tablet den Alarm abgegeben, der ausgelöst wird, wenn sich etwas Ungewöhnliches im Haus tut. Wenn sich beispielsweise jemand bewegt, der eigentlich im Bett liegen sollte. In dem Fall handelte es sich um Emilia Sullivan. Unerlaubterweise. Wieso habe ich diese dummen Kameras im Haus angebracht? Seit Monaten schlafe ich nicht richtig, weil ich innerlich zittere, dass irgendwas Dummes passiert. So wie jetzt.

Ich habe mein Tablet in die Hand genommen und kurz gecheckt, was da los ist. Olivia, ich wollte eigentlich gleich weiterschlafen, weil ich sowieso nichts daran ändern kann, was die Kröte da unten treibt. Das müssen sie untereinander ausfechten. Aber dann machte er einen auf sensibel, was mich richtig verwirrte. Denn so kenne ich ihn gar nicht. Schon allein deshalb musste ich mir das ansehen. Nun, die romantische Stimmung hat nicht lange gehalten. Im nächsten Moment wurde gebrüllt und dann lag sie auf dem Boden, Olivia. Ich konnte gar nichts tun.

Jetzt sitze ich aufrecht im Bett und bin hellwach, dabei ist es erst vier Uhr morgens. In drei Stunden muss ich los zur Arbeit, um Geld zu verdienen. Du wirst wach und blinzelst verschlafen. Schnell klappe ich die Hülle des Tablets zu, damit du nicht siehst, was jetzt wieder los ist.

»Keaton?«, fragst du rau. »Was ist denn los?«

»Ich kann nicht schlafen«, sage ich, obwohl ich so scheißmüde bin. »Schlaf weiter.«

Du schmiegst dich lächelnd an mich und greifst unter die Decke, Olivia. Deine Hand wandert zielsicher in meine Boxershorts.

»Vielleicht kann ich dich ja müde machen«, säuselst du.

»Ich würde so gerne, aber ich muss mich um die Kröte kümmern.«

Sofort bist du hellwach. *Natürlich.* »Was ist los?«

»Alles gut, schlaf jetzt! Ihm geht es gut.« Emilia nicht, aber das sage ich nicht laut.

»Okay.« Du bist genervt und drehst dich um. Gott, Olivia, ich wünschte, ich wäre du.

Ich steige aus dem Bett, ziehe mir was über und verlasse das Schlafzimmer.

Natürlich habe ich mitbekommen, dass die Kröte weggefahren ist. Ist wohl auch besser so. Und er hat seinen Hund mitgenommen. Auch gut.

Ich gehe runter und in dem Moment kommt Emilia rein. Scheiße, Olivia. Sie sieht nicht gut aus. Ihre Wange ist geschwollen. Obwohl sie mit einer Hand das Gröbste verdeckt, kann ich es genau erkennen. Unterhalb ihres Auges verfärbt es sich leicht lila, und sie heult. Ich hasse heulende Frauen, Olivia. Aber ich kann jetzt nicht so tun, als würde ich sie nicht sehen, so wie gestern, als sie auf dem Boden gekniet hat. Nackt, Olivia. Er ist so ein kranker, kleiner Scheißer. Ich hätte sie losbinden und ins Bett schicken können, doch dann hätte ich ihr die Blöße gegeben, sie nackt und mit diversen Körperflüssigkeiten benetzt gesehen zu haben. Also habe ich dir dein Wasser geholt und so getan, als hätte ich sie nicht bemerkt.

Jetzt geht das nicht, denn sie sieht mich an. Und ich sehe sie an.

»Oh Gott«, murmelt sie. »Nicht das noch.«

»Mitkommen«, seufze ich und nicke zur Küche. Sie folgt mir, Olivia. Mir fällt nicht erst jetzt auf, wie sehr Mason sie abgerichtet hat. So wie heute beim Essen, heilige Scheiße. So sehr kuschst nicht mal du, Olivia.

Ich öffne das Gefrierfach und hole ein Kühlpad heraus, was in diesem Haus nie fehlen darf. Nachdem ich es in ein Geschirrtuch gewickelt habe, reiche ich es ihr.

»Kühlen.« Ich bin so müde, Olivia. Aber wenigstens heult sie nicht mehr.

Sie drückt das Handtuch an ihre Wange und murmelt: »Danke, Mr. Rush.« Dann will sie schnell aus meinen Augen verschwinden. Ich glaube, sie hat Angst vor mir, dabei bin ich doch nur gelangweilt und zu Tode genervt von dieser Scheißkröte.

»Hierbleiben!«

Sie fährt herum und ihre Augen werden groß. »Entschuldigung, Mister Rush.«

Heilige Scheiße, Olivia. Sie hat gar keine Meinung mehr. Der Kerl ist ein Panzer, der einfach über sie drüber gerollt ist.

»Hinsetzen.« Ich nicke zum Küchentisch und sie lässt sich auf einem Stuhl nieder.

Ich gehe zu ihr und lege ihr Haar nach hinten. Sie zuckt zusammen, als ich sie berühre. Fuck, Olivia, was hat dieser Typ mit ihr gemacht?

»Ich will mir nur deine Wange ansehen«, sage ich vorsichtig. »Darf ich?« Ich frage sonst nicht um Erlaubnis, Olivia, aber sie ist so verängstigt.

Sie nickt leicht, legt den Kühlbeutel weg und neigt mir ihre Wange hin. Verdammt, das war die Rückhand. »Das verheilt wieder. Es ist nur eine leichte Prellung. Kühl es weiter.« Sie tut, was ich ihr sage und ich nehme zwei

Schnapsgläser aus dem Schrank, dazu noch die Flasche guten Cognac, den du mir letztes Jahr zu Weihnachten geschenkt hast. Er ist für besondere Anlässe gedacht, aber dieses Mädchen hat es verdient, dass ich ihn mit ihr trinke. Bevor ich uns einschenke, hole ich die Wolldecke aus dem Wohnzimmer, weil ich sehe, dass es ihr unangenehm ist, in diesem dünnen Top vor mir zu sitzen. Als ich sie um ihre Schultern lege, lächelt sie verlegen, wird sogar ein bisschen rot.

Nachdem ich unsere Gläser gefüllt habe, schiebe ich eins zu ihr rüber. »Auf die Scheißkröte, die du dir angelacht hast.«

Sie runzelt die Stirn, weil sie wohl denkt, ich meine Riley. Aber sie ist höflich, Olivia, und trinkt erstmal, weil ich trinke. Danach stellt sie das leere Glas ab und verzieht das Gesicht. Ich grinse und schenke nach. Mit jedem Schluck wird es leichter.

»Mögen Sie Riley nicht, Mr. Rush?«, fragt sie dann und mustert mich interessiert.

»Ich habe nicht Riley gemeint, Emilia.« Ich trinke mein Glas aus, worauf sie schnell ihres leert. Man sieht ihr an, dass sie schockiert ist und keine Ahnung hat, was sie sagen soll.

»Sie haben nicht gefragt«, meint sie und deutet auf ihre Wange, »woher das kommt.«

»Bitte«, sage ich. »Ich weiß alles, was in meinem Haus vor sich geht.«

Sie sieht mich an. Langsam weiten sich ihre Augen – immer mehr und mehr. Dann, als sie begreift, wird sie knallrot und zieht den Kopf leicht ein. Oh Gott, ist für so was nicht eigentlich die *Schwiegermutter* zuständig, Olivia?

Ich schenke uns nach. »Keine Sorge, ich kriege es nicht im Detail mit«, sage ich, um ihr die Scham zu nehmen, aber natürlich schalte ich mein Tablet nur aus, wenn es zu entscheidenden Momenten kommt, die ich einfach nicht sehen will. Ich hab genug gesehen mit dieser Kröte, Olivia.

»Sie müssen mich für einen schrecklichen Menschen halten«, murmelt sie und drückt das Kühlpad weiter an ihre Wange. Es ist eigentlich schon aufgeweicht.

»Ich weiß, dass er eine schreckliche Seite in sich hat und das Schrecklichste in den Menschen um ihn herum zum Vorschein bringt. Mason kann sehr überzeugend sein, wenn er etwas will. Das hat er von mir. Trink.«

Sie trinkt. Ich trinke. Sie mustert mich argwöhnisch. »Was mache ich jetzt?«, fragt sie, als wäre ich Gott.

»Ich sehe zwar alles, aber ich weiß nicht alles«, sage ich. »Und ich habe ganz sicher keine Lösung für diese Scheiße, die er da unten in seinem Keller zusammenmurkst.« Ich beschließe, eine sanftere Methode einzuschlagen, als ich es sonst bei dir tue, Olivia. Sie ist viel zerbrechlicher, als du es je warst. Nicht einmal eine Woche im Keller des *Rush* hat dich gebrochen. »Liebst du Riley oder liebst du Mason? Wenn du das weißt, dann weißt du auch, was du zu tun hast.«

»Ich liebe Mason«, sagt sie wie aus der Pistole geschossen. Ich verstehe nicht, was sie an ihm liebt. Sie sitzt hier gerade vor mir, kriegt ein blaues Auge wegen ihm und sie denkt nicht einmal über ihre Antwort nach. Das muss Liebe sein. Eine kranke Art von Liebe, wie wir sie mal hatten, Olivia. Aber ich habe dich nie geschlagen, wenn du es nicht wolltest. Was im Schlafzimmer passiert, ist eine andere Sache.

»Die Antwort kam schnell. Trink.« Sie trinkt und wirkt selbst ein bisschen schockiert über das, was gerade aus ihrem Mund kam. Als wäre es ihr jetzt erst klargeworden.

»Ich wusste es auch nicht bis gerade eben«, sagt sie seufzend. »Ich habe einfach hier gesessen und mir gedacht, dass ich nichts anders machen würde mit ihm.«

»Wirklich?«, frage ich zweifelnd. »Gar nichts?«

»Ich hätte Riley schon längst verlassen.«

»Dann verlass ihn doch. Trink.«

Mit jedem einzelnen Glas wird sie ehrlicher. Auch zu sich selbst. »Ich kann nicht.«

»Wieso nicht?«

»Das würde ihn zerstören. Und ich will ja mit ihm zusammen sein. Ich dachte eigentlich, dass wir glücklich sind … bis ich diesen gebrochenen Typen auf der Beerdigung gesehen habe.« Oh Gott, meint sie die Beerdigung deiner Mutter? Wir sind am Arsch, Olivia. Pack die Koffer, wir wandern aus.

Auch bei mir schlägt der Alkohol langsam an, und ja, ich muss bald zur Arbeit. Stattdessen sitze ich hier mit der

Geliebten von Mason und Verlobten von Riley und trinke.

»Du solltest eine Entscheidung treffen!«, sage ich ernst. »Denn so, wie es jetzt ist, wird es ihn immer weiter in den Wahnsinn treiben. Und ich weiß nicht, wie viel davon du noch ertragen kannst.«

Schuldbewusst sieht sie auf den Tisch. »Ich weiß. Ich fühle mich so schlecht. Aber auch so gut.« Dieses Mädchen hat große Probleme. Das passt zu Mason – auf eine total verquere Seele abzufahren.

Ich schenke uns nach.

»Mason war schon immer eigen. Schon früher, als er noch ein Kind war. Riley ist sieben Jahre älter als er. Er hat immer alles richtig gemacht. Die Noten, die Freunde … Er wollte sein Handicap, seinen Makel damit ausgleichen, in allem, über das er die Macht hat, perfekt zu sein. Mason hingegen war von Anfang an ein Dämon.« Sie lacht ein bisschen und ich muss lächeln. Die Sonne geht auf und ich sage: »Trink.« Wir trinken. Beide.

»Was meinen Sie? Hat er tote Tiere mit nach Hause gebracht? Ein bisschen psycho ist er schon.« Sie kichert.

»Nein, Tieren würde er niemals was antun, Emilia. Menschen hingegen … Er war immer so laut und quengelig, nichts konnte sein Gebrüll beenden. Im Kindergarten hat er alle terrorisiert. In der Schule auch. Es gab Nervenzusammenbrüche am laufenden Band. Olivia hat sich geweigert, ihm Tabletten zu verabreichen. Ich hätte es getan, damit er Ruhe gibt. Er war immer unser Sorgenkind. Mit fünfzehn kamen die ersten Drogen. Mit sechzehn die ersten Anzeigen. Körperverletzung ohne Ende. Er hat ein großes Aggressionsproblem und keine Impulskontrolle, Emilia. Man sollte ihn in Ruhe lassen, wenn er aufbraust«, sage ich und schaue mir ihre Wange an. »Hat er dir sehr wehgetan?«

»Mehr mit seinen Worten als damit«, antwortet sie und lächelt es weg. »Es ist nicht okay, dass er das getan hat. Aber ich habe ihm ein paar ekelhafte Dinge unterstellt, die nicht wahr sind, und er hat mich zweimal gewarnt, es zu lassen. Aber ich glaube, manchmal habe ich auch ein Problem mit Impulskontrolle.« Ich mag es, dass sie nicht die Schuld komplett auf ihn schiebt, Olivia. Sie ist ein toughes Mädchen, auch wenn sie auf den ersten Blick nicht so wirkt.

»Trink.«

Wir trinken.

Als du aufstehst, Olivia, sind wir beide betrunken. Mittlerweile ist es sieben.

»Oh mein Gott, was ist denn hier los?«, fragst du und reibst dir den Schlaf aus den Augen. Du machst ein erschrockenes Geräusch. »Mein Gott, Emilia, was ist mit deiner Wange passiert und deinem Auge?«

»Sie ist gegen den Kühlschrank gelaufen und ich habe es gehört, Olivia«, sage ich und sehe dir an, dass du skeptisch bist. Gegen den Kühlschrank gelaufen ist die dümmste Ausrede, ich weiß, aber ich will dein Herz nicht noch mehr brechen, Olivia.

Du siehst von ihr zu mir und wieder zurück und fragst: »Wo ist Mason, Keaton?« Fuck, du hast die Fährte aufgenommen.

»Keine Ahnung, der ist die ganze Nacht schon nicht da«, lüge ich eiskalt, und wenn ich etwas *hasse,* Olivia, dann ist es, dich anzulügen.

Doch die Kröte lässt mir keine Wahl.

24. *Blut ist dicker als Wasser, Dad*

Riley

Es war schon immer so, Emilia. Er hat schon immer die Aufmerksamkeit gekriegt, weil er das Sorgenkind war. Jetzt liegst du zwar hier in meinen Armen, aber ich weiß, an wen du denkst. An ihn. Seit zwei Wochen ist er jetzt schon verschollen, nachdem er dich geschlagen hat, Emilia. Ich weiß es, ich habe euch gehört, dich und meinen Vater, als ihr in der Nacht geredet habt.

Ich hätte nicht gedacht, dass du so wenig Selbstachtung hast, nach dem, was er dir angetan hat noch zu sagen, dass du ihn liebst – und nicht mich. Ich würde dich niemals schlagen, Emilia.

Sanft spiele ich mit deinem Haar und sehe zu dir runter.

Ich weiß, wo du nachts bist, wenn du deine Spaziergänge machst.

Manchmal rieche ich ihn noch an dir, Emilia, wenn du zurückkommst und mir erzählst, du wärst spazieren gewesen.

Welcher Mensch geht von zwei Uhr bis fünf Uhr morgens spazieren? Und das Schlimme ist, dass du dich ja nicht mal schämst und dich von ihm ficken lässt, während ich im selben Haus bin.

Ich frage mich, was du von so einem willst. Er ist ein Krüppel auf eine ganz andere Art als ich. Ich weiß, dass du wach bist, Emilia, und wenn du denkst, dass ich schlafe, gehst du runter, legst dich in sein Bett und heulst.

Ich hasse dich manchmal, Emilia.

Nicht nur einmal habe ich mir überlegt, dich zu verlassen, aber wir sind alle irre in dieser Familie, Emilia. Nicht nur Mason. Wir sind selbstzerstörerisch und Bastarde. Alle außer Mom. Die tut ums Verrecken so, als wäre alles okay. Vielleicht zerstört sie sich damit am meisten. Mom geht's scheiße, weil Mason weg ist. Er ist ihr Sonnenschein, das war er schon immer, obwohl er nichts als Ärger und Dunkelheit gebracht hat. Von wegen *Sonnenschein*.

Manchmal würde ich ihn gern umbringen.

Wir waren eine perfekte Familie, bevor er kam. Keaton, Mom und ich.

Da hatte ich ihn noch für mich allein – den ersten richtigen Vater, den ich kannte. *John*.

Ich kann meinen Vater kaum noch ansehen, denn ich fühle mich verraten. Er weiß, was du tust, Emilia. Schon so lange. Dennoch hält er das nicht auf. Keiner hier. Als ich ihn damals kennengelernt habe, war er mein Verbündeter. Er war mein geheimnisvoller Superheld, der mir wieder Hoffnung gegeben hat, dass das Leben nicht so scheiße ist, wie ich schon mit sechs dachte. Wir waren so glücklich, Emilia. Dann kam dieser schreiende, widerliche Wurm auf die Welt. Er hat am laufenden Band gebrüllt. Ab da hieß es nur noch: Warum weint Mason? Warum ist Mason so traurig? Warum ist er nie mit anderen unterwegs? Warum hat Mason so schlechte Noten?

Ich habe immer versucht, die Aufmerksamkeit irgendwie wieder auf mich zu lenken. Ich war ein Topschüler, wurde nie mit Drogen oder so was erwischt, habe nie geschwänzt, nie gelogen, habe nie Moms Herz gebrochen, nicht ein einziges Mal – ganz im Gegensatz zu ihm.

Und doch habe ich immer den Kürzeren gezogen.

Als Krönung all dessen muss ich auch noch erfahren, dass du dich von ihm ficken lässt – seit der Beerdigung meiner Oma, Emilia. So lange schon, *Emilia.* Ich sollte dich an den Haaren packen und vor die Tür setzen, so wie Mason es wahrscheinlich jedes Mal bei dir nach dem Ficken tut. Aber ich bin nicht der Typ dazu. Ist es das, was dir bei mir fehlt? Gewalt?

Wie kaputt bist du, dass du so was brauchst?

Und wie blind bin ich, dass ich das erst so spät sehe?

Aber ich kann dich nicht gehen lassen, Emilia, wir sind verlobt. Wir haben ein Leben zusammen geplant und ich klammere mich an den Gedanken, dass in New York alles anders wird, dass du endlich über ihn hinwegkommst, so, wie du es die ganze Zeit versuchst. Ich sehe es. Es ist gut, dass der Pisser weg ist. Wo auch immer er ist, er soll wegbleiben und sich selbst zerstören – so, wie er es schon immer gemacht hat.

Du tust so, als ob du schläfst, Emilia, also tue ich so, als würde ich nicht merken, dass du wach bist, und stehe auf.

Ich muss endlich alles wissen und gehe zu meinem Vater ins Arbeitszimmer nach oben. Das Licht brennt noch. Er ist immer bis tief in die Nacht wach, seit Mason weg ist. Ich glaube, Dad denkt, es sei seine Schuld, dass Mason so abgefuckt ist, aber dem ist nicht so. Er hat uns komplett gleich erzogen, nur Mason sieht das nicht, weil er so ein ichbezogener kleiner Mistkerl ist. Ich klopfe und warte wie immer, dass mein Vater mich hereinbittet.

»Ja«, sagt er genervt, wie er es in letzter Zeit ständig ist. Mason fickt uns eben alle auf seine Art.

Ich gehe rein, setze mich ihm gegenüber. Er sieht so müde aus, Emilia, und er hat Falten bekommen. Sorgenfalten. Ob er sich manchmal wünscht, nur ein Kind zu haben?

»Was gibt's?«, fragt er mich und reibt sich die Nasenwurzel. Er hat graue Haaransätze bekommen, aber mit Mason als Sohn wäre schon mein gesamter Kopf weiß. Das kann nur unser Vater aushalten – er hat Nerven aus Stahl.

»Warum?«, frage ich.

»Was meinst du?«, entgegnet er.

Ich schaue ihn nur an und er schaut mich an, dann atmet er tief durch.

»Was hätte ich dir denn sagen sollen, Riley? Dass dein Bruder es mit deiner Verlobten treibt?«

»Zum Beispiel! Er fickt sie, seit Grandma gestorben ist, ich mache Zukunftspläne mit ihr, und du hältst es nicht für nötig, mir das zu sagen?«

»Du bist dreißig Jahre alt, Riley, und nicht mehr der sechsjährige kleine Junge an der Bushaltestelle, der Hilfe gebraucht hat. Du bist jetzt ein Mann. Damals warst du verloren, klein, unsichtbar und verletzt. Jetzt bist du stark und selbstbewusst genug, um derlei Konflikte selber auszutragen.«

»Ich wollte nicht, dass du meinen Kampf für mich kämpfst. Ich wollte nur, dass du ehrlich zu mir bist.«

»Was hätte es geändert, Riley?«

»Ich hätte ihr keinen Ring an den Finger gesteckt.«

»Wirklich?«

Ich schweige unter seinem harten, wissenden Blick.

»Manchmal ist Unwissenheit ein Segen, Riley. Glaub mir.«

»Vielleicht hast du aber auch einfach nur das getan, was ihr immer tut, du und Mom. Mason beschützt. Am Ende ist Blut wohl doch dicker als Wasser, was?« Ich stehe auf und gehe, bevor mein Vater realisiert, was ich gerade gesagt habe.

»Bleib hier!«, fordert er gepresst, aber ich gehe weiter und verlasse sein Büro, ohne noch einmal zurückzuschauen. Das erste Mal.

25. *Wie du mich ansiehst, Mason*

Emilia

Sieben Wochen, vier Stunden und dreißig Minuten habe ich dich nicht mehr gesehen, Mason. Deine Stimme nicht gehört, dich nicht gerochen, dich nicht gespürt. Erst jetzt kann ich mir vorstellen, wie schlimm es in New York sein wird, wenn ich dich nie wiedersehen darf. Es ist wie ein kalter Entzug. Ohne dich fühle ich mich so antriebslos, leer, müde, abgefuckt.

Ich habe gar nicht gewusst, dass du immer der Grund warst, weshalb ich morgens aufgestanden bin, und der Grund, wieso ich nachts nicht schlafen konnte.

Ich sitze auf der Verandatreppe, der Sommer ist vorbei, Mason. Gelbe und rote Blätter wehen von den Baumkronen und ein kühler Wind fährt in mein Haar. Ich fröstele und ziehe deine Jacke enger um meine Schultern zusammen. Selbst wenn mich hier irgendjemand in deiner Jacke sehen sollte, wäre es mir egal. Sie ist alles, was mir geblieben ist. Deine Wohnung unten im Keller ist ohne dich nicht dieselbe. Es zerreißt mich jedes Mal, wenn ich sie betrete und du mich nicht schon mit diesem einen bestimmen Blick erwartest.

In meinen Ohren stecken Kopfhörer und ich höre unseren Song. Ich denke an das eine Mal, das so episch war in deinem Keller. Es war so intensiv zwischen uns, wie du mich erst beobachtet und mich dann an dich gerissen hast, wie ich dich reiten durfte, deine Hände sich in mein Fleisch gegraben haben und unsere Lippen überall waren. Das war echt, das waren wir.

Nicht das, was passiert ist, bevor du gefahren bist.

Was ist da eigentlich passiert?

Meine Wange ist verheilt. Das Einzige, was nicht verheilt ist, ist mein Herz, Mason. Weil du nicht hier bist.

Wieso merke ich in dem Moment, in dem du mich verlässt, dass ich dich liebe? Das fühlt sich so falsch an. Ich kann nicht mit dir zusammen sein, das wäre doch total selbstmordgefährdend und selbstzerstörerisch. Als würde man Öl ins Feuer gießen und hoffen, dass es nicht anfängt zu brennen. Wir zwei sind wie eine hochexplosive Mischung. Außerdem kann ich Riley das Herz einfach nicht brechen. Ich weiß, dass er nicht der Eine für mich ist. Das bist du. Aber er ist der *Richtige* für mich.

Manchmal ist das, was man will, nicht das, was man liebt.

Und manchmal ist das, was man liebt, nicht das, was einem guttut.

Es ist wie bei einem Diabetiker, der Schokolade isst.

Wie eine Schwangere, die raucht.

Wie ein Fallschirmspringer ohne Fallschirm. Der Fall ist genial, der Kick grandios, der Aufprall tödlich.

Ich will, dass du zurückkommst, Mason.

Ich will dich noch einmal sehen.

Sehr bald fahren wir, dann werde ich dich wahrscheinlich nie wiedersehen, außer zu irgendwelchen Geburtstagen von irgendwelchen Großtanten oder unserer Hochzeit.

Mein Herz hasst die Entscheidung, die ich getroffen habe; mein Kopf weiß aber, dass es die richtige ist. Mein Herz hasst so einige Dinge, zum Beispiel die grauenhaften Worte, die ich zu dir gesagt habe. Ich würde sie am liebsten nehmen und alle wieder in meinen Mund zurückstopfen.

Mason, ich weiß immer sehr gut, wann ich bei dir eine Grenze überschreite, und ich weiß, wann du in Stimmung für Widerworte bist und wann Schweigen einfach besser ist. Ich weiß auch immer, wann ich Angst vor dir haben muss, aber an diesem Tag wusste ich gar nichts mehr. Es war, als würde ich danebenstehen und mir selbst zusehen, wie ich in mein Verderben renne. Vielleicht habe ich das getan, weil ich den Abschied nicht ertrage, vielleicht habe ich es darauf angelegt. Und vielleicht wollte ich einfach nur einen richtigen Grund haben, dich so zu hassen, wie du es verdient hättest.

Du hast mich geschlagen, Mason, ins Gesicht, ohne dass ich es wollte oder es zu einem Sexspiel gehörte.

Und ich habe gewusst, dass du das tun würdest.

Ich habe den Ausdruck in deinen Augen gesehen, als der Schalter in dir umgelegt wurde. Zwischen Vernunft und dem absoluten Wahnsinn. Trotzdem habe ich weitergemacht, immer weiter. Ich wollte dich dazu treiben, etwas Unüberlegtes zu tun, etwas Schreckliches, damit du vielleicht endlich selbst mal etwas empfindest.

Und jetzt bist du weg.

Wo bist du, Mason?

Seit Wochen reden wir über nichts anderes als darüber, wo du sein könntest. Dein Handy hast du hiergelassen, nur Missy und deinen Geldbeutel hast du mitgenommen. Du hast eigentlich rein gar nichts von dir dagelassen. Dein Handy habe ich an mich genommen, um *irgendwas* von dir zu haben, um zu sehen, unter welchem Namen du mich eingespeichert hast. Ich heiße nicht so wie die anderen Frauen. Du hast für mich einen richtigen Namen. Und ich habe das Handy genommen, um zu sehen, wie viel Bilder du von uns eingespeichert hast. Dein ganzer Speicher ist voll mit Bildern von mir, Mason.

Während ich schlafe, während ich nackt in deinem Keller hänge, während ich dusche, während ich vertieft auf deinen Fernseher schaue, während ich auf dein Haus zulaufe, während ich in eurem Garten sitze oder in eurem Pool schwimme. Bilder, wie ich mit deiner Mutter koche oder wir zusammen Kaffee auf der Veranda trinken.

Das passiert jetzt nicht mehr. Die letzten sieben Wochen ist sie deutlich abgekühlt. Ich habe nie gemerkt, dass du mich so oft fotografiert hast, Mason. Was habe ich *noch* nicht gemerkt? Du hast riesige Ordner voll mit Nacktbildern von mir. Es ist, als wärst du besessen.

Und dann ist da noch unser Video.

Ich könnte es löschen, aber dann hast du nichts mehr, womit du mich erpressen kannst, und die Sache sauber beenden. Deswegen lasse ich es. Außerdem hast du doch sicher irgendwo eine Kopie davon. Ich schaue mir dieses Video an und erkenne das erste Mal, wie du mich ansiehst, wenn wir keinen Augenkontakt haben. Ich knie auf deinem Bett und du stehst hinter mir. Du berührst mich nicht, sondern siehst mich nur an. Siehst mich an, als würdest du das Gleiche von mir denken, was ich immer von dir denke – wie heiß du bist. Als würdest du mich bei lebendigem Leib verschlingen wollen. Und als würdest du auch schon viel zu viel für mich empfinden.

Wo bist du nur, Mason? Du fehlst mir.

26. Es ist mir egal, Emilia

Mason

Es ist kalt. Der Herbst ist da und ich komme mit Missy zusammen zurück.

Ich bin vierundzwanzig geworden und habe an dem Tag Koks von dem Bauch einer Nutte gezogen. Die letzten Wochen hab ich mich so abgefuckt, nur um mich von dir fernzuhalten. Ich wollte noch viel länger wegbleiben, aber ich hab es nicht geschafft, und hier bin ich.

Ich fahre mit meinem Auto vor und weiß, ihr habt mich schon gehört, zumindest Dad kennt meinen Auspuff. Vermutlich bin ich immer noch stoned von gestern und total dicht von dem ganzen anderen Scheiß, den ich mir reingezogen habe. Ich will einfach nur in mein Bett und dich vergessen, Emilia. Aber vorher muss ich einen kurzen Blick auf dich werfen. Scheiße, ich hasse mein Leben.

Ich lasse Missy aus dem Auto. Sie freut sich so sehr, wieder zu Hause zu sein. Ganz im Gegensatz zu mir. Meine Mutter fängt mich schon an der Tür ab.

»Gott, Mason, du bist wieder da!«, schreit sie und umarmt mich. Ich halte sie halbherzig an mich gedrückt. Irgendwas ist in mir kaputtgegangen, Emilia. Ich fühle nichts mehr. Es ist mir egal, ob du ihn fickst, ob du gehen wirst; es ist mir sogar egal, ob meine Mutter sich Sorgen gemacht hat und dass sie jetzt weint.

»Gott, wo warst du?«, schluchzt sie.

»Mir geht's gut, Mom.« Sie schaut mich verwirrt an, als ich sie sanft beiseiteschiebe. Missy saust an uns vorbei ins Haus und ich höre sie vor Freude bellen und alle springend begrüßen. Sogar diejenigen, die sie nicht mag. Dich. Und den Pisser.

Ich gehe rein und der Nächste, den ich sehe, ist Dad.

Er sieht so müde aus, wie ich mich fühle, Emilia. Während er mich anschaut, schaue ich ihn an und mir ist klar, dass er weiß, dass ich sieben Wochen lang mein Leben weggeschmissen habe. Alles, was ich kannte, und alles, was mir wichtig war, interessiert mich mittlerweile einen feuchten Dreck. Ich weiß, dass er sie sieht. *Die totale Selbstaufgabe.* Fühlt sich ein bisschen gut an.

Ich gehe rein. Riley sitzt auf der Couch und mustert mich abfällig. Du sitzt neben ihm und hast Tränen in den Augen.

Krieg dich in den Griff, Emilia. Hör auf, zu heulen, uns verbindet nichts.

»Du bist wieder da«, sagst du, aber ich tue so, als hätte ich dich nicht gesehen.

»Missy, komm!« Ich gehe runter. Alle sind total verwirrt, denn ihre Blicke bohren sich in meinen Rücken. Sie wollen, dass ich mich zu ihnen setze und von meinem *Ausflug* erzähle. Ich habe in Scheiße gebadet, das war mein Ausflug.

Hier unten riecht alles nach dir, als hättest du hier gewohnt, als ich weg war. Normalerweise würde ich jetzt alles kurz und klein schlagen, aber es ist mir egal. Gelangweilt schmeiße ich meine Jacke auf meinen Tisch und suche mein Handy. Ich werde hier alles neu machen müssen. Du hast deinen Duft überall hinterlassen. Ich reiße die Fenster auf und sehe, dass mein Dad das kaputte Fenster hat reparieren lassen, als ich weg war. Es war sicher mein Dad, wer sonst? Dann gebe ich Missy Wasser und was zu fressen und beginne, mich auszuziehen, weil ich duschen will. Ich stinke nach Nutten, Koks, Gras, Alkohol und allem, was ich die letzten Wochen konsumiert habe. Müsste ich entgiften, würde ich fünf Jahre brauchen. Die Jungs, bei denen ich unterkam, sind skrupellose Wichser aus der Fightszene. Teilweise leben sie auf der Straße, Emilia. In wirklich unschönen Vierteln. Ich habe nicht nur zum Spaß die letzten sieben Wochen gekämpft.

Nachdem ich mich meines Shirts entledigt habe und nur noch eine Jeans trage, schaue ich im Bad in den Spiegel nach der Stichwunde an meiner Leiste. Sie ist nicht entzündet, sieht aber immer noch widerlich aus. Die Leute auf der Straße kämpfen nicht fair, Emilia. Du kommst nur klar, wenn du noch skrupelloser bist als sie, und wie skrupellos ich geworden bin, sieht man auch an meinem Körper. Etliche Narben haben sich dazugesellt und blaue Flecken verheilen gerade erst. Du dachtest, ich wäre vorher rücksichtlos gewesen? Jetzt habe ich jeglichen menschlichen Funken verloren.

»Mason!« Du erschreckst mich, als deine zitternde Stimme hinter mir erklingt. Dabei sollst du dich doch nicht an mich ranschleichen, Emilia.

»Was?«, frage ich gelangweilt seufzend und drehe mich zu dir um.

Du weichst einen Schritt zurück, als ich dich ansehe. Dann streift dein Blick langsam und sehr schockiert über meinen Körper und die vielen neuen Verletzungen, bevor er wieder zu meinen Augen schießt. Du bist so unsicher, Emilia, ängstlich. Aber das ist nichts Neues. Du langweilst mich.

»Weshalb bist du hier? Noch ein letzter Fick oder was?«, frage ich ohne jegliche Betonung. Du gehst noch einen Schritt zurück. Ich wüsste so gern, was du gerade in meinen Augen siehst, Emilia. Es berührt mich nicht mal, dass du vor mir stehst. Es berührt mich nicht, in deine Augen zu sehen und deinen Duft zu riechen, Emilia. Du bist mir egal geworden.

»Wo warst du, Mason? Was ist mit dir?«, fragst du brüchig.

So eine Schauspielerei.

Wir kennen doch dein wahres Gesicht, Emilia. Wenn ich daran denke, ekle ich mich nur noch und will, dass du dich verpisst.

»Hast du mein Handy?«, erkundigte ich mich, ohne auf deine Frage einzugehen. Ohne zu zögern, greifst du in deine hintere Hosentasche und reichst es mir.

Du siehst nicht mal schuldbewusst dabei aus, sondern so, als hättest du ein Recht darauf, es zu haben. Die Wahrheit ist aber, du hast kein Recht zu nichts in meinem Leben, Emilia. Allein wenn ich nochmal deinen Namen höre, sterbe ich vor Ekel.

Ich lösche alle Dateien vor deinen Augen, auch unser Video, die merklich größer werden, als du siehst, was ich tue. Es kommt mir vor, als würden deine Finger zucken, um mich aufzuhalten, während ich es entferne. Dann schmeiße ich dir das Handy zu.

»Du bist frei. Ach übrigens, ich habe eine neue Nummer, du kannst die alte löschen! Und jetzt verpiss dich, ich will duschen.«

Ich schließe die Tür zum Bad leise hinter mir und fühle deine Skepsis bis zu mir, weil du mich gar nicht mehr einschätzen kannst. Dann stelle ich mich unter die erste warme Dusche seit sieben Wochen. Nur noch eine Woche, Emilia, und ich hätte es geschafft. Ich war so kurz davor, doch dann hat mich etwas zurückgetrieben, dieses kleine nachhallende Etwas, das ich nicht vernichten konnte, mit keiner Droge, war sie auch noch so stark.

Ich hatte die abgefuckteste Zeit meines Lebens – und das hat was zu bedeuten, denn ich war schon davor kein Chorknabe. Ich habe mich einfach fallen lassen, mitten hinein in die Dunkelheit; hab einfach alles mitgenommen, was da war; habe mir reingezogen, was ich kriegen konnte; k. o. geschlagen, was möglich war, und gefickt, was ich ficken konnte. Es war eine geile Zeit, Emilia. Partys, Sex und Drogen, und Menschen, die sich wie Tiere verhalten. Kein stundenlanges Gelaber, keine Gefühle, keine Moral und kein Anstand, keine Fesseln der Gesellschaft. Wenn dich einer genervt hat, hast du ihm einfach eine in die Fresse gehauen. Wenn du jemanden ficken wolltest, hast du es einfach gemacht. Und ich habe gefickt, Emilia – so viel wie noch nie.

Dabei hatte ich früher an einem Tag manchmal schon zwei Frauen.

Jetzt kann ich sie nicht mehr zählen.

Ich kann die Gesichter nicht mehr zuordnen, und von den Namen brauchen wir erst gar nicht anfangen.

***

Noch sechs Tage, bis du gehst. In der Garage stapeln sich die Kartons, die ihr aus dem Apartment geholt habt. Alle sind in heller Aufregung. Außer dir, Emilia. Du wirst von Stunde zu Stunde unsicherer. Ich finde es amüsant, wie unsicher und nachdenklich du mich immer musterst, wenn du denkst, ich bemerke es nicht. Aber ich bemerke alles, das wird sich nie ändern, Emilia.

Wir sitzen am Esstisch – wieder mal. Du hast abgenommen, Emilia. Wenn du mir nicht egal wärst, würde ich dir sagen, dass es scheiße aussieht, aber es ist mir egal. Du trägst deine Haare zu einem Zopf, kein Make-up, tiefe Ringe verunstalten die feine Haut unter deinen Augen, die noch größer erscheinen, weil deine Wangen so eingefallen sind. Wir haben uns nicht gutgetan, als das zwischen uns lief, aber meine Abwesenheit, Emilia, hat dich so gefickt, wie ich es nicht mal könnte. Mom zwitschert nicht mehr so rum. Ich glaube, sie hat es aufgegeben, Emilia, und ich denke, du bist schuld. Das macht mich sauer – ein bisschen. Sie sitzt in einem großen Abstand zu dir und behandelt dich wie eine Aussätzige. Weiß sie es, Emilia? Wer weiß es denn noch? Ich schaue zu meinem Bruder. Er starrt mich an, als würde er mich umbringen wollen.

Ich lache ihn spöttisch an. »Ist was? Hab ich 'ne Nudel an der Brust?« Ich trage kein Shirt, Emilia, ich halte es für überflüssig. Genau wie dich an diesem Tisch.

»Nein, aber gleich hast du meine Faust im Gesicht«, sagt Riley total niedlich. Ich kann ihn nicht ernst nehmen. Zwar ist er mein älterer Bruder, trotzdem habe ich das Gefühl, er ist jünger als ich. Geistig fühle ich mich mindestens zwanzig Jahre älter als er.

»Kann ich mal bitte das Salz haben?«, wagst du es zu sagen. Meinst du etwa mich, Emilia?

Ich rühre mich nicht, genau wie meine Mutter. Das Teil steht zwischen uns, aber mein Dad erbarmt sich und reicht es dir. Du nimmst es mit einem zittrigen Lächeln. Wow, seid ihr jetzt verbrüdert? Hast du ihn auch gefickt? Mein Vater sieht mich die ganze Zeit schon wieder wie ein Psycho an. Jetzt lasse ich die Finger von dir und mache es schon wieder nicht richtig. Was will er eigentlich von mir?

Ich starre zurück.

Fick mich nicht, Dad, denke ich und Mom seufzt.

»Also was ist jetzt mit deiner Faust in meinem Gesicht?«, frage ich meinen Bruder, und du verdrehst die Augen. Emilia, tu, was du willst, es interessiert mich nicht. Falls du gerade versuchst, mich zu reizen oder mich dazu zu bringen, irgendwie zu reagieren, kannst du lange warten.

Es interessiert mich auch nicht, als du zu Riley sagst: »Müssen wir noch irgendwas für New York abholen?« Er sieht dich an, mein Vater sieht mich an und meine Mutter sieht dich böse an. Das Tabuthema wurde angesprochen, und es ist mir egal, ob du nach Bagdad oder New York gehst, Emilia. Geh einfach nur.

»Wir können ja später noch mal nachschauen, Baby.« Er nimmt deine Hand auf dem Tisch, und es ist mir egal.

»Mom, das Essen war lecker. Danke«, sage ich und stehe auf.

»Wohin willst du jetzt?«, fragt Mom, dann schreit sie auf: »Was ist das?«

»Was denn?« Ich bin total genervt.

»Du hast eine riesige Wunde an der Leiste, Mason! Das sieht nicht gut aus!« Mom stürzt sich auf mich wie ein verdammter Notarzt. »Keaton, schau dir das an!«

»Ich habe es schon gesehen, Olivia. Daran wird er nicht sterben.« Dad isst einfach weiter.

»Bye, Mom!«, sage ich und gehe einfach wieder runter in meinen Keller. Missy folgt mir genauso gelangweilt. Sie passt sich immer meiner Stimmung an.

27. Du bist ein guter Vater, Keaton Rush

Keaton

Fünf Tage noch, bis wieder Frieden einkehrt – hoffe ich.

Aus meinem Keller dröhnt Punkrock. Besoffene sind in meinem Garten und kotzen in deine Beete, *Olivia*!

Ich hasse die Jugend von heute, Olivia, und ja, ich weiß, dass ich mich wie ein alter Sack anhöre, aber guck dir an, wie deine Beete aussehen! Vermutlich hat gerade jemand in unserem Pool Sex oder sie machen einen Ringkampf im Wasser. Ich schätze, es ist eher Ersteres, dabei haben wir Herbst, Olivia. Es ist zu kalt für Sex im Pool!

Oder überhaupt Sex. Oder für einen Pool in unserem Garten.

Ich stehe an meinem Fenster im Büro, Olivia, und du stürmst in den Raum. Es ist zwei Uhr nachts. Dein Haar steht ab, Baby, das ist heiß, und du siehst leicht wahnsinnig aus, so, wie ich mich fühle.

»Keaton!«, rufst du. »Willst du nicht endlich mal was sagen, bitte?« Du bist schon total fertig mit den Nerven, weil du jetzt schon seit zwei Tagen Terror in unserem Garten und im Keller hast. Was soll ich sagen?

»Nein, ich sage nichts«, erwidere ich und trinke einen Schluck Cognac.

»Willst du mich gerade verarschen, Keaton?« Du kommst näher, ich höre es. »Sie kotzen in unseren Garten, Keaton. Sie waren in deiner Kammer, *Keaton*! Ich ertrage das nicht mehr, *Keaton*!« Ich beobachte gerade, wie einer von diesen Irren an unsere uralte Trauerweide pinkelt, Olivia, und dabei mit seinem Urin lustige Schlangenlinien macht.

Ha.

Ha.

Ich bin so amüsiert.

Du reißt das Fenster auf und schreist: »Geht heim, ihr Penner! Das hier ist keine Diskothek!« Die Penner rufen hoch. »Sie sehen heiß aus, Mrs. R!«

Mason antwortet laut aus seinem Keller: »Das ist meine Mutter, du Wichser!«, und wirft ihm eine Bierdose an den Kopf.

Ja, hier herrscht Ausnahmezustand. Aber ich habe gewusst, dass es immer schlimmer werden wird. »Baby, bitte nimm Ohropax und versuche, einfach zu schlafen. Er braucht das gerade. Und wenn ich jetzt dazwischengehe, dann treibe ich ihn ganz fort.« Das ist unser beider größte Angst.

»Gott«, seufzt du und lehnst geschlagen deine Stirn an meine Brust. Ich umfange deinen Hinterkopf und streichle dich. »Du bist ein guter Vater, Keaton. Wenn ich dich nicht hätte …«, sagst du, stellst dich auf die Zehenspitzen und küsst mich kurz. Dann gehst du fluchend zurück ins Bett.

Ja, ich weiß, Olivia.

Aber momentan bin sogar ich machtlos.

Ich höre Riley und Emilia unter mir diskutieren, so wie jeden Abend, seitdem Mason zurück ist. Riley spricht nicht mehr mit mir, und ich muss sagen, das tut verdammt weh. Das habe ich nicht gewollt und ich zweifle sogar manchmal daran, das Richtige getan zu haben, indem ich es ihm nicht gesagt habe. Es ist nicht leicht, zwei Menschen zu erziehen, die sich gegenseitig als Konkurrenz sehen und das mit in ihr Erwachsenenleben tragen. Man hört wohl nie auf, Eltern zu sein, oder? Und als Elternteil darfst du normalerweise keine Seite wählen, und ich habe es versucht, Olivia, du weißt es. Ich liebe sie beide. Aber das Problem ist, dass ich mich selbst in Mason erkenne. Ich war mal genauso wie er, Olivia, bis ich lernte, mich zu kontrollieren. Das muss er auch noch lernen. Zuvor muss er aber erst die Kontrolle komplett verlieren, damit er weiß, wie er sie in Zukunft behält.

Das muss jeder selbst lernen. Durch seine eigenen Fehler. Und die kann ich ihm nicht abnehmen. Das tut er gerade. Er lernt und es ist nicht leicht und es tut weh, aber es gehört dazu, Olivia. Das weißt du doch selbst. Du musstest mir auch erst ein paar Dinge beibringen. Den Rest habe ich mir angeeignet, indem ich ein Vater wurde. Sich so schlimme Sorgen um jemanden zu machen, der nachts nicht nach Hause kommt, sich die schlimmsten Szenarien auszumalen, ihn nicht loslassen zu können am ersten Schultag; schlaflose Nächte verbringen, weil man sich um seine Zukunft sorgt; angeschissen und angekotzt werden, nachdem er sich das erste Mal betrunken hat … dieses kleine Würmchen in den Armen zu halten und zu wissen, man ist jetzt dafür verantwortlich. Das verändert einen, Olivia, ob man will oder nicht.

Und ja, vielleicht habe ich ihn ein bisschen bevorzugt, aber nicht aus Gründen der Liebe, sondern aus Sorge und Angst, weil ich wusste, dass irgendwann genau das passieren würde, was jetzt mit ihm passiert. Deswegen habe ich Mason den Keller angeboten und Riley ins Penthouse geschickt, weil ich weiß, dass Riley auf sich selbst aufpassen kann, aber Mason nicht, Olivia.

Mason ist zu sensibel für diese Welt. Ich kann ihn nicht mehr vor allem beschützen, aber ich bin wenigstens bei jedem Fehler, den er macht, zwei Schritte entfernt, um ihm wieder aufzuhelfen.

Das ist es, was einen guten Vater ausmacht, Olivia.

28. Die Strafe ist Ignoranz, Emilia

Mason

Vier Tage noch, bis du nach New York gehst, Emilia.

Hinter mir liegen drei Tage, in denen ich dich ignoriert habe, in denen du praktisch nicht für mich existiert hast. Es macht dir zu schaffen, wenn ich nicht mit dir rede. Es macht dir zu schaffen, wenn ich nicht an dir vorbeigehe, ohne dir in den Arsch zu kneifen oder dich wenigstens mal anzusehen. Vorher lag mein Blick immer auf dir, du warst praktisch der Mittelpunkt meiner Welt. Das fällt mir erst jetzt auf, da du es nicht mehr bist. Aber das Blatt kann sich schnell wenden, wenn man als *Vergewaltiger* und *Psychopath* betitelt wird, Emilia.

Ich verprügle keine Frauen, weil Frauen generell schwächer sind. Im Zweifelsfall schlage ich Frauen nur auf den Arsch oder auf andere Körperstellen, wenn sie es heiß finden. Ich habe die Beherrschung komplett über mich verloren, Emilia.

Du hast es geschafft, dass ich mir wie ein widerwärtiger Penner vorkam, und das will ich nie wieder fühlen und nie wieder sein.

Wie konnte ich dir nur so eine große Macht zugestehen? Ich würde mich ja bei dir entschuldigen, dafür, dir wehgetan zu haben, aber dafür müsstest du dich bei mir entschuldigen, mir wehgetan zu haben. Doch ich glaube, du weißt nicht mal, dass du das getan hast. Deswegen denke ich, hat sich das Gespräch erübrigt. Und was bringt eine Scheißentschuldigung? Worte, die fallen, und Hände, die schlagen, kann man nicht rückgängig machen. Du hast mich abgefuckt, Emilia, schlimmer als je zuvor. Es liegt gefühlte Jahre zurück, dass ich dich zuletzt gefickt habe. Ich würde es wieder tun, das gebe ich zu. Du bist heiß. Auch wenn du mittlerweile viel zu dünn bist und ich auf runde Ärsche stehe und nicht auf flache Bretter. Doch es wird nicht wieder passieren.

Ich werde dich nie wieder an mich ranlassen.

Du bist Gift für mich. So, wie ich es für dich bin.

Ich sitze in meiner komplett demolierten Wohnung. Die Leute lachen und sind fröhlich und high. Ich bin *nur* high. Ich hab mich in einen Sessel im Wohnzimmer gefläzt und lasse mir von Sharon oder Shannon oder Carol einen blasen. Dass überall Leute sind, scheint sie nicht zu jucken. Wieso sollte es mich dann jucken?

Ich fasse sie nicht an, Emilia. Ich fasse nie wieder eine Frau an, nicht so. In einer Hand halte ich mein Bier, die andere liegt locker auf der Sessellehne, während ich ihr dabei zuschaue, wie sie meinen Schwanz lutscht. Aber sie befriedigt mich nicht. Ich will nur kommen, weil es mir für ein paar Sekunden das Hochgefühl gibt, nach dem ich mal so süchtig war.

Jetzt bist du da oben, bei meinen Eltern, bei meinem Hund, schläfst neben meinem Bruder in meinem alten Zimmer, und ich bin hier unten. So wird es immer bleiben.

Denke ich zumindest. Dann geht die Tür auf, Emilia. Du trägst einen Pyjama, Emilia, dabei sind wir hier auf einer Party. *I Miss You* von Blink-182 hallt durch meine Wohnung und du verziehst dein Gesicht, weil die Bässe in deinen Ohren vibrieren. Du wolltest nie, dass ich, wenn du bei mir im Auto warst, die Musik laut stelle, ich habe es aber trotzdem getan. Damals, als ich dich mitten in der Nacht abgeholt habe für einen Quickie auf dem Rücksitz. Hab ich dich da vergewaltigt, Emilia? Mein Rücken sah danach nicht so aus, und ich weiß auch nicht, ob man bei einer Vergewaltigung zweimal kommt. Ich schätze nicht.

Suchend siehst du dich um, quetschst dich vorbei an den lachenden, bekifften Losern, an den rummachenden Paaren und den tanzenden Huren. Du stößt mit der Schulter gegen eine Scheißvase, die Mom dahin verfrachtet hat und die überhaupt nicht zu mir passt, weil das hier keine Scheiß-Frauenwohnung ist. Sie ist mit Gold überzogen, Emilia. Gold langweilt mich.

Sie taumelt von links nach rechts und du versuchst, sie zu halten.

»Was machst du hier?«, frage ich. Das lenkt dich so sehr ab, dass die Vase zu Boden geht und zersplittert, aber es merkt keiner der Anwesenden. Die Blondine vor mir sieht auf, als hätte ich sie gemeint. »Mach weiter«, sage ich und spüre das Grinsen ihrer Lippen an meinem Schwanz. So ekelhaft. Ich kann Frauen nicht ausstehen, Emilia, besonders nicht, wenn sie mich so ansehen wie du gerade. So verletzt, so schockiert, Baby, als wüsstest du nicht, was ich hier unten die ganze Zeit mache.

»Können wir reden?«, fragst du unsicher und schaust in meinen Schritt … von dort wieder in meine Augen.

»Klar«, sage ich gönnerhaft. »Schieß los.« Ich trinke von meinem Bier.

»Was wird das hier?«, fragst du gereizt. »Willst du mir wehtun?«

»Ja, Emilia, die ganze Welt dreht sich nur um dich. Ich mache das nur, um dir wehzutun. Wenn du dann endlich wieder weg bist, werde ich mein normales, zivilisiertes Leben wieder aufnehmen, um sieben Uhr aufstehen, in teuren Restaurants essen mit meiner Frau, meinen Maserati in einer teuren Garage parken und meine zwei Kinder begrüßen«, rassle ich gelangweilt runter. Du schnaubst, Emilia, und es gab Zeiten, da hätte ich dich dafür mit fünf Schlägen bestraft. Jetzt bestrafe ich dich mit meiner Ignoranz.

»Sonst noch was? Willst du was trinken?« Die Blondine schaut auf.

»Willst du mich eigentlich verarschen?«, fragt sie.

»Lutsch weiter«, sage ich fest.

»Na ja, zumindest hat es mich nicht abgeturnt, dich zu sehen. Er steht immer noch wie eine Eins, Emilia. Wenn du mir deine Titten zeigst, komme ich vielleicht endlich.«

»Du bist so widerlich, Mason!«

»Du kommst in meine Wohnung, um mir zu sagen, dass ich widerlich bin?« Ich hebe eine Braue.

»Nein, ich habe gedacht, man könnte normal mit dir reden.«

»Worüber willst du denn reden? Hast du nicht schon genug gesagt? Und nur, damit du es nicht falsch verstehst, das ist Sharon, Sharol, Carol, und sie *will* das hier. Ich zwinge sie nicht. Oder Carol?«

»Ich heiße Sharon!«

»Und? Willst du meinen Schwanz lutschen oder zwinge ich dich?«

Sie verdreht die Augen. »Ich will es!«

»Okay, dann mach weiter!«

»Scheiße, Mason, du bist so kaputt!« Du wirst von einem Typen angerempelt und fällst halb auf mich drauf. Du stützt dich an meiner Schulter ab, Emilia. Ich mag das nicht, *Emilia*.

»Fass mich nicht an«, knurre ich leise, aber eindringlich. Du weichst zurück, als hättest du dich an meiner Haut verbrannt. Ich hoffe, du hast es.

Wütend und total beschämt gehst du davon. Als ich deinem Arsch hinterhersehe, mit dem ich schon so viele versaute Sachen gemacht habe, komme ich endlich. Wurde ja auch Zeit.

29. *Koste es, was es wolle, Mason*

Mason

Drei Tage noch, bis du gehst, Emilia.

Ich schlafe bis fünf Uhr nachmittags, weil ich bis elf Uhr vormittags wach war. Wenn man Koks zieht, schläft man gar nicht, Emilia. Zumindest, bis die Wirkung komplett vorbei ist. In der Zeit habe ich mich gefragt, was ich alles mit dir machen könnte. Dann habe ich festgestellt, dass es mir egal ist.

Ich rolle mich vom Bett. Missy wartet schon, und ich trinke erstmal einen gefühlten Liter Wasser, weil meine Kehle sich wie Pappe anfühlt. Ich bin nackt, Emilia. Irgendwann, bevor ich eingeschlafen bin, sind die zwei Bitches, die ich gefickt habe, abgezischt. Ich hasse es, wenn sie hier schlafen. Ich mochte es auch nicht, wenn du hier geschlafen hast. Du hast deine langen Haare überall verteilt, unter anderem in meinem Mund, und sie waren Wochen danach noch auf meinem Kissen. Wahrscheinlich sind sie auch jetzt noch da, weil ich weiß, dass du in meinem Bett gelegen hast, als ich nicht da war. Es riecht nach dir, Emilia. Ich sollte meiner Mutter sagen, dass sie es frisch beziehen soll.

Ich ziehe meine Trainingshose an, ohne Boxershorts, putze mir schnell die Zähne, gehe aufs Klo und nehme Missy mit nach oben. Sie hat sich schon an meinen Schlafrhythmus gewöhnt, so vegetieren wir jetzt seit acht Wochen. Wir sind die ganze Nacht wach, manchmal mehrere Nächte hintereinander, und schlafen am Tag.

Ich höre den Fernseher laufen. Mir ist aufgefallen, dass keiner in diesem Haus arbeiten geht, Emilia. Hat es damit zu tun, dass ich weg war oder ihr nach New York geht, oder damit, dass sich jeder Urlaub genommen hat, um *euren* Scheißumzug zu organisieren?

Im Wohnzimmer sitzt niemand, obwohl der Fernseher läuft. Mom hetzt durchs Haus. »Hat jemand das verdammte Klebeband gesehen?«, fragt sie entnervt. Sie ist gar nicht mehr so zuckerwattig. Ich glaube, ich habe sie kaputt gemacht, so wie ich alles kaputt mache. Ich sollte mich echt fernhalten von Menschen, zumindest von denen, die mir wichtig sind.

Doch du gehörst nicht mehr dazu, Emilia. Du kommst gerade die Treppen runter und trägst eine Latzhose und ein weißes Shirt. Deine Haare sind weit oben zusammengebunden und die Jeans bis zu deinen Knöcheln hochgekrempelt. Du bist im Umzugsmodus. Keine Male verzieren deinen Körper, keine Anzeichen von mir auf dir. Es ist mir egal. Hinter dir kommt auch Riley angerast. Du hast mich noch nicht gesehen. »Baby, jetzt warte, lass uns doch nochmal drüber reden«, sagt er und packt dich am Handgelenk. Du reißt dich los, bei mir hättest du das nicht gekonnt.

»Nein, Riley, wir haben genug geredet. Lass mich jetzt! Ich muss mich abregen.« Du gehst weiter und merkst erst jetzt, dass ich da stehe. Dann musterst du mich, seufzt entnervt und verlässt das Haus. Riley starrt mich von den Treppenstufen aus an und ich ziehe eine Augenbraue hoch. Was hat er in letzter Zeit?

»Ist was?«, frage ich schon wieder.

»Mason, bist du auch mal wach?«, kommt von meinem Vater, natürlich zur richtigen Zeit. Wie macht er das nur immer? »Ist alles okay?«

»Alles super«, sage ich emotionslos. »Ich hab nur Hunger. Ihr werdet ja wohl nicht von mir verlangen, dass ich bei diesem Umzugskindergarten helfe, oder?«

»Damit du irrer Psychopath die Höschen meiner Verlobten klauen kannst oder was?«

»Oh Gott, niemand will deine Verlobte. Komm runter, du Pisser!«

»Riley«, mahnt Dad.

»Du musst mich gar nicht ansprechen, halt du nur weiter zu deiner Satansbrut.«

Dad zieht die Augenbrauen hoch. »*Wie bitte?*«, fragt er leise. Ich bin das erste Mal seit *Wochen* ein bisschen amüsiert und forme grinsend ein stummes O mit meinen Lippen. Riley ist heute total angriffslustig und lebensmüde. Wenn ich mich mit Dad anlege, ist es eine Sache, aber bei Riley ist das was völlig anderes. Das tut er sonst nie.

»Ich sagte, halt doch weiter zu deiner Satansbrut!«, formuliert Riley sehr genau. Dad baut sich auf. Er brodelt, und ich gehe vorsichtshalber einen Schritt zurück. Gerade will er einen Satz auf Riley zumachen, da kommt Mom und fasst ihn an den Oberarmen. Jetzt passiert etwas Krankes, Emilia. Sie schaut ihn an und sagt: »Keaton, nicht! Bitte, es ist bald vorbei ...« Sein Blick schießt von Riley, der ein wenig blass geworden ist, zu ihr und wieder zu ihm. Dann wieder zu ihr. Nur Mom hat diese Macht über ihn.

Dad schnaubt. »Geh mir aus den Augen, Riley.« Das ist das erste Mal, dass Dad so was zu ihm gesagt hat, aber es ist auch das erste Mal, dass Riley so was zu ihm gesagt hat.

»Ich glaube, ihr seid alle besser dran, wenn ich wieder gehe!«

Meine Mutter widerspricht mir nicht mal, sie ist immer noch in dem Blickkontakt mit Dad gefangen und beruhigt ihn mit ihren Augen. Sie sagt mir nur, ich solle mir was zu essen mitnehmen. Und das tue ich, Emilia. Die ganze Nacht ficken macht ganz schön hungrig, aber das weißt du ja.

Ich treffe dich auf der Veranda, weil ich durch den Hintereingang in den Keller will – ich liebe Hintereingänge, Emilia. Du sitzt auf der Hollywoodschaukel. Deine nackten Füße, wofür es mittlerweile viel zu kalt ist, berühren den Boden nicht. Mit einer Hand hältst du dich an dem Seil der Hollywoodschaukel fest und starrst blicklos vor dich hin. Du wippst leicht schräg vor und zurück. Der Wind zerzaust deinen Zopf. Du bist hübsch, Emilia, das kann ich nicht leugnen. Wie du hier so verloren rumsitzt. Das hat mich auch immer angezogen, deine innere Zerrissenheit. Ich habe dich angesehen und gleich gewusst, du wirst alles tun, was ich von dir verlange.

Ein Auto fährt vorbei und wirbelt die auf dem Boden liegenden bunten Blätter auf. Sie wehen zu dir, Emilia, und du fuchtelst mit deinen Händen, als würdest du eine Fliege verscheuchen.

Ich merke erst, dass ich lächle, als ich es schon tue.

Fuck.

Aber es ist mir egal, Emilia. Du bist mir egal.

Du drehst dich zu mir um, weil du meine Anwesenheit spürst. Forschend musterst du mich. Du versuchst jeden Tag einzuschätzen, ob ich wieder ich bin.

»Wenn du hier bist, um dich an meinem Leid zu ergötzen, dann geh einfach, Mason.«

»Dein Leid interessiert mich einen Scheiß, aber ich wohne in diesem Haus und ich muss an dir vorbei. Entschuldige bitte …« Ich schlendere an meinem Sandwich abbeißend an dir vorbei, Emilia, und muss grinsen, als du mir hinterherrufst:

»Du bist so ein Arschloch, Mason Rush!«

Hast du denn keine Angst, dass dich jemand hören könnte, Emilia? Oder ist dir das auch schon egal geworden?

»Was auch immer du sagst«, murmle ich gelangweilt mit vollem Mund.

»Ach, machst du jetzt einen auf gefühllos oder was?« Du kommst mir hinterher, obwohl du barfuß bist. Es ist kalt. Aber es ist mir egal. Werd doch krank, er kann dich dann umsorgen. Das macht er ja so gern.

»Noch vor ein paar Wochen hättest du so nicht mit mir geredet.«

»Ja, vor ein paar Wochen warst du auch ein anderer. Jetzt habe ich keine Angst mehr vor dir, weil du den Mund nicht mehr aufmachst.« Emilia, es verwundert mich immer wieder, dass da noch dieses vorlaute Miststück in dir steckt, wie zum Beispiel, als du mich *Vergewaltiger* genannt hast.

»Menschen ändern sich, Emilia. Darüber solltest du auch mal nachdenken.« Ich gehe weiter und du bleibst empört zurück. Ich bin drei Schritte weit gekommen, als etwas gegen meinen Hinterkopf knallt. Es tut weh, Emilia, das gebe ich zu, aber ich drehe mich nicht mal um, um rauszufinden, was es war. Stattdessen zeige ich dir über meine Schulter den Mittelfinger und schlendere weiter.

Du versuchst, mich aus der Reserve zu locken, Emilia, aber das wird nicht funktionieren.

Bekommst du etwa Panik, Emilia?

Dass du gehst und wir uns nie wiedersehen?

Merkst du jetzt, wie sehr du mich brauchst und wie wenig ich dich vergewaltigt habe?

Wie gut es dir getan hat, deine ganzen dunklen Geheimnisse bei mir rauszulassen?

Dass ich der Einzige war, auf den du immer gezählt hast?

Willst du das Monster zurück, nur damit irgendwas bei dir ist?

Emilia, du bist krank. Such dir Hilfe – und zwar nicht mehr von mir.

***

Emilia

Ich sehe dir dabei zu, wie du die Kellertreppe nach unten verschwindest. Der Schraubenzieher, den ich nach dir geworfen habe, liegt auf dem Laub, das rot und orange in der Sonne erstrahlt.

Wieso bestrafst du mich nicht, Mason?

Oder *ist* das deine Strafe?

Wieso siehst du mich nicht an, egal was ich auch tue?

Bin ich dir wirklich so egal geworden?

Ich habe immer gedacht, ich würde das mit dir nicht freiwillig tun; ich habe mir eingeredet, dich zu hassen, damit ich mich nicht selbst hassen muss. Denn ich habe es gebraucht. Du hast mich fühlen lassen, leben lassen, wer ich wirklich bin.

Und jetzt habe ich mich genauso verloren, wie ich dich verloren habe. Ich weiß, dass es total falsch ist; ich sollte dich einfach abhaken und mit Riley nach New York gehen, und ich *werde* ja auch mit ihm nach New York gehen und ich werde dich vergessen. Aber ich ertrage diesen Abstand nicht, ohne dass Distanz zwischen uns herrscht. Du bist so nah und doch weit entfernt. Und weißt du, Mason, ich dachte, es wäre nur der Sex, dabei vermisse ich alles. Dein Bett, unsere Nächte zusammen, wie du mich manchmal angesehen hast, wie ich dich manchmal angesehen habe, wie ich auf deiner Brust eingeschlafen bin und genau deine Finger in meinem Haar gefühlt habe. Als ich auf den Gleisen lag und dir meine Seele offenbart habe, wie du mich da angesehen hast, wie du mich berührt hast. Ich wollte es nie wahrhaben, aber da war so viel mehr, als wir uns eingestanden haben. Oder ist es einseitig, Mason? Ich kann es nicht einschätzen, nicht mehr, und ich weiß nicht, ob du je mehr für mich empfunden hast als Lust.

Das bringt mich um.

Du bringst mich um – ohne es zu wollen.

Ich weiß, es ist so dumm, aber ich werde alles daran setzen, dir eine Reaktion zu entlocken, bevor ich gehe.

Koste es, was es wolle, Mason.

30. Du willst also wie Scheiße behandelt werden, Emilia?

Emilia

Zwei Tage, bis ich gehe, Mason.

Ich habe noch zwei Tage Zeit, um dich aus der Reserve zu locken. Aber was heute passiert, trifft mich unvorbereitet. Ich stehe am Fenster und sehe, wie du mit Missy das Haus verlässt. Du machst in letzter Zeit lange Spaziergänge am Lake Michigan mit ihr, denn sie ist eine richtige Wasserratte. Ab und zu habe ich dich begleitet. Wir haben so viel miteinander unternommen, als wären wir ein Pärchen. Zumindest, wenn ich frei hatte und ich mich mit einer Ausrede loseisen konnte.

Ich stehe am Fenster des Gästezimmers und sehe dir hinterher, eine Hand an der Scheibe, als könnte ich dich damit festhalten. Du warst noch nie so weit von mir entfernt. Ich vermisse es, meine Nägel in deinen breiten, muskulösen Rücken zu krallen, Mason, und deine weichen, fordernden Lippen auf meinen zu spüren, wenn du mir mal wieder zeigen willst, wem ich gehöre. Ich vermisse es, wie du mit deinem Daumen über meine Unterlippe gestrichen hast, und dass deine Hand dabei immer leicht nach Gras roch. Ich vermisse es, wie du mich angesehen hast, wenn ich zu euch kam oder wenn wir zusammen an einem Esstisch saßen. Ich vermisse es, wie nervös du mich immer gemacht hast. Ich vermisse es sogar, wenn du mir Befehle gegeben hast, was ich den Tag über tragen und tun soll. Ich vermisse es, wie du mir manchmal durch mein Haar gefahren bist, ohne dass du gewusst hast, was du tust. Es waren diese kleinen Momente, sie haben mir alles bedeutet, weil ich sie so selten von dir gekriegt habe.

Und jetzt fühle ich mich, als hätte ich etwas sehr Wertvolles verloren.

Was ist nur passiert, Mason?

Wie sind wir an diesen Punkt gekommen?

***

Riley

Du stehst da und beobachtest ihn, Emilia, und ich beobachte dich dabei. Ich stehe im Türrahmen und du am Fenster, eine Hand an die Scheibe gepresst, *so* sehnsüchtig. *So* traurig. Ich weiß, wen du da unten siehst. Kurz überlege ich, ob ich etwas sagen soll oder nicht. Eigentlich ist es in zwei Tagen vorbei – aber es reicht mir. Du liegst mit mir in einem Bett, in einem Zimmer, während dir ein anderer Mann im Kopf herumspukt. Ist dir eigentlich mal aufgefallen, wie schlampig du dich benimmst, was meine Eltern von dir denken müssen? Was geht eigentlich in dir vor? Ist dir auch nur eine Minute in den Sinn gekommen, dass du eine hinterhältige Hure bist?

»Soll ich ihn fragen, ob er hochkommt und dich kurz bumst?«, frage ich genervt, und du fährst zusammen. »Ich kann euch auch das Zimmer lassen und für eine Stunde rausgehen.« Du siehst mich an, deine Augen sind riesengroß und du wirst schlagartig blass.

»Was?«

»Was denn, Emilia, hast du wirklich gedacht, dass ich es nicht checke? Ich bin doch nicht dumm. *Spätestens* nach seinem Abgang vor acht Wochen wusste ich, dass da was läuft. Vorher hab ich es vermutet. Wusstest du, dass mein Vater total gut Geheimnisse bewahren kann?« Deine Augen werden noch größer. »Oh, es scheint, als hättest du dich gut mit ihm unterhalten, oder?« Ich lehne mich an den Türrahmen und verschränke die Arme vor der Brust. Du hast also keine Möglichkeit, aus dieser Situation rauszukommen, Emilia.

»Ich bin so angewidert von euch allen. Ihr seid solche Heuchler. Alle außer Mom! Und so war es schon immer.« Du weißt nicht, was du sagen sollst, Emilia. Ich habe auch nicht erwartet, dass du eine plausible Erklärung parat hast. Dafür gibt es keine Erklärung.

»Acht Monate, so lange fickst du ihn also schon. Und? Ist er besser als ich?«

»Riley, ich weiß nicht, was ich sagen soll«, stammelst du unbeholfen und fuchtelst mit dem Zipfel der Gardine herum. »Bitte hör mir erstmal zu.«

»Oh, ich bin ganz Ohr«, sage ich mit einer erhobenen Braue. »Ich bin total gespannt auf die Erklärung, die du dafür hast, Emilia.«

Du sagst nichts, weil dir nichts einfällt. Was willst du mir auch erzählen, Emilia? Du hast meinen Bruder gefickt. Du bist das Letzte. Ich hätte dich niemals so eingeschätzt.

Du druckst herum und Tränen treten in deine großen Augen, die ich mal so geliebt habe. Oh, ich tue es immer noch, das ist das Problem. Doch jetzt sehe ich dich anders, als ich es noch vor ein paar Monaten getan habe.

»Keine Erklärung?«, frage ich vorsichtshalber nach. »Kein: *es tut mir leid? Ich wollte es nicht? Es liegt nicht an dir, es liegt an mir? Es ist einfach so passiert?* Nichts?«

Du schluckst und starrst auf einen Punkt am Boden.

»Sieh mich an«, sage ich mit einer Stimme, die mehr zu meinem Vater passt als zu mir. Er ist zwar nicht mein biologischer Vater, aber er hat mich erzogen, Emilia. Das Umfeld macht ja bekanntlich viel aus. »Wenn du mich schon anlügen willst, sieh mich dabei wenigstens an, du verlogenes Stück.«

Du atmest zittrig durch und schaust mir in die Augen. Du bist so eine Heuchlerin. Deine Krokodilstränen kann ich dir beim besten Willen nicht abkaufen, Emilia.

»Ich will etwas wissen.« Du blinzelst nur und bleibst stumm. »Wieso er, Emilia?«

Ich hasse es, dass du schweigst. Du kannst mit Konflikten nicht umgehen, Emilia. Denn du liebst es, das kleine Opfer zu sein. Das habe ich schon nach drei Monaten Beziehung bemerkt. Bei mir musst du dir keine Sorgen machen. Ich schweige, anstatt zu streiten. Und ich schlage auch nicht, Emilia.

»Wieso?«, wiederhole ich mit Nachdruck. Du zuckst zusammen. Was ist jetzt wieder? Habe ich dir jemals einen Grund gegeben, vor mir zusammenzuzucken, Emilia? Oder ist das die Angst vor Mason, die er dir eingetrichtert hat? Ich weiß schon, wie er sein kann. Er probiert es bei jedem und bei jeder, Emilia. Du bist nichts Besonderes für ihn. Er ist wie ein Hund, der alles und jeden dominieren und besteigen will.

»Ich weiß es nicht, Riley«, antwortest du schließlich. »Ich bin eines Tages einfach …«

»Unter ihn gerutscht?«, frage ich trocken. »Oder ist er aus Versehen gestolpert, und mit offener Hose in dich reingefallen, hm? Kann ja mal passieren.«

»Riley, so war das nicht! Er hat mich erpresst!« Du siehst aus, als wäre dir das jetzt erst wieder eingefallen. Fast schon erleichtert, für deine Schlampen-Aktion einen Grund nennen zu können.

»Ach ja? Womit denn?«

»Äh … also … er hat mich total abgefüllt und dann … na ja, ist es passiert und er hat es gefilmt. Ich wollte danach nicht mehr zu ihm. Es war ein Fehler, aber er hat mich eben erpresst. Und so bin ich immer wieder zu ihm zurückgegangen.«

»Ach so.« Ich nicke. »Also bist du mir fremdgegangen, weil mein Bruder dich mit einem Video erpresst hat, auf dem du mir fremdgehst?«

Jetzt merkst du, Emilia, dass das keine gute Ausrede war. Reichlich spät. Du verschiebst die Lippen und ich schüttle meinen Kopf. Am liebsten würde ich dich jetzt vor die Tür setzen. Wir sind hier im Haus meiner Eltern, Emilia. Und ich war nur ein Stockwerk über dir, während du mit Mason gevögelt hast.

»Ich weiß nicht, wieso ich es getan habe, Riley!«, rufst du auf einmal aus. »Ich glaube, ich bin einfach schwach und dumm, weil ich dich nicht zu schätzen weiß!«

Ich schnaube abfällig. »Hast du dich in diesen Gefühlskrüppel verliebt, Emilia?« Du brauchst nichts zu sagen, deine Augen sprechen für sich. »Ich verstehe es nicht. Er behandelt dich nicht gut. Ich weiß es, weil er niemanden gut behandelt. Nicht mal sich selbst. Du bist der letzte Dreck für ihn, Emilia. Eine Pussy, in die er ab und zu mal abspritzen kann.« Du zuckst zusammen und es ekelt mich an. Es verletzt dich, daran zu glauben, dass Mason so von dir denkt. Aber das tut er. Ich kenne ihn besser als du. Leider.

»Ich schätze einfach …« Du wischst dir die Tränen von den Augen. »Dass es genau das war, Riley. Du warst immer zu gut für mich. Du warst immer zu gut *zu* mir. Du hast mir jeden Wunsch von den Augen abgelesen. Ich weiß nicht, ob es das ist, was ich verdiene.« Ich kann nicht glauben, was du da sagst, Emilia. Ist es wirklich heutzutage so verkehrt, ein normaler Mann zu sein? Muss man ein Wichser sein, der die Frauen wie Scheiße behandelt, um irgendwie anerkannt zu werden? Kann man nicht einfach man selbst sein?

»Du willst also wie Scheiße behandelt werden?«, frage ich ganz nüchtern. »Was ist es, Emilia? Brauchst du Schläge? Brauchst du Wunden? Brauchst du Schmerzen? Hasst du dich auch so sehr, wie Mason sich hasst?«

Und jetzt kommt er doch, der Schluchzer. Eigentlich hasse ich es, wenn du weinst. Weil ich nicht will, dass du leidest. Aber jetzt gerade hast du es verdient. Ich hoffe, es tut weh, wie Mason dir den Rücken zugewandt hat. In jedem Bereich.

»Ich bin aber nicht normal!«, schreist du mich unter Tränen an. Du reizt mich, Emilia. Du machst mich wütend, und ich hasse es, wütend zu sein. Ich mag Ruhe und Frieden.

»Das sind wir alle nicht«, knurre ich dich an. »Keiner von uns, sonst hätte ich dich längst verlassen!« Ich scheine auch nicht so viel Selbstachtung zu haben, Emilia. Denn hier stehe ich und rede mit dir, statt dich rauszuwerfen und zum Teufel zu schicken. Zu Mason.

»Riley, ich wollte dich nicht verletzen. Ich wollte mit dir nach New York. Dann wäre all das Geschichte gewesen. Wir hätten neu angefangen. Wir hätten …«

»Kannst du das noch?«, unterbreche ich dich. »So tun, als wäre nichts passiert, Emilia? Oder kannst du nicht aufhören, an ihn zu denken? Hat er dich so sehr um seinen Finger gewickelt, dass du besessen von ihm bist?«

»Ja, ich kann das!«, sagst du fest. Du kommst näher, Emilia, und ich weiß nicht, ob ich deine Berührung gerade will, als du deine Hand an meine Brust legst. Siehst du? Das ist der Unterschied zwischen Mason und mir. Vielleicht ist er viel stärker als ich, was dich angeht. Vielleicht fällt es ihm so viel leichter, dich gehen zu lassen und dir einfach den Rücken zu kehren. Ich habe euch die letzten Tage beobachtet. Wie er dich nicht beachtet, dich ignoriert hat und wie du daran zerbrochen bist. Wie es dich aufgefressen hat, keine Aufmerksamkeit von ihm zu bekommen, Emilia. Keine kryptischen Blicke, kein Zuzwinkern und schon gar keinen Schwanz.

Das muss ich ihm lassen, er ist charakterstark, wenn ihm etwas nicht guttut oder ihn etwas anpisst. Und du tust keinem von uns gut, Emilia. So sehr ich ihn auch hasse.

»Hör mir zu, Riley!« Du schaust zu mir auf, und es waren immer deine Augen. Sie haben mich in deinen Bann gezogen. »Ich weiß, dass ich Scheiße gebaut habe. Ich weiß, dass es dafür keine Erklärung gibt, und dass du und ich den Bach runtergehen. Aber das will ich nicht. Ich will nach New York, und zwar mit dir. Ich will ihn vergessen, ein für alle Mal, und ich weiß, wie viel es dir abverlangt, aber du musst mir dabei helfen, Riley. Ich will nur dich und das will ich meinem Herz jetzt auch klarmachen. Mason ist ein seelenloses Monster. Ja, ich habe mit ihm geschlafen. Mehrmals. Ja, ich habe dich betrogen und ich habe dich belogen, wenn ich gesagt habe, dass ich spazieren gehe oder kurz bei deiner Mom was abholen will. Ich war immer bei ihm. Und es war immer nur Sex. Es tut mir leid.«

Ich koche, Emilia. Wieso erzählst du mir das? Willst du mich wütend machen oder besänftigen? Es kommt mir fast vor, als würdest du mich provozieren wollen, Emilia.

Meine Nasenflügel blähen sich auf und ich verenge die Augen. Kein Wort kommt über meine Lippen, ich bin angespannt und du machst es nicht besser.

»Riley, in der Zukunft sehe ich dich und mich und keinen Mason. Und auch sonst niemanden. Ich will nur dich. Und ich muss sagen, nachdem ich ihn kennengelernt habe, egal was ich für ihn empfinde, habe ich gemerkt, was für ein Mensch er ist. Er ist ein Monster. Und er hat mir wehgetan, in vielerlei Hinsicht. Ich will ihn dafür büßen lassen. Ich will, dass er leidet.«

Ich schätze, ich kann dir nicht folgen, Emilia, und betrachte dich skeptisch. Was willst du von mir? Was hast du vor? Ich habe diesen Blick schon mal gesehen. Damals, als wir uns kennengelernt haben. Du hattest einen Freund, Emilia. Es war in der U-Bahn und ihr habt euch gestritten. Wir sind am gleichen Bahnsteig ausgestiegen und du hast mich angesprochen, um nach der Uhrzeit zu fragen. Und als ich mich zu dir umgedreht habe, war er da. Dieser Fuckblick. Dieses: *Ich will dich und kriege dich, weil ich alles kriege, was ich will.*

Du bist ein kleines, verwöhntes Mädchen. Auch wenn du aus der schlimmsten Gegend New Yorks stammst. Auch wenn du keine reichen Eltern hattest. Du weißt, wie du an das kommst, was du brauchst und willst. Ich weiß, dass du ein gutes Herz hast, Emilia. Ich weiß, dass du nicht bösartig bist. Aber im Grunde ist da doch diese Seite in dir, die alles und jeden um sich herum zerstört. Genau wie mein Bruder. Und deshalb passt ihr nicht zusammen. Was soll da noch übrigbleiben, wenn beide nur zerstören? Wenn beide nur nehmen und keiner heilt, gibt und Rücksicht nimmt?

»Wieso solltest du das wollen?«, frage ich. »Wie profitierst du davon?«

Du legst den Kopf schief und schniefst. Die Tränen sind endlich versiegt, weil ich sie dir sowieso nicht abkaufe. Sie sind falsch.

»Ich will von ihm wegkommen und du willst es ihm heimzahlen. Ich weiß es, Riley. Du hasst ihn und du willst ihn für alles büßen lassen, was er dir bisher angetan hat.«

Ich schweige und starre dir in die Augen. Du bist kaputt, Emilia, aber ich bin es auch. Jeder von uns auf seine eigene Art und Weise. Ich weiß, dass da irgendwo ein Haken sein muss. Aber du hast recht. Ich hasse ihn so sehr. Und ich will ihn so sehr büßen lassen für all die Zeit, die er sich in den Mittelpunkt gedrängt hat. All die Scheiße, die er mit mir abgezogen hat. Und all die Frauen, die er mir weggenommen hat.

»Was hast du im Sinn?«, frage ich total emotionslos, denn ich ahne es bereits.

Und ich bin dabei.

31. Du hast mir deine Seele gegeben, Emilia

Mason

Ich stehe im Arbeitszimmer meines Dads. Es ist eigentlich eine absolute Todsünde, hier zu sein. Schon seit ich noch ein kleiner Scheißer war, wurde uns eingebläut, dass wir hier nichts zu suchen haben. Mein Gott, gab es Ärger, als wir hier einmal Verstecken gespielt haben.

Ich habe eben eine kurze Runde mit Missy gedreht und mich dann entschlossen, nach meinem Gras zu suchen, das auf einmal auf mysteriöse Art und Weise verschwunden ist. Als ich heute Morgen aufgewacht bin, habe ich jemanden in meinem Keller gehört. Ich kann die Schritte gut unterscheiden, Emilia, und derjenige hat auch nicht versucht, leise zu sein. Es war mein Dad. Er nannte mich *Scheißkröte*, Emilia, und dann ist er wieder abgehauen.

Jetzt weiß ich, was er getan hat. Er hat meine Drogen geklaut, Emilia. Und ich bin mir sicher, dass er sie, bevor er zur Arbeit gegangen ist, hier gebunkert hat. Mom ist auch nicht da, also brauche ich keine Angst zu haben, erwischt zu werden, und du weißt ja eigentlich, dass ich es liebe, diese Angst zu haben. Die Tür war natürlich verriegelt, aber bitte. Ich verdrehe die Augen. Als könnte ich keine Schlösser knacken. Das konnte ich schon mit zehn. Als Mom damals die Süßigkeiten weggesperrt hat und ich sie geklaut und mit Riley geteilt habe. Ich habe den Anschiss kassiert. Riley war damals siebzehn, trotzdem stand er nur daneben und hat nichts gesagt. Und ich hab ihn nicht verraten, Emilia. Er war schon immer ein Feigling und ich das Arschloch, das alles abkriegt.

Ich merke erst, dass ich gegen seine Computermaus gestoßen bin, als die Bildschirme aufflackern.

Was soll ich sagen, jetzt weiß ich, was bei meinem Dad nicht stimmt. Ich wusste schon immer, dass es komisch ist, dass er stets alles weiß und zu den seltsamsten Zeitpunkten vor mir auftaucht. Zum Beispiel, als ich dich im Badezimmer gespankt habe. Oder als ich losziehen und Riley mit einem Baseballschläger umbringen wollte.

Emilia, er hat sogar eine Kamera in meinem Keller. Allerdings sieht man das Bett nicht, nur die Tür, damit er weiß, wer ein und aus geht. Ansonsten hätte ich ihn jetzt umbringen müssen, weil er dich so oft nackt gesehen hat. Na ja, eigentlich kann mir das jetzt auch egal sein, Emilia.

Unser ganzes Haus ist anscheinend voll mit Kameras.

Man sieht jeden Winkel, jede Tür, alles, Emilia.

Deshalb sehe und höre ich, dass ihr diskutiert, du und Riley. Ich schalte die Lautsprecher ein und setze mich vorsichtig auf Dads Stuhl. Alles in mir ist starr, denn ich höre gerade, als du zu ihm sagst, dass ich ein Fehler war, Emilia. Schon wieder, *Emilia.* Dass du von mir wegkommen willst. Dass ich ein Monster bin. Dass ich dir wehgetan habe. Dass du mich büßen lassen willst, dass du mich leiden lassen willst. Dass du mich vergessen willst. Dass es nur Sex war. Du erzählst ihm nicht, dass du dich mir unterworfen und mich angebettelt hast. Dass du mir deine Seele gezeigt und sie in meine Hände gelegt hast. Du wolltest sie nicht, du hast sie mir gegeben. Ich konnte damit tun, was ich wollte. Du erzählst ihm nicht, dass ich dich so gesehen habe, wie er es nie tut.

Stattdessen hetzt du ihn auf, Emilia, und zwar mit Absicht. Ich sehe die Willkür in deinen Augen glitzern, dieses irre Feuer, das so oft auf mich übergegangen ist und uns beide verzehrt hat. Du erzählst ihm, dass du eine Zukunft mit ihm willst und mich darin nicht siehst, Emilia. *Ich* entscheide, was in deiner Zukunft passiert.

Und es ist mir nicht egal.

Fuck! Du Miststück.

Wochenlang, Emilia, hatte ich dieses entspannende Gefühl von Gleichgültigkeit. Ich hab es geschafft, mich komplett von mir selbst abzukapseln und abzulenken. Ich hab es geschafft, dass du mir egal wurdest.

Und jetzt nimmst du seine Hand, Emilia, und ziehst ihn hinter dir her.

Wohin gehst du?

Was hast du vor?

Ihr verlasst das Stockwerk, wie ich sehe, und steigt die Stufen nach unten. Riley folgt dir wie ferngesteuert. Er ist nicht bei sich und du nutzt das aus. Ihr geht auch nicht ins Wohnzimmer oder in die Küche, sondern nach hinten.

Dorthin, wo man zu meinem Keller gelangt, Emilia!

Du hast einen Todeswunsch. Aber dass er so ausgeprägt ist, hätte ich nicht gedacht. Du betrittst meinen Keller, Emilia. Und ich folge euch.

* * *

Emilia

Mein Herz rast, Mason. Ich habe keine Ahnung, was ich hier tue. Alles, was ich zu Riley gesagt habe, hätte ich am liebsten zu dir gesagt. Dass ich bei dir sein will. Dass ich eher dich und mich in unserer Zukunft sehe statt Riley und mich. Mit ihm fällt es mir schwer.

Ich liebe ihn, aber auf eine andere Art und Weise. Trotzdem kann ich nicht von ihm lassen, genau so wenig wie von dir. Riley ist mein Anker, mein Fels. Du bist die Schlucht, in die ich falle, immer tiefer. Weiter in die Dunkelheit, bis sie mich verschlingt und nichts mehr von mir übrig ist.

Deine Liebe verzehrt mich. Seine baut mich auf. Dennoch kann ich nicht von dir lassen.

Und jetzt? Jetzt habe ich mich komplett verloren. Ich weiß nicht, weshalb ich das alles gesagt habe. Eigentlich wäre das ein guter Zeitpunkt gewesen, es zu beenden. Aber wo stehe ich ohne Riley und mit dir? Und wie allein? Ich kann nicht allein sein, Mason. Und mit dir an meiner Seite wäre ich allein.

Was passiert mit ihm, wenn ich gehe? Ich weiß, dass er mich aus irgendwelchen Gründen, die ich nicht verstehe, abgöttisch liebt. Auch wenn er manchmal Probleme hat, es richtig zu zeigen.

Ich ziehe ihn hinter mir her, und obwohl du nicht da bist, spüre ich deine Augen auf mir. Als würdest du direkt in meine Seele blicken, die nach wie vor dir gehört.

Ich gehe mit ihm in deinen Keller, Mason. Ja, das tue ich. Und ich hoffe, dass du uns erwischst und diesem kranken Spiel ein Ende machst. Dass du rauskommst aus deinem Schneckenhaus, egal wie. Ich bin bereit, alles zu opfern, damit du wieder du bist, weil ich dich so brauche.

Es ist so egoistisch. Es ist so krank. Und so falsch.

Aber ich kann nicht aus meiner Haut.

Ich liebe einfach den falschen Bruder.

Und wenn das auch nicht hilft und ich dich nicht haben kann, dann will ich ihn wie dich. Und dafür tue ich alles.

32. Er fickt dich in meinem Bett, Emilia

Mason

Du schubst ihn auf mein Bett, Emilia. Ich stehe halb in der Tür und kann mich nicht rühren. Ich sehe euch, aber ihr seht mich nicht. Er wirkt immer noch wie ferngesteuert. Seine Augen sind stumpf und leer. Das ist, was du mit Menschen machst, Emilia. Du saugst sie aus wie ein Vampir.

Du lächelst ihn an, als du dir vor der Bettkante den Pullover über den Kopf ziehst und mit deinem Push-up-BH vor ihm stehst. Jetzt krabbelst du aufs Bett, Emilia, direkt auf ihn zu. Auf meinem Bett. Ich sehe euch. Ich hasse dich. So sehr.

Du setzt dich mit gespreizten Beinen auf ihn. So hatte ich dich nur zweimal.

Ich kann mich nicht rühren, Emilia, oder ihr sterbt beide. Meine Hände sind zu Fäusten geballt, mein Atem geht schwer und meine Muskeln sind angespannt und zucken. Ich will euch killen, ich will dich an den Haaren packen und an die Wand schleudern. Du Miststück.

Was glaubst du, was du damit bezweckst?

»Ich weiß, dass du ihn hasst, Riley«, sagst du mit heiserer Stimme, die du bei mir noch nie verwendet hast, weil du es nicht wagst. Er bekommt jetzt etwas, was ich noch nicht hatte. Was soll das, Emilia?

Du ziehst sein Shirt aus, während er den Kopf hebt, damit du es leichter hast. Deine Hände fahren über seine Brust, Emilia. »Du kannst es an mir auslassen«, gurrst du, und ich mache einen Schritt nach vorn, stoppe mich aber im letzten Moment. Ich schließe meine Augen und versuche, die Situation auszublenden oder zu gehen, aber ich schaffe es nicht, denn ihr küsst euch und er stöhnt, weil du irgendwas gemacht hast.

Ich wünschte, mein Vater wäre jetzt hier und könnte mich aufhalten. Mom wird daran kaputtgehen, wenn ich mich jetzt losreiße und sein Gesicht zu Brei verarbeite, bis er nicht mehr atmet.

Ich kann nicht anders und öffne meine Augen. Du bewegst dich auf seinem Schoß, Emilia. Er trägt noch seine Jeans und du wühlst in seinem Haar. Eure Lippen sind miteinander verschmolzen. Er hat seine Hände auf *meinem* Arsch. Meine schlimmsten Albträume spielen sich vor meinen Augen ab.

»Willst du wissen, was er mit mir gemacht hat, Riley?«, fragst du mit deiner Sexstimme in sein Ohr, aber laut genug, dass ich es hören kann. Weißt du, dass ich da bin, Emilia? Tust du das hier, um endlich wieder die Kontrolle über mich und die Situation zu erlangen und mich zu einer Reaktion zu zwingen, oder tust du das, weil du von ihm das bekommen willst, was nur ich dir geben kann? Und das schaffst du nur, wenn du ihn hochgradig wütend machst, oder, Emilia?

»In diesem Bett?«, fährst du fort. »Willst du wissen, wie oft ich gekommen bin und wie oft er mich von hinten hatte? Er liebt es von hinten, wenn er meinen kleinen Arsch ficken kann.«

Selbst mein geduldiger Pissbruder verliert jetzt die Geduld. Ist es das, was du wolltest? Er packt dich mit einem Mal fest, wirbelt dich herum und drückt dich mit seinem ganzen Gewicht in die Matratze.

Du lächelst ihn an, Emilia, als hättest du einen Sechser im Lotto. Dann neigst du deinen Kopf nach oben.

»Willst du wissen, wie oft wir es zu Hause in unserem Bett gemacht haben, wenn du nicht da warst?«, sprichst du weiter, *Emilia*. Willst du uns alle umbringen?

Okay, ich denke, das hat ihn jetzt komplett vernichtet. Er reißt seine Hose auf und zischt mit einer Wut, die ich noch nie bei ihm gesehen habe: »Halt die Fresse, Emilia.« Damit reißt er dein Höschen beiseite und schiebt sich in dich, Emilia.

Auf meinem Bett.

Du stöhnst laut. Er hat deine Handgelenke über deinem Kopf zusammengedrückt und fickt dich so hart, wie du es magst. Und du genießt es aus vollen Zügen. Dein Kopf fällt nach hinten. Du schließt die Augen, als wärst du endlich am Ziel nach einer langen Reise, und gibst dich ihm voll hin. Mit einem Mal greifst du nach seiner Hand und legst sie dir an die Kehle, Emilia. Du drückst sie um deinen Hals zusammen, Emilia!

Und er macht voll mit, weil er dich gerade abgrundtief hasst. Er wird dich töten, Emilia, so wütend, wie er dich gerade ansieht. Er wird dich totficken. Langsam wird ihm klar, was ich alles mit dir gemacht habe. Und wie oft.

Er drückt immer fester zu, Emilia. Du kannst kaum mehr atmen, aber es scheint dir nichts auszumachen. Ich wusste nicht, dass du so wenig an deinem Leben hängst. Seine Hand ist so groß und greift komplett um deinen zarten Hals.

Ist es das, was du willst? In meinem Bett sterben und so tun, als wäre ich es, der dich umbringt?

»Gott, ich hasse dich!«, sagt mein Bruder verachtend, lässt von dir ab und zerrt dich auf den Bauch, Emilia. Dann packt er deine Hüften und zieht deinen Arsch nach oben. Er hat wirklich Glück, dass er Letzteren nicht ficken will, denn er gehört nur mir.

Er drängt sich wieder ruckartig in dich und ich weiß nicht, wieso ich hier stehe und mir das gebe. Aber ich kann nicht weg, kann mich nicht bewegen. Ich bebe innerlich vor Wut. So viel Wut, die ich in den letzten Wochen erfolgreich unterdrückt habe. Jetzt ist sie umso intensiver zurück. Wenn er dich nicht killt, werde ich es tun. Deshalb rühre ich mich nicht.

Seine Hand greift in deinen Nacken und hält dein Gesicht in die Kissen gepresst. Du kannst dich nicht bewegen, genauso wenig wie ich. Was für eine Ironie.

Dann kommt der Bastard und zieht sich sofort aus dir zurück, bevor er seinen Schwanz einpackt.

Ich hingegen löse mich aus meiner Starre, weil es plötzlich so ruhig ist, als hätte jemand die Zeit angehalten. Fuck! Bevor ich blinzeln oder realisieren kann, was ich gerade tue, stehe ich neben euch, Emilia. Mein Bruder hat mich schnell erfasst.

Ich hole aus und verpasse ihm einen saftigen Kinnhaken, sodass er zu Boden sackt. Er blutet aus dem Mund, Emilia, aber er wischt es sich weg, spuckt auf meinen Boden, grinst mich an, als hätte er schon immer auf diesen Moment gewartet, und stürzt sich auf mich. Ich fange mir eine aufs Auge, aber nur, weil ich ihn lasse. Er hat es ein bisschen verdient, das weiß ich. Aber er ist schnell, Emilia. Und er macht auch sehr viel Sport.

Als wir gegen die Kommode taumeln, kriege ich einen Schlag in die Nieren, packe seinen Arm und boxe ihm gegen die Schulter. Er rammt seine andere Schulter gegen mich und wir fallen rückwärts über das niedrige Möbelstück.

»*Nein, Mason*!«, schreist du, weil du weißt, dass Riley jetzt sterben wird. Er hat keine Chance, denn ich mache

Kampfsport. Aber ich muss zugeben, seine Rechte hat es in sich, weil er mit dem angestauten Hass von zwanzig Jahren kämpft. Ich rolle uns herum, setze mich auf ihn und lasse meine Faust wieder auf ihn niedersausen. Es tut so gut, als die Knochen seines Gesichts brechen. Jahrelange Wut und Frust ballere ich in seine Fresse. Doch er lebt noch, Emilia, und dreht sich mit einem Ruck zur Seite. Ich kippe um und er kommt taumelnd, humpelnd und keuchend auf die Beine. Er hat keine Chance, Emilia. Jetzt wird er sterben.

Ich greife nach meinem Baseballschläger, der an der Wand lehnt, hole schwungvoll aus und will ihm das letzte bisschen, was von seinem Gesicht geblieben ist, zertrümmern, als *du* dich dazwischenwirfst, du verrücktes, dummes Miststück!

Im letzten Moment kann ich stoppen. Der Schläger ist nur einen Zentimeter von deiner Wange entfernt, Emilia. Hätte ich dich erwischt, wäre sie zertrümmert und du tot. Würdest du für ihn sterben, Emilia? *Wirklich?*

»Mason!«, sagst du mit zittriger Stimme, hebst die Hände mit den Handflächen zu mir und kommst auf mich zu, anstatt wegzulaufen. Du stehst zwischen mir und ihm und weichst keinen Millimeter zur Seite. Das ändert alles.

Ich lasse den Schläger fallen, als du auf mich zukommst, total furchtlos, denn ich habe mir geschworen, nie wieder so die Kontrolle zu verlieren. Nicht bei dir.

»Mason«, sagst du diesmal mit sanfter Stimme und streckst die Hand nach mir aus, Emilia.

Ich packe sie. Meine Finger beben. Ich muss es rauslassen, Emilia. Wieso hältst du mich jetzt auf? Wir haben das, was meine Eltern haben. Und ich verliere gerade meinen Verstand.

Dein Handgelenk liegt in meinem festen Griff, du starrst mir in die Augen. Bei Gott, jetzt, da meine Mauern gesunken sind, kann ich nicht mehr wegschauen. Ich spüre, wie meine Atmung langsamer wird, und ich weiß, dass ich dir wehtue, doch du zeigst es nicht einmal. Du saugst meinen Schmerz in dich auf wie ein Schwamm das Wasser.

»Lass sie los!«, nuschelt dieser Wichser hinter uns und ich werde sofort wieder aggressiv. Du bist vergessen. Ich lasse dich los, wie er gesagt hat, greife nach dem Baseballschläger und schreie ihn an: »Sag mir nicht, was ich zu tun habe, du Bastard.« Wieder will ich auf ihn zugehen und wieder hältst du mich auf. Du hängst dich mit beiden Händen an meinen Oberarm, Emilia. So kann ich ihn nicht umbringen.

»Mason, bitte, bitte, hör auf. Bitte!«

Ich sehe dich an, dich in deiner schwarzen Unterwäsche, frisch gefickt von meinem Bruder. Mir wird klar, Emilia, dass du der eigentliche Grund für all das hier bist, also stoße ich dich von mir, als hättest du die Pest.

Angestrengt atmend kneife ich mir in den Nasenrücken. »Fahrt beide zur Hölle!«, knurre ich und gehe.

33. *Jetzt bin ich wütend, Olivia*

Keaton

Ich weiß, dass etwas nicht stimmt, als ich auf mein Handy schaue, um einen Blick in unser Zuhause zu werfen und zu checken, ob alles so weit okay ist, Olivia. Aber ich kriege kein Signal. Von keiner einzigen Kamera, Olivia. Nicht einmal von der im Keller. Es macht mich wahnsinnig, nicht zu wissen, was daheim los ist. Was ihr alle tut. Hat er euch jetzt alle abgeschlachtet, Olivia? Weil ich ihm die Scheißdrogen weggenommen habe? Ich hoffe es nicht, denn sonst muss ich ihn auch töten.

Ich parke dreißig Minuten später vor dem Haus und kann gar nicht schnell genug reingehen. Die Lichter brennen teilweise. Alles sieht wie immer aus, aber ich spüre eine gewisse Anspannung, die ich nicht zuordnen kann, die aber definitiv von Mason ausgelöst wurde. Von wem denn sonst? Sein Auto ist nicht da. Wieder ein Zeichen, dass was passiert ist. Denn er ist in letzter Zeit gar nicht mehr aus seinem Keller rausgekommen. Sogar seinen Stoff hat er sich liefern lassen.

Ich gehe rein, es ist erst sieben Uhr am Abend, aber es kommt mir vor wie Mitternacht, Olivia. Mich empfängt eine ungewohnte Stille. Normalerweise ist bei uns immer irgendwas los. Ob nun Riley zu Besuch kommt, Mason austickt oder du in der Küche beim Kochen telefonierst und dich bei Penny über mich auslässt, wie schlimm ich doch als Ehemann bin. Ich lasse dich, manchmal brauchst du das.

Aber heute, Olivia, kriege ich Gänsehaut wegen der unnatürlichen Ruhe. Es fühlt sich an wie die Ruhe vor dem Sturm.

Im Wohnzimmer brennt nur das kleine Stehlicht. Es beleuchtet dein Gesicht, da du auf der Couch sitzt, die Hände im Schoß gefaltet, und an die Wand starrst. Das ist ein bisschen gruselig. Du siehst aus wie eine Frau, die gerade erfahren hat, dass ihr Mann fremdgeht und ihn damit konfrontieren will. Ich bin dir nicht fremdgegangen, Olivia. Wirklich nicht. Fuck, meine Eier ziehen sich in sich zusammen und ich rutsche aus meinen Schuhen.

»Olivia, was ist los?«, frage ich gleich und du schaust mir bedeutungsvoll in die Augen, die Brauen nach oben gezogen, als wäre ich ein Vollidiot, dass ich es überhaupt wage, diese Frage zu stellen.

»Ich weiß nicht, Keaton«, säuselst du. »Sag du es mir.«

Ich hasse es, wenn du so wie ich bist, Olivia.

Genervt setze ich mich vor dir auf den Couchtisch und mustere dich genau. »Kommt drauf an, was du meinst.«

Du hebst dein Kinn. »Ich weiß nicht. Du weißt doch immer alles, Keaton. Auch die dreckigsten Dinge, die im Keller passieren, oder?« Jetzt hebst du nur noch eine Braue und das bedeutet Gefahr. Scheiße. Ich kann dich so gut kontrollieren, Baby, aber nur, wenn du es zulässt. Und jetzt wirst du es nicht zulassen. Deine Löwenmamanatur wird aus dir herausbrechen und mich zerfleischen.

»Scheiße«, kann ich nur entnervt antworten und lasse den Kopf geschlagen nach vorn hängen. »Du weißt es.«

»Was meinst du, Keaton? Was gibt es denn alles, was ich wissen *könnte*?«, fragst du. *Ich hasse diese Familie*, denke ich. Ich hasse meine Kameras und ich hasse es, dass du mich so ansiehst, Olivia.

Aber ich muss vorsichtig sein, denn ich weiß nicht, ob du alle Informationen hast. Es ist wie bei einer verdeckten Ermittlung oder einem Verhör.

»Ich weiß nicht … da gibt es sicher nicht viel, was du nicht weißt, Olivia«, druckse ich herum.

»Keaton!«, donnerst du. »Sagt dir *Emilia und Mason* was?« Du starrst mich an, als wäre ich dumm, schwer von Begriff, zurückgeblieben, Olivia. Für diesen Blick wirst du später noch Ärger bekommen, aber nicht jetzt. Jetzt sind meine Eier weg.

»Was ist mit den beiden?«, frage ich total lässig. Bluffen ist alles, Baby.

Du fährst auf wie eine Rakete und spielst mit deinem Zeigefinger vor meinem Gesicht, Olivia. Oh mein Gott. *Das* gibt Ärger.

»Sie haben Sex, Keaton!« Du betonst jedes Wort. »In seinem Keller. Und ich habe etwas in der Richtung vermutet, aber hier kommt das Schockierende!«

»Was denn?«, erkundige ich mich ruhig.

»Es geht seit über *neun Monaten!* Und du wusstest es die ganze Zeit! Wie kannst du mich nur so hintergehen?« Okay, jetzt ist es raus. Gott sei Dank, Olivia, ein Geheimnis weniger. Du stemmst deine kleinen Hände in die Hüften und funkelst mich voller Wut an. Ich steh drauf, wenn du wütend bist, aber das sage ich dir jetzt lieber nicht.

»Was hätte es geändert, wenn du es gewusst hättest?«

»Ähm«, machst du und wirfst die Hände in die Luft. »Ich hätte diese Verlobung unterbunden? Ich hätte ihnen verboten, nach New York zu gehen!«

»Weil Riley sich so viel von dir verbieten lässt mit seinen dreißig Jahren, Olivia? Genau wie Mason? Baby, es ist ihre Sache. Es ist wie bei einem Dokumentarfilmer am Nordpol, der die Eisbären filmt. Selbst, wenn die kleinen, süßen Babys verhungern, darfst du nicht eingreifen. Das ist die Natur!«

»*Meine Kinder sind keine Eisbärbabys!*«, brüllst du. Ich schwöre, die Dekovasen wackeln. Und jetzt wird es kritisch, denn dir steigen Tränen in die Augen und das mag ich nicht, Olivia. »Und das ist kein Film, Keaton! Es geht um Riley! Weißt du, wie er sich jetzt fühlen muss?!«

Ich glaube, mich verhört zu haben, Olivia. Und ich kann dich nur anschauen, als hättest du den Verstand verloren. »Du machst dir Sorgen um Riley?«, frage ich.

»Er sitzt mit blutendem Gesicht im Gästezimmer. *Halb tot* geprügelt von seinem Bruder!« Dann konnte sich Mason wahrscheinlich langsam nicht mehr kontrollieren und in seiner wohltuenden Gleichgültigkeit versinken. Das ist sehr gut.

»Und wo ist Mason, Olivia?«

»Das weiß ich nicht, Keaton! Sag du es mir!«, zischst du mich mit brodelnder Stimme an.

»Also machst du dir Sorgen um Riley, weil er ein paar Schläge kassiert hat?«, frage ich. »So stark, wie er innerlich ist, machst du dir Sorgen, dass er einen Seitensprung nicht verkraftet?«

Du funkelst mich ungläubig an. »Spielst du es gerade runter?«, willst du drohend wissen.

»Nein, es ist furchtbar, was gerade passiert, Olivia. Aber Mason sollte dir leidtun. Ich dachte, du hast so eine besondere Beziehung zu ihm. Merkst du nicht, wie er leidet? Merkst du nicht, dass er kurz davor steht, den Verstand zu verlieren?«

Du schnaubst. »Damit kennst *du* dich ja gut aus, oder, Keaton? Deswegen verstehst du ihn so gut. Und deswegen hast du ihn auch gedeckt, als er Rileys Apartment zertrümmert hat. Und deswegen spielst du die Sache total runter und siehst nicht, was Mason anrichtet, Keaton. Du siehst nur, wie er leidet. Und nicht, wie Riley leidet!«

Jetzt bin ich sauer, Olivia. Du siehst es in meinen Augen, aber es ist dir egal.

»Ja, ich kenne mich damit aus«, knurre ich und stehe auf, damit du nicht vergisst, wen du vor dir hast.

Du stellst dich Nase an Nase vor mich. »Willst du mich einschüchtern, Keaton? Wirklich?«

»Ich kenne mich damit aus«, zische ich. »Und genau deswegen weiß ich, was gerade in ihm vorgeht. Er ist mein Sohn, Olivia. Du musst versuchen, ihn zu verstehen und ihm zu verzeihen. Sonst haben wir ein Problem, du und ich.«

Du ziehst scharf die Luft ein. »Wie meinst du das?«

»So, wie ich es gesagt habe, Olivia.«

»Ich liebe Mason, das weißt du«, sagst du mit einem wütenden Funkeln in deinen Augen. »Und er war immer mein besonderes Baby, aber du musst einsehen, dass wir ihm nicht alles durchgehen lassen können. Egal wie alt er ist, oder weil er schwierig ist, Keaton, er hat Scheiße gebaut. Er hat was mit der Verlobten seines Bruders angefangen, Keaton. Begreifst du das denn nicht?«

»Ich begreife es, Olivia, aber ich habe gesehen, was das zwischen ihnen ist und das kann man nicht mit dem vergleichen, was sie mit Riley hat. Und man kann es auch nicht unterbinden. Du weißt es doch selber. Du hast es erlebt.«

Du blähst die Nasenflügel und verengst die Augen. »Nein, tut mir leid. Ich kann und werde ihn nicht verstehen. So habe ich ihn nicht erzogen, und du auch nicht, Keaton.

Ja, man soll mit seinem Bruder teilen, aber doch nicht die Frau.«

»Er hat genug eingesteckt, Olivia. Über all die Jahre. Vertrau mir, ich hab es beobachtet. So vieles ist so unfair gelaufen, und du hast es nicht mal mitbekommen.«

Du starrst mich ein paar Sekunden forschend an. Dann merke ich, welchen Fehler ich gemacht habe. »Moment mal«, sagst du. »Woher weißt du das alles? Was heißt, du hast es beobachtet, Keaton?«

Scheiße. Olivia, ich erinnere mich noch daran, wie ich dir versprochen habe, so was nie wieder zu tun. Nie wieder Kameras anzubringen und die Privatsphäre aller zu missachten. Shit.

»Moment«, sagst du jetzt und trittst mit großen Augen einen Schritt zurück. »Hast du im Haus etwa Kameras installiert, Keaton? Und sitzt du vor dem Monitor und beobachtest alle, *Keaton*?«, fragst du ganz ruhig. Ich weiß, was das für eine Stimme ist. Dein Blick schweift umher, als würdest den Raum nach Kameras absuchen. Sie ist in der Lampe, Baby, hast du denn immer noch nicht dazugelernt?

»Keaton! Antworte mir!« Ich mag das nicht, Olivia. Die Richtung, in die sich das alles entwickelt. »*Keaton!*«

»Was denn?«, rufe ich und hebe die Schultern. Ich überlege zwanghaft, wie ich aus dieser Scheiße wieder rauskomme. »Ja, ich habe es getan! Aber dafür habe ich immer einen Blick auf Riley und Mason gehabt, egal was war! Egal was sie gebraucht haben, ich war immer da!«

»Boah, das ist echt ein bisschen krank«, höre ich eine Stimme hinter mir sagen. Riley, fuck. Der hasst mich sowieso zurzeit.

Du siehst an mir vorbei, Olivia, und zuckst zusammen. »Riley?«

»Ich wusste, dass ich in einem Irrenhaus lebe«, sagt Riley. »Aber das toppt alles. Du hast Kameras angebracht? Wo?«

»Nun …«

»Wie ich deinen Vater kenne, *überall*«, erwiderst du pissig. »Wenn, dann geht er auf Nummer sicher. Nicht wahr, Keaton? Du wusstest es von Anfang an, weil du alles mitverfolgt hast«, wirfst du mir jetzt vor. »Du hättest gleich, als das begonnen hat, die Bremse ziehen können, Keaton. Du hättest das alles unterbinden oder zumindest die Verlobung verhindern können. Verhindern können, dass …«

»Ich betrogen werde«, unterbricht Riley dich. Ich hasse es, wenn er dich unterbricht. Wieso bin ich jetzt überhaupt der Mittelpunkt? Ich habe das Mädchen nicht angerührt. Ich habe keinen verprügelt. Ich habe gar nichts gemacht. Ihr beiden funkelt mich an, und immer, wenn ihr das tut, sehe ich eure Ähnlichkeit.

»Hätte ich die Kameras nicht angebracht, Olivia, hätte Mason im Sommer vor fünf Jahren unser Haus abgefackelt.«

»Das muss wohl in der Familie liegen«, sagst du bissig und ich werfe dir einen warnenden Blick zu. Du darfst den

Bogen nicht überspannen, Baby. Denn du willst mich nicht wütend machen, oder?

Doch, das willst du. Genau das. Ich muss ruhig bleiben.

»Hätte ich euch nicht alle *beobachtet*, wie ihr so schön sagt, hätte Mason vor sieben Jahren hier seine erste Gangbangparty gefeiert. Auf deiner Couch, Olivia.« Du weitest die Augen. »Hätte ich die Kameras nicht, hätte Riley hier an seinem achtzehnten Geburtstag mit einer Fünfzehnjährigen Sex gehabt, und sie entjungfert.« Dein Blick schießt empört zu Riley. »Sorry, Kumpel«, sage ich und wende mich wieder an dich. »Und er hätte dir all die Male, in denen Mason den Ärger für ihn kassiert hat, ins Gesicht gelogen, Olivia. Soll ich weitermachen?« Ich sehe Riley an.

»Nein!«, wirft er dazwischen. »Bloß nicht.«

Du starrst ihn an, Olivia, und siehst deinen Sunnyboy das erste Mal mit anderen Augen. »Niemand ist nur gut oder nur schlecht, Olivia. Auch Mason nicht.«

Riley schnaubt. »Mason ist die Ausgeburt der Hölle und er wird dafür bezahlen.«

Olivia, ich spüre, wie sich die Temperatur im Haus verändert. Es fühlt sich an, als würde es um vierzig Grad kühler werden. Ich spüre, wie sich eine Anspannung über alle Anwesenden legt, die das Atmen erschwert. Ich spüre, dass eine Naturgewalt im Anmarsch ist und jeden Moment über uns hereinbricht.

»Hi!«, sagt Mason hinter mir.

Er ist da, Olivia. Und jetzt wird es richtig übel.

34. Du bist besser als jeder Joint,

Emilia

Mason

Ich bin betrunken, Emilia, aber die Bilder sind immer noch da. Sie werden mich bis an mein Lebensende verfolgen. Du und er in meinem Bett. Dass du so ein Flittchen bist, hätte nicht einmal ich gedacht. Meine ganze Familie hat sich im Wohnzimmer versammelt, Emilia. Wie ich dich kenne, drückst du dich oben irgendwo rum und lauschst, traust dich aber nicht, runterzukommen, weil mein Vater da ist, und meine Mom dich seit Neuestem hasst. Sie duldet dich, aber sie akzeptiert dich nicht. Nicht mehr.

»Mason ist die Ausgeburt der Hölle und er wird dafür bezahlen!«, sagt Riley gerade und ich betrete breit lächelnd die Bühne.

»Hi!« Mom schaut mich ängstlich an, Riley angepisst und Dad genervt. Ich bin so besoffen, Emilia, dass mir alles egal ist, und das nur wegen dir.

Also schlendere ich locker zu meinem Bruder rüber, dessen Gesicht total angeschwollen ist und aussieht wie ein unförmiger Fleischkloß. Ich werfe ihm einen Arm um die Schultern. »Was geht, *Bro*?«, frage ich total lallend.

Er stößt mich von sich. »Du stinkst nach Alkohol.«

»Du auch, nach *Emiliaaaaa*«, antworte ich. »Ich muss sagen, Bro ...«

»Nenn mich nicht *Bro*«, unterbricht er mich, Emilia.

»Wie auch imma ... ich muss sagen, Bro, du fickst ja gar nich so schlecht. Du hast sie genauso hart gefickt, wie sie es liebt. Wenn du jetzt noch ein bisschen ihren Arsch versohlst, zerfließt ihre kleine Muschi in deinen Händen. Sie hat es imma geliebt, wenn ich es ihr so hart gegeben hab!« Alle starren mich an, Emilia, als könnten sie nicht glauben, dass ich das gerade wirklich gesagt habe, aber das *habe* ich. Ich höre, wie du dich näherst. Oh, meine Stimme hat dich angelockt.

Du frisch geficktes Etwas kommst rein, trägst eine Jogginghose und einen Pulli. Deine Augen sind verheult. Und ich kann nur sehen, wie er dich angefasst hat.

Ich will einen Schritt auf dich zumachen. Keine Ahnung wieso, aber mein Dad sagt deutlich: »*Nein!*«

»Ach, da hätten wir sie ja!«, ruft Riley höhnisch. »Und was willst du zu dem Ganzen sagen, Miststück?«

»*Riley!*«, fährt Mom ihn an.

Ich drehe mich zu ihm um, Emilia, und starre ihm in die Augen. »Nenn sie noch einmal so und ich reiße dir deine Zunge raus.«

Dad schiebt sich zwischen uns, der Spielverderber, und sagt noch einmal eindringlich an mich gewandt: »Nein, Mason!«

»*So lustig*!«, rufe ich und ziehe mich von Dad zurück. »Wie ich immer derjenige bin, der irgendetwas macht! Die da«, ich deute mit meinem Zeigefinger auf dich, Emilia, »fickt seit fast einem Jahr mit mir und niemand sagt was! Der«, ich zeige auf meinen Bruder, »fickt mit mir, seitdem ich auf der Welt bin! Und zwar auf die unschöne Art. Mom …« Ich habe zu viel Respekt, Emilia, ich kann sie nicht so ansprechen. Dad würde mich umnieten. Sofort. Hat er schon mal, weil ich respektlos zu ihr war. »Mom tut so, als wäre alles suuuuuupeeeeeer und sieht nicht, dass alle total abgefuckt sind.« Ich zucke mit den Schultern. »Und Dad, kommen wir zu dir. Du überwachst uns alle wie ein irrer Stalker und schaust uns beim Duschen zu, *Dad*. Was wird das? Aber ich hab die Kameras alle weggepackt, falls du fragst! Keine Probleme mehr ab sofort!«

Mein Vater hebt eine Braue. »Ich schaue euch nicht beim Duschen zu.«

»Das sieht dir ähnlich!«, sagt Riley herablassend. »Immer die Schuld bei anderen suchen, aber nie bei dir.«

Ich lache auf. »Emilia, komm mal her.« Riley sieht dich warnend an. Du bist hin- und hergerissen. Ich gebe dir den Blick, Emilia, den Fick-jetzt-nicht-mit-mir-Blick. Du guckst auf den Boden und kommst. Ich sehe zu Riley und lächle ihn an. Er kocht. Sein Gesicht, das eh geschwollen ist, wird knallrot.

Alle starren mich an, als wäre ich jetzt wirklich übergeschnappt, und ich glaube, ich bin es auch, Emilia.

Du stehst neben mir. Nur mein Vater verhindert mit seinem Blick, dass ich dich am Arm packe und an mich zerre. Weil du mir gehörst. Ich bin wieder da, Emilia, das wolltest du ja. Du wolltest, dass ich die Gleichgültigkeit verliere, in der ich mich so wohlgefühlt habe. Du wolltest das Monster und hier ist es. Betrunken, aber da.

»Erzähl es ihnen«, sage ich und schaffe es inzwischen, nicht mehr zu lallen, unter anderem, weil es um dich geht.

Deine Augen sind schreckgeweitet und starren mich bittend an. Ich werde nicht aufhören, Emilia. Du wolltest es so. Strafe muss sein.

»Erzähl ihnen, wer wen das erste Mal gefickt hat. Und wer in wessen Keller gestolpert ist beim zweiten Mal. *Aus Versehen.*«

»Mason, bitte.« Du willst im Boden versinken, Emilia. Aber du musst die Situation ausbaden.

»Mason, es reicht«, sagt mein Vater ernst.

Ich schüttele den Kopf. »Ich finde nicht, dass es reicht. Das ist erst der Anfang.«

»Komm hierher«, erwidert Riley. »Weg von diesem Psycho.«

Ich sehe dich an, Emilia. Du darfst dich jetzt nicht falsch bewegen. Ich bin schon wieder kurz vorm Ausrasten. Riley will nach deinem Arm greifen, aber ich sehe schon die Panik in den Augen meiner Eltern. Sie kennen mich. Und sie sehen, was gerade in mir vorgeht.

Dad hebt seine Stimme. »Riley, tu das nicht.«

Aber er tut es trotzdem, Emilia. Er packt deinen Arm und will dich von mir wegziehen, und ich mag das nicht, Emilia. Ich zerre dich weg von ihm, hole aus, höre das Brüllen meiner Mutter und den umfallenden Couchtisch, als Dad dazwischenspringt. Aber es ist zu spät. Ich hab Riley umgenietet. Dad hält mich jetzt von hinten in einem eisernen Griff, während Mom zu Riley hastet und sich neben ihn kniet, um zu schauen, ob es ihm gut geht. Das ist das perfekte Sinnbild für die jetzige Situation: mein Vater und ich auf der einen Seite. Er kann mich kaum kontrollieren. Riley und meine Mutter, die schluchzt, auf der anderen Seite, und dazwischen stehst du, Emilia. Immer du. Siehst du, was du unserer Familie angetan hast? Ich mag es nicht, wenn Mom heult.

»*Lass mich los*!«, brülle ich und versuche, mich von Dad loszumachen. Er umfasst meine Oberarme und hält mich eisern fest. »*Ich bringe ihn um!*«

Und dann bist du wieder da, Emilia. Du stehst vor mir. Diesmal hast du keine Angst, mich anzufassen. Weil mein Dad mich hält. Deine Hände strecken sich nach meinen Wangen aus und legen sich darauf. Du starrst mich an, und alles um dich herum verschwimmt. Ich sehe nur noch dein Gesicht.

»Mason!«, sagst du eindringlich. »Schau mich an.« Das tue ich, Emilia, und mir geht nur eins durch den Kopf.

»Du hast ihn gefickt. Ich hab es gesehen. Ich hasse dich.«

Dass meine Worte dich verletzen, sehe ich nur an deinen Augen, du bleibst standhaft. Ich kenne dich gar nicht so stark, Emilia. So selbstbewusst und so sicher.

»Mason, egal was ich getan habe, Riley, deine Mutter und dein Dad können nichts dafür. Hörst du mich?«

Ich kneife die Augen zusammen. »Du willst weggehen!«, sage ich hart. »Nach New York!«

»Es ist besser für uns alle. Vor allem für deine Familie.«

Ich atme laut aus und sehe dich an. Nur dich. Deine Lippen und deine Augen und deine Haut und deine Haare. Ich weiß nicht, ob ich das schaffe, Emilia. Ich weiß nicht, ob dich gehen lassen kann. Jemals.

Ich weiß nicht, was es ist, aber ich fühle mich an dich gebunden.

»Alles wird gut«, sagst du überzeugt und lässt deine Hand in mein Haar wandern, streichst mit gespreizten Fingern hindurch und meine Lider fallen zu. Du stellst dich auf die Zehenspitzen und lehnst deine Stirn an meine. Dein Atem streift meine Haut, dein Geruch steigt in meine Nase, und auf einmal sind da nur noch du und ich. Du bist besser als jeder Joint. Fuck, Emilia.

Die Ruhe flutet mich, weil du meine Wut wieder aufgesaugt hast. Erst nach ein paar Sekunden merke ich, dass Dad mich gar nicht mehr festhält, Emilia, aber meine Hände liegen an deiner Taille und deine an meiner Brust.

»Du musst mich jetzt loslassen, Mason«, flüsterst du. Ich weiß nicht, ob ich das kann, denn wenn ich das tue, ist es für immer. »Mason, bitte!« Ich höre die Tränen in deiner Stimme. »Mach es uns nicht noch schwerer.«

Ich nehme alles in mir zusammen und lasse dich mit einem Ruck los, der dich ein wenig nach hinten stolpern lässt, drehe mich um und gehe.

Im Flur boxe ich gegen die Wand und hinterlasse ein ebenso tiefes Loch, wie du es in mir hinterlassen hast.

35. *Lebwohl, Emilia*

Keaton

Das ist, was ich gemeint habe, Olivia. Ich sehe dich eindringlich an und hoffe, du begreifst, was da gerade passiert ist. Niemand hat es je geschafft, Mason so sehr zu beruhigen.

Riley ist schon abgedampft, als ich Mason losgelassen habe und er Emilia in den Arm genommen hat, weil er sich das nicht mehr mit ansehen konnte. Es ist okay so, Olivia. Du brauchst kein schlechtes Gewissen zu haben. Er braucht nur Zeit zum Runterkommen. Er ist nicht mehr dein kleiner Junge, er ist jetzt standhaft und erwachsen, aber Mason nicht. Mason ist vierundzwanzig, in sich selbst verloren und droht, unter dem Gewicht seiner Gefühle zu ersticken, wenn ihm keiner raushilft, Olivia.

Begreifst du das denn nicht?

Ich sehe dich an. In deinen Augen stehen Tränen, als nur noch wir zwei und Emilia übrig sind. Ich strecke meine Hand nach dir aus, und egal was eben geschehen ist, du nimmst sie und lässt es zu, dass ich dich in den Arm ziehe.

Alles wird gut, Baby.

Mason

Ich sitze in meinem Keller im Schneidersitz und höre Musik, um zu entspannen, Emilia. Ich habe den Boxsack im Wohnzimmer halb zertrümmert, in der Hoffnung, runterzukommen. Ich habe meine Matratzen aufgeschlitzt, weil ich den Gedanken nicht ertrage, dass du auf ihnen mit Riley gefickt hast.

Am liebsten hätte ich *ihn* stattdessen zertrümmert und aufgeschlitzt. Ich hasse ihn, Emilia, weil er dich hat. Er hat dich auf eine ganz andere Art und Weise, als ich es tue. Und er wird dich genauso wenig gehen lassen wie ich, Emilia. Du bist wie eine süchtig machende Droge. Du bist wie ein Gift, das sich in meine Venen gepumpt hat, und wofür es kein Gegenmittel gibt.

Du hast ihn vor meinen Augen gefickt, Emilia. Ich weiß, wieso du das gemacht hast. Du wolltest mich aus der Reserve locken, denn du wusstest, dass ich da war. Das war alles eine Show für mich, und Riley war das arme Schwein, das herhalten musste.

Du kannst nicht damit leben, wenn ich dich ignoriere. Wenn ich dich wie Luft behandle. Aber es ist besser so für uns, Baby. Jetzt, da diese gemütliche Mauer, die ich um mich herum errichtet hatte, eingerissen wurde, gibt es kein Zurück mehr, Emilia.

Um mich herum herrscht das pure Chaos. Die Federn der Matratze schauen aus dem Stoff, die Innereien des Boxsackes liegen verteilt herum, Scherben sind überall. Ich habe mir die Hand aufgeschnitten, aber das macht nichts, denn ich spüre den Schmerz nicht mal. Neben mir steht eine offene Flasche Cognac von meinem Dad. Die Wirkung des Alkohols von vorhin lässt nach und ich muss mich betrinken oder bekiffen, Emilia. Und ich habe gerade nichts da, sonst hätte ich mich schon weggeballert.

Ich würde dir gern so vieles sagen, aber ich kann nicht. Es ist, als wäre ich in mir selbst gefangen. Ich habe nie versucht, dich kennenzulernen, obwohl ich so lange was mit dir am Laufen hatte. Und trotzdem weiß ich, wie du am Morgen aussiehst. Ich weiß, wie deine Augen schimmern, wenn du weinst. Und ich weiß, dass du gebrochen bist, so wie ich. Mich interessiert deine Lieblingsfarbe nicht oder auf welche Highschool du gegangen bist. Mich interessiert, was dich verschlingt, und mich interessiert, was dich inspiriert, deine Ängste und deine Träume und deine tiefsten Sehnsüchte.

Glaubst du an Zeichen, Emilia? Glaubst du daran, dass es Schicksal war, dass du an diesem einen Tag zu mir kamst? An diesem einen Tag, als ich mich so beschissen wie noch nie gefühlt habe? Glaubst du, dass irgendjemand sich gedacht hat: *Führen wir doch diese zwei gebrochenen Stücke zusammen und schauen, ob sie miteinander ein*

Ganzes ergeben? Die Wahrheit ist: Das tun wir nicht, Emilia. Mit uns ist es wie in einem Hurrikan. Ständiges Chaos, Verwüstung. Alles geht an uns kaputt. Merkst du es nicht? Ich weiß, ich muss nur ein Wort sagen und du entscheidest dich für mich, weil es schon immer ich war. Ich sehe, wie deine Augen funkeln, wenn ich den Raum betrete, wie sie an mir kleben, und das nicht, weil ich es dir befohlen habe. Ich sehe, wie deine Lippen sich einen Spalt öffnen, wenn ich sie mit meinem Blick fixiere, und dir der Atem stockt. Ich höre diese Sehnsucht in deiner Stimme, wenn du meinen Namen sagst. Dabei gebe ich dir immer nur so viel, wie ich für angemessen halte, Emilia. Denn würde ich dir alles von mir geben, würde es dich zerreißen. Ich hab so viel Scheiße in mir. Ich weiß nicht mal, woher das kommt. Die Wahrheit ist, Emilia, wenn ich dich mit ihm sehe, hasse ich mich selbst. Weil ich weiß, dass er dir guttut, weil ich weiß, dass er der Richtige für dich ist. Weil ich niemals sein kann wie er. Aber du willst nicht das Richtige. Du willst nicht die Vernunft und die Sicherheit, oder? Du willst das absolute Chaos und einen Sprung ohne Fallschirm.

Ich höre die Tür oben aufgehen und dann deine Schritte näher kommen. Mir ist klar, dass es deine sind, ich habe sie schon oft gehört. Sie sind vorsichtig, weil du nie weißt, was dich hier unten erwartet, und doch kommst du immer wieder.

Ich sitze immer noch auf dem Boden und überlege, was ich jetzt tun soll, als du ins Schlafzimmer kommst. Das

Licht ist aus, wie fast immer. Du weißt, dass ich die Dunkelheit liebe, genau wie du, oder? Der Mond strahlt ins Zimmer, direkt auf deine Gestalt. Du bist schön, Emilia. Ich liebe es, wenn du kein Make-up trägst. Ich liebe es, wenn du mich so ansiehst, wie du es gerade tust.

Den Kopf schief gelegt, die Haare im Gesicht. Ich habe immer das Bedürfnis, sie zusammenzubinden, weil ich dein Gesicht sonst nicht sehen kann. Ich will immer alles von dir sehen. Denn ich habe keine Angst vor deinen Abgründen, Emilia.

Deine Augen sind groß und gerötet. Ich liebe es, wenn du weinst, Baby. Danach sind sie immer besonders strahlend. Dein Blick ist immer ein wenig verwundert, vielleicht auch fasziniert, wenn du mich siehst. Wieso? Ich habe nie verstanden, was dich an mir fasziniert. Ich bin abgefuckt, Emilia. So abgefuckt.

Diese Lippen, die ich bestimmt tausendmal geküsst habe, sind gerötet, weil du darauf rumgebissen hast. Das tust du, wenn du nervös bist. Wahrscheinlich hast du oben in dem Zimmer gesessen und nicht gewusst, ob du hier runterkommen sollst oder nicht. Du bist genauso ratlos wie ich. Aber diesmal kann ich dir nicht sagen, was du tun sollst.

Du kommst zu mir rüber, setzt dich im Schneidersitz mir gegenüber, nimmst mir die Flasche aus der Hand und trinkst einen Schluck. Das ist die perfekte Versinnbildlichung davon, wie ich dich abgefuckt habe, Emilia. Vor mir hast du nicht getrunken. Wir haben keine

Chance zusammen, Baby. Wir werden uns vernichten. Du wirst mich verbrennen und ich werde dich mit in die Flammen ziehen.

Scheiße, Emilia. Ich hab nicht gewusst, wie viel du mir bedeutest.

»Was machst du hier?«, frage ich. Der Alkohol ist mir schon wieder zu Kopf gestiegen und meine Zunge ist träge.

»Ich musste dich noch einmal sehen.« Du greifst nach meiner Hand, Emilia. Ich spüre deine schmalen, kleinen Finger zwischen meinen. Du verschränkst sie miteinander und schaust dir an, wie gut wir zusammenpassen. Wie hell deine Haut auf meiner aussieht. Wie zerbrechlich du neben mir wirkst. Doch glaub mir, nicht nur du bist im Moment zerbrechlich. Aber du weißt es, Emilia, du weißt, dass auch ich nicht immer stark bin. Du hast mich in meinen schwächsten Moment gesehen und bist nicht weitergegangen.

»Es ist nicht gut, dass du hier bist«, sage ich, aber ich schaffe es nicht, meine Hand zurückzuziehen, was dich ermutigt, Emilia. Ich sehe es in deinen hoffnungsvollen Augen. Langsam richtest du dich auf, siehst mich an und robbst zu mir rüber, bis du auf meinem Schoß sitzt. Ich kann dich nicht von mir stoßen, Emilia. Deine Wärme geht auf mich über, genau wie dein Duft. Du nimmst meine Hand und legst sie an deine Hüfte, dann streichen deine Finger durch mein Haar und ich schließe die Augen. Dein Vorderkörper presst sich unmittelbar an meinen nackten, nur der Stoff deines Pullovers ist zwischen uns. Verdammt,

Emilia, ich will dich. Ich werde dich immer wollen, egal was du anstellst.

Das ist die Wahrheit.

Du seufzt und ich fühle deinen Atem an meiner Wange. Deine Lippen streifen meinen Kiefer ganz leicht, und ich lasse es geschehen, als sie zu meinen Lippen wandern. Du küsst mich so sanft, wie du es noch nie getan hast. So, wie du mich normalerweise niemals küssen dürftest. Aber zwischen uns ist nichts normal.

Ich küsse dich genauso zurück, Emilia. Meine Hände liegen an deinem unteren Rücken und ich packe den Saum deines Pullovers. Wir trennen uns kurz, als ich ihn dir über den Kopf ziehe. Dann wird der Kuss leidenschaftlicher, weil die Gefühle uns übermannen. Die Verzweiflung, der Hass, das Leid und so viel mehr, was ich nie in Worte fassen werde.

»Wenn das hier vorbei ist, Emilia, musst du gehen«, murmle ich an deinen Lippen und schnippe deinen BH mit einer Hand auf. Du schluchzt und stöhnst gleichzeitig, als ich mit einer Hand an der Seite deiner Brust zu deiner Taille streiche und dich halte. Ich hab das Gefühl, wenn ich dich loslasse, bist du weg. Und jetzt gerade kann ich das nicht zulassen. Emilia, ich weiß nicht mal, ob ich es morgen schaffen werde, dich gehen zu lassen. Wenn ich nur daran denke, dich nicht mehr sehen zu können, wenn mir danach ist, wird mir übel. Die letzten Monate habe ich mich so sehr daran gewöhnt, dass du da bist. Du gehörst beinahe zum Haus. Egal wie sehr ich dich manchmal hasse, ich liebe es trotzdem, dass du da bist, wenn ich heimkomme, und dass ich dein Lachen manchmal in meinem Keller höre, obwohl du oben bist. Dass ich ab und zu aus dem Fenster schaue und du gedankenverloren im Garten sitzt oder auf der Hollywoodschaukel, wenn ich den Müll rausbringen muss. Jedes Mal klaue ich mir einen Kuss, weil ich dir einfach nicht widerstehen kann. Und jedes Mal haust du mich aufs Neue um.

Emilia, das sind Dinge, die ich dir niemals sagen werde, aber ich versuche, sie dich heute Nacht fühlen zu lassen, weil diese Nacht alles ist, was mir von dir bleiben wird.

Langsam umfasse ich deinen Körper und hebe dich hoch. Deine Beine sind um meine Hüften geklammert und ich trage dich rüber ins Wohnzimmer, wo ich dich langsam auf die Couch lege. Ich nehme mir einen kurzen Moment, um dich anzuschauen. Ich liebe deinen Körper. Und ich sehe, wo ich Narben hinterlassen habe. Ich weiß, dass ich manchmal zu grob zu dir war oder mich verloren hab. Ich weiß, dass ich dir manchmal mehr zugemutet habe, als du einstecken kannst. Aber du hast nie was gesagt, nicht ein einziges Mal.

Ich knie mich zwischen deine Beine, ziehe die Hose von deinen Hüften, wofür du kurz den Arsch hebst, und schmeiße sie auf den Boden.

Du beobachtest mich, während ich dich beobachte und meine Augen über jeden Zentimeter deiner Haut wandern lasse. In deinen Augen liegt nichts als Vertrauen. Du solltest mich nicht so ansehen, Emilia. Du solltest *ihn* so ansehen.

Ich beuge mich über dich und nehme mir Zeit für jede einzelne Narbe, ob sichtbar oder nicht, die ich an dir hinterlassen habe. Küsse deine Wange, die ich in einem Anfall von unkontrollierbarer Wut geschlagen habe. Küsse deinen Hals, um den ich meine Finger viel zu oft und viel zu fest gelegt habe. Ich küsse deine linke Brust, weil das Herz, was darunter schlägt, schon viel zu oft unter mir gelitten hat. Ich küsse deinen Bauch, deine Beine, hake meine Finger in deinen Slip und rolle ihn runter. Ich küsse deine Handgelenke, Emilia, die sichtbare Narben zieren, von den vielen Malen, die ich dich viel zu fest gefesselt habe.

Und als ich wieder zu dir hochsehe, laufen stumm Tränen über dein Gesicht. Ich weiß Emilia, ich fühle es auch. Aber ich kann es nicht so zeigen wie du. Manchmal wünschte ich, ich könnte es.

Ich lege meine Lippen auf deine und halte dein Gesicht mit einer Hand fest. Dein überhitzter Körper schmiegt sich an mich, deine Arme umfassen meine Schultern und deine Fingerspitzen berühren meinen obersten Wirbel. Ich will dich nicht loslassen, Emilia. Ich will dich auch nicht ficken.

Ich will dich einfach nur hier haben und so mit dir liegen bleiben, bis diese ganze Scheiße vorbei ist. Sollte sie irgendwann vorbei sein. Momentan fühlt es sich nicht so an.

Ich öffne meine Hose und greife zwischen uns, streiche mit meinem Schwanz an dir entlang bis zu deinem Eingang. Du hältst die Luft an, als ich mich langsam in dich schiebe und dabei dein Gesicht mit einer Hand an der Wange festhalte. Ich muss mich wirklich anstrengen, um mich nicht schneller zu bewegen. So langsam haben wir es noch nie gemacht, und du fühlst dich so unglaublich an. Du stöhnst meinen Namen und biegst den Rücken durch. Ich kann nicht genug von meinem Namen auf deinen Lippen bekommen. Deine Ferse bohrt sich in meinen Hintern, weil du mich tiefer willst, und ich erfülle dir den Wunsch und dränge mich ganz in dich. Auch ich stöhne deinen Namen und *das* ist mir noch nie passiert, Emilia.

Du beugst dich mir entgegen, suchst meine Lippen, presst deine voller Leidenschaft darauf, hältst meine Wangen fest. Und du weinst immer noch, Baby, aber diesmal nicht wegen körperlicher Schmerzen. Ich küsse dich auch und versuche, dir irgendwie das zu zeigen, was ich dir nicht sagen kann, was du aber verdienst.

Du spürst es, Emilia. Ich spüre es auch.

Du krallst deine Hände in meine Schulterblätter, die Stirn an meine gepresst, die Augen geschlossen, keuchst du: »Ich liebe dich, Mason. Ich liebe dich so sehr!« Du schluchzt auf und ziehst dich um mich herum zusammen. Ich versuche alles, Baby, damit ich nicht komme. Denn ich will nicht, dass das hier vorbei ist. Ich will nicht, dass du gehst. Ich will dich nicht verlieren. Ich will nicht, dass es aufhört.

»Sag das nochmal«, flüstere ich. Du verkrallst dich in meinem Haar. Meine Stöße werden härter, weil ich es nicht mehr zurückhalten kann, als du an meinen Lippen wisperst: »Ich liebe dich, Mason Rush.«

Keuchend halte ich mich in dich gedrückt und komme, und ich weiß, das war das letzte Mal. Ich spüre es, Emilia. Wir sind jetzt Geschichte, ab dem Moment, als ich mich aus dir herausziehe.

Du lässt mich nicht von dir runter, klammerst dich an mich mit aller Kraft – dein Gesicht an meiner Schulter vergraben, deine Haarsträhnen überall an meinem Körper klebend. Und ich halte dich wie ein Ertrinkender. Ich wirbele uns herum, sodass ich auf der Couch sitze und du wieder auf mir. Du willst mich genauso wenig gehen lassen, Emilia, und doch weiß ich, als die Vögel draußen zu zwitschern beginnen, dass unsere Zeit abgelaufen ist.

»Du musst jetzt gehen«, sage ich, aber du bewegst dich nicht. Fuck, Emilia, mach es mir doch nicht so schwer.

Ich löse vorsichtig deine Umklammerung. Es ist das Härteste, was ich je tun musste. Ich kann tausende von Schlägen kassieren, bevor ich zusammensacke, aber dich gehen zu lassen, zwingt mich in die Knie.

Du ziehst deinen Kopf zurück und deine Augen sind so müde und so verheult. »Du musst es nur sagen«, murmelst du rau und legst deine Hand an meine Wange. Dein Daumen streicht über meine Unterlippe, wie ich es bei dir immer tue.

Ich gehöre dir, Emilia, aber das darfst du nie erfahren.

»Du musst es nur ein einziges Mal sagen, und ich bleibe bei dir. Egal was kommt, und egal ob du mich in die Dunkelheit ziehst. Egal ob du mich umbringst. Ohne dich will ich nicht im Licht sein. Ohne dich will ich gar nicht sein.«

Fuck.

Ich senke die Hände, die du immer wieder an meinen Körper legst. Du darfst mich nicht anfassen, Emilia. Ich verliere meine Standfestigkeit, und wenn es so weitergeht, packe ich dich und haue mit dir ab.

»Geh jetzt, Emilia.«

Du schluchzt wieder auf. »Mason, bitte, lass mich bei dir bleiben.«

Ich drücke deine Hände fester herab. »Du musst gehen. Jetzt.« Und in mir schreit eine Stimme: *Geh nicht. Bleib hier. Scheiß auf alles.*

Aber ich gebe dieser Stimme nicht nach, denn das ist die Stimme, Emilia, die mich jedes Mal in die Scheiße reitet.

»Geh jetzt, bevor ich meine Geduld verliere«, sage ich gepresst. »Emilia, ich vertraue mir nicht. Du hattest recht. Ich bin ein Monster.«

Du schaust in meine Augen. Mir ist bewusst, dass ich diesen Anblick tief in mir aufsaugen sollte. Du. Nackt. Mit großen Augen und zerzausten Haaren, mit dieser Verzweiflung und Sehnsucht im Blick. Ich liebe es, Emilia.

Ich streiche dir die Haare aus der Stirn und klemme sie hinter dein Ohr. »Emilia, geh jetzt *bitte*.« Diesmal hörst du auf mich, und es gefällt mir eigentlich gar nicht.

Zittrig atmest du durch, stehst auf. Ich fühle mich scheiße. Wie ausgekotzt, als ich zusehe, wie du dich anziehst. Mir ist schlecht, Emilia.

Meine Hand zuckt. Ich bin kurz davor, dich zurückzuhalten und für immer irgendwo festzuketten. Aber ich schaffe es, sitzen zu bleiben. Für dich.

»Ist das dein letztes Wort?«, fragst du, als du dich schon zur Treppe gewandt hast.

»Leb wohl, Emilia.«

36. Ich bin ein Wrack ohne dich, Emilia

Mason

Ich weiß gar nicht, wann ich eingeschlafen bin, aber es muss kurz darauf gewesen sein, nachdem du weggegangen bist, Emilia. Denn ich liege immer noch auf der Couch, ich habe ja jetzt auch kein Bett mehr.

Mit einem Mal bin ich hellwach.

Gestern stand hier noch ein Sprinter vor der Tür, Emilia.

Ich habe noch immer deinen Duft in der Nase, kann dich um mich herum fühlen und auf meinen Lippen schmecken. Sogar deine Worte, dass du mich liebst, höre ich, als ich schließlich aufstehe und zum Fenster stolpere.

Der Sprinter ist weg.

»Fuck!«, sage ich lautstark und renne nach oben zu meinen Eltern. Das Wohnzimmer ist leer. »Fuck! Fuck!

Fuck! Fuck!« Kein Koffer, kein Karton, nichts. Ich laufe zum Gästezimmer und reiße die Tür auf. Das Bett ist noch ungemacht. Ich rieche dein Parfum und höre unten, wie die Haustür zuschlägt.

Du bist es, du musst es sein.

Vielleicht ist dir klar geworden, dass ich ein dummer Scheißer bin, der dumme Scheiße labert. Vielleicht kann ich nicht ohne dich und vielleicht solltest du sofort zurückkommen. Vielleicht kriege ich gerade Panik, weil ich dich nie wiedersehen werde, außer zu deiner Hochzeit, an der du das scheißweiße Kleid trägst, Emilia.

Ich stürme die Stufen herunter, stolpere fast in eine Brust und sehe direkt in das Gesicht meines Vaters. In dem Moment weiß ich es. Du bist weg.

Er sieht mich sehr vorsichtig an, als hätte er Angst, dass ich in die Luft gehe, Emilia.

»Wo ist sie?«, frage ich gepresst, auf einer Stufe stehend, mich am Geländer abstützend.

Er sieht mich nur an und schüttelt den Kopf, als wäre jemand gestorben.

»Nein …«, hauche ich. Es ist, als hätte mir jemand in den Magen geboxt. Erst jetzt realisiere ich, was es bedeutet, dich gehen gelassen zu haben, Emilia. »*Nein*!« Das kommt deutlich lauter. Ich will an meinem Vater vorbeistürmen, aber sein Arm fängt mich wie ein Stahlträger am Bauch ab und schließt sich fest um mich. »*Lass mich raus*!«, keuche und ich versuche, kopflos aus seinem Griff zu gelangen.

»Sie ist weg, Mason, lass sie gehen.«

»*Nein*!«, schreie ich und stoße mich mit den Beinen an der Wand vor mir ab, mein Dad taumelt kaum und hält mich einfach nur. »Nein!«, brülle ich jetzt aus vollem Halse. »*Ich schaffe das nicht, Dad! Ich kann nicht! Dad, bitte! Ich kann einfach nicht*!« Meine Beine geben unter mir nach und ich falle auf die Knie, mein Vater sinkt mit mir auf den Boden. Heiße Tränen laufen über meine Wangen. »Bring sie zurück, Dad! Ich liebe sie …«

»Ich weiß, Mason.« Er lässt mich nicht los und ich lehne meine Stirn an ihn wie ein Kind, weil ich mich gerade so fühle, Emilia. Wie ein kleines, hilfloses Baby. Ich kann nichts tun, es macht mich verrückt. Wieso habe ich dich gehen lassen?

»Wieso habe ich sie gehen lassen?«, frage ich meinen Dad.

»Weil du sie liebst. Es war richtig so.«

»Es fühlt sich nicht richtig an.« Ich spüre die raue Hand meines Vaters, die er an meine Wange legt und mich zwingt, ihn anzusehen. Es ist, als würde ich in meine eigenen Augen starren. Sein Blick ist weich. Das habe ich das letzte Mal erlebt, als ich noch klein war. Und er sagt mir die Worte, die er mir immer gesagt hat, wenn ich hingefallen bin. Wenn ich mir den Arm gebrochen oder mir irgendwie anders wehgetan habe.

»Es ist nicht für immer, Mason. Es wird wieder vorbeigehen. Du schaffst das, du bist stark!« Eine neue Flut löst sich aus meinen Augen, weil ich mich fühle, als würde ich gar nichts schaffen. Nicht ohne dich, Emilia. Wann habe ich angefangen, dich so sehr zu lieben? Wann?

Jetzt bleibt mir nichts mehr. Mich hält nichts mehr. Ich bin nichts mehr ohne dich. Und ich kann nichts tun, als der Schmerz mich mit einer Wucht überschwemmt, der ich nicht mehr standhalten kann. Mit einer Wucht, die jegliche Mauern in meinem Inneren niederreißt, und all die Gefühle, die ich die letzten Jahre so vehement weggekifft und weggefickt habe, überwältigen mich.

Ich bin ein Wrack ohne dich, Emilia!

Und ich fühle, wie das letzte bisschen Vernunft sich in mir auflöst und dem absoluten Wahnsinn weicht.

***

Keaton

Mason liegt auf der Couch im Wohnzimmer und schläft mit Missy an seiner Seite. Sie hat den Kopf auf seine Brust gestützt, als würde sie über seinen Schlaf wachen. Du stehst neben mir und wir schauen auf ihn runter. Er sieht so fertig aus.

»Was ist da gerade passiert?«, fragst du mich. Du hast die ganze Zeit oben am Treppenabsatz gestanden und uns beobachtet, obwohl ich nicht wollte, dass du das siehst, Olivia. Manche Sachen müssen Männer allein machen. Du hast so viel geweint, Olivia, und das wollte ich dir ersparen. Dein Herz ist gebrochen, als seines brach, und ich muss zugeben, meins auch.

»Er hat die Liebe seines Lebens verloren. Ich habe es dir gesagt. Ich habe es gesehen, bevor er es selbst gemerkt hat.«

»Scheiße«, flüsterst du, als es dir endlich klar wird. Du nimmst meine Hand und schaust ihn immer noch an. »Es tut mir leid, dass ich dir nicht vertraut habe.« Ich drücke deine zarten Finger und sehe meinen Sohn an. Mein Fleisch und Blut, das ich nicht beschützen konnte. Nicht vor dieser Sache. Es hat ihn zerrissen und mich gleich mit.

»Was machen wir jetzt, Keaton?«

Ich lache trocken. »Das erste Mal in meinem Leben habe ich keine fucking Ahnung, Olivia.«

Er hat gerade mal eine Stunde wie ein Toter geschlafen, und wir sind in der angrenzenden Küche, als er sich aufrichtet und sich verwirrt umschaut. Ich sehe in seinen Augen den Moment, als es ihm wieder einfällt. Sie werden fahl und leer, ausdruckslos. Das ist nicht gut, Olivia. Er wird wieder abrutschen, ich weiß es, und diesmal wird er nichts haben, woran er sich festhalten kann. Was ihn wieder aus der Dunkelheit zurückführt. Sein Blick fährt herum und er sieht mich an. Doch er reagiert nicht, sondern steht nur auf. Wortlos geht er an uns vorbei und verschwindet mit Missy in seinen Keller. Du folgst ihm und ich lasse euch diesen Moment, Olivia. Er braucht das.

***

Mason

In meinem Kopf wurdest *du* zu *sie*, Emilia, als sich mein Lebensmittelpunkt verschob.

Ich musste das tun, denn ansonsten hätte mich jegliche Erinnerung an sie zerschmettert. Ich wusste gar nicht, dass ich innerlich so weich bin, so verdammt zerbrechlich und normal wie jeder andere.

In meinem Keller riecht es noch nach ihr. Es wird immer nach ihr riechen, weil ich ihren Duft in meiner Nase gespeichert habe. Meine Mutter folgt mir. Ich sitze auf der Couch – auf *der* Couch, auf der sie noch vor ein paar Stunden lag. Mom erschrickt über den Zustand hier unten, aber ich finde das Chaos sehr passend. Mein Keller sieht genauso aus wie mein Inneres. Völlig demoliert. Sie steht einfach da und schaut mich an. Ich schaue sie an – diese eine Frau, die ich als Erste geliebt habe und immer lieben werde –, und ich bin so dankbar, dass ich nicht ganz allein bin und niemals allein sein werde, solange es sie und meinen Vater gibt. Erst jetzt wird mir klar, was für ein Glück ich mit meinen Eltern habe. Mir wird so vieles klar. Nicht jeder hätte das mit mir mitgemacht, ohne mich rauszuschmeißen. Eigentlich so gut wie keiner, aber Mom hat nicht einmal darüber nachgedacht.

»Ich fühle sie noch, Mom.« Scheiße, ich klinge immer noch wie ein verlorener kleiner Junge. Meine Mutter kommt zu mir und setzt sich neben mich. Dann zieht sie mich in ihre Arme und streicht mir über das Haar. Sie riecht immer gleich, und normalerweise finde ich den Geruch beruhigend, aber ich kann mich jetzt nicht beruhigen. Es ist, als hätte mich jemand ausgeknockt – mit einem Fausthieb direkt in mein Gesicht. Ich heule nicht mehr, denn ich kann nicht eine Träne mehr vergießen. Das vorhin hat alles aus mir ausgesaugt. Also löse ich mich von ihr.

»Es ist sowieso egal, Mom. Nichts ergibt mehr einen Sinn.«

Ich stehe auf und gehe ins Bad.

37. Du liebst mich, Mason

Emilia

Riley und ich fahren mit dem Auto hinter dem Sprinter hinterher. Es wird eine mindestens zwölfstündige Fahrt, Mason, und ich werde sehr viel Zeit haben, um über dich nachzudenken. Wie du mich gestern angesehen hast, wie du mich berührt hast, und was du mir nur mit deinem Körper gezeigt hast. Noch jetzt spüre ich den Nachhall davon in jeder einzelnen Faser. Es war das Intensivste, was ich je erlebt habe, und es hat sich unter meine Haut gebrannt.

Du liebst mich, Mason.

Das würdest du mir aber nie sagen, weil du Angst hast, mich kaputt zu machen.

Hast du denn noch nicht gemerkt, dass ich schon kaputt bin?

Ich wollte heute Morgen nochmal ganz leise zu dir runterkommen und dich ansehen, bevor ich gehe, dein friedlich schlafendes Gesicht in meinem Kopf speichern, aber das war mir nicht möglich, Mason. Riley hängt wie ein Detektiv die ganze Zeit an meinen Fersen, seit heute Morgen. Denn als ich gestern völlig aufgelöst von dir nach oben kam, saß er wach auf der Bettkante und hat auf mich gewartet. Mein Herz ist mir fast sonst wohin gerutscht, als er emotionslos fragte: »Na? Guten Abschiedsfick gehabt?«

Seit dieses ganze Drama gestern passiert ist, Mason, als ich dein Gesicht vor ihm gehalten und dich beruhigt habe, ist es, als wäre Riley ein anderer Mensch. Jetzt gerade guckt er so verbissen durch die Windschutzscheibe, wie ich ihn noch nie gesehen habe.

Die Sonne scheint und ich trage eine Sonnenbrille, was auch gut so ist, weil meine Augen sich immer wieder mit Tränen füllen. Alles in mir zieht mich zurück in dein Zuhause. Ich will mich zu dir ins Bett legen, Mason. Ich will mich an deine Brust kuscheln, ich will deinen Duft inhalieren und meinen Kopf zwischen deinem Kinn und deinem Hals vergraben. Ich will an deiner Kehle riechen, ich will, dass deine starken Arme sich um mich legen und mich an dich drücken. Ich will deine Körperwärme spüren und deinen regelmäßigen Atem hören, deinen Herzschlag. Ich will dich wachküssen und ich will, dass du das mit mir machst, was du gestern gemacht hast. Ich will von dir hören, dass du mich liebst, und ich will dir sagen, dass ich dich liebe. Ich will aber auch, dass du mir auf den Arsch haust, wenn du dich von hinten in mich schiebst, dass du mein Haar packst und mir wieder zeigst, wo ich zu Hause bin.

Ich weiß, was ich dir angetan habe, als du mich mit Riley gesehen hast.

Und ich weiß, was ich Riley angetan habe.

Ich war so verzweifelt und wollte eine Reaktion von dir erzwingen, damit du wieder du selbst wirst, ausflippst, irgendwas sagst, mich verletzt, mir irgendwas gibst, dass ich über Grenzen gegangen bin.

Es hat sich widerlich angefühlt zu wissen, dass du da bist, und was ich zu Riley gesagt habe und wie weh ich ihm damit getan haben muss. Ich kann verstehen, wieso er mich nur noch mit diesem harten Glanz in den Augen ansieht. Warum also fahre ich mit ihm? Warum tun wir uns das an? All diese Gründe, die ich mir zurechtgelegt habe, ergeben keinen Sinn mehr. Aber kennst du das, Mason? Du hast dir was in den Kopf gesetzt und musst es durchziehen. Du hast dich verlobt und jeder weiß es. Die Liebe deines Lebens will dich nicht und hat dich fortgeschickt. Und du stehst am Abgrund und weißt nicht, wo du landest, wenn du springst. Kennst du dieses Gefühl?

Wo bin ich, wenn ich allein bin, Mason?

Wer bin ich dann?

»Emilia!«, donnert Riley neben mir und ich zucke zusammen.

»Was?«, frage ich verwirrt.

»Ich sprech dich jetzt zum vierten Mal an. Wieder an seinen Schwanz gedacht?«, blafft er mich an und ich werde knallrot, weil er mich ertappt hat. »Gooott, du bist du widerlich«, sagt Riley und stöhnt genervt auf.

Er hasst mich, Mason. Ich weiß nicht, warum er noch mit mir zusammen ist und wieso ich noch mit ihm zusammen bin.

»Dein Handy.« Er streckt mir seine Hand mit der Handfläche nach oben entgegen und ich runzle die Stirn.

»Was?«

»Gib mir dein Handy, Emilia!«

»Was, wieso?«, frage ich irritiert.

»Gib mir einfach dein verficktes Handy, Emilia!« Oh Gott, Mason, ich denke sofort an die ganzen Bilder, die ich dir geschickt und von dir bekommen habe, und von denen ich kein einziges jemals löschen konnte. Ich will ihm nicht mein Handy geben, Mason, und all die Nachrichten, all dieses: *Schläfst du schon? Schläft er schon? Wann kommst du? Ich will dich vögeln, Emilia.*

»Ich gebe dir nicht mein Handy, Riley!«

»Wenn du es mir nicht gibst, halte ich an und hole es mir, Emilia. Gib mir dein Handy. Jetzt!« Oh, Mason, er hat diesen Ton, den du perfektioniert hast, und ich weiß, dass es ihm ernst ist. Zaghaft greife ich in meine Hosentasche und überlege, wie ich so schnell all das, was uns verbindet, löschen kann. Es ist nicht möglich, denn er sieht mich immer wieder an, wenn er nicht auf die Straße sieht, also reiche ich es ihm.

»Jetzt versteh ich, wieso Mason immer so hart mit dir redet. Ich mag das, Emilia, vielleicht mache ich das öfter.«

Damit steckt er mein Handy ein und meine Augen werden hinter der Sonnenbrille groß. Das läuft nicht wie geplant, Mason.

Riley war nie so. Erst seit gestern hat es in ihm irgendwie *Klick* gemacht, als wäre bei ihm ein Schalter umgelegt worden. Ist das der Psychoschalter der Rush-Familie, Mason? Ich habe ein bisschen Angst, wenn ich ehrlich bin. Dich konnte ich zwar nicht einschätzen, aber ich wusste instinktiv, dass du mich beschützen würdest, wenn es hart auf hart kommt. Bei Riley weiß ich momentan gar nichts mehr.

***

Die Wohnung ist wirklich schön, Mason, aber ich kann mich nicht freuen. Wir haben einen direkten Ausblick auf den Central Park, und wie das Penthouse deines Vaters, in dem wir gelebt haben, sind hier die Wände verglast. Der See funkelt in der untergehenden Abendsonne. Die typischen gelben Taxis schieben sich durch den dichten Verkehr. Ich bin wieder zu Hause, was keine guten Erinnerungen weckt, Mason. Damals hat Riley mich hier rausgeholt, nachdem wir uns in der U-Bahn-Station kennengelernt hatten, und jetzt hat er mich wieder hergebracht.

Die Kartons stehen noch überall kreuz und quer, Möbel sind halb aufgebaut. Im Schlafzimmer liegt eine Matratze auf dem Boden, und ich kann mir nicht vorstellen, mit ihm darauf zu schlafen, Mason.

Ich vermisse dich.

Am liebsten würde ich dich anrufen und dir sagen, wie sehr du mir fehlst.

Aber ich kann nicht.

Ob du auch an mich denkst?

Was du wohl gerade machst?

Es befindet sich eine große Badewanne mitten im Bad, in die ich mich sofort verliebt habe. Draußen ist es kalt. Es fühlt sich nach Schnee an, aber das wird noch dauern. In mir sieht es nicht anders aus. Eisig. Also beschließe ich, während Riley was zu essen holt, baden zu gehen. Er redet kaum mit mir, Mason, aber das ist erstmal in Ordnung. Vielleicht müssen wir uns beide nur beruhigen und dann wird alles wieder gut. Es ist großartig, nach der langen Fahrt endlich die stinkigen Kleider abzustreifen und mich in die warme Wanne zu legen. Jetzt werde ich die letzten Reste von dir abwaschen. Ich fühle dich noch in mir, Mason, in jeder Faser, als ich ins Wasser gleite, den Kopf nach hinten lege, die Augen schließe und tief durchatme.

Dann halte ich die Luft an und lasse mich vom Wasser verschlingen, so wie du mich immer verschlungen hast. Ich liebe es, höre nichts, sehe nichts, aber fühle so viel. Zum Beispiel, wie mein Körper nach Sauerstoff verlangt, weil ich nicht atmen kann, und mein Herz immer schneller rast.

Ich versuche, mich trotzdem zu entspannen und nicht mehr an dich zu denken, Mason. Es tut zu sehr weh. Aber je mehr ich es versuche, desto mehr denke ich an dich. An deine wunderschönen Augen, die mich so dermaßen durcheinanderbringen können, mit nur einem gewissen Blick, so wie gestern, als wir im Wohnzimmer deiner Eltern standen, du gesagt hast, ich solle zu dir kommen und ich dir wie hypnotisiert gefolgt bin. Weil ich mich deiner Stimme nicht entziehen kann, weil ich mich deinem Wesen nicht entziehen kann, weil du mich an einer unsichtbaren Leine hältst. Manchmal lässt du sie locker, Mason, und manchmal hältst du sie so eng, dass ich nicht atmen kann. Aber egal wie, es ist so gut.

Du gibst mir genau so viel Freiraum, wie ich brauche.

Gott, ich kann nicht denken, Mason, und mir geht die Luft aus. Mit einem tiefen Keuchen komme ich nach oben und erstarre, weil jemand direkt am Rand der Badewanne sitzt. Eine Sekunde stockt mein Herzschlag, weil das so typisch du wäre, einfach hier aufzukreuzen und darauf zu warten, dass ich auftauche. Aber du bist es nicht, Mason. Wieso bist du es nicht? Es ist Riley und er hält mein Handy in der Hand.

Shit.

Ich will sofort fluchtartig aus der Wanne steigen, doch er sagt ruhig:

»Bleib im Wasser.« Ich lasse mich zurückfallen, verschränke die Arme vor der Brust und ziehe die Knie an. Was ist mit mir los, Mason? Gestern hatte ich noch Sex mit ihm. Woher kommt es plötzlich, dass alle meine Instinkte mir dazu raten, mich vor ihm zu verstecken und so weit und schnell zu laufen, wie ich nur kann?

»Hände runter, Emilia, du bist meine Verlobte.« Ich lasse die Hände fallen und versuche, ruhiger zu atmen. Es gibt keinen Grund dafür, dass mein Herz so schnell schlägt. Es ist Riley. Der süße Typ, den ich damals in der U-Bahn getroffen habe, dem ich nicht widerstehen konnte, weil er so ein freundliches Lächeln hatte. Riley, der alten Frauen über die Straße hilft und der anhält, wenn eine Entenfamilie rüberwatschelt.

Er ist Anwalt für Naturschutz. Wie böse kann so ein Mensch sein? Ich kenne ihn, er wird mir nichts antun. Er ist gut zu mir. Er war immer der Engel und du der Teufel.

»Ich will alles wissen«, sagt er hart. »Jede Stellung, jedes Wort, alles, was er mit dir gemacht hat und wie oft ihr es gemacht habt, wenn ich oben bei meinen Eltern war.« Scheiße.

Das ist nicht gut.

»Ich glaube nicht, dass das so schlau ist, jetzt darüber zu reden. Wir wollten doch von vorne anfangen.«

»Dafür muss ich aber mit dem Alten abschließen, oder, Emilia?«

»Es wird dich aufregen. Du wirst wütend werden und es wird dich verletzen. Wieso sollen wir das jetzt tun? Er ist weg und ich bin hier, ist das nicht alles, was zählt?«

»Nicht für mich, Emilia. Ich will alles wissen. Sofort.«

»Kannst du mir das Handtuch geben?«, bitte ich ihn, denn ich will mich der Situation entziehen.

»Du bleibst im Wasser!«, blafft er mich an, und ich fühle, wie das Blut meine Wangen verlässt. Ich will es ihm nicht erzählen, es gehört uns, Mason. Das geht niemanden was an, nicht mal ihn. Außerdem will ich den Schmerz nicht in seinen Augen sehen, wenn er es erfährt.

»Gut, dann rufe ich ihn an und finde es selber raus, Emilia.«

»Nein, warte!« Ich strecke meine Hand aus, um ihn zu stoppen. Dabei schwappt etwas Wasser über den Wannenrand.

»Also, fang an!«

Ich atme tief durch, schaue ihn aber nicht an. Er ist nicht du und fordert es auch nicht. Er will es nur hören und dabei nicht sehen, wie ich mich fühle, als ich tonlos anfange zu erzählen. Von der Beerdigung, von den vielen Malen, die du mich danach wieder wolltest und ich abgelehnt habe; von dem Mal, als es dann wieder geschah und du das Video gemacht hast …

Hier stoppt er mich, um zu fragen, ob das Video noch existiert. Ich sage sofort, wie aus der Pistole geschossen: »Nein!« Er belässt es erstmal dabei und meint locker: »Ich schaue später sowieso dein Handy durch und werde sehen, ob du gelogen hast.« *Fuck*, fluche ich innerlich und bin ganz außer mir. »Also weiter …«

Ich erzähle von den vielen Malen, als ich nachts rausgeschlichen bin. Riley fragt mich ganz genau, in welcher Stellung wir es getrieben, welche Worte wir gewechselt haben und wie ich mich fühlte. An der Stelle, als du mich an deine Decke gekettet und Rileys Nachrichten vorgelesen hast, stoppt er mich.

»Er hat was?«

»Er hat all unsere Nachrichten laut vorgelesen und mich dann dafür bestraft, dass wir sie geschrieben haben. Riley, lass es doch bitte einfach, das Wasser ist schon kalt und es bringt uns beiden nichts, dass wir das hier gerade tun!«

»Gut, komm raus!« Er schlendert voran ins Schlafzimmer. Ich habe das ungute Gefühl, dass es noch nicht vorbei ist, doch ich bin so froh, erstmal aus dieser Wanne rauszukommen, mich abzutrocknen und mir das Handtuch umwickeln zu können. Mir ist so kalt, meine Zähne klappern. Der Riley, den ich kenne, hätte jetzt alle Koffer durchforstet, um meine Pullover zu finden, damit ich mich einpacken kann, und er hätte alle Heizungen hochgedreht. Doch dieser Riley hier steht im Schlafzimmer ans Fensterbrett gelehnt und wartet dort auf mich mit meinem Handy in der Hand, Mason. Und er sieht so anders aus. Seine blonden Haare fallen ihm in die Stirn, sonst kämmt er sie zurück. Er ist unrasiert – ein sehr ungewohnter Anblick – und sein eher weich konturiertes Gesicht wirkt durch die Bartstoppeln hart und düster. Unter seinen dunkelbraunen Augen liegen tiefe Schatten. Sein Körper ist angespannt in dem weißen Pullover und der Jeans.

»Leg das Handtuch weg und setz dich auf die Matratze!« Oh mein Gott, Mason, es ist so abgefuckt. Keine Ahnung, in welchem schlechten Film ich gerade gelandet bin. Ich stolpere auch von einer Scheiße in die nächste. Nachdem ich das Handtuch abgelegt habe, setze ich mich auf die Matratze und reibe mir die Schläfe. Ich habe Kopfweh, ich bin müde, ich will schlafen – mit dir.

»*Ich hoffe, dass du noch nicht schläfst, Emilia ...*«, liest Riley eine deiner Nachrichten vor. »Du hast ihn unter **Big M** eingespeichert ... ernsthaft, Emilia?«

Ich würde ihm am liebsten sagen, dass du dich selbst unter diesem Namen abgespeichert hast, Mason, und dass das *Big* total zutrifft, aber ich behalte das besser für mich.

»*Denn wenn du es gewagt hast, jetzt einzuschlafen, obwohl ich noch deinen Mund ficken wollte, wirst du es bereuen, Emilia!*« *Oh mein Gott, ich schmelze*, denke ich und versuche schnell, das Lächeln von meinem Gesicht zu wischen. Die Anfangszeit war der Hammer. Du fehlst mir, Mason.

»*Emilia, es ist eine Minute nach zwei. Wo zum Teufel bist du?* Um zwei, ja? Da habt ihr euch immer zum Ficken getroffen?«

»Manchmal sind wir auch spazieren gegangen«, sage ich total geistreich und würde mir dafür am liebsten selbst eine Ohrfeige geben. Was ist los mit mir, Mason? Wieso reize ich ihn schon wieder? Es kommt mir so vor, als würde ich die Leute um mich herum extra provozieren. Will ich bestraft werden? Was ist nur mit mir los?

Riley sieht mich an wie ein Stück Abfall. »Findest du das amüsant, Emilia?«

»Nein, überhaupt nicht«, murmle ich. »Es ist alles andere als amüsant, Riley! Können wir das jetzt bitte lassen?«

»Ich fange gerade erst an, nächste Nachricht: *Denk dran, Emilia, ich sehe in deinen Augen, wenn er dich gefickt hat, und wenn das passiert sein sollte, gibt es zehn Schläge auf den Arsch.* Das schickt er dir gleich als Erstes am Morgen? Was ist los mit dir, dass du dir so was gefallen lässt? Gott, Emilia, hier wird sich so viel ändern. Ich werde genau der Mann sein, den du brauchst, Baby.« Irgendwie klingt er sehr unheilvoll.

»*Du bist dreimal nicht an dein Handy gegangen. Für jedes Mal gibt es einmal einen Arschfick am Ort meiner Wahl, und das erste Mal wird in eurem Bett sein.*« Riley lässt das Handy sinken und schaut mich an. »Und ich habe gedacht, du hättest gestern nur Scheiße gelabert. Du hast dich echt von ihm in unserem Bett ficken lassen?«

»Ich hatte keine Wahl, Riley.«

»Wirklich, Emilia? Du musstest ihn reinlassen, in unser Bett lassen und deine Beine für ihn breit machen? Du hattest keine andere Wahl, ehrlich?« Ich merke selbst, wie dumm das klingt, und kann nichts darauf erwidern.

»Jetzt schweigst du wieder, das kannst du ja am besten, wenn es darum geht, *Nein* zu ihm zu sagen. Nicht wahr? Dann rettest du dich in die Stille.«

»Riley, bitte hör auf.«

Er liest weiter. »Du hast oft nicht zurückgeschrieben, Emilia. Ich suche eine Nachricht, auf die du auch mal geantwortet hast.« Er scrollt und ich weiß, ich bin gefickt, Mason, und zwar nicht auf die gute Art. »Schick mir ein Bild von deiner Pussy! Und du hast ihm eins geschickt,

Emilia. Frisch rasiert, wie ich sehe. Hast du dich noch hübsch für ihn gemacht?« Ich möchte im Erdboden versinken. »Ach, und hier sind noch deine Titten! Sehr schön, Emilia!« Ich glaube, Riley dreht ein bisschen durch, Mason.

»Ah, und was haben wir hier für ein Video … was ist das denn?« Scheiße, Mason! Ich würde aus dem Fenster springen, wenn ich könnte, direkt vor die ganzen Taxis.

»Nein, Riley!« Ich stehe auf und will ihm das Handy abnehmen, doch er stößt mich fest vor die Brust auf die Matratze. Ich blinzle verwundert. Was war das denn? Hat er mich gerade geschubst? Meine Haare fallen mir ins Gesicht und ich wische sie schnell weg und sehe, wie Riley sich das Video ansieht. Ich höre mein Stöhnen durch den Raum hallen, während sich seine Augen verdunkeln. Ich höre deine Anweisungen, dass ich stillhalten soll, dass ich Ruhe geben soll, und als ich nicht gehorche, höre ich das Klatschen, weil du mir auf den Arsch haust.

Ich schließe die Augen.

Die ganze Zeit hast du mich damit erpresst und ich habe alles dafür getan, damit Riley dieses Video nie zu Gesicht bekommt. Dass ich einmal nackt vor ihm sitzen würde, während er es ansieht und seine Welt um ihn herum komplett zusammenbricht, hätte ich nie gedacht.

Es ist ein Unterschied, ob man sich etwas vorstellt oder es einem beschrieben wird, ob man es mit eigenen Augen sieht oder hört, aber *jetzt,* in genau diesem Moment, klingelt mein Handy.

Scheiße, Mason!

Ich hasse mein Leben.

Riley geht ran und seine Augen wirken hart wie Stein. »Wolltest du mit deiner Schlampe reden? Die sitzt gerade nackt vor mir.« Ich höre dich fluchen, Mason, und schließe fast schon genüsslich die Augen.

»Gib sie mir!«, forderst du, als würde ich dir gehören, und das tue ich.

»Tsss …«, macht Riley. »Wenn du willst, kannst du zuhören, wie ich sie ficke, Mason. Du kannst auch zusehen, wenn du den Videochat aktivierst. Ich habe euch auch gerade zugesehen auf eurem schmutzigen Video.«

»Ich bringe dich um, Riley«, sagst du rau. Deine Stimme klingt, als hättest du stundenlang geschrien, Mason. Heiser. Aber Riley wirft mein Handy auf die Matratze, direkt neben mich, und ist im nächsten Moment vor mir. Er packt mein Kinn und knurrt: »Schauen wir mal, ob ich es so hinbekomme, wie du es magst, Emilia. Hart und rücksichtslos.« Er küsst mich und ich schiebe ihn an der Brust von mir. Ich will nach dem Handy greifen und auflegen, damit du es nicht hörst, aber ich komme nicht ran. Im Augenwinkel sehe ich, dass das Gespräch noch läuft.

»Riley, bitte, nein … Lass das jetzt!« Ich versuche, ihn von mir zu stoßen, aber er zieht mich zurück und legt sich auf mich. »Was wird das?«, frage ich. Sein Körper drückt mich in die Matratze und ich kriege keine Luft mehr. »Riley, das bist nicht du, hör auf!« Doch er küsst mich wieder und beißt mir in die Lippe. Ich zische auf. »Aua!«

»*Lass sofort die Finger von ihr!*«, brüllst du durch das Telefon.

»Mason, leg auf!«, rufe ich zurück und wimmere dann auf, weil Riley mich gekniffen hat. Ich versuche, keinen Laut von mir zu geben, damit du nichts hörst, und ich versuche auch nicht, mich weiter zu wehren, damit du nicht den Verstand verlierst, so wie ich gerade.

Riley dreht mich auf den Bauch. »Wie hat er doch zu dir gesagt? Du musst bestraft werden, Emilia«, knurrt er mir ins Ohr. Ich beiße mir so fest es geht auf die Unterlippe, aber ich kann es nicht zurückhalten, Mason. Es klappt einfach nicht. Ich schreie auf, als ich seine Spitze an meinem Eingang fühle, wie er sich langsam in mich schiebt.

»*Riley, hör sofort auf!*«, brülle ich ihn an und versuche, ihn über die Schulter hinweg anzusehen. Er hält inne, Mason. Für eine Sekunde. Und ich nutze diese Sekunde. »Wenn du jetzt diesen Schritt machst, Riley, dann verlierst du jede Menschlichkeit. Und das bist du nicht! Willst du wirklich so ein Monster sein, Riley?«

Er starrt mich an.

Ich starre ihn an.

Und ich weiß, dass du den Atem anhältst, Mason.

Aber dann ruft er »Fuck« und zieht sich zurück.

Scheiße!

Zitternd lasse ich mich in die Matratze sinken.

Riley ist kein Monster, Mason.

Aber ich hätte fast eines aus ihm gemacht.

Riley steht total steif und wütend neben mir. Seine Hände zittern genau wie meine. »Das wird euer letztes Telefonat! Genießt es!«, knurrt er und geht.

Ich liege immer noch auf der Matratze auf dem Bauch. Die Tränen laufen heiß über meine Wangen. Ich zittere am ganzen Körper. Was ist gerade passiert? Eigentlich nichts! Aber fast. Und es hat mir für einen Moment die Luft zum Atmen genommen.

Als wäre es mein Rettungsanker, greife ich nach dem Handy und presse es mir ans Ohr.

»Mason?« Wenn du nicht mehr dran bist, sterbe ich. Ich stehe unter Schock, mein Körper zittert, Adrenalin pumpt durch meine Venen.

»Emilia«, keuchst du fast. Dann bist du einfach nur still, und ich kann nicht aufhören zu weinen. Ich würde dir gern so viel sagen, aber es tut innerlich zu sehr weh.

Ich wünschte, ich wäre gestern einfach bei dir geblieben und nicht gefahren.

Riley hat fast eine Schwelle übertreten, weshalb ich ihn nie wieder mit denselben Augen sehen werde. Er hat beinahe etwas getan, was du nie tun würdest, Mason, obwohl ich es dir vorgeworfen habe, weil ich dich verletzen wollte.

Es tut mir so leid!

Ich schluchze so sehr, dass es sich anfühlt, als würde meine Brust auseinanderreißen. Weil du mir fehlst. Weil ich am Abgrund stehe. Weil ich ihn zerstört habe, und er beinahe mich.

Du sagst nichts. Ich höre nur deinen Atem und kann mir fast vorstellen, wie du dich gerade fühlst.

Schließlich vernehme ich endlich deine Stimme. »Atme, Emilia!« Bebend hole ich Luft. Ich habe gar nicht gemerkt, dass schwarze Punkte angefangen haben, in meinem Sichtfeld zu tanzen. Gott, ich würde so gern mit dir reden, aber ich kann nicht, ich kann einfach nicht. Meine Kehle ist wie zugeschnürt. Gleichzeitig sind da so viele Worte in meinem Kopf, die keinen Sinn ergeben.

»Ich hätte dich nicht gehen lassen dürfen, Baby. Ich hätte nie gedacht, dass er dir so was antun könnte.«

Das hätte er selbst auch nicht gedacht, denke ich schwach und drehe mich auf den Rücken. Er hat sich am Ende zum Glück zusammengerissen, aber der Schockmoment sitzt tief in meinen Knochen.

Ich presse die Zähne zusammen, als ein neuer Schluchzer nach oben dringen will, aber ich will nicht, dass du jemals wirklich mitbekommst, wie sehr ich gerade verletzt wurde. Wie soll ich noch mit Riley zusammen sein? Wie soll ich ihn nochmal ansehen? Ja, schon klar, er hat es nicht getan, aber die Grenze war so gut wie überschritten. Ich bin einfach überfordert.

Mit einem Mal schaltest du auf Kamera und ich sehe dein Gesicht. Es trifft mich wie ein Schlag.

»Ich muss dich sehen, Emilia, nimm an!«, sagst du leise. Ich merke, dass du in deinem Keller auf und ab läufst, die Haare zerzaust, die Augen wild und aufgewühlt, die Lippen aufeinandergepresst und die Ringe unter deinen Augen fast tiefschwarz. Scheiße, Mason, so hab ich dich noch nie gesehen. Schnell lege ich mir das Handtuch um den Körper und versuche blöderweise, meine total zerzausten Haare zu ordnen. Dann mache ich auch meine Kamera an, aber sie braucht ewig, um eine Verbindung herzustellen.

»Geht's dir gut?«, frage ich besorgt und du bleibst stehen.

»Emilia, ehrlich? Du fragst mich gerade, ob es *mir* gut geht?«, erwiderst du und ich muss ein bisschen grinsen. Egal was auch passiert ist, du – die Dunkelheit – schaffst es gerade, mir Licht zu spenden. Meine Kamera funktioniert nun endlich, und du siehst mich auch.

Deine erste Reaktion ist ein geschlagenes »Fuck, Emilia.« Du reibst dir die Stirn und atmest sehr tief durch. Dann: »Ich werde dich holen und mir ist scheißegal, was du sagst.«

»Okay«, flüstere ich, denn ich will nicht widersprechen. Das hier hat mir die Augen geöffnet. Ich will nur noch in deine Arme.

»Gib mir sechzehn Stunden und halte durch, Baby«, sagst du, und ich würde so gern jetzt deine Stirn an meiner spüren.

»Ich liebe dich«, hauche ich und fühle wieder Tränen in meine Augen steigen. Du siehst mich nur an, Mason, aber du musst nichts sagen. Ich kenne die Antwort mittlerweile – auf eine Frage, die ich nie stellen werde.

»Ich weiß, Mason. Ciao.« Damit lege ich auf, weil ich wieder heulen muss.

38. Wir müssen nach New York, Dad

Mason

Ich weiß nicht, ob es in Chicago die Todesstrafe gibt, Emilia. Du bist wieder *du* in meinem Kopf. Auf jeden Fall ist es mir scheißegal, wenn ich dafür auf den Stuhl komme. Das ist es mir wert. Der Wichser wird sterben, Emilia.

Ich rase hoch zu meinen Eltern, unabhängig davon, wie viel Uhr es ist und was sie gerade tun. Dad killt zumindest gedanklich jeden, der nach zweiundzwanzig Uhr seine heilige Ruhe stört, aber egal! Es ist fast zwölf, Emilia, trotzdem stürme ich das Schlafzimmer. Ich bin total stoned, aber noch sehr bei mir, was *das* angeht.

Mein Dad schießt im Bett nach oben und hat eine Waffe in der Hand, Emilia. Seit er die Kameras nicht mehr hat, ist er ein bisschen paranoid. Mom zieht sich schreiend die

Decke über den Körper. Ich glaube, sie war nackt. Jetzt bin ich blind, Emilia.

Als Dad erkennt, dass ich es bin, überlegt er kurz, ob er die Waffe runternehmen oder mich erschießen soll, ich sehe es in seinen Augen. Dann lässt er sie jedoch sinken und legt sie auf den Nachttisch. Schön. Andere Leute haben da eine Lampe, mein Vater eine *Smith & Wesson*. Klar doch. Wieso nicht.

»Was?«, blafft er mich ungehalten an.

»Es ist mir egal, was du sagst, Dad, ich fahr jetzt nach New York!«

»Mason, was soll das?«, fragt Mom müde und klammert sich an ihre Decke, während Dad sich nach hinten fallen lässt und stöhnend einen Arm über sein Gesicht wirft.

»Ich bring ihn jetzt um, Olivia, okay? Es reicht doch langsam, oder?«, fragt er Mom, doch davon lasse ich mich nicht aufhalten.

»Riley hat Emilia fast vergewaltigt! Ich hab es gehört und ich bringe diese Missgeburt um und hole sie zurück, Dad. Ich will nicht dein Einverständnis, ich will nur deine Waffe!« Als ich das sage, sitzen beide kerzengerade im Bett, mit einem Mal hellwach.

»Heilige Scheiße!«, murmelt Dad. »Was ist passiert?« Er macht das Nachtlicht an und reibt sich über die Stirn. Mom sieht mich an, als hätte ich zu viel getrunken. Das denkt sie wahrscheinlich auch.

»Ich hab sie angerufen, denn ich wollte ihre Stimme hören, aber ich habe was anderes gehört. Dad. Ich lüge nicht. Er wollte es ihr heimzahlen. Er ist durchgedreht, ernsthaft! Und ich konnte nicht auflegen, obwohl ich es wollte, doch ich konnte sie in dem Moment nicht alleine lassen. Es hat mich umgebracht und ich bin so sauer. Sie konnte ihn zwar gerade so davon abhalten – zu seinem Glück! –, aber ich traue ihm nicht! Ich vertraue sie ihm nicht an! Wer weiß, ob er das nächste Mal stoppen wird!«

Dad seufzt, aber er erkennt, dass ich die Wahrheit sage.

»Niemals!«, sagt Mom. »Das würde Riley niemals tun! Er ist mit ihr verlobt, warum sollte er sie dann vergewaltigen? Oder fast vergewaltigen? Himmel, Mason, sie kommt nicht zurück! Sieh es endlich ein, bitte, Baby.«

»Mom«, sage ich. »Du klingst wie die Mütter, die ihren Kindern nicht glauben, wenn genau so was passiert. Lass es!«

»Keaton«, erwidert Mom, damit Dad mich zur Vernunft bringt, doch er ist schon aufgestanden und hat den Koffer aus dem Schrank gezogen. Ihre Augen werden groß.

»Was machst du da, Keaton?«

»Soll ich ihn alleine fahren lassen? Dann hast du nur noch einen Sohn!«

»So was würde Riley nie tun, Mason, warum erzählst du das?«

»Mom, Riley ist nicht mehr dein süßer, einbeiniger, humpelnder, kleiner Junge. Er ist ein wütender, verletzter, missverstandener Mann, dessen Verlobte ihn gedemütigt und seinen Stolz gebrochen hat. Glaub mir bitte, du hast immer hinter mir gestanden, lass mich jetzt nicht hängen.«

»Ich lass dich nicht hängen, Mason, du bist mein Sohn. Aber Riley ist das auch, und das kann ich dir nicht glauben.« Dad gibt ihr *den* Blick, aber sie sieht es gar nicht, denn sie hat sich die Decke um den Körper geschlungen und ist ins Badezimmer gegangen.

Ich fühle mich wie ein beschissener Drecksack, als sich die Tür hinter ihr schließt.

***

Emilia

Riley ist zwei Stunden später reingekommen und hat mir wortlos das Handy wieder abgenommen und mir Klamotten hingeschmissen. Er erträgt es auch nicht, denn er ist nicht du. Er kann mich nicht foltern und mich dann den ganzen Tag nackt vor sich rumlaufen sehen. Was da fast zwischen uns passiert ist, was zuvor geschehen ist, wie er sich im Auto benommen hat – all das hat ihn genauso gefickt wie mich.

Dann ist er die ganze Nacht nicht mehr zurückgekommen, aber das ist auch gut so. Es wird nie wieder einen Weg zurück geben, das weiß ich jetzt. Zumindest nicht für uns beide. Vor lauter Rachegelüsten hat er vielleicht eine Chance auf einen Neubeginn kaputt gemacht, Mason. Ich hätte dich zwar weitergeliebt, dich aber vielleicht doch vergessen können. Das habe ich mir so sehr gewünscht.

Ich liege seitlich auf der Matratze, die Decke über mich gezogen, und sehe dabei zu, wie die Sonne wieder aufgeht. Ich habe hier die ganze Nacht gelegen und an früher gedacht.

Daran, was ich erlebt habe, und ob ich mir die Männer nach einem Muster aussuche oder ob ich sie mir so zurechtbiege, wie ich sie brauche. Gewissenlos, rücksichtslos und brutal. So war mein Vater. Meine Mutter war die niemals hinsehende Schlampe. Sie hat auch einiges mit sich machen lassen, Mason. Einiges, was ich auch mitbekommen habe. Als er gestorben ist, dachte meine Mutter, sie wäre frei, aber sie wird nie wieder frei sein, Mason. Genauso wie ich. Das Erlebte sitzt tief und man schleppt es sein Leben lang überall hin mit, wie ein schweres Paket auf dem Rücken, wie einen riesigen Koffer voller Steine, und jeden Tag kommt neuer Ballast hinzu, weil man immer wieder was Neues erlebt. Bald kann ich das Gewicht nicht mehr tragen. Ich will endlich etwas tun und jemanden lieben, der gut genug für mich ist, aber immer wenn sich so jemand findet, blocke ich ihn entweder ab oder verändere ihn. Mein Kopf ist so kaputt, Mason. So oft ich mir auch sage, dass ich etwas Gutes verdient habe, höre ich jedes Mal diese Stimme in mir, die das Gegenteil behauptet. Die sagt, ich bin verantwortlich für alles, was mir zustößt. Ich mache das. Ich erschaffe das. Ich suche es mir aus. Und ich bin schuld. So wie jetzt.

Riley hätte nie versucht, das zu tun, wenn ich ihn nicht so gereizt hätte.

Andererseits ist da die vernünftige Stimme in mir, die was anderes sagt. Komischerweise hört sie sich nach dir an: *Egal wie sehr du jemanden reizt, er darf dich nicht einfach anfassen, Emilia, ohne, dass du das willst, wenn du Nein sagst. Nein, Emilia, heißt nein. Wenn mir gegenüber bisher jemand Nein gesagt hat, was nicht oft passiert ist, habe ich ihn in Ruhe gelassen. Immer. Egal wie rücksichtlos ich im Bett erscheine.*

Scheiße, Mason, jetzt bist du schon so ein Teil von mir geworden, dass ich deine Gedanken kenne.

Ich wünsche mir, dass du wirklich kommst, und zwar schnell.

39. *Wie eine fucking Disney-Prinzessin, Mason*

Emilia

Die Sonne scheint mir ins Gesicht, Mason. Mir ist unsagbar heiß, außerdem ist das Fenster einen Spalt gekippt und der Verkehr dröhnt nur so am Haus vorbei. Ich bin das nicht gewohnt. Bei euch im Haus ist es immer so friedlich. Alles, was man hört, sind ein paar Vögel, wenn wir wieder bis zum Morgen wach waren, Mason. In den letzten drei Monaten habe ich mich an die Ruhe gewöhnt.

Ich muss pinkeln, schon seit Stunden, und ich halte es nicht mehr aus. Also rappel ich mich auf und gehe langsam ins Bad. Dabei stolpere ich über die zu lange Schlafanzughose, die ich mir irgendwann übergezogen habe, und keuche auf. Mir tut einfach alles weh, seit mein

Körper runtergefahren ist und ich das Adrenalin in mir nicht mehr spüre.

Als ich wieder aus dem Bad komme, schleppt Riley gerade eine soeben aufgebaute Kommode in den Raum. Auch er hat die ganze Nacht nicht geschlafen, ich sehe es sofort. Ich schaue ihn aber nicht zu lange an, genauso wie er mich. Weil er sich jetzt im Schlafzimmer zu schaffen macht, gehe ich ins Wohnzimmer. Das Sofa steht schon da. Ich nehme mir eine Decke und kuschle mich hinein wie in einen Kokon.

Ich brauche dich, Mason, und deine Arme.

***

Riley

Ich weiß jetzt, wie er sich gefühlt hat, als er uns im Keller gesehen hat. Von dem Video zu hören und es zu sehen, ist ein großer Unterschied. Zu sehen, wie mein Bruder meine Verlobte fickt und sie es aus vollen Zügen genießt, so sehr, wie sie es bei mir noch nie genossen hat, hat etwas in mir entfesselt.

Ich wollte diesen Schmerz an dich weitergeben, Emilia. Weil ich dachte, dass er mich sonst verschlingt. Ich bin so wütend auf dich. Am liebsten würde ich dir alles heimzahlen, was ich die letzten Wochen empfunden habe. Im Wohnzimmer vor meinen Eltern, als du mich gedemütigt hast, zu ihm gingst, ihn vor mir angefasst hast, diese Verbindung so offen präsentiert hast. Danach, als ich in der Nacht aufwachte und wieder allein war, weil du dich zu ihm runtergeschlichen hast. Du kleine Schlampe kannst einfach nicht anders, als mich immer und immer wieder zu verraten. Du bist wieder in deiner Opferrolle, in der du dich am wohlsten fühlst. Mom ruft mich seit gestern Nacht gefühlt jede Stunde an, doch ich gehe nicht ran. Ich schätze, Mason hat ihr erzählt, was los ist, und jetzt will sie wissen, ob es wahr ist. Ich kann nicht leugnen, dass ich mich scheiße fühle, Emilia, denn das hätte ich nicht machen dürfen, nicht einmal versuchen dürfen, aber du hättest auch so vieles nicht tun dürfen. Damit sind wir wohl quitt.

Spiel deine beleidigte Ich-leg-mich-in-die-Ecke-Scheiße so lange, wie du willst. Aber dann wirst du dich zusammenreißen, damit wir weitermachen können.

Ich war nie so, Emilia. Nie wäre ich auf die Idee gekommen, dich so grob zu berühren. Du hast mich dazu gebracht, du hast mich so weit getrieben.

Du hast mich verändert. Im Moment fühlt es sich an, als würde ich nie wieder derselbe sein. Du hast Dunkelheit über mein Licht gelegt, dichte Wolken und Nacht. Ich sehe nichts mehr, Emilia.

Ich dachte, ich könnte dir verzeihen, aber ich weiß nicht, ob ich dazu jemals fähig sein werde. In mir ist so viel Hass, den du mit Mason entfacht hast.

Was auch immer jetzt passiert, Emilia, ich bin bereit dafür, und ich weiß, dass es passieren wird.

Da Mason gestern alles mitbekommen hat, wird es nicht ohne Konsequenzen bleiben. Und diesmal hoffe ich, dass ich es schaffe, ihn umzubringen.

***

Emilia

Ich fühle mich ein bisschen besser, als ich wieder aufwache. Anscheinend habe ich gute fünf Stunden geschlafen. So lange hat es am Stück schon einige Zeit nicht mehr geklappt, Mason. Als ich die Augen öffne, tun mir alle Knochen weh, wegen all der Anspannung gestern. Riley sitzt vor mir auf dem neu aufgebauten Couchtisch.

Ich zucke zurück. »Geh weg!«, zische ich. »Lass mich in Ruhe!« Nicht, dass er noch auf irgendwelche Ideen kommt und weiter geht als gestern.

Er wirkt im Gegensatz zu mir mit jeder Stunde abgefuckter. »Wieso hast du mich so weit getrieben, Emilia? So weit, dass ich mich fast selbst verloren habe?«, sagt er rau. Heiße Wut lodert in mir auf und wieder ist da diese Stimme, die sagt: *Er hat recht.* Dann höre ich dich, Mason: *Nein, Baby, es ist nicht deine Schuld. Er ist einfach irre und hat den Verstand verloren, der kleine Pisser. Er will dich brechen, Emilia, damit du so etwas nie wieder tust.*

»Willst du mir etwa sagen, dass es meine Schuld ist, was du gestern im Begriff warst, zu tun?« Er zuckt zusammen, weil Riley noch eine Seele hat. Im Gegensatz zu uns beiden, Mason.

»Ich hätte das nicht versuchen und dich auch nicht so grob angehen sollen. Es tut mir leid. Ich habe völlig die Kontrolle über mich verloren. Es ist nicht deine Schuld. Deine Schuld ist nur, dass du mich mit deinen kranken Spielen wahnsinnig gemacht hast. Du hast mich provoziert und herausgefordert ohne Ende. Es war, als würdest du es darauf anlegen, dass ich dich schlecht behandle, und das Video hat mir den Rest gegeben. Ich wollte einfach nur meine Wut an dir auslassen und dich so fühlen lassen, wie ich mich fühle. Es fickt mich nämlich genauso, was momentan passiert. Nicht nur du und Mason seid betroffen, Emilia. Nicht nur ihr leidet, oder du, weil du von seinem Schwanz getrennt wurdest, sondern auch ich. Fuck, ich bin der Betrogene, warum muss ich mich eigentlich für meine Gefühle rechtfertigen und nicht ihr?«

»Ich will mit dir nicht reden, Riley«, sage ich und weiß in diesem Moment, dass es nie wieder zwischen uns ein Wir geben wird.

Es ist einfach zu viel geschehen. »Und ich will mein Handy zurück, jetzt!«

»Du willst zu ihm gehen, oder, Emilia? Du willst zu ihm zurückkehren. Das kann ich aber nicht zulassen. Entweder bleibst du bei mir und wir versuchen es von vorne oder …«

»Oder was, Riley? Was? Willst du mich umbringen?«

»Vielleicht sollte ich das, Emilia …« Oh mein Gott, er dreht durch.

»Dann tu es, Riley, und rede nicht so viel!« Oh Gott, ich provoziere ihn schon wieder. Ich merke es genau. Wieso tue ich das jedes Mal? Ein normaler Mensch hätte jetzt seine Klappe gehalten, oder? Was ist nur kaputt in meinem Kopf?

Riley sieht kurz so aus, als würde er auf mich losgehen und mir die Kehle zudrücken wollen, bis ich keine Luft mehr kriege. *Ja, euer Dad ist beim FBI und kann es sicher wie einen Unfall aussehen lassen*, denke ich. Vielleicht ist das ja das Plausibelste. Wenn ich weg wäre, wärst du frei, Mason, von mir und meiner kranken Scheiße, und Riley würde es auch besser gehen, ganz zu schweigen von deinen armen Eltern, die so viel durch uns gelitten haben.

Emilia, denk jetzt keinen Scheiß!, sagt wieder die Stimme in mir. *Ich hab gesagt, dass ich komme, also komme ich auch, und jetzt versuch, so lange keine Scheiße zu bauen, Emilia. Rede einfach nicht mit ihm, Emilia!*

Riley reißt mit einem Ruck an meinem Arm und zieht mich vor, sodass wir Nase an Nase sind. »Wieso provozierst du mich ständig, Emilia. Was willst du von mir?«

»Ich will gar nichts von dir!«, speie ich ihm entgegen. »Lass mich los!« Deine Stimme gibt mir Selbstbewusstsein, Mason, dabei bist du nicht mal hier. Doch Rileys Finger drücken noch fester zu. Ich glaube, er will sehen, ab wann ich meinen Schmerz zeige. Sein Augenlid zuckt, Mason. Er verliert seinen Verstand und ich hoffe, du kommst bald. »Lass mich los, Riley!« Ich versuche, besonnen zu klingen, aber ich habe langsam wieder Angst. In diesem Zustand weiß ich nicht, wozu er fähig ist.

Sein Auge ist immer noch zugeschwollen und er sieht ein bisschen aus wie der Glöckner von Notre Dame.

Als es klingelt, lässt er sofort von mir ab und ich sinke seufzend zurück in die Kissen und reibe mir den Arm. Mein Herz klopft schneller, weil ich hoffe, dass du es bist, Mason. Es ist jetzt dreizehn Uhr fünfzehn. Du könntest mittlerweile schon hier sein.

Ich höre aus dem Flur zwar nicht deine Stimme, aber die deines Vaters, als Riley auf die Gegensprechanlage drückt.

»Riley, ich bin's …«, sagt Mr. Rush und Riley schaut mich mit großen Augen an. Ich mache mich ein bisschen klein. Er drückt auf den Summer und kommt dann zu mir, nachdem er die Tür geöffnet hat, sodass sie nur angelehnt ist.

»Er ist sicher hier, weil Mason seine Fresse nicht halten konnte, aber du wirst dir nichts anmerken lassen, Emilia. Es war alles nur ein Eifersuchtsspiel von ihm! Ich habe nichts getan, was du nicht wolltest! Ich meine, ich hab ja auch wirklich nichts getan! Hast du das verstanden?« Ich sehe die blanke Panik in seinen Augen und nicke.

»Verstanden!« Ich weiß, dass Mr. Rush sicher nicht allein ist, Mason, aber das weiß Riley anscheinend nicht. Im nächsten Moment fliegt auch schon die Tür auf und kracht mit voller Wucht gegen die Wand.

»Warte, Mason!«, ruft dein Dad, aber du wartest nicht. Du stürmst in die Wohnung wie ein Berserker direkt auf

Riley zu, der sich gerade von mir weggedreht hat. Deine Schritte sind herrisch, deine Fäuste geballt und deine Nasenflügel gebläht.

Dein Gesicht ist vor Wut verzerrt, aber ich bin *so* erleichtert, dich zu sehen. Dabei hätte ich nie gedacht, Mason, dass wir beide mal an diesen Punkt kommen würden.

Du redest nicht. Das ist immer das schlimmste Anzeichen. Wenn du gar nichts sagst, dann schreit die Wut in dir nur umso lauter. Du nietest Riley mit einem einzigen Fausthieb um, sodass er in sich zusammenfällt.

So habe ich dich noch nie erlebt. Dann starrst du ihn von oben herab an, willst weiter auf ihn einschlagen, aber dein Vater zieht dich zurück und sagt: »Man schlägt niemanden, der schon auf dem Boden liegt, Mason. Außerdem solltest du dich jetzt vielleicht um etwas anderes kümmern.«

Dein Blick schießt sofort zu mir, wie ich hier mit großen Augen auf der Couch in die Decke eingewickelt sitze. Deine Augen überfliegen mich hektisch, und als du merkst, dass ich keine sichtbaren Verletzungen habe, entspannst du dich ein Stück weit. Mein Herz bleibt stehen, als du auf mich zukommst, aber nicht auf die schlechte Art. Ich fühle mich wie eine fucking Disney-Prinzessin, die aus dem Schloss gerettet wird.

»Kannst du laufen?«, ist das Erste, was du mich fragst. Eigentlich müsste ich es können. Ich meine, er hat mir ja nicht wehgetan. Dein Vater kümmert sich inzwischen um Riley.

»Mein Koffer ist der rote!«, antworte ich und stehe auf. Ich will mir nicht die Blöße vor Mr. Rush geben. Du gehst davon und würdest so gern noch im Vorbeigehen auf Rileys Kopf treten, ich weiß es. Ich kenne deine Gedanken fast so gut wie meine eigenen. Wir sind verschmolzen, Mason.

Du kommst mit meinem roten Koffer zurück und ich humple zur Tür. Fuck! Der ganze Adrenalinschub von gestern sitzt mir so tief in den Knochen, dass ich kaum laufen kann!

Du seufzt genervt, weil ich so langsam bin, und hebst mich hoch. Ich habe übrigens immer noch meinen Schlafanzug an, Mason – ich wollte es nur mal erwähnen –, aber dir ist das total egal. Mit dem Koffer in der Hand trägst du mich raus. »Ich hab euch im Hilton ein Zimmer reserviert!«, ruft uns dein Vater hinterher.

40. Ich werde immer da sein, wenn mein Sohn mich braucht, Riley

Keaton

Jetzt haben wir nicht nur einen Frauenschläger, sondern auch einen Beinahe-Vergewaltiger als Sohn. Wir haben wirklich gute Arbeit geleistet. Ich kann das nur mit Zynismus ertragen, denn wenn ich den Ernst der Lage einmal wirklich erkenne, dann rollen Köpfe, Olivia. Riley ist wieder zu sich gekommen, nach dem einen Schlag, den ich Mason auf der Fahrt hierher versprochen habe. Olivia, er hat das gebraucht und Riley auch. Er ist jetzt richtig im Arsch, und ich muss mich um meinen zweiten Sohn kümmern, der einen halben Nervenzusammenbruch hat. Es ist so wichtig, dass ich da bin, denn ich sehe, dass er jetzt schon bereut, was er drauf und dran war, zu tun.

Er ist kein skrupelloser Bastard, so wie ich. Riley hat

sich trotz allem seine reine Seele bewahrt und ist nur kurz vom Weg abgekommen. Er ist kein Triebtäter, der durch die Straßen streift und wahllos nach Opfern sucht, dem es Spaß bereitet, anderen wehzutun, und dabei den Kick verspürt. Ganz im Gegenteil. Und jetzt geht es darum, seine Seele zurückzuholen und die Schatten zu verdrängen.

Er sitzt vor mir auf dem Sofa. Ich habe ihm einen Kakao gemacht und ihm einen Schokodonut gekauft. Gerade erinnert er mich an den kleinen Jungen von damals, der an der Bushaltestelle saß.

Ich könnte heulen, Olivia.

Ihn so zu sehen.

Ich habe immer gedacht, dass Riley der Stärkere von den beiden ist, dass er mit allem umgehen und darüber stehen kann, weil er schon so viel erlebt hat. Anscheinend habe ich mich getäuscht, Olivia. Aber an wem würde das, was er erlebt hat, schon einfach so vorbeigehen? Ich habe es heruntergespielt. Du hast recht. Und ich weiß nicht, was ich an Rileys Stelle getan hätte.

Ich will gar nicht mal darüber nachdenken, wie es wäre, in seinen Schuhen zu stecken.

Riley trägt eine kurze Hose, seine Prothese schaut aus dem Hosenbein. Ich erinnere mich daran, wie er als kleiner Junge durch deine Wohnung gehüpft ist, weil er nie seine Krücken benutzen wollte, weil er der Meinung war, es allein zu schaffen, weil er immer alles allein schaffen will.

Ich erinnere mich daran, wie ich ihn an der Bushaltestelle gesehen habe, als ich dir nachgestiegen bin.

Zuerst habe ich ihn nur angesprochen, weil er ein Teil von dir ist, aber irgendwann wurden die Gespräche mit ihm das Highlight meines Tages. So jung und so reif und so unschuldig und gutherzig.

Er musste schon früh Verantwortung tragen, Olivia, denn er wollte dir das Leben nicht noch schwerer machen. Er wollte der Mann im Haus sein, weil sein Vater weg war, und er wollte für dich da sein. Als er all das auf mich abladen konnte, war er so erleichtert, und ist aufgeblüht. Ich dachte immer, er hat sein Leben perfekt im Griff. Jetzt sieht es anders aus, Olivia.

»Riley«, sage ich ruhig, doch er sieht mich nicht an. »Hör auf, auf den Boden zu sehen. Schau mich an. Du bist ein Mann und Männer sehen nicht auf den Boden, sondern schauen nach vorne und stehen zu dem, was sie getan haben.«

»Wie könnte ich jemals *dazu* stehen, John?«, erwidert er. Er nennt mich nur so, wenn er weg will aus seiner Realität.

»Weißt du eigentlich, was ich alles mit deiner Mutter gemacht habe? Du hast nie was mitbekommen. Die schlimmste Zeit hatten wir, als du wegen deiner Prothese in New York warst.« Jetzt sieht er mich skeptisch an.

»Ich dachte, ihr seid total fluffy und glücklich.«

»Und ich dachte das Gleiche von dir. Siehst du mal.«

Riley seufzt. »Ich bin ein Arsch.«

»Ich auch.« Ich zucke mit den Schultern. »Weißt du, wie ich deine Mutter kennengelernt habe, Riley? Und das weiß keiner.«

»Ja, sie hat bei dir gearbeitet.«

»Ich habe sie gestalkt, Riley, und zwar sehr lange, bevor sie mich auch nur angesehen hat.« Das fordert seine Aufmerksamkeit, Olivia. Er sieht mich mit ganz anderen Augen. Für ihn war ich immer nur Keaton John Rush, der perfekte Saubermann und Superheld.

»Du hast *was*?«, fragt er zweifelnd. Ich grinse ein bisschen.

»Ich habe sie einmal gesehen und dann wusste ich, das ist *die* Frau. Die gehört mir und ich hab sie mir geholt, Riley. Allerdings nicht immer mit fairen oder sauberen Mitteln. Mehr musst du nicht wissen.«

»Ich glaube, mehr will ich auch nicht wissen«, sagt er leicht angewidert und trinkt einen Schluck von seinem Kakao.

»Du warst mein Highlight jeden Tag. Ich hätte deine Mutter jederzeit sitzen lassen, um mit dir Zeit zu verbringen«, gebe ich zu und merke, wie meine Stimme weicher wird.

Er sieht mich noch skeptischer an.

»Du warst ein besonderes Kind, Riley, so intelligent und gleichzeitig noch so kindlich in deiner Fantasie. Du bist einmal mit einem Superman-Kostüm in die Schule gegangen und deine Mutter hat von deiner Lehrerin einen Scheißärger gekriegt. Du hast dich als Held gesehen, jetzt siehst du dich als Bösewicht. Aber das bist du nicht. Jeder Mensch hat diese zwei Seiten. Es kommt nur drauf an, welche du auslebst. Mason kann diese Wahl manchmal nicht treffen und du konntest das auch einmal nicht, aber das macht dich nicht zu einem schlechten Menschen.«

»Ich habe ihr wehgetan, gegen ihren Willen.« Er kneift die Augen zusammen, als könnte er auf diese Weise die Bilder in seinem Hirn vertreiben. »Ich würde alles tun, um das rückgängig zu machen.«

»Was du gemacht hast, war scheiße, aber du bereust es und du wirst es nicht wieder tun. Das ist, was zählt. Riley. Sieh mich an!« Er tut es. »Du hast rechtzeitig aufgehört. Daran sieht man, dass du kein Bösewicht bist. Dein Herz ist rein.«

Er schnaubt. »Und sie? Sie wird das nie wieder aus ihrem Kopf kriegen, nur weil ich kurz die Kontrolle über mich verloren habe. Scheiße … es fast zu tun, ist nicht besser, als es wirklich zu tun!« Er lehnt sich zurück, legt den Kopf auf die Couchlehne und schließt die Augen.

»Wird sie auch nicht. Es wird für immer in ihrem Kopf bleiben, aber es wird Wege geben, wie sie damit umgehen kann. Es gibt immer einen Weg, für jeden. Riley, du hast dich gestoppt und das ist das Wichtigste!«, sage ich ernst und er schaut mir wieder in die Augen.

»Tu so was oder etwas Ähnliches nie wieder. Sonst muss ich dich leider kastrieren und du kriegst nie wieder Kakao.« Er lächelt ein wenig.

»Es tut mir leid, dass ich letztens gesagt habe, du würdest mich nicht lieben. Ich weiß, dass du mich liebst, sonst wärst du nicht hier.«

»Ich werde immer da sein, wenn mich mein Sohn braucht.«

41. Ich liebe es, wie du dich anfühlst, Emilia

Mason

Es ist Abend und ich schrubbe deinen Rücken wund, Emilia, weil ich den Schwamm so fest auf deiner Haut kreisen lasse. Ich habe kein Feingefühl, außerdem bin ich scheißwütend auf diesen Bastard. Wenn Dad nicht gewesen wäre, hätte ich ihn umgebracht. Aber wir haben einen Deal: Riley kommt nicht mehr zurück. Er bleibt in New York, dafür lasse ich ihn am Leben. Im Gegenzug durfte ich ihm eine einzige in die Fresse verpassen. Natürlich habe ich meine Chance gut genutzt und ihn mit diesem einen Schlag ausgeknockt. Aber wenn es nach mir gegangen wäre, hätte ich ihn trotzdem umgebracht. Mein Dad war leider schneller. Er wusste, was ich vorhabe, so, wie er es immer weiß.

»Mason, aua, bitte … kannst du mal an einer anderen Stelle schrubben?« Normalerweise mag ich solche Laute von dir, Emilia, aber jetzt nicht. Du hast *aua* gesagt, ich tu dir weh, *Emilia*.

Als hätte ich mich an dir verbrannt – was ich schon tausend Mal getan habe –, schmeiße ich den Schwamm weg. Du siehst mich skeptisch über deine Schulter hinweg an.

Deine Haare sind nass und kleben dir im Gesicht.

Ich bin so müde, Emilia. Seit der vergangenen Nacht habe ich mit dir ungefähr eine Stunde geschlafen. Mehr nicht. Davor die ewige Autofahrt mit Dad. Ich bin so im Arsch, vor allem weil das Navi uns durch irgendwelche fucking Wälder und über Straßen ohne Namen geführt hat. Das war vielleicht ein Trip. Ich spüre ihn in jedem einzelnen Knochen.

»Mason, was zum Teufel ist mit dir los?«

»Ich will dir nicht wehtun!«, sage ich fest. »Ich hab dir einmal ins Gesicht geschlagen und das tu ich nie wieder. Es gibt nur noch Schmerzen, wenn du ja sagst, Baby.«

»Ja«, erwiderst du sofort und siehst mich fest mit deinen ozeanblauen Augen an.

»Was?« Du bringst mich aus dem Konzept. »Ich kann jetzt nicht, Emilia. Ich bin so müde. Und nach allem, was du erlebt hast, solltest du dich erstmal ausruhen.«

Du verdrehst die Augen und greifst nach dem Handtuch, um aufzustehen und dich abzutrocknen. »Ich werde immer

Ja zu dir sagen, Mason, aber jetzt ruhen wir uns erstmal aus.«

Ich hebe dich auf die Arme, Emilia, weil ich es mag, dein Gewicht zu spüren, und trage dich ins Schlafzimmer, wo ich dich aufs Bett lege. Du bist nackt, Emilia, und ich sage mir schnell selbst: *Kein Sex, Mason! Nur einreiben, nicht vögeln!* Deine nassen Haare sind in einen Handtuchturban gewickelt. Ich mache den Fernseher an, der an der Wand hängt. Mein Dad hat uns eine Suite gebucht, mein Dad ist cool.

Du streckst dich aus bis zu deinen Zehenspitzen und seufzt wohlig. Ich liebe es, dass du dich so wohl mit mir fühlst, nach allem, was passiert ist, und auch, nach dem, was wir erlebt haben. Es ist, als wären wir in einer anderen Realität. Ich widerstehe dem Verlangen, dir auf den Arsch zu hauen, als du dich rekelst. Stattdessen verteile ich Creme auf deiner überhitzten Haut und du quietschst auf, weil sie so kalt ist. Ich hätte sie vorher in meiner Hand ein bisschen aufwärmen können, aber ich denke nicht mal dran, Baby. Nur weil ich dich liebe, heißt es nicht, dass ich jemals aufhören werde, ich zu sein.

Du stöhnst, als ich dich leicht massiere.

»Das darf nicht zur Gewohnheit werden, Emilia«, sage ich und du keuchst in die Kissen.

»Jaja, Mason, schon gut.« Oh, ich würde so gern deinen Arsch spanken, Emilia, aber ich mache es nicht. Wenn ich daran denke, was dieser Wichser dir fast angetan hat und wie er mit dir umgegangen ist, verfliegt jede Lust auf Sex.

Weil ich weiß, wie du dich gefühlt haben musst. Es war nicht lange, Emilia, und zum Glück konntest du ihn stoppen. Ich war die ganze Zeit am Telefon. Vielleicht zwei Minuten oder drei. Ich konnte nicht auflegen, Baby. Vermutlich bin ich masochistisch oder ich wollte dich damit einfach nicht allein lassen, obwohl es nur über eine Telefonleitung war.

Dieser Moment, als ich dachte, er würde dich vernichten, Emilia, hat mich so wütend gemacht. So machtlos zu sein, wenn es um dich geht, das ist nicht gut und das darf ich nie wieder erleben. Dafür werde ich sorgen.

Ich massiere deinen Rücken, deinen Hintern, leicht und vorsichtig, sowie deine schönen glatten Beine. Du siehst mich immer wieder so an, als würdest du darauf warten, dass ich dich anspringe, aber das werde ich nicht, Emilia. Heute Nacht wirst du dich nur erholen. Nachdem die Creme eingezogen ist, decke ich dich zu und nehme das Handtuch von deinem Kopf, damit deine nassen Haare trocknen können.

Du siehst mich wieder so an.

»Danke«, sagst du leise.

»Wofür?«

»Ich bin so kaputt, Mason, und trotzdem tust du das alles für mich.«

»Baby, wir sind beide kaputt. Wir lassen es jetzt drauf ankommen. Entweder wir zerstören uns oder nicht, aber ich werde nicht mehr von dir getrennt sein, Emilia. Du gehörst mir und ich gehöre dir.«

Deine Augen weiten sich ein bisschen. »Was hast du da gerade gesagt?«, fragst du lächelnd. Ich mache das Licht auf dem Nachttisch aus und murmele: »Schlaf jetzt.« Du lächelst breiter und kriechst an meine Brust. Oh mein Gott, das wollte ich schon die ganze Zeit – dich neben mir und ein großes weiches Bett, worin noch keiner gevögelt hat, den ich kenne.

Das muss der Himmel sein.

***

Es ist die erste Nacht, seit wir uns kennen, in der wir durchschlafen oder in der wir überhaupt schlafen. Wir sind nachtaktiv, wir sind die Dunkelheit. Und ich muss sagen, es gefällt mir nicht, früh aufzuwachen. Es ist erst acht und die Sonne steht schon so hoch. Es ist Oktober, Emilia. Was soll das?

Ich bin schon wieder so genervt, aber als du dich in meinen Armen regst, entspanne ich mich etwas. Du hast ein Bein über meine geschwungen, dein Arm liegt quer über meinem Bauch und du sabberst auf meine Brust, Emilia. Dein Mund steht offen und deine Finger zucken immer wieder im Schlaf. Was träumst du da, *Emilia*? Deine Haare sind getrocknet und locken sich total wild und unordentlich um deinen Kopf herum. Ja, sie haben sich wieder überall verteilt. Ich ziehe ein paar aus meinem Mund. Ich hasse deine Haare, Emilia. Am liebsten würde ich dir eine Glatze rasieren, aber dann kann ich dich nicht mehr beim Ficken daran festhalten.

Auf einmal nimmst du Schwung und drehst dich auf die andere Seite. Heilige Scheiße, was machst du? Das ganze Bett wackelt und du liegst quer darüber. Dein Rücken ist nackt. Ich drehe mich ebenfalls auf die Seite. Mit einem Finger fahre ich deine Wirbelsäule nach bis zu deinem Steißbein … Ich will dich, Emilia. Jetzt! Es tut schon fast weh, so sehr will ich dich. Ich kann diese sanfte Scheiße nicht, aber ich verspreche dir, aufzupassen. Du bist so zerbrechlich in meinen Augen, Emilia. Für mich bist du einfach ein kleines Püppchen, das man brechen kann, aber das will ich nicht. Das hat er schon fast getan.

Ich drücke mich an dich und fahre mit der Hand deine Seite entlang, über deine Hüfte, deine Taille, und nach vorn an deine Brust, die ich fest umfasse. Meine Nase liegt an deinem Nacken, wo du so verdammt gut riechst. Du stöhnst genüsslich leise im Halbschlaf und presst mir deinen Arsch entgegen. Emilia, du bist ein Miststück. Hab ich dir das schon mal gesagt? Aber ich liebe dich dafür.

Deine Hand greift nach hinten an meinen Nacken und du ziehst mich an deinen Hals. Fuck, Baby, du riechst so gut. Deine Haut ist so weich und deine Pussy schmiegt sich an meinen Schwanz. Emilia, ich bin es gar nicht mehr gewohnt, dich nicht zu fesseln, dich nirgendwo knien zu lassen oder dir andere dreckige Sachen anzutun. Aber das geht auch, solange du es bist.

Ich lasse meine Lippen über deine Haut wandern, ziehe sie zwischen meine Zähne und lecke darüber. Aber ich dringe nicht in dich ein, Emilia, obwohl ich an meinem Schwanz spüre, wie du immer feuchter wirst. Du willst ihn in dir. Deshalb drückst du mir dein Becken mehr und mehr entgegen. Gleich wirst du auf mir liegen, wenn das so weitergeht. Langsam, Baby. Ich halte sie mit einer Hand unten und verwöhne weiterhin die Haut deines Halses. Mit einer Hand an der Schulter drücke ich dich auf den Rücken, damit ich an deinen Nippel komme. Als ich dich umgedreht habe, schlägst du das erste Mal an diesem Tag deine Augen auf und schaust direkt in meine. Du lächelst mich an und ich senke meine Lippen über deine Titten, ohne den Blick zu lösen. Mit einem Stöhnen krallst du deine Finger in mein Haar. Emilia, ich liebe es, wenn du das tust, und ich werde dir etwas geben, was ich bis jetzt nur einer Frau gegeben habe.

Du spannst dich an, als du merkst, dass ich an dir herabgleite, über deinen flachen Bauch und deinen Bauchnabel, den kleinen Hügel, der mich direkt dahin bringt, wo ich am liebsten bin, Baby. Zwischen deine Beine. Das habe ich noch nie bei dir getan, Emilia, weshalb du mich ein bisschen erschrocken und gleichzeitig neugierig ansiehst.

»Hinlegen!«, brumme ich zwischen deinen Beinen, nachdem du dich aufgesetzt hast. Sofort lässt du dich wieder auf den Rücken fallen. Mit meiner Zunge umkreise ich deine Klitoris und du stöhnst sofort los. Hätte ich gewusst, wie sehr dir das gefällt, hätte ich das schon viel früher getan, Baby. Ich hätte deine Füße irgendwo festgemacht, dich gezwungen, still zu liegen, und dich stundenlang geleckt.

Jetzt habe ich leider nicht so viel Geduld, Emilia. Ich lasse zwei Finger in dich gleiten. Ich liebe es, wie du dich anfühlst und wie du sofort durchdrehst und mir dein Becken entgegenstreckst. Du bist so gierig, Baby. Aber das bist du nur bei mir.

Das weiß ich jetzt.

Während ich dich weiter mit der Zunge verwöhne, streiche ich mit meinen Fingern immer wieder über deinen G-Punkt, bis deine Beine rechts und links von mir zittern und deine Fingernägel sich in meine Kopfhaut krallen. Ich mag es, unter meinem Mund zu fühlen, wie du kommst. Du schreist und ich lasse dich. Du musst nicht leise sein, Baby, nicht jetzt. Noch während du deinen Orgasmus durchzuckst, schiebe ich mich an dir hoch und gleite in einer fließenden Bewegung in dich, sodass ich noch deine Kontraktionen spüren kann. Fuck, das muss der Himmel sein. Du bohrst deine Fingernägel in meinen Rücken und kratzt darüber. Ich stemme mich auf meine ausgestreckten Arme und du streichst zwischen meinen Schulterblättern entlang. Das ist der Wahnsinn, Baby. Ich ficke dich langsamer, weil ich merke, dass ich gleich komme, doch ich will noch nicht kommen. Du schlingst deine Beine um meine Hüften und ich drücke sie wieder runter. »Lass das, Emilia!«, murmle ich an deinen Lippen. »Spreiz die Beine weiter.« Du tust es. »Heb den Arsch!«, wispere ich in dein Ohr. Du folgst.

Ich packe dich an den Hüften und knie mich hin; ich will dich ansehen, weil du so heiß bist, aber ich kann meine Augen nicht offen halten, weil es zu intensiv ist. Meine Lider gleiten zu und mein Kopf fällt nach hinten, dann greife ich nach deinen Knien und ziehe dich näher auf meinen Schwanz.

Du stöhnst so heiß, und ich bin so tief in dir.

Fuck, Emilia …

Du kommst erneut. Deine Muskeln ziehen sich um meinen Schwanz so fest zusammen wie noch nie. Alles andere, was ich mit dir erlebt habe, erscheint mir wie ein Kindergarten. Ich halte es nicht mehr aus und explodiere auch.

In dir.

Tief.

Scheiße.

Vielleicht fühlt es sich so heftig an, weil ich jetzt endlich weiß, was ich wirklich für dich empfinde. Dass ich dich liebe, Emilia.

42. Epilog

Mason

Dad starrt mich die ganze Zeit an, Emilia. Als würde er nur darauf warten, dass noch eine Bombe explodiert. Aber ich grinse ihn nur an und schiebe mir eine Nudel in den Mund. Mom plappert irgendwas vor sich hin. Sie ist wieder mehr die Alte, aber Dad kann einfach nicht aufhören, mich auf diese Art anzusehen.

Du sitzt jetzt neben mir, Emilia, genau da, wo du hingehörst. Du musst mich immer berühren, Emilia, das habe ich dir als Erstes klargemacht, als wir wieder nach Hause kamen. Dein Platz ist an meiner Seite. Du wirst nicht weichen und das meine ich so, wie ich es sage. Doch du scheinst dich damit mehr als wohl zu fühlen, denn du schmiegst dich immer in meine Arme, spielst mit meinen Fingern, küsst mich flüchtig oder streichst mir durchs Haar. Ich mag diese weiche Scheiße, Emilia.

»Und?«, fragt Dad. »Wann studierst du weiter, Scheißkröte?«

Genüsslich strecke ich mich. Ich bin oben ohne, wie immer, auch wenn es draußen kalt ist. Bei uns gibt es nie eine angenehme Temperatur im Haus. Entweder man erfriert im Sommer hier drin oder man schmilzt im Winter.

»Ich glaube, gar nicht mehr, Dad«, nuschle ich gelangweilt. Emilia, die Zeit mit dir im Moment ist der Hammer. Ich will nicht studieren, das ist Verschwendung von kostbarer Fickzeit.

Er zieht die Augenbrauen hoch und faltet die Hände auf dem Tisch. »Nun, ich glaube schon, wenn du deinen kleinen Arsch nicht bald auf der Straße sehen willst, Mason.«

Mit einer weit ausholenden Handbewegung deute ich auf dich, Baby. »Würdest du ihr *das* antun?«, frage ich laut und du zuckst zusammen.

»Von ihr habe ich nicht gesprochen, Mason.«

»Keaton«, sagt Mom und ich sehe an Dads Blick, dass er gerade nicht bereit ist, sich von ihr unterbrechen zu lassen. Er hasst Unterbrechungen und er hasst Störungen. Mich sieht er an, als wäre ich eine einzige Störung. »Jetzt gib ihm etwas Zeit. In den letzten Wochen war alles etwas viel, oder? Er wird nächstes Jahr sicher sein Studium fortsetzen. Nicht wahr, Mason?« Sie wendet sich mit hoffnungsvollem Blick an mich. Scheiße, wenn Mom mich so ansieht, kann ich ihr einfach nichts abschlagen. Verdammte Scheiße, Emilia. Und ich bin schon wieder so stoned. Aber du darfst das nicht, Emilia. Drogen nehmen oder sonst was. Du darfst nichts tun, was dir meiner Meinung nach schadet. Nicht mehr. Und schon gar nicht ohne mich.

»Jaaaa, bestimmt!« Ich hab Mühe, meine Augen offen zu halten, und spüre, wie du deine Hand zurückziehst, Emilia. Ich mag das nicht. Mein Blick schießt zu dir herum, aber du klemmst dir nur eine Strähne hinter das Ohr und legst deine Finger gleich wieder auf mein Knie.

Dad starrt mich an. Sein Wangenmuskel zuckt, Emilia. Mom schaut ihn mit einem vorsichtigen Seitenblick an, denn sie kennt diesen Ausdruck genauso gut wie ich. Ich glaube, er stellt sich vor, wie er mich erschießt. Einfach so, hier am Esstisch, weil ich atme und Mom anlüge.

Schulterzuckend schaue ich ihn an. »Ich hab nichts gemacht. Ich will hier nur essen, Dad. Ich kann nicht essen, wenn du mich so anstarrst.«

»Mason, ich frage mich, ob du jemals erwachsen wirst«, sagt er gepresst. Ich hasse diesen Tonfall, Emilia. Er klingt, als würde er mir unterschwellig drohen. *Nicht* cool.

»Wieso? Mir geht es doch gut«, erwidere ich und meine es auch so, Emilia. Wir sind abgefuckt, aber das macht nichts. Das soll so sein. Denn so sind wir.

* * *

Ich habe dich zwei Stunden am Stück gefickt, Emilia. Wir sind schweißüberströmt und die Couch ist durchnässt. Ja, ich weiß, du solltest mich nur massieren. Aber dann hast du mir eine Schwanzmassage verpasst, an die ich noch in zehn Jahren denken werde.

Jetzt liegst du da, dein Gesicht ist noch gerötet. Deine Haare sind überall. Ich hasse sie. Du liegst mit dem Rücken auf der Couch, den Kopf zur Seite gedreht, und schaust mich an. Ich sitze auf dem Sessel, auf dem du mich zuletzt geritten hast, und rauche eine Tüte. Mit schiefgelegtem Kopf betrachte ich dich, während der Rauch meinen Lippen entweicht. Mein Kinn habe ich auf eine Faust gestützt, denn mein Kopf ist so schwer, genau wie meine Lider.

Ich sehe in deine großen, strahlenden Augen, die von dieser Trauer und dem Schmerz umwölkt sind, die dich praktisch immer umgeben, wie eine Decke, in die du dich dein Leben lang gehüllt hast. Du hast diesen Blick, Emilia, als würdest du alles Gute um dich herum einsaugen und vernichten. Du bist gebrochen. Du wirst nie wieder ein Ganzes sein, auch wenn du bei mir zumindest halbwegs intakt bist.

Ich frage mich, was du denkst, Emilia. Und was du gedacht hast, als du weggegangen bist. Was du gedacht hast, als er dich so grob angepackt hat. Ich frage mich, was du empfunden hast, als du mich in eurer Wohnung gesehen hast.

Du bist ein Mysterium, Emilia.

Alles ist okay und ruhig, so friedlich, Emilia. Aber es kommt mir vor wie die Ruhe vor dem Sturm. Weil ich es bin und weil du es bist und weil wir beide ein Hurrikan sind. Es dauert nie lange, bis wir wieder aufbrausen und alles mit uns fegen.

»Ich vertraue dir nicht«, sage ich und habe keine Ahnung, woher das kommt. Aber es verfolgt mich, dass du mit mir gefickt hast, während er da oben war. Und dass du mit ihm gefickt hast, obwohl du genau wusstest, dass ich danebenstehe. Ich werde diese Bilder niemals vergessen. Ich liebe dich, Emilia. Das ist mir jetzt klar. Ich würde jeden ficken, der versucht, dich auch nur anzurühren. Ich würde alles niederbrennen für dich. Aber ein Teil von mir hasst dich abgrundtief und wird dich immer bestrafen wollen.

Deine Lider sind schwer. Du drehst dich auf die Seite und ziehst dabei die dünne Decke mit, umklammerst sie mit einem Arm und einem Bein und betrachtest mich.

»Ich weiß«, sagst du leise. Deine Stimme ist heiser vom Stöhnen und Schreien.

Ich kann dich nicht loslassen, Emilia. Du hast diese Seite in dir, die etwas in mir heilt, aber auch diese andere Seite, die etwas in mir verschlingt. Das wird unser Verderben sein.

»Ich glaube, wir werden uns gegenseitig umbringen«, sage ich nüchtern. Der Rauch, den ich ausgestoßen habe, umwabert dich wie eine dichte Wolke. Du bist schön, Emilia. Aber deine Schönheit ist ein Fluch.

»Ich weiß.«

»Wieso bist du dann bei mir?«, frage ich. »Ich werde dir keine Luft zum Atmen lassen, Emilia. Ich werde immer um dich herum sein. Du wirst keine Sekunde ohne mich verbringen. Ich will immer wissen, was du machst, wo du bist und was du denkst. Weil ich dich eingefangen habe und du jetzt mir gehörst. Weil ich sonst leider befürchten muss, dass du mit jemand anderem fickst, Emilia. Ich werde dich kontrollieren und du wirst mich abfucken, weil du eine kleine, kranke Bitch bist und ich ein skrupelloser Bastard.«

Du schaust mich an, immer noch, und krabbelst zu mir rüber, immer weiter. Als würden die Worte dich anziehen statt abschrecken. Du bist nackt, Emilia, und du krabbelst seitlich auf meinen Schoß, kuschelst dich an meine schweißnasse Brust und sagst: »Ich weiß.«

Ich lege einen Arm um deine Taille und packe deine Hüfte.

»Du hättest weglaufen sollen, als ich es dir gesagt habe.«

Du lehnst deinen Hinterkopf an meine Schulter.

»Ich weiß«, wisperst du.

»Jetzt ist es zu spät, Emilia. Jetzt kannst du nicht mehr weglaufen. Dafür werde ich sorgen.«

»Ich weiß.«

ENDE

Leseprobe

Prolog

Du bist ein verlorenes Mädchen. Ich habe dich in den Abgrund gezogen.

Und ich habe nicht vor, dich jemals wieder gehen zu lassen, Emilia.

Solltest du flüchten, werde ich dich suchen. Und ich werde dich finden.

Denn du gehörst mir.

Du sehnst dich nach dem Licht, aber wir beide sind die Dunkelheit, Baby.

Kämpfe!

Wehre dich!

Weine!

Du entkommst mir nicht.

Buch 1 – Heartless

Du bist keine Löwin, du bist ein Lamm, Emilia

Mason

Du stehst mir gegenüber und ich hasse dich ein bisschen, Emilia.

Du hast die enge Jeans angezogen, die ich dir verboten habe, anzuziehen. Es kommt mir so vor, als würdest du mit meinem Monster spielen wollen, Emilia. Tust du das etwa mit Absicht, Baby?

Es wirkt, Emilia. Nicht einmal die drei Joints, die ich geraucht habe, können das Brodeln noch unterdrücken. Du stehst da in meinem Keller und unterhältst dich mit zwei Bitches, die ich schon gefickt habe, was ich dir niemals erzählen werde, oder vielleicht doch, wenn ich dich ein wenig reizen will.

Deine verdammten Haare, Emilia. Sie sind immer noch so lang. Du hast sie zu einem Zopf gebändigt. Zu dieser Scheißjeans trägst du ein schwarzes, langärmliges, schulterfreies Oberteil, Emilia. Denn du magst es nicht, wenn man die Abschürfungen an deinen Handgelenken sieht, und *ich* mag es nicht, wenn man dein Schlüsselbein sieht. Du bist geschminkt: deine Lippen sind *rot* und deine

Augen betont. Seit wann schminkst du dich eigentlich, Emilia? Du hast mich nicht um Erlaubnis gebeten, den Lippenstift tragen zu dürfen. Jeder Pisser im Umkreis wird daran denken, wie sich diese Lippen um seinen Schwanz anfühlen, und das weißt du zu genau, Emilia.

Du provozierst mich.

Und du wirst es bekommen.

Aber nicht jetzt, jetzt muss ich rauchen.

Ich asche auf den Boden, während die brummenden Bässe der Musik durch meine Knochen vibrieren. Alle sind stoned, außer dir. Ein paar Leute tanzen, ein paar machen rum und *alle* labern Scheiße, Emilia. Wieso sind sie überhaupt hier? Ich würde dich jetzt viel lieber ficken. Diese Dreckshose von deinem Leib reißen. Ich selbst trage nur eine Jeans und sonst nichts. Du hasst es, weil die Bitches mich anschauen, Emilia. Und innerlich durchdrehen. Es ist ihnen egal, ob du es mitbekommst. Sie schmeißen sich schamlos an mich ran, und ich muss sagen, es gefällt mir, wenn deine Augen so funkeln, wie sie es tun, wenn ich angemacht werde.

Ich sitze auf dem Bett, den Rücken an das Kopfende gelehnt, ein Bein angewinkelt und den Unterarm auf mein Knie gestützt. Zwischen meinen Fingern qualmt der Joint. Ich weiß nicht, wieso ich mir diese American-Pie-Wichser hier eigentlich antue. Immer wieder. Ich muss ein fucking Masochist sein, obwohl *du* das eher bist.

Die Parasiten haben sich überall verteilt, Emilia, auch in meinem Schlafzimmer. Eine Blondine setzt sich zu mir.

Ihre Augen sind getrübt von dem typischen Ich-bin-so-besoffen-du-kannst-alles-mit-mir-tun-Blick. »Darf ich auch mal?«, fragt sie.

Ich gebe ihr die Tüte und bin immer noch so gelangweilt von dieser Scheiße.

»Sorry«, höre ich deine Stimme und grinse, als du die Blonde antippst, die gerade an meinen Joint zieht und mir die Titten ins Gesicht streckt. »Darf ich mal?«

Ich mag es, wenn du zickig wirst, Emilia, und die Krallen ausfährst, das tust du viel zu selten.

Sie zieht eine Braue hoch; sie fordert dich heraus, Emilia. Ich fange langsam an, mich zu amüsieren. Vielleicht sollte ich demnächst ein Planschbecken mit Schlamm in meinem Schlafzimmer aufstellen, und alle Tussis dürfen um mich kämpfen.

»Und *du* bist?«, fragt die Blonde genervt und pustet dir den Rauch ins Gesicht, Emilia. Ich mag das nicht.

»Seine Freundin?« Sie lacht spöttisch. »Ich bitte dich. Mason Rush und eine Freundin? Die Hälfte hier drin hatte schon seinen Schwanz im Mund oder woanders drin.« Das verletzt dich.

Ich sollte eingreifen, Emilia.

Du bist keine Löwin, du bist ein Lamm.

Ohne ein Wort schubse ich die Blonde an ihrer Schulter mit voller Wucht vom Bett, sodass sie aufkreischt, und packe dich am Unterarm, ehe ich dich neben mich ziehe und mich über dich beuge.

»Wer hat dir eigentlich erlaubt, diese Jeans anzuziehen?«, frage ich, während du unter mir liegst und mich mit großen Bambiaugen anschaust. »Oder diesen Fick-mich-Lippenstift aufzutragen, Emilia?«

Bist du etwa atemlos? Nach all der Zeit, Baby, die wir schon ficken? Ich liebe das ein bisschen. Du hebst den Kopf und flüstert nahe an meinem Ohr, um die Musik zu übertönen: »Den trage ich für dich.«

»Ich will dich ficken, Emilia«, knurre ich und dränge mein Becken an dich. »Die anderen sind mir scheißegal.«

Du stöhnst leise auf. Wie eine kleine Hure würdest du mich jetzt und hier vor allen mit dir tun lassen, was ich will. Denn das bist du, Emilia. Eine Hure. Du spürst, wie hart ich bin. Ich *lasse* es dich auch spüren und reibe mich an dir.

»Willst du, dass ich dich ficke, Emilia? Jetzt und hier?« Du hebst deine Hände und streichst durch mein Haar.

»Du darfst alles mit mir tun, was du willst, Mason.«

Ich senke den Kopf an dein Ohr, wo du so fucking gut riechst, und lache leise, was dich erschaudern lässt. »Hast du dir überlegt, wie gefährlich es ist, so etwas zu mir zu sagen?«

»Ich habe keine Angst vor dir. Ich *will* dich gefährlich.«

Fuck, Baby, ich liebe dich. Ich packe dich mit einem Ruck am Hals und presse dich in die Kissen. Du kriegst keine Luft mehr, Emilia, aber du willst es so, oder? Du willst, dass ich dir die Luft zum Atmen nehme.

Deine Hände gleiten meinen Rücken entlang. Du streichst hauchzart über meine Haut, als würde es dich gar nicht stören, was ich mit dir tue.

»Du bist ein bisschen wahnsinnig, Baby«, sage ich mit rauer Stimme und presse meine Hüften direkt an den harten Stoff deiner Jeans. Deine Augenlider flattern, du stöhnst und hebst mir dein Becken entgegen. Du reibst dich an mir, Emilia, machst dich heiß an meinem Schwanz, und ich muss ein Stöhnen unterdrücken.

Ich halte es nicht mehr aus, stehe auf und packe dich am Oberarm. Alle sind so stoned, dass sie nicht mal merken, was abgeht, als ich dich hinter mir her schleife, raus aus meinem Keller. Niemand darf dich so sehen, wie ich dich sehe, Baby. Ich zerre dich nach oben in das Haus meiner Eltern, direkt ins Esszimmer, hebe dich an den Hüften auf den Tisch. Mit einem Ruck hab ich dir die Jeans sowie den Slip runtergezerrt und meine Hose geöffnet.

Du hebst mir dein Becken entgegen, Emilia, du kleines Flittchen. Ich packe mit einer Hand deinen Arsch, mit der anderen stütze ich mich am Tisch ab. Du krallst dich in meine Haut, Baby, als ich mit einem harten Stoß in dir versinke. Und du schreist so laut, Emilia. Wir werden noch meine Eltern wecken, Baby.

Ich vögel dich so hart, dass der Tisch ruckelt und du immer wieder schreist. »Gott, Mason!«, »Fuck, Mason«, »Was tust du nur mit mir, Mason!«, »Ich will, dass du mich härter fickst, Mason.«

Du bist so versaut, Emilia, ich liebe es.

Ich ficke dich härter. Diesen Wunsch kann ich dir schlecht abschlagen. Dabei vergrabe ich mein Gesicht an deiner Halsbeuge und stöhne gegen deine Haut, bevor ich hineinbeiße und du zischst.

Du willst deine Hände an meinen Arsch legen, Emilia. Aber so läuft das nicht, denn ich bestimme, wo deine Finger sind. Ich drücke dich mit dem Rücken auf den Tisch und packe deine Kehle. Wieder. Du liebst es. *Immer.*

Du keuchst und beißt dir in die Unterlippe, dein Oberkörper bäumt sich auf. Du kommst fast, ich spüre es.

»*Willst du mich eigentlich verarschen, Mason?*« Der Overkill, Emilia!

Das ist weder deine Stimme noch meine, Emilia. Und eine andere Stimme hat hier gerade nichts verloren.

Es ist mein Vater, der neben uns steht! Wie lange steht er da schon, Emilia? Er betrachtet uns mit trockener Miene. Ein Muskel in seiner Wange zuckt.

Kein gutes Zeichen!

Du hast Mom in einem Keller eingesperrt, Dad

Mason

»Fuck, Dad!«, schreie ich auf und springe zurück. Ich greife nach deinen Sachen und schmeiße sie in deinen Schoß.

»Fuck, Mr. Rush!«, schreist du jetzt auch.

»Heilige Scheiße, was soll das, Dad?« Er gönnt es mir nicht, Emilia. Nicht einmal einen kleinen Fick auf seinem Esstisch. Weißt du wieso, Emilia? Weil ich der größte Sexkiller bin, seit ich lebe, und er will es mir heimzahlen.

Ich weiß es.

»Pack deinen Schwanz ein, wenn du mit mir redest, Mason Keaton Rush.«

Scheiße! Schnell schließe ich meine Jeans, während du dich anziehst.

»Ich dachte, hier wird jemand umgebracht«, sagt er jetzt. »Und es sah auch ein bisschen danach aus, Mason.«

»Hau ab, Baby«, befehle ich dir. »Aber bleib im Haus. Du gehst nicht ohne mich runter.« Du huschst an uns vorbei, dein Gesicht ist knallrot, wie ich sonst deinen Arsch rot knalle, und verschwindest ins Bad.

Ich bin so genervt, Emilia. Ich war kurz vorm Kommen.

»Dad!« Ich gestikuliere wild mit meinen Händen. »Respektierst du gar keine Privatsphäre?«

»Du hast deine Freundin auf meinem Tisch gevögelt. Meinem Esstisch, Mason.«

»Ja, aber den kann Mom ja abwischen. Gott, macht ihr es etwa nur im Bett oder was?«

Er zieht eine Augenbraue hoch. »Was glaubst du, woher du das hast?«

Jegliches Blut weicht mir aus dem Gesicht, als mir eindeutige Bilder durch den Kopf schießen. *Mom! Ih!* »Ich will sterben. Wo bitte habt ihr es schon überall gemacht? Will ich es überhaupt wissen?«

Er seufzt, Emilia. Das Seufzen hat er perfektioniert, als ich zwölf geworden bin. »Ich denke eher nicht. Aber glaub nicht, dass du das erfunden hast.«

Fuck, was wird das? Unten läuft eine Party und du hast dich auf dem Klo eingesperrt, Emilia. Ich hoffe stark für dich, dass du nicht vorhast, ohne mich wieder da runterzugehen. Sonst werde ich dich bestrafen müssen, aber das ist es ja im Grunde, was du willst, oder, Baby?

Ich will an ihm vorbei, um zu dir zu gelangen. Wir müssen das noch zu Ende bringen, Baby. Halbe Sachen gibt es bei mir nicht. Das weißt du mittlerweile, nicht wahr?

Dad scheint andere Pläne zu haben. Er packt mich am Oberarm, und falls du glaubst, Emilia, meine Griffe seien hart, hast du seine noch nicht gespürt.

Ich drehe den Kopf über die Schulter und starre direkt in seine Augen. Meine Augen. »Was du da tust, wird nichts bringen, Mason.«

»Was?«

Er starrt mich eindringlich an. Ich mag das nicht, Emilia. Seine Eindringlichkeit bedeutet nie was Gutes. »Du kannst sie nicht an dich binden und immer kontrollieren. Irgendwann wird sie ausbrechen.«

Emilia, das wirst du nicht. Niemals. Du liebst es, eingesperrt zu sein. Du liebst es, in meinen Fängen zu sein. Du willst nicht ohne mich sein. Du willst all die Abgründe, in die ich dich zerre. Du willst all die Verdorbenheit, all die Dunkelheit. Du brauchst das.

»Mom ist auch nicht ausgebrochen, oder?« Fuck, Emilia. Ich sehe an seinem Blick, dass es ihm gar nicht passt, was ich da gesagt habe. Wieso halte ich auch nicht einfach meine Klappe? Ich will dich ficken, Emilia. Du schuldest mir noch einen Orgasmus.

»*Wie bitte?*«, fragt er durch zusammengebissene Zähne und seine Finger bohren sich in meinen Oberarm. Dad ist immer kontrolliert, Emilia, außer es geht um Mom. Mom ist sein Heiligtum. Nichts ist wichtiger, auch seine Kinder nicht. Niemand.

»Ich hab dein Notizbuch gefunden, Dad.« *Wieso halte ich nicht einfach meine Klappe? Verdammte Scheiße!*

Sein Blick wird ernst und er lockert seinen Griff ein bisschen. Aber nicht genug, um mich losmachen zu können. Ich bin stark, Emilia, das weißt du. Aber nicht so stark wie er. Von unten dröhnen die dumpfen Bässe nach oben sowie das Gelächter der anderen und ich spüre dich, Baby. Ich weiß, dass du brav hier oben auf mich wartest. Und genau so soll es sein.

»Wo hast du es gefunden?«, fragt er ruhig.

»In deinem Büro.«

»Du warst in meinem Büro, du Scheißkröte?« Shit, jetzt ist er wütend.

»Wieso nennst du mich immer so?«, frage ich genervt. »Dad, lass mich los. Ich will mich gar nicht erst gegen dich wehren müssen.« Ich hab zu viel Respekt vor ihm, ohne Scheiß. Und er ist in der Hinsicht auch der Einzige, den ich respektiere. Wenn Dad wütend ist, entkommt ihm niemand. Das ist einfach ein Fakt, Emilia. Egal, wie fucking viel Kraft ich habe und wie viele Kämpfe ich auch gewinne.

Er kneift die Augen zusammen und *das* ist wirklich kein gutes Zeichen, Emilia. Das Zucken seines Wangenmuskels ist auch wieder da. Es gefällt mir nicht, *Emilia*. Gar nicht.

»Du wirst dich gar nicht erst gegen mich wehren *können*, Mason«, sagt er gepresst. »Was hattest du in meinem Büro zu suchen? Ich dachte, nach dem letzten Mal, als du meine Kameras demoliert hast und meine Computer, hätte ich mich klar ausgedrückt.«

Mich langweilt das, Emilia. Ich würde dich jetzt gern auf die ruckelnde Waschmaschine setzen und lecken. »Ja, ich weiß. Aber als du mir wieder mein Gras weggenommen hast, Dad, hatte ich keine andere Wahl. Wird das nicht mal langweilig, mir ständig mein Dope zu klauen wie ein fucking Ninja?«

»Wie viel hast du gelesen?«, fragt er. Ich überlege, ob das Panik in seiner Stimme ist, denn diesen Unterton habe ich noch nie gehört.

»Alles?«, sage ich und lasse es wie eine unsichere Frage klingen. Ich habe alles gelesen, Emilia. Deshalb muss ich jetzt noch mehr Drogen nehmen.

»Fuck«, zischt er und ich erschrecke mich. So was sagt er eher selten, also eigentlich gar nicht. Die Lage scheint ernst.

Tief seufzend lässt er mich endlich los, und weil ich keine kleine Pussy bin, reibe ich mir nicht den Oberarm. Aber es pocht schon ein wenig, Emilia.

»Okay, hör mir zu, du Scheißer.« Er dreht sich zu mir um und starrt mich ganz ernst an. »Erstens: Du hast eine

Stunde, um das Buch wieder genau dahin zu legen, wo du es gefunden hast. Zweitens: Deine Mom ist eine verdammt starke Frau und ich bin ein verdammt kontrollierter Mann, der sich selbst zügeln kann. Deine kleine Freundin auf der Toilette ist schwach, Mason. Sie ist nicht deine Mom. Und egal, was du machst, du wirst sie brechen. Du bist ein arbeitsloser Trottel, der null Kontrolle über sich hat und der das Monster in sich nicht zähmen kann. Ich schon.«

Ich lache trocken. »Du bist so dramatisch, Dad. Erstens: Emilia ist schon gebrochen. Ich glaube, sie ist so auf die Welt gekommen, und ich? Ich hab kein Monster in mir, Dad, ich *bin* ein Monster. Das kann man nicht zähmen.«

Das Mondlicht scheint auf ihn. Ich merke, dass er ein bisschen kaputt aussieht, Emilia, wie er hier in seiner Schlafhose und oberkörperfrei vor mir steht. Mir wird klar, wie viel meine Eltern eigentlich durchmachen mit mir, und ich glaube, es ist das Gras, aber es tut mir ein bisschen leid.

»Du bist ehrlich noch schlimmer als ich«, sagt er trocken und schüttelt seinen Kopf. »Und ich habe schon einige Dinge gemacht, wie du ja bereits weißt.«

»Ja, Dad. Du hast Mom eingesperrt. In einem Keller. Das ist fucking krank.«

»Ich habe es getan, weil sie sonst total abgerutscht wäre, Mason. Sie hatte sich selbst verloren und sie hatte mich verloren, und das Schlimmste? Ich hatte sie verloren. Und das konnte ich nicht zulassen.«

»Also bist du auch der Ansicht, dass man, was man liebt, einsperren sollte. Oder? Weil man es immer nur gut meint, Dad?«< Er starrt mich nur an, Emilia. »Ich vertraue ihr nicht, Dad. Und ich werde sie festhalten. Ich werde sie nicht mehr freilassen. Sie ist krank und sie ist die Einzige, die meine abartige Scheiße erträgt. Sie *braucht* das Monster sogar. Ich weiß, Mom wollte es nicht, dein Monster, Dad. Du hast es ihr aufgezwungen. Aber Emilia? Sie hat selbst eins und das ist total selbstzerstörerisch.«

Sein Blick gefällt mir immer noch nicht. Das ertrage ich nicht. Ich will zu dir. Es macht mich nervös, dass du im Bad bist, und ich so weit weg, während ich nicht weiß, was du tust, Emilia. Vielleicht telefonierst mit einem Ficker, vielleicht sogar mit Riley! Vielleicht hat dich diese Brüdersache so sehr angemacht, dass du gar nicht mehr anders kannst.

»Beruhig dich!«, knurrt Dad. Erst jetzt merke ich, dass ich angefangen habe, mich anzuspannen, und dass meine Hände zu Fäusten geballt sind. »Mason! Atme!«

Gepresst atme ich durch die Nase und mein Blick schießt wieder zu Dad. »Ich muss da jetzt rein, Dad. Lass mich gehen.« Er starrt mich an, aber dann scheint ihm irgendwas klarzuwerden, was ich nicht verstehe, und er tritt beiseite.

Fuck, Emilia, das waren dreizehn Minuten, ohne zu wissen, was du tust.

Du bist der Ersatzstoff für einen Drogensüchtigen, Emilia

Mason

Du bist nicht im Bad, Emilia.

Ich hatte mich doch klar ausgedrückt.

Wie kannst du es nur wagen?

Ich traue meinen Augen kaum, als ich in das Bad blicke und es leer vorfinde. Mit zu Fäusten geballten Händen drehe ich mich um und gehe Richtung Keller. Dabei rausche ich an meinem Vater vorbei, der gar nicht versucht, mich aufzuhalten. Emilia, du kleines Flittchen. Das machst du doch mit Absicht. Du willst mich provozieren. Du willst, dass ich dir den Arsch versohle, bis du nicht mehr sitzen kannst. Du willst, dass ich dich ficke, bis du wund bist. Du willst, dass ich ihn dir in deinen kleinen Rachen stecke, bis du würgen musst. Du bist so eine kleine notgeile Bitch – und du kannst einfach nicht genug bekommen. Du willst immer mehr und mehr und mehr ...

Unten angekommen, schubse ich die ganzen Wichser beiseite, die mir im Weg stehen. Ich höre dein Lachen, bevor ich dich sehe. Was glaubst du, was du da tust, Emilia? Du stehst am Küchenfenster, *Emilia*, und du schlägst deine Hand gegen seine Brust, während du lachst, *Emilia.* Heute Nacht wirst du sterben, Emilia. Meine Beine tragen mich ganz von selbst zu dir, eine Hand zu Faust geballt. Dieser Hurensohn vor dir kassiert von der Seite einen so heftigen Schlag, direkt auf seine hässliche Nase, dass er mit dem Kopf gegen den Schrank knallt. Das hat er nicht kommen sehen. Dann schielt er und taumelt nach hinten. Eine Gruppe Weiber schreit auf und verschüttet ihre Drinks auf meinen Boden, als er in sie fällt. Du stehst da und machst: »Oooops ...« Und deine Augen funkeln, während deine Lippen zu einem Lächeln verzogen sind, Emilia.

»Raus!«, blaffe ich den anderen Honks zu. Keiner ist so dumm, nicht zu gehorchen. Bei dem ein oder anderen helfe ich nach, aber zehn Minuten später ist meine Wohnung leer. Du bist immer noch in der Küche und wirkst ziemlich entspannt, Emilia, als du dein Glas leertrinkst. Natürlich kein Alkohol. Du bekommst keinen.

Hab ich etwa meinen Biss verloren, oder macht es dich so sehr an, wenn ich dich beschütze, Baby, wenn ich eifersüchtig werde, dass dir jegliche Konsequenzen egal sind? Aber, Emilia, du warst mit meinem Bruder zusammen, als wir zusammengekommen sind. Ich vertraue dir nicht. Das werde ich wahrscheinlich nie, und du tust ja auch nicht gerade irgendwas dagegen, damit es besser wird. Ganz im Gegenteil, du liebst es, mit dem Feuer zu spielen, mit dem Wahnsinn, mit meinem Monster.

»Ich habe dir gesagt: *Du fasst keine anderen Kerle an.* Ich habe dir gesagt: *Du sollst nicht alleine in den Keller gehen*, Emilia. *Und wo bist du jetzt?* In deiner Fick-mich-Jeans? *Im Keller.*«

Du kommst nicht mehr dazu, normal zu antworten.

Die ganze Nacht nicht.

***

Ich habe dein Handy dabei, Emilia, nur zur Sicherheit. Du schläfst noch und das ist okay. Denn ich habe dich letzte Nacht so sehr ausgelaugt, bis fünf Uhr morgens – hart und überall, Emilia. Selbst mir tut einiges weh, aber dafür bin ich entspannt heute Morgen. Als du vorhin dann in einen fast schon komatösen Schlaf gefallen bist, habe ich dich gelassen. Heute Nacht warst du ein braves Mädchen, nachdem du ein böses gewesen warst. Manchmal frage ich mich, ob du das für mich oder für dich tust? Willst du bestraft werden oder willst du mir die ständige Anspannung und Wut nehmen? So relaxed war ich eigentlich noch nie. Das bin ich erst, seitdem du ständig bei mir bist. Du bist wie der Ersatzstoff für einen Drogensüchtigen.

Ich komme oben an. Heute ist es warm und die Sonne strahlt ins Haus. Es ist übertrieben sauber. Mom hatte wahrscheinlich wieder einen Über-Nacht-Putzfimmel. Den kriegt sie aber nur, wenn Dad im Haus ist. Ohne ihn sieht es ganz anders aus. Scheiße, ich will gar nicht wissen, was die hier oben treiben, wenn sie danach so viel putzen muss, oder ist es *beim* Putzen? Nach dem, was ich über ihn gelesen habe – und ich habe das immer noch nicht verarbeitet –, halte ich alles für möglich, Emilia.

Apropos Tagebuch, Emilia. Als ich meinen Vater sehe, und das heute in nüchternem Zustand, fallen mir einige Dinge ein, die ich gestern noch gelesen habe. Ekelhafte Dinge.

Mom macht Pfannkuchen und sie kichert, Emilia, während Dad neben ihr steht und den Pfannenwender in der

Hand hält. Wie soll ich das verstehen? Wieso ist diese Familie so durch, Emilia?

»Stopp, nicht so viel Mehl, Olivia!«, sagt er. Mom gibt einen komischen Laut von sich, als er ihr mit dem Pfannenwender auf den Arsch haut. Fest.

Fuck, ich will umdrehen, gehen und irgendwo sterben, doch Dad sagt: »Guten Morgen, Kröte«, ohne sich umzudrehen und hinzusehen. »Es ist ein bisschen früh für dich, oder?«

»Scheiße, Dad, leg die Scheiße weg, bitte!« Dad haut Mom nochmal auf den Arsch, die knallrot ist und aufquiekt.

»Keaton, bitte! Nicht vor den Kindern!«

»Wenn du wüsstest, was die treiben, Olivia!« Er wirft mir einen eindeutigen Blick zu, und der ist ziemlich angewidert.

»Das will ich gar nicht wissen!« Es brutzelt, als sie den Teig mit einer Kelle in die Pfanne füllt. »Wo ist Emilia?«

Ich grinse selbstgefällig. »Die ist im Koma.« Mein Vater verdreht die Augen. Dann lege ich das Handy auf den Tisch und setze mich.

»Wieso hast du ihr Handy?«, fragt mein Vater.

»Äh, damit sie nicht telefoniert, wenn ich nicht bei ihr bin?«

»Du hast sie in den Keller gesperrt und hast ihr Handy?«, erkundigt er sich blinzelnd.

»Kennst du das nicht selbst irgendwoher, Dad?«

Moms Kopf fährt herum und sie reißt die Augen auf. »*Keaton*!«

Oben klingelt ihr Handy. Gott sei Dank, eine Rettung für Dad. »Es könnte Amber sein, Baby, geh lieber ran!«, raunt er ihr zu und Mom sieht überglücklich aus, einen Grund zu haben, die Küche zu verlassen.

Ich sitze am Tisch, die Finger hinter dem Kopf verschränkt, und grinse breit. »Amber also, hm? Tante Amber? *Wirklich,* Dad?« Ich denke an all die Sachen, die mein Vater mit Tante Amber gemacht hat. Alles, was er in seinem Notizbuch aufgeschrieben hat, Emilia. Warum habe ich das überhaupt zu Ende gelesen und nicht einfach verbrannt, Emilia?

Dads Blick wird düster. »Hör auf!«

»Und wer ist überhaupt *Leila*?«, mache ich einfach weiter.

»Wenn du diesen Namen einmal vor deiner Mom sagst, dann stopfe ich dich zurück in meine Eier, Mason! Wage es nicht!«

Ich hebe abwehrend die Hände und ziehe die Schultern hoch. »Findest du nicht, dass wir darüber reden sollten, was ich da gelesen habe, Dad? Ich bin ein bisschen verstört.«

»Ich bin auch sehr verstört, wegen dir, Mason, und zwar seit vierundzwanzig Jahren.«

Mom kommt mit dem Telefon zurück. Ich höre sie noch sagen: »Ja, es wäre wunderbar, wenn Cherry mitkommt, Amber. Ach, mach dir keine Sorgen. Der? Der hat doch jetzt eine Freundin, das klappt schon!« Ich werde hellhörig und schaue meinen Vater an. Er wirft mir einen drohenden Blick zu, Emilia.

»Denk nicht mal dran, Mason!« Mom legt auf und kommt wieder in die Küche.

»Cherry ist zurück?«, frage ich, auch, um meinen Vater weiter zu provozieren. Sollte er irgendwas sagen, werde ich einfach den Namen *Leila* in den Raum werfen und gehen. Es ist so schön, mal was gegen ihn in der Hand zu haben, und ich habe jetzt *so* viel in der Hand, Emilia.

»Ja, sie ist aus dem Schweizer Internat zurück und Amber will sie im Sommer mitbringen.« Beide bauen sich vor mir auf und sehen mich mit in die Hüften gestemmten Armen an. Sie sind wie die Elternmafia. Ich brauche keinen Gangsterboss als Vater, ich hab Mom.

»Wieso schaut ihr mich jetzt so an?«, frage ich unschuldig. »Und wann krieg ich endlich einen Kaffee? Außerdem brennen die Pfannkuchen an, Mom. Bitte, nicht schon wieder.« Sie hastet zum Herd, aber Dad starrt mich immer noch an.

»Du hast jetzt Emilia und du wirst Cherry in Ruhe lassen! Nachdem du mit ihr fertig warst, hat Amber sie auf ein *Mädcheninternat* geschickt, Mason. Überleg dir, was das bedeutet!«

»Dass ich ein sehr, sehr verdorbener Bastard bin, Dad.« Ich denke an Cherry zurück, Emilia. Sie ist Ambers Tochter und nur bei ihr aufgewachsen, also ein kleiner Drill Sergeant. Tough, frech, selbstbewusst, das genaue Gegenteil von dir und vier Jahre jünger als ich. Wir sind zusammen aufgewachsen, Emilia, und ich habe sie entjungfert und dabei total verdorben. So sieht das Tante

Amber zumindest. Ich habe sie etliche Jahre nicht mehr gesehen, obwohl wir früher total oft zusammen waren. Sie ist die Rothaarige, die man auf den Bildern im Flur sehen kann, und alle machen einen riesen Aufstand, weil sie Ambers Zorn fürchten. Tante Amber ist halt auch sehr speziell. Schlimmer als Tante Penny – und die hasst mich wirklich. Ich bin froh, dass Tante Penny vor ein paar Jahren weggezogen ist. Die war immer so stressig und hat Mom regelmäßig gegen Dad und mich aufgehetzt, während Riley immer der Goldjunge war.

»Noch was, Mason: Riley wird auch kommen. Das ist ein Familienurlaub und du wirst lernen müssen, damit umzugehen. Es ist mir egal, was zwischen euch war. Ihr seid Brüder. Wegen des Deals bleibt er in New York, der steht auch weiterhin. Trotzdem darf er uns jederzeit besuchen, was er nicht macht, weil er dich meidet, aber im Urlaub müsst ihr euch akzeptieren.«

Ich ziehe eine Braue hoch und merke selbst, wie stechend mein Blick ist. »Meinst du, ich lasse den Wichser in die Nähe von meinem Mädchen? Das könnt ihr vergessen. Ich töte ihn, wenn ich ihn sehe, Dad. Tu das nicht, sonst hast du nur noch einen Sohn.«

»Du kleiner Scheißer! Du hörst mir jetzt mal zu, du Kröte! Komm runter von deinem arroganten Trip! Ihr hattet eure Probleme, du hast das Mädchen gekriegt, er nichts! Du wirst ihn dort tolerieren, dafür musst du nicht mit ihm Tag und Nacht auf Friede, Freude, Eierkuchen machen. Geh ihm einfach aus dem Weg. Er wird dasselbe tun!«

»Wenn er sie auch nur einmal ansieht, steche ich ihm die Augen mit einer Gabel aus oder zur Not mit meinen eigenen Fingern, Dad.«

»Gott, wir haben es verstanden, du riesengroßer Macho!« Mom kommt von hinten, stellt den Teller mit Pancakes vor mich und verwuschelt mir die Haare. Ich hasse es, wenn mir jemand die Haare verwuschelt, Emilia, außer du beim Sex. Sie gibt mir noch einen Kuss auf die Wange, als hätte das Angegrapsche nicht gereicht.

»Ach, ich freu mich schon auf unseren Sommerurlaub.« Mom ist voll auf Zuckerwatte-Kurs, und ich hab gar kein gutes Gefühl.

Du bist die Kugel und ich bin der Lauf, Mason

Emilia

Ich erwache, weil mir ein heißer Atem regelmäßig ins Gesicht bläst. Langsam strecke ich mich. Alle meine Glieder tun weh. Mason, danke. Trotzdem liebe ich den Sex mit dir. Ich brauche ihn jeden Tag wie eine Droge. Genau wie das Gefühl, in deiner Macht zu sein, nur dann kann ich mich fallenlassen und *ich* sein.

Ich schlage die Augen auf. Sie brennen, ich bin immer noch so müde. Missy liegt direkt neben mir. Sie hat sich so breitgemacht in dem einzigen Sonnenstrahl, der in den Keller fällt. Ihr Kopf liegt auf meinem Arm und ihr schwarzes Fell glänzt im Sonnenlicht. Wir sind jetzt Freundinnen, Mason. Am Anfang hat sie mich als

Konkurrenz gesehen, doch jetzt beschützt sie mich, sogar vor dir. Eigentlich ist sie in meinen Besitz übergegangen. Ich kuschle mich nochmal in ihr dichtes, weiches Fell und sie brummt zufrieden, wie ein Nebelhorn. Ihr wuschiger Schwanz peitscht hin und her und kitzelt mich.

Ich höre deine Schritte und stelle mich schnell schlafend, wobei ich aufpassen muss, dass ich nicht wie blöd grinse. So glücklich wie in den letzten Monaten hier unten in deinem Keller war ich schon lange nicht mehr.

»Ich weiß genau, dass du nicht schläfst, Emilia! Hier ist dein Handy.« Es landet neben mir auf dem Bett und Missy springt herunter. *Hey, bleib hier*, denke ich mir. Die Matratze senkt sich und dein großer warmer Körper schiebt sich neben mich. Sofort fängt alles an, in mir zu kribbeln. Über mir höre ich Schritte hin und her gehen, und weiß, ich kann nicht mehr länger schlafen, weil ein neuer Tag angebrochen ist. Wieso sind die Nächte eigentlich immer so kurz?

»Mach die Augen auf, Emilia.« Es ist fast schon ein Reflex, dass ich tue, was du sagst, also öffne ich meine Lider und grinse dich an. Du siehst so unglaublich gut aus, Mason Rush. Jeden Morgen aufs Neue haut mich dein Anblick um.

»Hi!«, hauche ich und du lächelst. Du lächelst nicht oft, Mason, und wenn du es tust, ist es etwas Besonderes. Du lächelst immer nur für mich – und für Missy. Weil ich auch etwas Besonderes für dich bin.

»Hi«, sagst du augenverdrehend. Erst jetzt sehe ich den Teller, den du dabei hast. Mit fluffigen, leicht angebrannten Pancakes und einer Tube Schokosoße, obwohl sowieso schon Soße auf dem Teller ist, und saftige, grüne Trauben. Mein Magen knurrt. Du tauchst den Zeigefinger in die Soße, streichst damit über meine Unterlippe und küsst mich. Innig, intensiv, berauschend. So, wie deine Küsse immer sind. Du schmeckst nach Schokolade und Mason. Ich könnte dich den ganzen Tag küssen. Deine Küsse sind auch selten, Mason. Jegliche wahre Zuneigung gibst du mir sehr dosiert, aber mit jedem Monat wird es ein bisschen mehr. Du hast noch nie geliebt, und jetzt, da ich dich kenne, weiß ich, dass es bei mir genauso ist. Und du hast mir auch noch nie gesagt, dass du mich liebst, aber du zeigst es mir auf so viele verschiedene Arten, weil du kein Mann der Worte bist, sondern der Taten. Du hast mir Frühstück gebracht, Mason, und Kaffee. Während du mich auf den Rücken schiebst, lehnst du dich über mich. Ich vergrabe meine Finger in deinem Haar und will schon wieder mehr, obwohl mir noch alles wehtut. Doch gerade, als ich heißer werde, hörst du einfach auf, mich zu küssen, Mason. Wenn du nicht Mason Rush wärst, würde ich dich anbrüllen.

Du reißt mir die Decke vom Oberkörper und dein dunkler Blick gleitet über meine Konturen. Allein davon stellen sich meine Nippel auf. Du hast Schokosoße dabei, Mason, und zwar die ganze Tube. Ich glaube, das ist meine Belohnung für gestern Nacht. Du verwöhnst mich nicht besonders oft, unser Sex ist hart, doch ich glaube, heute ist wieder ein Verwöhntag.

»Beweg dich nicht, Emilia«, raunst du und verteilst die Schokosoße auf meinem Körper. Sie läuft über meine Brüste und ich bekomme Gänsehaut, denn sie ist kalt. Ich spüre, wie sie eine Spur meinen Bauch entlang und in meinem Bauchnabel eine kleine Pfütze bildet. Meine Nackenhaare stellen sich auf und ich muss mir ein Stöhnen verkneifen. Du grinst, stehst auf, nimmst dein Handy und fotografierst mich erst mal.

Ich will dich anflehen.

Du grinst breiter. Dann schmeißt du das Handy weg und beugst dich mit einem Mal über mich. »Du bist so ein kleines, dreckiges Mädchen, Emilia. Was soll ich nur mit dir machen?«, fragst du mit rauer Stimme und leckst mit deiner Zungenspitze von meinem Unterbauch bis zwischen meine Brüste. Dann zu meinem rechten Nippel, um den du die Lippen schließt und sanft daran saugst. Ich stöhne auf und biege meinen Rücken durch.

Deine Finger gleiten zielsicher zwischen meine Beine, wo ich schon total bereit für dich bin. Verlangend recke ich dir mein Becken entgegen und kralle meine Hände in das Laken unter mir. Während du mir die Schokosoße vom Körper leckst, gleiten deine Finger in einer ruckartigen Bewegung in mich und ich beiße mir auf die Unterlippe.

»Du darfst nicht kommen, Emilia«, flüsterst du direkt an meinen Lippen und küsst mich schon wieder. Deine Finger werden drängender und forscher, und ich zerlaufe innerlich, genau wie die Soße auf meinem Körper. Meine Muskeln beben schon bald. Du hast mich die ganze Nacht nicht kommen lassen, um mich zu bestrafen. Ich halte es einfach nicht mehr aus. Du spürst es und ziehst deine Finger zurück.

Ich wimmere.

Du hebst eine Braue. »Nicht kommen, hab ich gesagt. Kannst du dich eigentlich auch nur einmal an etwas halten, Emilia?« Deine Finger gleiten sanft an meiner Pussy auf und ab, aber dringen nicht mehr in mich ein. Es ist die pure Folter. Ich bin so geladen!

»Mason, bitte, du bist der Teufel«, hauche ich zittrig.

Du positionierst dich zwischen meinen Beinen. »Ich weiß, Baby.« Damit presst du dich in mich.

Ich kralle meine Nägel stöhnend in deine Haut, aber du hältst meine Handgelenke über dem Kopf zusammen, Mason. »Nicht kommen, Emilia«, sagst du erneut und fickst mich nur mit deiner Spitze, sodass ich sterben will. Ehrlich sterben.

Ich schmeiße meinen Kopf von links nach rechts und presse die Lider zusammen. Wie du über mir aufragst, ist ein zu sinnliches Bild. Du hast neue Tätowierungen, Mason, und jedes bisschen Tinte auf deinem Körper macht dich noch begehrenswerter.

»Ich kann nicht mehr«, flüstere ich, als du dich langsam komplett in mich schiebst. Du machst es so hart, dass ich gar keine Chance habe, und das weißt du ganz genau.

Während du mir durchdringend ins Gesicht siehst, explodiere ich um dich herum. Und du auf mir.

Keuchend lässt du dich auf mich sinken und atmest mir heiß gegen die Haut. Du hältst mein Gesicht mit beiden Händen fest. Ich liebe es, wenn ich deinen Körper so fest auf mir spüre und er mich zu verschlingen scheint.

»Du bist so ein böses Mädchen«, flüsterst du. »Du kannst einfach nicht hören, oder?«

Ich lache leise in dein Haar und du küsst meinen Hals. »Du gehörst mir, Emilia. Vergiss das nie.«

Cry, Baby, Cry erscheint bereits Mitte Juni!

Buchtipp

Wer mehr über Keaton und Olivia Rush erfahren will.

Du siehst mich nicht, aber ich sehe dich, Olivia.

Ich sehe dich immer.

Ich bin immer da – egal, was du machst.

Ich sehe dich, wenn du deinen kleinen, heißen Körper an anderen Männern reibst, und wenn du in deiner keuschen Uniform Gäste bedienst.

Ich weiß, was du denkst, wer du bist und wer du gerne sein würdest.

Ich weiß, was du brauchst und du wirst es bekommen. Bald.

Dann wirst du mein sein.

Der dunkle Auftakt einer Reihe, die dir den Atem rauben wird.

Obsessed – Bis du mein bist.

Lesen auf eigene Gefahr!

https://amzn.to/2DrPEDy

Danksagung

Erstmal: Wir sind **ABSOLUTE** Drogengegner, bitte lasst die Finger von dem Zeug, denn das zerstört Leben!!!

Zweitens: Gewalt! Und Frauen! **Das geht gar nicht!** Wir persönlich würden uns sowas nie gefallen lassen und befürworten sowas im realen Leben in keinster Weise. (Außer mal ein kleiner Arschklatscher, lol)

In einer Beziehung sollte Respekt herrschen und jeder sollte gleichgestellt sein!

IMMER!

So, das war uns erstmal wirklich wichtig zu sagen!

DANN zum lustigen Part dieser Danksagung!

***

Als aller erstes bedanken wir uns bei unserem Gehirn. Wir lieben unser Gehirn – und ja, es ist mittlerweile zu einem einzigen wabbligen Teil verschmolzen. Wir müssen uns nur ansehen und wissen, was wir denken und was als nächstes kommt.

WIR LIEBEN DAS!

Dann bedanken wir uns natürlich bei Mia und Herkules und Jack, weil wir ohne sie nicht schreiben können. Und

Alex. Alex, weil er immer kocht und Kaffee macht.

Wir bedanken uns natürlich auch bei der absolut tolligen Isabelle Kaden, die uns mit ihren Kommentaren immer den Tag versüßt und die besten Lektorate dieser Welt macht.

Als nächstes bedanken wir uns bei Marie Grasshoff für die wunderschönen Cover!

Und natürlich bei Valeska Reon für das Korrektat und NATÜRLICH beim besten Verlag dieser Welt. Dem A.P.P. Verlag und als letztes aber am meisten bedanken wir uns bei euch!

DANKE! Für eure Begeisterung!

Für eure Leidenschaft, eure Liebe, euer Einfühlungsvermögen!

DANKE für jede einzelne Rezension! Wir feiern sie alle!

Diese Reihe hat gerade erst begonnen, es wird noch eine lange Reise werden – und wir sind sooo gespannt, wie ihr die nächsten Teile finden werdet.

Mit allerliebsten Knutschis

Eure Don und Maria

Über Don Both

Die 30-jährige Tschechin, die in Bayern lebt, fing im Alter von zwölf Jahren an Geschichten zu schreiben, weil sie die beste Kurzgeschichte in der Schule abliefern wollte. Der Plan gelang und sie entdeckte dadurch ihr Talent, Geschichten erzählen zu können.

Während ihrer Schulzeit und ihrer Berufsausbildung als Kinderpflegerin ließ sie ihrer Fantasie als Hobbyautorin freien Lauf. Der Schwerpunkt ihrer Erzählungen lag anfangs meist bei Liebesromanen, und humorvollen Komödien. Jedoch kam auch das Drama, die Fantasy und der Horror nicht zu kurz. Im späteren Verlauf floss auch immer mehr Erotik ein und diese Kategorie entwickelte sich schnell zu einer ihrer liebsten.

Im Jahr 2010 wagte sie den großen Schritt und stellte einige ihrer Erzählungen auf einer Fanfiktion- Seite einer breiteren Leserschaft zu Verfügung. Ihre Angst Spott und Häme dafür einzustreichen, war mehr als unbegründet. Sie hatte durch ihre provokanten aber ehrlichen Geschichten schnell eine große, begeisterte Leserschaft und gewann einige Wettbewerbe und Preise.

Durch diese Erfolge ermutigt veröffentlichte sie im Jahr 2013 ihren ersten erfolgreichen Roman »Immer wieder Samstags« und gehört seit dem zu einer der meistgelesenen Autoren auf dem ebook- Markt.

Privat engagiert sie sich für den Tierschutz und lebt mit ihren Katzen, ihrem Mann und ihrem Sohn im kleinsten Kuhkaff der Welt.

Lesetipp

Vorgängerteile – Unter deiner Haut – Reihe!

Unter deiner Haut: http://amzn.to/2kvnPBv

Immerwieder – Reihe (The unholy Book of Tristan Wrangler)

Lesetipp, wenn man mehr über Tristan, Mia und Robbies Vorgeschichte erfahren will.

»Die Geschichte wurde schon tausendmal erzählt - er, jung, sexy, knackig und reich. Sie klug, mollig, unsicher, aus armen Verhältnissen … Eigentlich habe ich nicht wirklich damit gerechnet, dass es mich packt - aber wir reden hier von Tristan Wrangler … und der ist wirklich heiß! Und man merkt schnell, dass hinter seiner perfekten äußeren Fassade ein wundervoller Mensch steckt. Ich mag den Schreibstil von Don Both sehr gerne. Sie kann so dreckig schreiben, wie Tristan grinst!«

(The unholy Book of Tristan Wrangler – Sammelband zum Sonderpreis): http://amzn.to/2c3VpKd

(Immer wieder Verführung – Sammelband zum Sonderpreis: https://www.amazon.de/Immer-wieder-Verf%C3%BChrung-Sammelband-ebook/dp/B01C63HCWC/ref=asap_bc?ie=UTF8

(Immer wieder Tristan und Mia: https://www.amazon.de/Immer-wieder-Tristan-Mia-ebook/dp/B012AQ6FPK/ref=asap_bc?ie=UTF8

(Immer wieder ist nicht genug): http://amzn.to/2cq2tT6

(Travel zum Glück): https://www.amazon.de/Tristans-Travel-Gl
%C3%BCck-kuschelige-Weihnacht-
ebook/dp/B01MYSERYR/ref=pd_sim_351_1?
_encoding=UTF8&psc=1&refRID=VDKYHM3BY7S1TJGTR2
WW

Wer mehr über Lilian Price und Vladimir Romanov erfahren will:

Mad Love: http://amzn.to/2c3Xt4D

Bad Love: http://amzn.to/2cqdXpI

Und vor allem Ménage à trois: http://amzn.to/2c3XFkr(Hier gehts
um Kristovs Eltern)

Die Towerreihe umfasst noch einen Teil von Kera Jung,
allerdings nicht mit den euch bekannten Charakteren:
https://www.amazon.de/gp/product/B00LGUV7FK/ref=series_rw
_dp_sw

Wer mehr über Luca Cavalli und seine Isabella erfahren will:

Isabella Parker ist zweiunddreißig Jahre alt und hat als
erfolgreiche Staatsanwältin beruflich alles erreicht, was man
erreichen kann. Privat sieht es ganz anders aus – sie braucht keine
Liebe, keine Freunde und keine Familie. Sie ist gern
Einzelgängerin, bis sich, im (Zwangs)Urlaub ihre und die Wege
des charismatischen Luca kreuzen, der ihr zeigt, was es heißt zu
leben.

Einerseits hat sie so einen aufmerksamen, charmanten und
attraktiven Mann noch nie getroffen, doch andrerseits existiert da
eine dunkle Seite – eine, die ihr zum tödlichen Verhängnis
werden könnte.

Als sie davon erfährt, ist es bereits zu spät und sie den subtilen
Verführungskünsten des mysteriösen Fremden verfallen.

Womit der erste Zug seines Spiels vollbracht wäre.

Der etwas andere Don Both Roman …

Abgeschlossene Romanze/Erotik/Thriller

Corvo – Spiel der Liebe: http://amzn.to/2cqcmzY

Über Maria O'Hara

Maria O'Hara wurde 1991geboren und lebt in Baden-Württemberg. Schreiben ist für sie der Ausgleich zum Alltag, die Balance zwischen Realität und Fantasie. Mit den richtigen Musikern an ihrer Seite, die es ihr ermöglichen, Momente genau vor ihrem inneren Auge zu erfassen, und vielen Tassen Milchkaffee, kommt es auch mal vor, dass die Nacht vorbei und drei neue Kapitel erstellt sind. Im Vordergrund steht in Marias Büchern das Drama; je verworrener und tiefgreifender, desto besser.

Bisher erschienen:

Wild Cherry, Sweet Cherry
Ride or die – Obsession, Ride or die – Black summer, Ride or die – Dark Paradise
Beautiful Mess
Rebels – Band eins, Rebels – Band zwei
Pretty in White – Emily, Pretty in Black – Emma, Pretty in Red – Ami
Pure Sin:
Mit Emily Key:
The Plaza Manhattan:
1. Room 666
2. Diamondheart
3. Game of souls
4. White Satin
Una Palabra
Mit Don Both:
Seducing, Mr. O'Connor
Rejecting Mr. O'Connor
Tempting Mrs. Waldorf
Obsessed
Possessed
Mit Kera Jung:
14 Carat
20 Carat
24 Carat

www.ingramcontent.com/pod-product-compliance
Lightning Source LLC
Chambersburg PA
CBHW070353260626
47161CB00001B/124